Matthew Costello
Neil Richards
Cherringham Sammelband IV – Folge 10–12

AF178179

Über die Autoren

Matthew Costello ist Autor erfolgreicher Romane wie *Vacation* (2011), *Home* (2014) und *Beneath Still Waters* (1989), der sogar verfilmt wurde. Er schrieb für verschiedene Fernsehsender wie die BBC und hat dutzende Computer- und Videospiele gestaltet, von denen *The 7th Guest*, *Doom 3*, *Rage* und *Pirates of the Caribbean* besonders erfolgreich waren. Er lebt in den USA.

Neil Richards hat als Produzent und Autor für Film und Fernsehen gearbeitet sowie Drehbücher für die BBC, Disney und andere Sender verfasst, für die er bereits mehrfach für den BAFTA nominiert wurde. Für mehr als zwanzig Videospiele hat der Brite Drehbuch und Erzählung geschrieben, u. a. *The Da Vinci Code* und, gemeinsam mit Douglas Adams, *Starship Titanic*. Darüber hinaus berät er weltweit zum Thema Storytelling.

Bereits seit den späten 90er Jahren schreibt er zusammen mit Matt Costello Texte, bislang allerdings nur fürs Fernsehen. Cherringham ist die erste Krimiserie des Autorenteams in Buchform.

Cherringham – Landluft kann tödlich sein – Die Serie

»Cherringham – Landluft kann tödlich sein« ist eine Cosy Crime Serie, die in dem vermeintlich beschaulichen Städtchen Cherringham spielt. Jeden Monat erscheint sowohl auf Deutsch als auch auf Englisch ein spannender und in sich abgeschlossener Fall mit dem Ermittlerduo Jack und Sarah.

Matthew Costello
Neil Richards

CHERRINGHAM

LANDLUFT KANN TÖDLICH SEIN

Sammelband IV

Folge 10: Tödliche Beichte
Folge 11: Spuren an Deck
Folge 12: Verhängnisvolle Sommernacht

Aus dem Englischen von Sabine Schilasky

beTHRILLED

Vollständige Epub-to-Print-Ausgabe des in der Bastei Lübbe AG
erschienenen eBooks »Cherringham Sammelband IV – Folge 10–12«
von Neil Richards und Matthew Costello

beTHRILLED by Bastei Entertainment in der Bastei Lübbe AG

Textredaktion: Dr. Arno Hoven
Lektorat/Projektmanagement: Esther Madaler
Covergestaltung: Jeannine Schmelzer unter Verwendung von Motiven
© shutterstock: Buslik | Andy Poole | Adam Fraise | Perfect Vectors |
Longjourneys | Volodymyr Baleha | conrado; © istockphoto:
BackyardProduction
Satz: 3w+p GmbH, Ochsenfurt
Druck: Books on Demand GmbH, Norderstedt

ISBN 978-3-7413-0055-4

www.be-ebooks.de

www.lesejury.de

Die Hauptfiguren

Jack Brannen ist pensioniert und frisch verwitwet. Er hat jahrelang für die New Yorker Mordkommission gearbeitet. Alles was er nun will ist Ruhe. Ein Hausboot im beschaulichen Cherringham in den englischen Cotswolds erscheint ihm deshalb als Alterswohnsitz gerade richtig. Doch etwas fehlt ihm: das Lösen von Kriminalfällen.

Sarah Edwards ist eine 38-jährige Webdesignerin. Sie führte ein perfektes Leben in London samt Ehemann und zwei Kindern. Dann entschied sich ihr Mann für eine andere. Mit den Kindern im Schlepptau versucht sie nun in ihrer Heimatstadt Cherringham ein neues Leben aufzubauen. Das Kleinstadtleben ist ihr allerdings viel zu langweilig. Doch dann lernt sie Jack kennen …

Matthew Costello
Neil Richards

CHERRINGHAM

LANDLUFT KANN TÖDLICH SEIN

Tödliche Beichte

Aus dem Englischen von Sabine Schilasky

1. Karfreitag

Eamon Byrne lief ihm Zickzack durchs Unterholz. Die dicken Profilsohlen seiner teuren neuen Laufschuhe fanden auf dem matschigen Trampelpfad mühelos Halt. Mit den Armen wehrte er überhängende Zweige ab, die ihm ins Gesicht zu schlagen drohten.

Den »fliegenden Pfarrer« nannten sie ihn ... Und Mannomann, wie er jetzt flog!

Er riskierte einen kurzen Blick auf seine Sportleruhr und war begeistert, als er die Zahlen sah: Seine Zwischenzeiten heute Morgen waren fantastisch. Ihm würde sicherlich ein neuer persönlicher Rekord gelingen.

Kleb dir das auf deine Pfeife und qualm sie, Liam, dachte er.

Geschwindigkeit: fast dreizehn Kilometer die Stunde. Herzfrequenz: ein bisschen hoch, aber definitiv nicht beunruhigend.

Drei von insgesamt zehn Kilometern musste er noch schaffen, aber das waren die leichten drei auf der flachen Uferstrecke an den Wiesen entlang. Einzig der steile Abschnitt durch Marchmain's Woods könnte ihm jetzt noch sein grandioses Durchschnittstempo verderben.

Tage wie dieser, an denen das Laufen fließend, leicht und mühelos vonstattenging, waren selten und unvorhersehbar. Auch mit noch so viel Training würde es sie nicht häufiger geben. Vielmehr kamen sie aus dem Nichts, und Eamon hatte längst gelernt, sie nicht zu hinterfragen.

Genieße das Gefühl einfach, dachte er, *denn es ist ein Geschenk Gottes, und viel hat er dir in letzter Zeit wahrlich nicht gegönnt.*

Hätte Liam heute Morgen doch nur mitkommen können. Er verstand, was diese Zahlen bedeuteten, und hätte sich mit ihm gefreut.

Ach, na ja, wenn Liam schon nicht mein Zeuge sein kann, muss es eben Gott sein, beschloss Eamon. *Gott in seiner unendlichen Güte.*

Und was für ein Wochenende, um seine Güte zu feiern!

In nur einer Stunde würde Eamon – geduscht, rasiert und den Geist frei von allem Fleischlichen – die Karfreitagsmesse mit den Nonnen in der Kirche von St. Francis feiern.

Karfreitag, der ernsteste Tag im christlichen Kalender. Und zugleich der Vorbote auf den freudigsten Tag – den Ostersonntag.

Oft hatte er im Laufe der Jahre seine Berufung und seinen Glauben angezweifelt. Und damit war er durchaus nicht allein; sogar der Bischof schien neuerdings mit großem Ehrgeiz darum bemüht, Eamon aus dem Priesteramt zu verstoßen.

Doch jedes Mal, wenn eines der großen Ereignisse im Kirchenjahr näher rückte – Ostern, Weihnachten, Palmsonntag –, erinnerten ihn das ergreifende Drama und das Mysterium der Geschehnisse wieder daran, dass Priester zu sein für ihn das einzig denkbare Leben war.

Auch wenn es ihm zeitweilig vorkam, als würde er in seinem Amt als Priester zwei Leben führen.

Einerseits war er der Hirte seiner Schäfchen, der sich all ihrer spirituellen Bedürfnisse annahm; andererseits der fliegende Pfarrer des internationalen Marathon-Zirkus, der bereits Hunderttausende Pfund für die Armen, die Bedürftigen und die Verlorenen gesammelt hatte.

Und dann war da natürlich noch dieses … andere Leben, das er so strikt abschirmte und geheim hielt, dass kaum jemand – falls überhaupt irgendwer – davon wusste …

Wie gut, dass er fest an einen barmherzigen Gott glaubte.

Aber nein, das ist jetzt nicht der richtige Zeitpunkt, um darüber nachzudenken.

Er kam aus dem Wald und bog scharf nach rechts auf den Sandweg, der am Fluss entlangführte. Hier unten roch die Luft süß und klar.

Eamon hob den Kopf, um die Schönheit des Frühlingsmorgens auszukosten.

Die Sonne war erst vor einer Stunde aufgegangen, und über Kilometer hinweg glitzerten die Wiesen taufeucht.

Oben auf dem fernen Hügel schlummerte das Dorf Cherringham noch. Am ersten Tag eines langen freien Wochenendes schliefen die Leute eben gerne länger. Im warmen Licht der aufgehenden Sonne schimmerte der helle Cotswolds-Stein warm.

Eamon hörte ein Geräusch hinter sich auf dem Fluss. Im Laufen drehte er sich um …

… und erblickte ein Schwanenpaar im Landeanflug auf das Wasser nahe den festgezurrten Kähnen. Ihm schien es, als hingen die Vögel neben ihm in der Luft, und für einen winzigen Moment glaubte er, das Band von Gottes Schöpfung zu spüren, das seine laufende Gestalt mit den Schwänen, dem Wasser, den Wiesen und der aufsteigenden orangefarbenen Sonne verknüpfte.

Dann landeten die Schwäne auf dem Wasser. Eamon lief schneller und ließ sie hinter sich.

Heute Morgen fühlte er sich in Topform: Seine Beinmuskeln bewegten sich schmerzfrei, sein Atem ging stark und mühelos.

Zweiundsechzig Jahre alt und fitter als die Hälfte der Männer von Cherringham!, dachte er.

Die Medikamente, die er für sein Herz nahm, wirkten wahrlich Wunder – wenn auch wissenschaftliche. Ganz gleich, wie viel Stress er hatte, es bestand nun nicht mehr die Gefahr, jenen schrecklichen Moment vom letzten Herbst noch einmal zu erleben, als sich seine Brust zusammenzog, sein Puls raste und er hörte, wie der Kommunionkelch auf dem Stein zu seinen Füßen aufschlug, bevor alles um ihn herum schwarz wurde …

Nein! Die Wissenschaft erhielt ihn am Leben, auch wenn der Allmächtige da selbstverständlich noch das eine oder andere Wörtchen mitzureden hatte.

Fühlt es sich so an, wahrhaft glücklich zu sein?, fragte er sich. *Wenn ja, verdiene ich es garantiert nicht!*

Während seine Füße auf dem matschigen Leinpfad einen ebenmäßigen Takt klopften, versuchte er, die Sorgen zu bändigen, die ihn seit einer Woche plagten. Wegen ihnen war er jeden Morgen schweißnass aus dem Schlaf hochgeschreckt, und ein ums andere Mal hatten sie ihn genötigt, sich auf dem harten Steinboden von St. Francis niederzuknien und um göttliche Weisung zu beten …

Sie sind wie Dämonen, dachte er. *Dämonen, die ich jedoch selbst erschuf.*

Er war schon früher in Bedrängnis gewesen. Oft sogar. Doch da war er jünger und agiler gewesen. Vielleicht nicht ganz so gewitzt wie heute, aber allemal sehr von sich eingenommen.

Vor allem war der Einsatz nie so hoch gewesen.

Was in Gottes Namen hatte ihn dazu verleitet? Wie war er nur auf die Idee gekommen, dass er damit durchkäme? Die Antworten wusste er eigentlich schon, noch bevor er die Fragen zu Ende gedacht hatte.

Stolz. Lust. Gier.

Dieses ach so vertraute Dreigespann der Sünden überschattete sein Leben, seit er als junger Mann aus dem Priesterseminar gekommen war. Bis zum heutigen Tag.

Welch tröstliche Wonnen hatten ihm die drei über die Jahre beschert. Doch welch hohen Preis forderten sie nun!

Wie in aller Welt wollte er sich aus dieser entsetzlichen Lage befreien?

Ihm lief die Zeit davon. Vielleicht konnte er an diesem Wochenende den einen oder anderen Gefallen einfordern. Ja, das könnte funktionieren. Ein Flug zurück nach Dublin und dann dort ein kurzer Ausflug nach Temple Bar, wo er sich unter die Touristen mischen würde. In diesem Stadtteil hatte er immer noch alte Freunde, denen er vertrauen konnte.

Leute, auf die Verlass war, die ihm halfen – und die keine Fragen stellten.

Und dann ... verdammt! Da war noch die *andere* Sache. Bei Gott, es wäre noch viel schlimmer, sollte die ans Licht kommen. Es wäre sein Ende.

Das reicht! Konzentriere dich aufs Laufen – renn einfach!

Seine Uhr piepte, und er sah auf die Anzeige. Noch eine fantastische Zwischenzeit. Unglaublich! Nur noch zwei Kilometer.

Zieh dir das rein, Liam, und ärgere dich, bis du die Krätze bekommst!

Vor ihm vollführte der Fluss eine träge Biegung – weg von Cherringham und um den dicht bewaldeten Marchmain's Hill herum, dessen Hänge recht steil waren.

Er könnte auf dem Uferweg bleiben, aber seine Strecke, die er regelmäßig lief, führte nun mal den schweißtreibenden Hang hinauf und durch das Waldstück, bevor es bergab zum Kloster St. Francis ging.

Genau zehn Kilometer.

Mit einem letzten Blick auf seine Uhr verließ er den Weg und lief in Richtung des dunklen Waldes.

Eamons Atem ging jetzt schwer, und jedes Luftholen schien seine Brust zu sprengen. Es war unnötig, bei der Steigung auf seine Herzfrequenz zu sehen, denn er wusste, dass sie sich dem Gefahrenpunkt näherte – mit oder ohne Medikamente.

Marchmain's Hill war immer hart. Und bei einem Lauf wie heute, mit so einem schnellen Anfangstempo, tat es stets weh.

Ohne Fleiß kein Preis. Welcher Heilige hatte das noch gleich gesagt?

Eamon zwang sich, seine Gedanken auf die Erfordernisse des Laufens zu konzentrieren. *Tief einatmen, kontrolliert ausatmen, jeder Schritt ein weiterer Meter. Brust raus, Kopf hoch.*

Sieh nach vorn, fixiere den Hügelkamm! Nur noch ein paar Hundert Meter auf dem Waldweg.

Er erinnerte sich an den New-York-Marathon – jene mörderischen letzten anderthalb Kilometer, als die Menge ihn angefeuert hatte und die Ziellinie nur verschwommen zu sehen gewesen war. Sein ganzer Körper fühlte sich wie Pudding an, und sein Verstand schaltete sich aus.

Und dann diese Welle von Glauben, die ihn praktisch abheben ließ, ihn weitertrug, als wären ein Paar Engel gekommen, um ihn zu retten.

Der fliegende Pfarrer schafft es wieder!

Beinahe zehntausend hatte er an Spenden gewonnen und persönlich dem Kardinal den Scheck übergeben, direkt auf den Stufen von St. Patty's! Seine Zeit war unglaublich gewesen – nicht von dieser Welt.

Die Erinnerung an jenen Triumph trieb ihn weiter. Seine Füße trommelten über den festen Lehmboden hinweg, und die hohen Bäume rauschten an ihm vorbei, während er sich in Windeseile durch tief hängende Äste und hohes Unterholz zwängte.

14

Nur noch fünfzig Meter bis oben, danach ging es bergab zum Kloster – der Wind in seinem Gesicht würde ihn kühlen und erfrischen. Dann eine lange Dusche, heißer Kaffee, ein warmes Frühstück …

Nur noch Minuten bis dahin!

Und plötzlich …

Er sah nicht, worüber er stolperte, doch irgendwie verfing sich sein Fuß, und er stürzte mit Schwung. Mit der Brust voran prallte er hart auf dem festen Boden auf, und seine Arme und Beine wurden aufgeschürft, als er weiterpurzelte.

Ein Baumstamm, mit dem sein Rücken kollidierte, beendete schließlich seinen Sturz. Er stöhnte vor Schmerz auf.

Was zum Teufel war das? Etwa ein Seil?

Einen Augenblick lag er nur da und versuchte zu spüren, ob seine Arme und Beine ernsthaft verletzt, ob Knochen gebrochen waren. Das Herz …

Mann, wie das rast. Lieber erst mal ruhig werden, langsam atmen.

Durch die Bäume blickte er auf zum wässrig blauen Himmel. Wenn ihn sein Herz jetzt im Stich ließ, würde ihn hier oben in den nächsten Stunden keiner finden. Er war auf sich allein gestellt.

Doch nein, das war er wohl nicht; denn jetzt hörte er Geräusche, die wie menschliche Schritte klangen, in den Bäumen direkt hinter ihm.

Gott sei Dank!

Während er noch auf dem Rücken lag und zum Himmel hochstarte, erschien eine Gestalt vor ihm und sah zu ihm hinunter.

Jemand, den er kannte.

Und jemand, der wusste, was er getan hatte.

Oh Gott!, dachte Pater Byrne, als das Gesicht näher kam.

Und er begann zu beten – nur schien Gott plötzlich verschwunden zu sein.

2. Überraschender Besuch

Jack trank seinen Kaffee, lehnte sich auf seinem Campingstuhl zurück und prüfte ein weiteres Mal, ob die alte Angelrute neben ihm auch sicher befestigt war.

Zwanzig Meter weit draußen auf dem Fluss wippte der Schwimmer sanft auf dem Wasser – immer noch keinerlei Anzeichen, dass ein Fisch angebissen hatte.

Aber was machte das schon? Er hatte an diesem Vormittag sowieso nichts anderes vor, als sich zu entspannen.

Und was für einen Morgen er sich dafür ausgesucht hatte!

Keine Andeutung von Wind; und obwohl es erst neun war, spürte er bereits die wärmende Frühlingssonne in seinem Nacken.

Er sah hinüber zu Riley, seinem Springer Spaniel, der im hohen Gras am Ufer lag und döste. Er hatte es aufgegeben, Kaninchen zu jagen, und sich ebenfalls den Tag freigenommen.

Abgesehen von den muhenden Kühen auf den Weiden am anderen Ufer und den munteren Vögeln gab es keinen Laut, der den Frieden störte. Zwar war heute Ostersonntag, doch noch war es viel zu früh für die Feiertagshorden – die Picknick-Ausflügler, Wanderer und Kajakfahrer –, als dass sie es schon so weit flussaufwärts geschafft hätten.

Jack blickte wieder zu dem Schwimmer. Der Fluss bewegte sich träge, allerdings hatte es auch schon seit mindestens einer Woche keinen Regen mehr gegeben, wie Jack auf einmal bewusst wurde.

Na, das dürfte ein englischer Rekord sein, dachte er.

Er beobachtete ein Schwanenpaar, das flussabwärts auf sein Zuhause zuglitt: auf das kastenförmige holländische Kanalboot *Grey Goose*, das ganz hinten in einer Reihe von Kähnen und Hausbooten lag, einen knappen Kilometer von der Cherringham Bridge entfernt.

Seit zwei Jahren war die *Grey Goose* mittlerweile sein Zuhause – seit er sich vom NYPD verabschiedet und seinen eigenen Traum und den seiner Frau Katherine wahrgemacht hatte: den Ruhestand auf einem Hausboot in England zu verleben.

Sie hatten Pläne geschmiedet, aber dann ...

Aber dann war alles anders gekommen.

Wie schnell sie krank geworden war, wie aggressiv sich ihr Krebs entwickelt hatte. Und so war ihr gemeinsamer Traum geendet, bevor seine Realisierung angefangen hatte.

Erst Monate später – nach Monaten, in denen er das gemeinsame Haus kaum verlassen hatte –, war Jack klar geworden, was Katherine gewollt hätte.

Also war er allein hierher nach Cherringham gekommen.

Jack griff nach unten in den Korb neben seinen Beinen und nahm sich einen der Kekse aus der hiesigen Bäckerei, die er so gern mochte. Er brach einige Krümel ab und warf sie ins Wasser.

Ob es funktionierte, wusste er nicht, doch er hatte es schon bei richtigen Anglern gesehen. Und einen Versuch war es wert, nicht wahr?

Er war mit seiner Angel zu einer kleinen Biegung am Fluss gezogen, wo er im letzten Jahr zum ersten Mal seit der Kindheit wieder geangelt hatte – und zwei kleine Fische fing, die sein Nachbar Ray als Hasel identifizierte.

Zum Essen waren sie nicht groß genug gewesen, deshalb hatte Jack sie zurück ins Wasser geworfen.

Eigentlich interessierte es ihn nicht sonderlich, ob er etwas fing oder nicht. Einfach ganz sorglos hier in der englischen Natur zu sitzen, das war der Sinn und Zweck des Ganzen.

Wie jeder Angler bestätigen würde.

Jack bemerkte eine Bewegung weiter unten am Ufer. Von der Brücke aus schritt jemand langsam an den vertäuten Booten entlang. Und da Jack den Mann nicht kannte, behielt er ihn lieber im Blick.

Boote stellten ein leichtes Ziel für Gelegenheitsdiebe dar, und Jack hatte bislang einfach nur Glück gehabt, dass er von ihnen verschont geblieben war.

Deshalb lautete das oberste Gebot für alle Hausbootbesitzer: Jeder passte auf die Kähne der anderen auf.

Er sah, wie der Mann die *Grey Goose* erreichte, stehen blieb und dann langsam das Boot entlangging, wobei er eindeutig in die Fenster linste.

Jack erkannte, dass er hier im Uferknick für den Fremden offenbar nicht zu sehen war. Sein Blick fiel auf Riley, der nun mit gespitzten Ohren neben Jack stand und auf dessen Kommando wartete.

Ist der Kerl bloß neugierig … oder nimmt er den Platz oder das Boot in Augenschein … oder hat er Schlimmeres im Sinn?

Lautlos hakte Jack die Angelroute aus und legte sie zur Seite, sodass er notfalls schnell loslaufen konnte.

Er beobachtete, wie der Mann die Laufplanke betrat, an Deck ging – und dann verschwand der Unbekannte aus seiner Sicht. Binnen Sekunden war Jack hoch und lief mit Riley an seiner Seite am Ufer entlang.

Auch als er sich seinem Boot näherte, war nichts von dem ungebetenen Gast zu sehen.

Jack und sein Hund gingen leise an Bord. Riley begann zu knurren.

»Noch nicht, Riley. Ich sage dir, wann.«

Jack schlich auf das Brückenhaus zu und verfluchte sich, weil er es nicht verriegelt hatte. War der Kerl drinnen? Er bewegte sich langsam vorwärts und versuchte, die Treppe hinunter in die Kabine zu sehen …

»Mr Brennan?«, erklang eine Stimme vom Vorderdeck. Jack trat zurück und blickte zum anderen Ende des Boots, wo der Fremde stand und ihm zuwinkte.

Jack betrachtete ihn schweigend, als er näher kam. Dann streckte der Mann ihm die Hand entgegen.

Jack schüttelte sie nicht.

»Ah, Sie denken sicher, dass ich hinter dem Familiensilber her war«, sagte der Fremde. »Da es keine Türklingel gibt, war ich so frei, mich selbst an Bord einzuladen.«

»Das sehe ich«, konstatierte Jack. Der andere war groß, gut gebaut, schätzungsweise Anfang fünfzig und hatte ein forsches, selbstbewusstes Auftreten – sowie ein breites, leutseliges Grinsen.

»Liam O'Connor«, sagte er und bückte sich, um Riley die Ohren zu kraulen. »Und wer ist dieser Bursche hier?«

»Das ist Riley. Wir arbeiten noch an dem Angriffstraining, wie Sie sehen.«

»Nun, es besteht kein Grund, mich anzugreifen.«

»Das bleibt abzuwarten, Mr O'Connor – zumindest bis Sie erklärt haben, warum Sie auf meinem Boot sind.«

»Mea culpa, Jack«, entschuldigte sich O'Connor lächelnd.

Jack war nicht in der Stimmung für eine freundliche Plauderei.

»Sie haben unaufgefordert mein Boot betreten, und ich überlege nach wie vor, Sie über Bord zu werfen.«

»Leider kann ich nicht schwimmen; folglich wäre es mir lieber, Sie würden das nicht tun.«

»Na, dann nennen Sie mir lieber einen guten Grund für Ihr unbefugtes Betreten.«

O'Connor hob übertrieben beide Hände: eine Parodie der bekannten Kapitulationsgeste.

»Ich bin hier, weil ich Ihre Hilfe brauche.«

»Und weiter?«

»Könnten wir irgendwo reden, wo wir ungestört sind?«

»Sind wir.«

O'Connor zuckte mit den Schultern. »Ich bin hergekommen, weil, nun ja, ein guter Freund von mir vor zwei Tagen gestorben ist. Am Karfreitag.«

»Tut mir leid, das zu hören.«

Connor zögerte einen Moment. »Es ist nur etwa anderthalb Kilometer von hier entfernt passiert.«

Jack hatte sich die letzten Tage mehr oder weniger eingeigelt. Die großen religiösen Feiertage fand er nach wie vor recht schwer auszuhalten ... also war er einfach auf der *Goose* geblieben.

»Ich denke – ich bin mir da nicht sicher –, dass er eventuell ermordet wurde.«

Das waren ... Neuigkeiten.

»Und im Dorf heißt es, Sie wären der Mann, der herausfinden kann, wer es war.«

»Mord? Das ist eigentlich Sache der Polizei«, entgegnete Jack. »Und ich habe nichts von einem Mord gehört.«

»Ja, klar. Weil man sagt, dass er einen Herzinfarkt hatte.«

»Dann hatte er vielleicht auch einen«, meinte Jack. »Übrigens sollten Sie mir endlich verraten, über wen wir da reden.«

»Pater Eamon Byrne.«

»Ein Priester?«

»Ja.«

»Was denkt die Polizei?«

»Jeder glaubt, dass er es mit dem Laufen übertrieben hat und deswegen gestorben ist.« O'Connor blickte über den Fluss zu den Wiesen, als stellte er sich vor, wie der Priester dort zusammenbrechen würde. »Eamon hat es nie übertrieben. Zumindest nicht mit dem Laufen …«

»Und Sie glauben, dass ihn jemand umgebracht hat?«

»Ja, das glaube ich.«

»Warum?«

»Pater Byrne war nicht … Sagen wir einfach, er war kein durchschnittlicher Priester.«

»Da, wo ich herkomme, gibt es so etwas wie durchschnittliche Priester gar nicht.«

»Ah, dann haben Sie schon einige Priester gekannt?«

»In Brooklyn? Kann man wohl sagen.«

»Sind Sie katholisch, Mr Brennan?«

»Früher. Es war einmal …«

»Wie in den Märchen?«

»Ihre Worte, nicht meine.«

Jack wartete.

O'Connors Grinsen war verschwunden.

»Ich bin hier, weil ich hoffe, dass Sie mir helfen können. Können … würden Sie?«

Wieder wartete Jack und fragte sich, ob er wirklich in einen neuen Fall verwickelt werden wollte. Er sah zu dem kleinen, geschützten Flecken am Fluss, wo der Kaffee und die Angelrute seiner harrten.

»Ich kann Sie bezahlen«, sagte O'Connor.

»Mich kann man nicht anheuern.«

»Verstehe. Zufällig habe ich einen sehr alten Lagavulin, den ich gern mit jemandem teilen würde.«

Nun musste Jack grinsen. »Wie alt?«

»Dreißig Jahre.«

»Ein echter?«

»Ja. Und er ist noch nie geöffnet worden.«

»So etwas haben die meisten Leute nicht herumliegen.«

»Ich habe ihn geschenkt bekommen. Ein Danke-schön.«

»Und was für eines!«

»Die Leute brauchten Hilfe, und ich tat, was ich konnte.«

Jack entging nicht, dass O'Connor ihm damit andeuten wollte, er solle nun ebenfalls helfen. Und das – vor allem aber die reizvolle Aussicht auf einen dreißig Jahre alten Single-Malt – überzeugte ihn.

»Okay. Das kann ich nicht ablehnen. Kommen Sie mit nach unten, und ich setze Kaffee auf. Dann können Sie mir erzählen, warum jemand einen Priester umbringen wollte.«

3. Das Fest

»Kriege ich eine Gefahrenzulage?«

Sarah hielt vor der Kirche von St. Francis und blickte zu ihrem Sohn Daniel, der neben ihr auf dem Beifahrersitz saß.

»Gefahrenzulage?«, wiederholte sie.

»Ja. Na, weil ich doch an einen Tatort gehe.«

Sarah lachte. Vielleicht war es keine so gute Idee gewesen, ihren Sohn zu dem Treffen mit Jack bei dem Klosterfest mitzubringen.

»Nein«, antwortete sie. »Aber du kannst einen Fünfer haben, um dir etwas an den Ständen zu kaufen.«

»Hmm, ich weiß nicht, Mum. Ein Fünfer ist nicht viel.«

»Das hier ist ein Kirchenfest, Daniel, nicht Alton Towers.«

»Ich wette, Grace bezahlst du mehr.«

»Grace ist erwachsen, und sie arbeitet nicht an Fällen mit.«

»Also ist das ein Fall!«

»Kann sein. Kann aber auch nicht sein. Zunächst mal ist es ein Fest – vorausgesetzt, wir finden es.«

Sie blickte zu dem im viktorianischen Stil errichteten Bauwerk – Cherringhams katholischem Gotteshaus –, das so ganz anders war als die alte St.-James-Kirche im Zentrum des Dorfes. Neben der Kirche stand ein großes Haus. War dies das Pfarrhaus? Falls ja, wo befand sich dann das Kloster?

Während ihrer Teenagerjahre in Cherringham hatte es das Kloster noch nicht gegeben. Und Sarah erinnerte sich nicht, jemals in der St.-Francis-Kirche hier an der belebten Straße gewesen zu sein, die aus dem Dorf führte.

An einer Seite der Kirche befand sich ein Sandweg, der von überwachsenden Hecken gesäumt war. Führte der Weg zu dem Ort, wo das Fest veranstaltet wurde?

»Meinst du, es ist da?«, fragte sie.

»Vielleicht«, sagte Daniel und spähte den Weg hinunter. »Ich glaube, da hinten sehe ich Autos.«

Sarah hatte Daniel auf Jacks Vorschlag hin mitgenommen. Was wäre ein besserer Grund, ein Kirchenfest mit Buden und Spielständen zu besuchen, als ein Zwölfjähriger?

Nur dass Sarahs Zwölfjähriger lieber an seiner PlayStation säße, weshalb er auch einen Lohn für seine »Mühen« verlangte.

Wenigstens ist er geschäftstüchtig, dachte Sarah.

Sie lenkte ihren RAV4 langsam den Sandweg hinunter. Die Bäume und Sträucher zu beiden Seiten waren so ungepflegt, dass Sarah Zweifel bekam, ob sie auf diesem Weg tatsächlich zum Ziel kommen würde. Doch als sie um eine Biegung fuhr, zeigten ihr Wimpel und Fahnen an, dass sie hier richtig waren.

Sie erreichte ein Tor, neben dem eine Nonne an einem kleinen Kartentisch saß, auf dem ein Schild verkündete: »Frühlingsfest – Rettet das Kloster St. Francis!«

Sarah hielt vor dem Tisch und ließ ihr Fenster herunter.

»Eine Erwachsene und ein Kind, bitte«, sagte sie zu der Nonne, die selbst so aussah, als wäre sie kaum älter als ein Kind.

»Drei Pfund.« Die Nonne lächelte. »Waren Sie schon mal bei uns?«

»Nein, es ist das erste Mal.« Sarah reichte ihr das Geld, und die Nonne warf es in einen kleinen Korb.

»Folgen Sie den Schildern zum Gästehaus, und parken Sie hinter dem alten Stall. Sie können es gar nicht verfehlen.«

»Danke.«

Die junge Nonne lächelte Daniel zu.

»Und gönnen Sie sich unbedingt einen *Cream Tea*. Das dazugehörige Gebäck schmeckt wirklich wunderbar.«

Sarah nickte und fuhr weiter.

»Das ist cool, Mum. Ein echter Fall«, sagte Daniel. »Haben die Nonnen jemanden ermordet? Ist hier irgendwer ein Mörder? Sollen wir auch Leute verhören?«

Daniel ging ganz in seiner Fantasie von der Detektivarbeit auf, wohl aufgrund all der amerikanischen Serien, die er sich im Fernsehen ansah.

»Darin bin ich bestimmt richtig gut«, fuhr er fort.

»Worin?«

»Im Verhören.« Daniel grinste. »Ich könnte den Mörder zum Reden bringen!«

Sarah schüttelte den Kopf. »Daniel, bisher weiß ich nur, dass irgendwas ‚passiert' ist und Jack sich mit uns treffen will.«

»Richtig. Und ich wette, dass es einen Mord gegeben hat. Das ist so klasse!«

»Und er will unauffällig bleiben – allein aus diesem Grund bist du hier, schon vergessen? Wir wollen uns nur das Klosterfest ansehen, klar?«

»Klar. Ich bin die Tarnung, die euch harmlos aussehen lässt.«

»Genau.«

»Das ist ein Fall von Kinderausbeutung«, konstatierte Daniel.

»Nein, das ist Vermittlung von praktischer Erfahrung«, entgegnete Sarah lachend.

Was für ein Junge …

Sie fuhr weiter, und vor ihnen tauchte das Kloster auf.

»Wow!«, entfuhr es Daniel. »Das ist ja irre. Ich habe gar nicht gewusst, dass das hier ist.«

»Ich auch nicht«, gestand Sarah.

Während sie dem Weg weiterhin folgte, beugte sie sich vor, um das Bauwerk besser in Augenschein zu nehmen. Es war ein verfallenes, weiß verputztes Landhaus mit pastellblauen Akzenten und einer riesigen Glyzinie, die an einem Gebäudeflügel emporrankte.

Vom Haus aus erstreckten sich Grünflächen bis hinunter zum Wald. Bei genauerem Hinsehen konnte Sarah ein Stück vom Fluss dahinter erkennen.

Was für ein schöner, erhabener Ort!

»Die vielen Bäume schirmen das Kloster ab«, sagte sie. »Kein Wunder, dass wir es nie gesehen haben.«

»Und ein guter Platz, um eine Leiche zu verstecken«, stellte Daniel fest.

Sie warf ihm einen drohenden Blick zu. »Noch ein Wort über Leichen oder Mord, und aus den fünf Pfund werden drei, verstanden? Oder eine sofortige Rückfahrt nach Hause«, warnte Sarah ihn und parkte ihren Wagen neben einem fleckigen Schild mit der Aufschrift »Klausur-Parkplatz«. Es beruhigte sie, Jacks kleinen grünen Sportwagen unter einem Baum zu entdecken.

Daniel hob die Hände.

»Ich bin ja schon still, Mum.« Dann, als er aus dem Fenster sah, fragte er: »Was ist denn Klausur?«

»Leute gehen in Klausur, wenn sie Ruhe und Stille haben wollen«, erklärte Sarah. »Ich frage mich, ob hier noch etwas frei ist.«

»Sieht aber nicht sehr gemütlich aus.«

Sarah folgte Daniels Blick: Unter den hohen Bäumen war ein langes, eingeschossiges Gebäude – ein umgebauter Stall. Es fehlten einzelne Dachschindeln, die Außenfarbe blätterte ab, und in den Fenstern hingen fadenscheinige Vorhänge.

»Ich glaube nicht, dass es um Gemütlichkeit geht«, sagte Sarah, stieg aus dem Wagen und wartete, bis Daniel draußen war, ehe sie verriegelte. »Komm, gehen wir los, um die fünf Pfund auf den Kopf zu hauen und Jack zu suchen.« Sie schritt auf das Kloster zu.

Jack zu finden dauerte nicht lange.

Sarah hatte ihn schon häufiger im Gemeindechor singen gehört, und diese Tenorstimme, die nun vom unteren Ende des Rasens erklang, war unverwechselbar.

Mit Daniel zusammen ging sie zwischen einer Handvoll Ständen hindurch, die neben dem Haupthaus aufgebaut waren und für Lotterien, Schatzsuchen und eine Tombola warben.

Viele Leute waren nicht da, aber noch war es früher Nachmittag, und das Fest hatte eben erst angefangen. Soweit Sarah es sehen konnte, wurden sämtliche Stände von Nonnen betreut, und die meisten waren so jung wie die vorn am Tor.

Sie folgte dem Gesang.

Zwischen den Bäumen am Ende des Rasens konnte sie eine Marienstatue sehen, die von Plastikstühlen umringt war, und vor ihnen spielte eine Nonne laut auf einem elektrischen Piano.

Hinter der Nonne war ein großes, handbeschriftetes Schild: »Ein Kirchenlied Ihrer Wahl für 1 Pfund!«

Jack schmetterte gerade *Abide With Me* zusammen mit zwei alten Damen und einem Kind. Als Sarah mit Daniel näher kam, bemerkte er sie und reckte grinsend beide Daumen.

Sarah wartete, bis das Lied vorbei war, und applaudierte dann begeistert. Nachdem Jack sein Pfund bezahlt hatte, schritt er zu ihnen.

»Hi, Sarah«, begrüßte er sie. »Daniel, wie geht's?«

»Einsatzbereit, Jack.«

»Sehr gut. Dein Auftrag lautet, dich hier überall um-
zusehen, rauszufinden, wer wer ist, die Stände abzu-
klappern und auf Verdächtiges zu lauschen. Alles klar?«

Ach du Schande, er ermuntert ihn auch noch!

»Klar«, antwortete Daniel.

Sarah sah ihm an, wie ernst er das hier nahm.

»Wenn dir irgendwas Komisches auffällt, misch dich
nicht ein, sondern komm zu uns.«

Sarah sah stumm zu, wie Jack einen Fünf-Pfund-
Schein aus einem Clip in seiner Tasche nahm und ihn
Daniel reichte. »Teil es dir vernünftig ein. Und ich brau-
che keine Spesenquittungen.«

Jetzt hat der Junior-Detective schon zehn Pfund!

»Cool!«

»Wir treffen uns in einer Stunde zum *Cream Tea*,
okay?«

»Drei Uhr fünfzehn zum Tee; ich werde da sein –
pünktlich!«, versprach Daniel mit Blick auf seine Uhr,
bevor er sich unter die nun wachsende Menge bei den
Ständen mischte.

Sarah drehte sich zu Jack, während sie beide langsam
hinter Daniel in Richtung Haus gingen. »Also, was hat
es mit diesem mysteriösen Treffen auf sich, Partner?«

Sie hörte aufmerksam zu, als Jack ihr von Liam
O'Connors Besuch erzählte.

»Wer würde einen Priester ermorden wollen?«, fragte
sie schließlich.

»Genau das habe ich auch gefragt. Er weiß es nicht.«

»Und welche Beweise gibt es?«

»Ziemlich dünne, ehrlich gesagt. Liam hat lediglich
das Gefühl, dass etwas nicht stimmt«, antwortete Jack.
»Er und Pater Byrne sind normalerweise jeden Morgen
zusammen gelaufen, bei jedem Wetter. Sie waren ständig
im Training für den nächsten Marathon, stell dir das mal

vor. Anscheinend ist unser Opfer wegen seiner Spenden-läufe in den zurückliegenden Jahren recht berühmt gewesen. Jedenfalls hat Byrne letzten Donnerstagabend bei Liam angerufen und ihm gesagt, ihm gehe es nicht so gut und er wolle am nächsten Morgen kein Lauftraining machen.«

»Vielleicht hatte er es sich einfach anders überlegt, aber da war es schon zu spät, um Liam Bescheid zu sagen.«

»Wäre möglich. Doch anscheinend ist er nicht bloß gelaufen, sondern er hat am Ende auch noch die Strecke geändert, die sie stets nahmen. Und das, behauptet Liam, hätte er *niemals* getan.«

»Warum nicht?«

»Sie laufen eine genau abgesteckte Zehn-Kilometer-Strecke, damit sie ihre Zeiten vergleichen können. Anscheinend sind die beiden sehr wettbewerbsorientierte Priester.«

Sie kamen bei den Ständen an. Sarah bog an einer weiteren gigantischen Glyzinie nach links zu einem heruntergekommenen Wintergarten ab, wo Tee und Kuchen serviert wurden.

»Also ist Liam auch Priester?«, hakte sie nach.

»War er vor langer Zeit. Er und Pater Byrne waren zusammen auf dem Priesterseminar. Wie er erzählt hat, waren das ziemlich wilde Zeiten. Sie blieben in Kontakt und eng befreundet, obwohl Liam aus der Kirche austrat. Er hat mir anvertraut, er habe seinen Glauben verloren, jedoch nicht verraten, wie dies geschah.«

»Und was macht er jetzt?«

»Hat er nicht gesagt«, antwortete Jack. »Ich weiß nur, dass er trinkt, läuft, segelt, feiert, wettet und sich in Schwierigkeiten bringt.«

»Was nicht unbedingt zu einem Priester passt – nicht mal zu einem ehemaligen Priester«, meinte Sarah.

»Glaub das lieber nicht. Ich habe Geistliche in New York gekannt, die all das und mehr gemacht haben.«

»Natürlich!«, rief Sarah und zeigte auf die Statuen und Kreuze in dem Wintergarten. »Dies hier ist ja deine Welt, nicht?«

»War sie mal, als ich in Brooklyn aufwuchs. Ich bin bei den Dominikanern zur Schule gegangen, Ministrant gewesen, das ganze Register. Der Bruder von meinem Dad war ein Priester, ein Jesuiten-Missionar. Die Brennans waren die Stütze der Gemeinde.«

»Mit Ausnahme von dir.«

»Stimmt, ich war immer schon ein großer Skeptiker. In dem Moment, in dem ich von zu Hause auszog, war ich da raus.«

»Und es zieht dich nicht zurück?«, fragte Sarah.

»Ich mag die Musik. Und manchmal nimmt mich der Weihrauch ganz unvermittelt gefangen. Zu Weihnachten werde ich hin und wieder sentimental – aber zurück?« Er schüttelte den Kopf. »Nein, das ist nichts für mich.«

Sarah blieb vor einer der hohen Marienstatuen stehen. »Liam muss noch einen anderen Grund haben, weshalb er denkt, dass Pater Byrne ermordet wurde ...«

»Hat er. Wie es aussieht, war Byrne ein großer Fan von Pferderennen, und Liam erzählte, dass er sich mit einigen recht finsteren Gestalten eingelassen hatte, die ihm die Daumenschrauben anlegten.«

»Ernsthaft? In dieser Gegend?«

»Er hatte gewaltige Schulden, wie Liam glaubt«, sagte Jack. »Und er bekam Drohungen. Liam meint, er hätte Byrne noch nie so verängstigt erlebt wie zuletzt.«

»Okay. Vielleicht ist da was dran. Allerdings habe ich im Dorf gehört, dass Pater Byrne an einem Herzinfarkt gestorben ist.«

»Richtig. Aber was ist, wenn besagter Herzinfarkt auftritt, während einem der Arm verdreht und die Brieftasche abgenommen wird? Dann sind die Todesumstände alles andere als natürlich.«

Bei diesen Worten stutzte Sarah.

Inzwischen kannte sie Jack gut genug, um seinem Gefühl zu vertrauen.

»Wie ist der Plan?«, fragte sie.

»In diesem Kloster leben nur fünf Nonnen, und sie alle dürften Pater Byrne gut gekannt haben«, erklärte Jack. »Wir teilen uns auf, schnüffeln ein bisschen herum, stellen einige Fragen – und vielleicht finden wir heraus, was genau am Freitagmorgen passiert ist.«

»Ich weiß nicht, ob das den Nonnen gefällt.«

Jack lächelte. »Wahrscheinlich genauso wenig wie mir, als Nonnen mich damals über amerikanische Geschichte ausgequetscht haben. Mir hingegen könnte es durchaus Spaß machen …«

4. Schweigegelübde?

Jack kaufte einen Scone – wie empfohlen – und gab der jungen Nonne am Kuchentisch ein Pfund.

Sie wollte aufstehen und Wechselgeld holen.

»Nein, behalten Sie den Rest«, sagte Jack. »Ist ja alles für einen guten Zweck, nicht wahr?«

Die junge Nonne lächelte. Ihr rundes Gesicht wurde vom gestärkten Schleier ihres Habits eingerahmt, und Jack dachte daran, was für ein hartes Leben diese Nonnen führten und wie viel sie aufgeben mussten.

Unweigerlich fragte er sich, was sie dazu brachte, sich für ein solches Leben zu entscheiden.

»Vielen Dank, Sir«, sagte die Nonne.

Jack nickte. »Ach, übrigens habe ich gehört, was mit Ihrem Pater Byrne passiert ist, Schwester …«

Ihre Gesichtszüge verdüsterten sich.

»Schwester Julienne. Und ja, das war ein Schock für unsere Gemeinschaft.«

»Kann ich mir vorstellen. Anscheinend war er vollkommen gesund, ein Sportler noch dazu.«

Ein Junge kam angelaufen. In der Hand hielt er ein paar Münzen, die er auf den Tisch legte.

Julienne beugte sich zu ihm. »Möchtest du noch einen?«

Der Junge nickte grinsend.

»Na schön. Aber wenn du so weitermachst, habe ich bald nichts mehr!«

Der Junge schnappte sich einen Scone, stopfte ihn in den Mund und flitzte weg, als hätte er das Gebäck gestohlen.

»Wie entzückend die Kleinen sind«, sagte die Nonne. »So unschuldig. Noch hat die Welt keine Spuren an ihnen hinterlassen …«

Unschuldig, dachte Jack. *Was für eine interessante Wort-wahl!*

»Kannten Sie Pater Byrne gut?«

Sie schüttelte den Kopf. »Nein. Ich meine, ich war bei seinen Messen, und er erzählte gerne Witze. Allerdings war er wegen der vielen Läufe ja oft auf Reisen.«

»Er muss ziemlich fit gewesen sein«, betonte Jack das Offensichtliche.

»Schon, doch anscheinend …«, sagte sie zögernd, »… nicht sein Herz.«

Jack dachte nach. Wusste Schwester Julienne, dass er und Sarah gelegentlich im Dorf ermittelten?

Oder wollte sie einfach nur reden?

»Das habe ich auch gehört. Dennoch, solch ein Läufer – das ergibt irgendwie keinen Sinn, oder?«

Schwester Julienne verstummte plötzlich, als würde ihr gerade bewusst, dass sie mit einem Fremden über jemanden aus der Kirche sprach.

Ehe Jack weiterging, hatte er noch eine Frage.

»Schwester, ich nehme an, es gibt hier jemanden, der für alles verantwortlich ist: eine -«

»Mutter Oberin, ja. Schwester Mary Bryan.«

»Ah ja, eine Oberin hatten wir auch an meiner New Yorker Schule!« Er beugte sich näher zur Nonne. »Die hat mir damals immer eine Heidenangst eingejagt.«

Das entlockte ihr ein Schmunzeln.

»Und wo finde ich die Mutter Oberin?«

»Drüben beim Tombola-Tisch. Von dort aus kann sie alle Stände sehen.«

Jack grinste. »Ein wachsames Auge auf alles, was? Danke. Vielleicht muss ich später noch mal wiederkommen. Diese Scones machen … süchtig.«

Schwester Julienne errötete.

Und Jack machte sich auf den Weg zum Tombola-Tisch.

Sarah fand dies alles ein wenig … merkwürdig.

Unter dem strahlenden Frühlingshimmel verlief das Fest vollkommen normal. Und dabei war erst wenige Tage zuvor jemand gestorben, der dem Kloster sehr nahegestanden hatte.

Könnte es sein, dass sie schlicht das Geld brauchten? Dem Zustand der Gebäude und Wege nach zu urteilen, ging es dem Kloster nicht gut: Das Haupthaus war eindeutig renovierungsbedürftig und der Asphalt auf der Zufahrt rissig, die Dächer wiesen Schäden auf, und an mehreren Fenstern fehlten Vorhänge.

Sarah selbst war sich immer noch nicht ganz sicher, was genau sie hier tun sollte.

Einfach jemanden auf den verstorbenen Priester ansprechen?

Das kam ihr schwierig vor, weshalb sie hoffte, dass Jack mehr Glück hatte.

Plötzlich spürte sie ein energisches Zupfen an ihrem Ärmel.

»Mum!« Daniel war hinter ihr.

An seiner Oberlippe haftete weißer Puder.

»Doughnut?«, fragte sie.

»Nur einen. Aber, Mum, ich habe gemacht, was Jack gesagt hat, bin rumgegangen und habe richtig gut zugehört, was die Leute so sagen.«

Oh nein!, dachte sie. *Jack hat ein Monster erschaffen! Jetzt habe ich meinen eigenen Sherlock Holmes junior.*

»Ja, und?«

Daniel beugte sich nah zu ihr und erklärte verschwörerisch: »Hier sind nicht nur Nonnen, Mum.«

»Richtig, Daniel, zu dem Fest sind alle eingeladen.«

»Nein, ich meine, die hier wohnen. In dem Kloster. Hier gibt es auch normale Frauen! Ich habe gehört, wie eine von denen mit einer von den Nonnen geredet hat.

Wegen ihrer Klausur ... jetzt, wo der Priester tot ist. Siehst du die da?« Daniel zeigte nach vorn. »Dort drüben, die Frau mit der Jeans – die wohnt hier.«

Rasch drückte Sarah Daniels ausgestreckten Arm nach unten.

»Nicht mit dem Finger zeigen, Daniel. Und ich hatte dir doch gesagt, dass Leute auch in Kloster fahren, um ein bisschen Ruhe zu haben, um zu beten und zu meditieren. Daher wundert mich nicht -«

»Aber wenn hier auch normale Leute sind, kann doch einer von denen der Mörder gewesen sein!«

Gott, wenigstens flüstert er!

»Daniel, wir wissen doch noch gar nicht -«

»Oder vielleicht sind hier noch andere.«

Sie legte eine Hand auf Daniels Schulter.

»Okay. Das war gute Arbeit. Wir wissen jetzt, dass hier auch Gäste sind. Hast du Lust, noch ein bisschen mehr herumzuhorchen?«

»Und ob!«

»Super. Dann mal los. Ach, und, Daniel ...?«

»Ja?«

»Keine Doughnuts mehr.«

Er grinste – und sie ebenfalls.

Dann blickte Sarah sich nach Jack um und fragte sich, ob er irgendetwas erfahren hatte.

Jack entdeckte die Nonne, bei der es sich um die Mutter Oberin handeln musste: Ganz allein stand sie da mit verschränkten Armen, den Blick auf ihr Team fixiert, ähnlich einem stämmigen Football-Coach.

»Furchteinflößend« war das Wort, das Jack bei ihrem Anblick aus einiger Entfernung als Erstes in den Sinn kam.

Und prompt holten ihn die Erinnerungen an seine Tage als nicht gerade bravster Schüler von der St.-Vincent-Ferrer-Schule ein.

Jack hatte keinen Police Captain gekannt, der es an Strenge mit St. Vinnys Schwester Elizabeth damals in Flatbush aufnehmen konnte.

Er holte tief Luft, setzte ein, wie er hoffte, warmherziges Lächeln auf und wappnete sich für das, was unweigerlich geschehen würde.

Die Nonne drehte sich zu ihm um, als er näher kam.

»Schwester Mary Bryan?«

»Ja.« Sein Lächeln schaffte es nicht, eine entsprechende Erwiderung auf ihr graues, faltiges Gesicht zu zaubern.

Jack sah sich um, als bewunderte er das rege Treiben auf dem Fest, dabei wich er eigentlich nur dem vernichtenden Blick der Nonne aus.

Alte Gewohnheiten legt man nicht so leicht ab …

»Ein herrlicher Tag für Ihr Fest.«

»Ja, es ist Ostermontag, und der Herr hat uns einen schönen Tag geschenkt.«

Er wandte sich wieder ihr zu. »Das hat er. Ich habe mich gefragt …«

Was er sich wirklich fragte, war, ob die Frau ahnte, was er tatsächlich wollte. Mittlerweile kannten ihn die meisten Einwohner Cherringhams: Er war für sie der »amerikanische Detective«. Aber wusste man auch hier in der abgeschiedenen Atmosphäre dieses Klosters, versteckt am Dorfrand, von ihm und seiner Tätigkeit als Freizeit-Ermittler?

»Ich habe mich gefragt, ob ich mit Ihnen über Pater Byrne sprechen könnte.«

»Möge er in Frieden ruhen«, sagte Schwester Mary, die Arme immer noch verschränkt.

»Ja. Die Beerdigung wird wohl diese Woche noch sein, nehme ich an.«

»Warum sagen Sie das?«, fragte sie unüberhörbar misstrauisch. »Kannten Sie ihn?«

Jack verneinte stumm und dachte: *Vielleicht wäre Sarah hier besser geeignet.*

»Nein, überhaupt nicht. Mich hat nur ein alter Freund von ihm angesprochen – Liam O'Connor.«

Die Nonne schüttelte abfällig den Kopf, sagte aber kein Wort.

»Na ja, Liam wunderte sich, wie seinem Freund so etwas passieren konnte.«

Jetzt war es die Nonne, die den Blick abwandte – vielleicht, weil er zu viel preisgeben würde?

»Der Arzt hat bestätigt, dass es ein tödlicher Herzanfall war, Mr …«

»Jack.«

»Seine vielen Läufe, wie er kreuz und quer in der Weltgeschichte herumreiste …«

Endlich löste sich ihre Zunge.

»Aber das ist es ja gerade, Schwester! Er war ein Langstreckenläufer und ist überall auf der Welt Marathon gelaufen.«

Einen Moment lang blieb sie still, als hoffte sie, Jack würde sich wieder zurückziehen.

Dann sagte sie: »Ja, er ist gelaufen, und offenbar hatte er auch Herzprobleme, wegen denen er Medikamente nehmen musste. Mich wundert es gar nicht, was ihm passiert ist.«

Jack merkte, dass sich die Lage veränderte und er nun in seinem Element war: Und so ging er auf Konfrontationskurs mit der Oberin.

»Sehen Sie, Schwester Mary, genau das ist der springende Punkt. Wenn die Ärzte ihm erlaubt hatten, weiterhin zu laufen, und seine Medikamente dafür sorgten, dass seine Pumpe richtig arbeitete, dann, nun ja, bin ich verwirrt. Verstehen Sie, was ich meine?«

Jack war nicht sicher, ob Schwester Mary begriff, was er ansprach. Und er fragte sich, ob die oberste Nonne in St.

Francis womöglich ein oder zwei eigene Geheimnisse hatte, zusätzlich zu denen des verstorbenen Pater Byrne.

»Wäre es eventuell möglich, dass ich mir mal ansehe, wo der Pater gewohnt hat?«

»Das Pfarrhaus?«, erwiderte sie in einem Tonfall, als grenzte bereits die bloße Idee ans Skandalöse.

»Vielleicht finde ich etwas, das mir eine Vorstellung davon gibt, wie es passieren konnte. Sind seine Sachen noch in dem Haus?«

Das verhaltene Nicken der Oberin war noch keine Zustimmung. Sicher wog sie erst einmal ab, ob sie es wirklich erlauben sollte.

»Und ich bin sicher, dass es seinen Freund Liam beruhigen würde, wenn ich mich einmal kurz umsehen dürfte.«

Nachdem sie sich abermals umgeschaut hatte, blickte sie Jack mit versteinerter Miene an. »Na gut. Es ist ja im Grunde nichts dabei, vermute ich.«

Sie ist sich kein bisschen sicher …

Dann ging Schwester Mary voraus zur Auffahrt, die zum Pfarrhaus führte.

5. Das Zimmer des guten Pfarrers

Sarah suchte nach Jack.

Außer der Information, dass anscheinend drei Laien in Klausur im Kloster waren, was sie nur dank Daniel wusste, hatte sie wenig herausgefunden.

Schließlich sprach Sarah die fröhliche Nonne an der Zuckerwattemaschine an. Die Frau schien passenderweise immerfort zu lächeln – bis Sarah den Namen von Pater Byrne erwähnte.

Als die Nonne schwieg, stellte Sarah sich vor.

»Schwester Evangeline«, erwiderte die Nonne zurückhaltend.

Die Nonne ließ den Stiel weiterkreisen, um die Zuckerwatte einzufangen, doch ihr Lächeln blieb weiterhin verschwunden.

»Bedaure, aber ich kannte ihn eigentlich nicht«, behauptete sie schließlich. »Er hielt die Messe für uns und nahm uns die Beichte ab, sonst nichts.

Nach dem, was Sarah bisher über Byrne erfahren hatte, hätte er gut jemanden brauchen können, der sich *seine* Beichte anhörte.

»Und er kam Ihnen gesund vor?«

Die Nonne nickte und reichte einem Jungen mit großen Augen eine dicke rosafarbene Wattewolke, bevor sie sich an die nächste machte.

»Er war ein Langstreckenläufer, nicht? Das ist für uns alle ein Schock gewesen.«

»Ja, kann ich mir gut vorstellen«, sagte Sarah.

Wieder blickte sie sich um.

Wo steckt Jack nur?

Dann sah sie wieder zu Schwester Evangeline.

»Hatten Sie je den Eindruck, dass Pater Byrne … Feinde hatte?«

Bei diesen Worten hielt die Nonne in ihrer Tätigkeit inne.

Und sie antwortete nicht auf die Frage, sondern entgegnete: »Wenn Sie bitte entschuldigen, ich muss mich um die Maschine kümmern. Die Kinder warten.«

Es war eine sehr durchsichtige Ausrede, denn bis eben war es Schwester Evangeline problemlos gelungen, Zuckerwatte zu machen und gleichzeitig zu reden. Sarah nickte lächelnd.

Auch wenn sie keine Informationen bekommen hatte, *spürte* Sarah etwas.

Pater Eamon Byrne war fraglos ein beliebter »Laufpriester« gewesen – aber was war da noch, worüber niemand reden wollte?

In diesem Moment kam Daniel herbeigerannt.

»Oh, Zuckerwatte! Darf ich eine, Mum, bitte?«

Sarah lachte. »Wenn es unbedingt sein muss. Ich glaube, ich –«

Ihr Handy summte.

Es war eine SMS von Jack: *Kommst du zu mir ins Pfarrhaus?*

Wie in aller Welt hat er sich denn Zugang zu diesem Gebäude verschafft?

Sie wandte sich zu Daniel. »Ich gehe kurz zum Pfarrhaus, Daniel.«

In überzeugter Detektivmanier verkündete er: »Ich komme mit!«

Kopfschüttelnd strich Sarah ihm das Haar aus der Stirn. *Gott, wie sie den Jungen liebte!*

»Nein, du isst eine Zuckerwatte.« Sie beugte sich zu ihm. »Bleib bei deiner Tarnung, halte die Augen offen, und spitz die Ohren, ja?«

»Okay, alles klar!«, sagte Daniel, der plötzlich ein bisschen amerikanisch klang.

Ja, das Fernsehen …

Und dann ging Sarah auf dem Sandweg zum Pfarrhaus.

Die Vordertür des strengen Backsteinbaus stand offen, und als sie eintrat, nahm Sarah einen Geruch wahr. Was war das?

Weihrauch? Kerzen? Sie war keine sonderlich eifrige Kirchgängerin – schon ihre Eltern hatten in dieser Hinsicht eine eher laxe Einstellung –, und die katholische Welt war ihr erst recht vollkommen fremd.

Jack hatte ihr mitgeteilt, dass er sich hier befand – doch wo genau?

Schließlich, als sie bereits halb durch den langen, dunklen Flur war, rief sie: »Jack? Bist du hier?«

Nichts.

Sarah blickte die schmale Treppe hinauf, die wahrscheinlich zu den Schlafzimmern führte.

Nach ein, zwei weiteren Schritten musste sie unwillkürlich an die Treppe in diesem schaurigen Film von Hitchcock denken.

Sie rief wieder: »Jack?«

»Hier drinnen, Sarah.«

Jacks Stimme durchschnitt das Halbdunkel und den Geruch, der wohl von Kerzen stammte. Sogleich eilte Sarah weiter den Flur hinunter.

Ihr fiel auf, dass der Teppich durchgelaufen und ausgeblichen war. Wie alles andere, was sie hier bisher gesehen hatte, musste auch in diesem Haus alles dringend renoviert oder ersetzt werden.

Am Ende des Korridors sah sie eine offene Tür, durch die Licht auf den dunklen Flur fiel. An den Wänden hingen religiöse Bilder.

Und genau in dem Augenblick, als sie die offene Tür erreichte, kam eine Nonne heraus – wie bei einer dieser Jahrmarktsattraktionen, bei denen man erschreckt werden sollte.

»Oh!«, entfuhr es Sarah. »Verzeihung, ich …«

Im Gegensatz zu ihren Mitschwestern draußen beim Fest war diese Nonne alt, und der Schleier ihres Habits umrahmte ein Gesicht mit zahlreichen Falten und Schrunden. Die Frau trat zur Seite und sagte steif: »Er ist drinnen.«

Sarah lächelte, was gegen den frostigen Ausdruck der Frau nichts auszurichten vermochte, und ging an ihr vorbei in das Zimmer.

Jack saß an einem alten, zerkratzten Schreibtisch.

Von dort blickte er direkt auf eine kleine Kommode, die an der Wand gegenüber stand und deren Schubladen geöffnet waren. Auf einem Holztisch am Fenster lagen ein schwarzes Buch – Byrnes Messbuch? – und ein Laptop.

Doch Jack sah nur zu den Schubladen.

Dann drehte er sich lächelnd zu ihr um. In Anbetracht seiner Herkunft war ihm dies hier wohl weniger fremd als ihr, vermutete Sarah.

»Ist draußen alles okay?«

Sarah nickte. »Daniel« – sie sah sich nach der Nonne um, die an der Tür Wache stand – »hat seinen Spaß auf dem Fest.«

Sie würde Jack später von den Klausurgästen erzählen.

»Schön. Schwester Mary, die Mutter Oberin, war so freundlich, mich einen Blick in Pater Byrnes Arbeitszimmer werfen zu lassen.«

Erst jetzt bemerkte Sarah, dass oben auf der Kommode Unterlagen angeordnet waren: irgendwelche Tickets, und zwar ein ganzer Stapel, sowie einige Umschläge, die geöffnet und deren Inhalte recht nachlässig wieder zurückgesteckt worden waren.

»Also, ich habe dies hier gefunden«, sagte Jack. »Erkennst du, was das ist?«

Jack reichte ihr eine Armbanduhr.

Die Mutter Oberin kam zurück in das winzige Zimmer, sodass es darin noch enger wurde.

»Die haben sie dem Pater abgenommen, bevor sie ihn wegbrachten«, erklärte sie.

Sarah betrachtete die Uhr, entdeckte einen Namen darauf und blickte wieder zu Jack.

»Das ist eine Garmin. Denkst du, es war seine Laufuhr?«

»Drück mal auf den Knopf an der Seite«, sagte er und zeigte auf die Stelle.

Sarah drückte mit dem Daumen auf die Taste, und auf dem Display begann ein Herzsymbol zu blinken.

»Ein Herzüberwachungsgerät«, stellte Sarah fest. »Mit GPS.«

Jack nickte. »Genau. Jemand, der so viel gelaufen ist wie Pater Byrne, erst recht mit einem Herzproblem, braucht so etwas, um zu prüfen, wie es um seine Gesundheit steht.«

»Diese verrückte Lauferei!«, sagte Schwester Mary abfällig. Sie scheute sich jedenfalls nicht, ihr Missfallen zu zeigen.

Sarah drehte die Uhr um. Hinten war ein kleiner Computer-Port.

Jetzt begriff sie, warum Jack sie herbestellt hatte. Die Uhr könnte Hinweise auf Pater Byrnes letzten Lauf gespeichert haben. Sie gab sie Jack zurück und wartete, was er als Nächstes tun würde.

»Schwester Mary«, sagte Jack und hielt die Uhr in die Höhe. »Darf ich die vielleicht ausleihen? Sie könnte uns helfen, zu verstehen, was mit Pater Byrnes Herz passiert ist.«

44

Die Nonne holte tief Luft und stieß einen Seufzer aus, bei dem sich ihre verschränkten Arme hoben und senkten. Sarah vermutete, dass die Schwester sich wünschte, all dies wäre endlich vorbei.

Aber dann nickte die Nonne.

»Na gut, ich wüsste nicht, was dagegen spricht. Aber Sie geben mir die Uhr zurück, nicht wahr?«

»Ja, und ich bin Ihnen sehr dankbar«, beteuerte Jack.

»Hmm, sicher. Und jetzt muss ich nach dem Fest sehen. Die jungen Nonnen brauchen nämlich Aufsicht. Sie vergessen gerne mal, dass wir hier Spenden einnehmen wollen.« Dann ergänzte sie leise, mehr zu sich selbst: »Und wie dringend wir das Geld brauchen.«

»Danke«, sagte Jack. »Wir sind hier auch fertig.« Er lächelte. Schwester Mary schien zwar immun gegen Jacks Charme, doch das hielt ihn nicht davon ab, es weiter zu versuchen … »Wir kommen mit Ihnen zurück und geben noch etwas mehr Geld aus, um der guten Sache zu helfen.«

Nicht der Anflug eines Lächelns von Schwester Mary.

Bloß ein »Gut« kam ihr über die Lippen.

Sie drehte sich um und ging voraus Richtung Haustür.

Auf dem Weg durch den Flur wechselten Sarah und Jack einen Blick, und er hob vielsagend die Hand hoch, in der er die Uhr hielt.

»Die sollte uns so ziemlich alles verraten«, flüsterte sie.

»Vor allem, ob es schlichtweg ein normaler Herzinfarkt war«, sagte Jack.

Nach der beklemmend düsteren Atmosphäre im Pfarrhaus war das Tageslicht draußen eine wahre Wohltat. Sie schlenderten den Sandweg hinunter zum Klosterfest.

»Sobald wir hier wegkommen, schauen wir uns die Werte bei seinem letzten Lauf an«, erklärte Sarah.

»Treffen wir uns in deinem Büro?«

»Ja. Ich setze Daniel zu Hause ab, und dann sehen wir uns dort.«

Sie sah Jack nach, der nun zu seinem Wagen ging.

Anschließend machte sie sich auf die Suche nach ihrem Sohn.

Das Fest schien ein Bombenerfolg zu sein. Inzwischen trieben sich viele Leute aus Cherringham und Umgebung bei den Ständen herum.

Es dauerte ein wenig, bis Sarah ihren Sohn bei einem Kegelspiel fand, das die Nonnen abseits vom Hauptgeschehen in einer Ecke des Parkplatzes aufgebaut hatten.

Sie sah, wie er sich Zeit mit der Holzkugel ließ, als würde er sich auf den alles entscheidenden Wurf bei einem World Cup vorbereiten.

Er war eindeutig ein richtiger Junge … und er hatte eine besondere Intensität an sich, wenn er sich einer Sache hingab. Sarah musste sich eingestehen, dass er eine Menge von der Energie seines Vaters hatte.

Das konnte etwas Gutes sein – diese Intensität.

Jedenfalls fiel sie Sarah auf, und sie würde diesen Zug an ihm im Blick behalten.

Sie ließ ihn die Kugel werfen – mit der er tatsächlich die letzten drei Kegel umwarf.

Die Nonne, die dieses Spiel leitete, klatschte in die Hände und rief: »Bravo! Sehr gut gemacht!«

Sarah trat zu ihrem Sohn, der sich daraufhin rasch bückte und einen Stoffaffen mit einem Hut aus dem Gras hob.

»Guck mal, Mum, was ich für dich gewonnen habe! Und ich habe gerade noch ein Spiel gewonnen!«

Sarah nahm den Affen, dessen groteskes Gesicht – weit aufgerissene Augen und ein sehr breites Grinsen – perfekt zu diesem sonderbaren Nachmittag passte.

»Ah, vielen Dank! Man kann nie genug Stoffaffen haben.«

Ein anderer Junge, der hinter Daniel gestanden hatte, trat nun vor, während die begeisterte Nonne hastig die Kegel wieder aufstellte.

»Wollen wir dann wieder nach Hause, Daniel?«

Er nickte.

»Übrigens, Mum, als ihr drinnen wart, bin ich den Leuten da gefolgt.«

Sarah war schon auf dem Weg zum Wagen und hörte nur halb hin.

»Welchen Leuten?«

Ihr Sohn blieb stehen und zeigte hinüber zum Tombola-Stand, um den sich inzwischen eine kleine Menschenmenge geschart hatte.

»Siehst du sie? Die drei, die hier bei den Nonnen wohnen.«

Sarah bejahte. *Richtig, die Klostergäste.*

»Sie sind hier, weil sie ein bisschen Ruhe wollen, Daniel. Nichts weiter.«

Sie sah nun, dass es sich um eine Frau und zwei Männer handelte.

»Aber, Mum, Jack hat gesagt, ich soll mich umsehen. Und die sind die ganze Zeit zusammen rumgegangen, immer nur zu dritt. Und jedes Mal wenn sie miteinander reden, passen sie auf, dass keiner sie hört.«

Er sieht entschieden zu viel fern.

Sarah wandte sich zu ihm um. »Super, Daniel, das erzähle ich Jack. Man kann ja nie wissen.«

»Ist gut.«

Damit schien Daniel zufrieden.

Als sie weiterging, blickte Sarah wieder zu dem Trio und bemerkte etwas, das eigentlich offensichtlich war.

Exakt das, was auch Daniel aufgefallen war.

Die drei Klostergäste blieben dicht beisammen, und sie blickten sich wirklich immer wieder um.

Nun war Sarahs Neugier geweckt.

Die drei steckten die Köpfe zusammen, wenn sie redeten, als wollten sie nicht, dass ein anderer etwas von dem hörte, was sie sagten.

Und Sarah dachte, dass Daniel vielleicht doch etwas Merkwürdiges beobachtet hatte.

Es sind einfach Leute, die Ruhe und Stille suchen, hatte sie gedacht.

Aber wer sind sie? Und warum sind sie überhaupt hier?

Könnte es irgendetwas mit Pater Byrne zu tun haben?

So viele Fragen. Als sie bei ihrem RAV4 ankam, den elektrischen Türöffner drückte und noch einmal zum klaren blauen Himmel emporblickte, wurde ihr klar, dass sich auf all diese Fragen keine einzige Antwort abzeichnete.

6. Der letzte Lauf

Als Sarah vor ihrem Büro am Marktplatz von Cherringham ankam, wartete Jack schon unten an der Haustür.

»Tut mir leid«, sagte sie, schloss auf und ließ ihn herein. »Daniel hatte Hunger, also musste ich ihm schnell einen Toast mit Käse machen. Und als Chloe den sah, wollte sie auch welchen ...«

Sarah dachte an die Zeit zurück, als sie ein Teenager war. Ja, ihre Tochter war ihr sehr ähnlich.

»Egal wie viel Kinder essen, es geht immer noch mehr bei ihnen rein«, merkte Jack dazu an.

Wie Sarah wusste, hatte er dieses Stadium mit seiner eigenen Tochter schon vor langer Zeit erlebt.

Gemeinsam stiegen sie die Treppe zu ihrem Büro hinauf.

»Kommt mir komisch vor, an einem Feiertag hier zu sein«, sagte Sarah.

Zwar war in ihrer Webdesign-Agentur derzeit viel zu tun, doch Sarahs eiserne Regel lautete, nie an großen Feiertagen zu arbeiten – und vor allem Ostern sollte der Familie gehören.

Sie schloss die Tür oben auf und betrat mit Jack ihr Büro.

»Hol schon mal die Uhr raus«, forderte Sarah ihn auf.

Jack nahm sie aus seiner Tasche und gab sie Sarah.

»Wie wäre es, wenn du uns einen Kaffee machst, während ich alles vorbereite?«, schlug sie vor und setzte sich an ihren Schreibtisch.

Sarah lud die Probeversion einer Lauf-Software herunter, die zu Pater Byrnes Uhr passte, und schloss diese via Kabel an ihren Computer an. Nach wenigen Minuten hatte sie die Passwortsperren überwunden und sich Zugang zum Onlinespeicher mit Pater Byrnes Laufwerten verschafft.

Ein Fenster erschien, und sie wurde gefragt, ob sie den letzten Lauf hochladen wolle.

Neuer Computer, und alle Programmläufe müssen nach Datum codiert werden.

Sehr praktisch …

Sarah klickte auf »Ja«.

Jack stand hinter ihr und sah ihr über die Schulter.

»Wenn da nichts ist, kann ich die Uhr morgen Schwester Mary zurückgeben«, sagte er.

Sarah war sich sicher, dass die Uhr ihnen eine recht einfache Geschichte mitteilen würde: Während des Laufens hatte Byrne einen Herzinfarkt gehabt und war gestorben.

Und das war's.

»Okay, es ist hochgeladen. Kannst du alles sehen?«, fragte sie Jack.

»Hmm … ja … Laufzeit, durchschnittliche Herzfrequenz und …«

Sie zeigte auf den Monitor. »Siehst du das hier?«

»Da hört es auf.«

Sarah sah genauer auf den Bildschirm. Es war verblüffend. Das Display zeigte seine ansteigende Herzfrequenz beim Start, dann ziemlich gleichbleibende Werte, während er lief, und dann … nichts.

»Da ist er gestorben.«

In dem stillen Büro klangen die Worte unheimlich.

»Warte mal«, sagte Jack.

Er beugte sich näher zum Monitor.

»Ich bin ja kein Fachmann, aber sieh dir diese Herzschlagfrequenzen an … Die waren am Anfang alle okay. Aber hier: Höchstwerte 130 … 140 … Dann ganz schnell hoch auf 150 … 160 – direkt bevor das Herz stehen blieb.«

»Das ging sehr rasch.«

Jack sah Sarah an.

»Er nahm doch Medikamente. Da hätte so etwas nicht passieren dürfen.«

»Trotzdem geschah es. Und noch etwas ist komisch«, sagte Sarah.

»Was?«

»So eine Uhr gibt normalerweise einen Alarmton von sich, wenn die Herzschlagfrequenz in einen kritischen Bereich kommt.«

»Hat sie vielleicht auch, und er hat es nur nicht gehört. Wie es aussieht, hat sich sein Zustand binnen Sekunden extrem verschlechtert.«

»Hast du sein Medikament im Pfarrhaus gesehen?«, fragte Sarah.

»Nein, ich durfte nicht nach oben in sein Schlafzimmer oder ins Bad. Aber Liam sagte, dass er nur dank der Tabletten noch laufen konnte. Er wäre nie losgelaufen, ohne sein Medikament vorher zu nehmen.«

»Ich glaube, das hier zeigt uns noch etwas.«

»Aha?«

»Die Uhr hat einen GPS-Empfänger. Und es gibt einen Link zu Google Maps. Dort sollte uns die genaue Stelle angezeigt werden, wo er zu laufen aufhörte.«

»Sehr gut. Ruf das mal auf.«

»Okay, sehen wir mal, wo Pater Byrnes Lauf endete …«

Danach sah Jack zu, wie Sarah sich durch die verschiedenen Menüs arbeitete.

Dann fand sie es.

»Hier wären wir: ‚Laufstrecke abbilden‘.«

»Wunderwelt Technik«, murmelte Jack.

Das Programm benutzte die GPS-Aufzeichnungen auf der Uhr, um eine Karte von der Laufstrecke zu erstellen.

Binnen Sekunden erschienen die Wege und Wälder um das Kloster herum. Und eine rote Linie wand sich durch das weitläufige klösterliche Anwesen und am Flussufer entlang.

Sarah wechselte von der Kartenansicht zum Satellitenbild.

»Man erkennt beinahe jeden Baum und Strauch«, stellte sie fest.

»Und anscheinend pflegte er immer an meinem Boot vorbeizulaufen«, sagte Jack.

Fuhr Sarah mit dem Cursor über ein Streckenstück, erschien ein kleines Fenster mit den dazugehörigen Daten: Herzschlag, Lauftempo.

Bis die rote Linie einen Knick machte.

Der Laufweg auf dem Monitor machte eine Neunzig-Grad-Wendung nach rechts und behielt diesen Kurs für ungefähr hundert Meter bei.

»Warte mal …«, murmelte Sarah.

»Siehst du etwas?«

Sarah strich mit dem Cursor über einen Teil der Linie, und im kleinen Fenster war zu sehen, dass Byrnes Herzschlag sehr schnell wurde und sein Tempo sich bei ungefähr fünf Minuten pro Kilometer einpendelte.

Dann wanderte Sarah mit dem Cursor weiter zu dem Knick.

Hier wurde das Tempo mit »drei Kilometer/Stunde« angezeigt.

»Siehst du das, Jack?«

Sie bewegte die Maus, sodass die Werte wieder erschienen, bis Jack die letzten sehen konnte.

»Diese Geschwindigkeitsangabe entspricht nicht mal langsamem Gehen. Und achte auf die Herzfrequenz, Jack. Die Zahlen sind völlig absurd.«

Sie drehte sich zu ihm, und plötzlich wurde es sehr kalt in dem Büro.

»Diese Strecke da, also diese etwa hundert Meter nach rechts – er hat sie zurückgelegt, als sein Herzschlag auf null war.«

»Als er bereits tot war.«

Einen Moment lang sagte keiner von ihnen ein Wort. Und die einfache Geschichte von einem Läufer, der einen Herzinfarkt erlitten hatte, fiel in sich zusammen.

»Jemand hat ihn bewegt«, flüsterte Jack.

Sarah stimmte zu, dass dies die einzig mögliche Erklärung war.

Jemand hatte Byrne bewegt, nachdem er gestorben war. »Ich verstehe das nicht«, sagte sie. »Können es die Sanitäter gewesen sein? Als sie ihn weggetragen haben, meine ich?«

»Das glaube ich nicht. Warum sollten sie ihn so bewegen? Und wie Liam erzählte, war dieser Knick dort nicht die Stelle, an der er gefunden wurde.«

Jack wurde wieder still.

Jetzt ist er im Detective-Modus, dachte Sarah. *Er überlegt, was möglich und was wahrscheinlich gewesen ist, und wie immer auch, was hier nicht zusammenpasst.*

Schließlich, als er nur noch auf den Monitor zu starren schien, hielt sie es nicht mehr aus und sagte: »Ich würde glatt mehr als einen Penny für deine Gedanken springen lassen.«

Jack lachte kurz. »Entschuldige. Ich neige zum Abschweifen, wenn ich verwirrt bin.«

»Und wohin bist du abgeschweift?«

»Zum ersten Mal denke ich, dass hier tatsächlich etwas nicht stimmt. Was es ist, weiß ich nicht, und auch nicht, warum …«

Er griff in seine Tasche und holte einen Stapel kleiner Zettel hervor, die er auf ihren Schreibtisch legte.

»Vielleicht hat es mit denen hier zu tun.«

»Was ist das?«

»Alte Wettscheine von Pferderennen. Ich habe sie aus Byrnes Arbeitszimmer. Anscheinend hat er sogar die Nieten aufbewahrt. Eine beachtliche Sammlung, und es ging um recht viel Geld. Falls er ein Spielproblem hatte – Priester hin oder her –, könnte er es mit allen möglichen zwielichtigen Typen zu tun bekommen haben.«

»Nur zwielichtige Typen? Oder gar Mörder?«

»In dem Milieu dürften solche Unterscheidungen schnell mal verschwimmen. Aber ich habe am Computer genug gesehen, um mehr wissen zu wollen.«

»Und was machen wir jetzt, Detective?«

»Kannst du diese Karte ausdrucken? Mit den Herzwerten drauf?«

»Das müsste gehen. Ich stelle auch eine Tabelle mit den Zeiten und Herzfrequenzen zusammen.«

»Und meinst du, dass du herausfinden kannst, welches Mittel Byrne wegen seiner Herzprobleme genommen hat? Ich würde gerne wissen, was damit passiert ist …«

»Du hast angedeutet, er könnte mit Kredithaien aneinandergeraten sein. Sonst noch Verdächtige?«

»Dafür ist es ein bisschen früh, oder? O'Connor hat allerdings gesagt, dass Byrne ein ziemlich buntes Leben führte – für einen Priester. Sehen wir mal, ob wir Näheres darüber in Erfahrung bringen können.«

Sarah wandte sich wieder dem Monitor zu, machte einige Standbilder und klickte auf »Drucken«.

»Und hierüber auch?«

Jack nickte. »Es ist eine Weile her, seit ich gelaufen bin. Aber vielleicht nehme ich mir mal dieselbe Strecke mit Pater Byrnes gutem Freund vor. Wird wohl eher ein langsames Joggen, vermute ich. Aber ich will mich an der Stelle umsehen, an der er gestorben ist …«

»Die nicht die Stelle ist, an der er gefunden wurde, nicht wahr?«

Abermals nickte Jack und ging hinüber zum Drucker, um die Blätter an sich zu nehmen, die das Gerät ausspuckte.

Zwar hatten sie bisher immer noch keine Ahnung, was genau mit Eamon Byrne passiert war, doch hier oben in ihrem kleinen Büro, abgeschieden vom Feiertagstrubel auf dem Marktplatz draußen, hatte Sarah das Gefühl, sie hätten etwas Wichtiges entdeckt.

Etwas, das ihr, wie sie zugeben musste, Angst machte.

»Und vielleicht behalten wir die Uhr fürs Erste«, sagte Jack und faltete die ausgedruckten Karten zusammen. »Ich kläre das mit der netten Schwester Mary.«

»Oh ja, tu das bitte. Ich möchte es mir auf keinen Fall mit ihr verscherzen.«

Jack schüttelte grinsend den Kopf. »Nein, ganz sicher nicht.«

Dann machte Sarah ihren Computer aus und folgte Jack hinaus in den noch sonnigen frühen Abend.

7. Joggen mit Liam

Jack lehnte an der niedrigen Ziegelmauer des Friedhofs von St. Francis und beobachtete den morgendlichen Verkehr, der aus dem Umland nach Cherringham strebte. Um diese Tageszeit kam er selten ins Dorf, und es überraschte ihn jedes Mal aufs Neue, wie wahnsinnig schnell die Leute auf diesen engen Straßen fuhren.

Er sah auf seine Armbanduhr: sieben Uhr fünfundzwanzig.

Eamons GPS-Aufzeichnungen zufolge hatte er seinen Lauf am Karfreitag um halb acht begonnen, und Jack wollte sich so genau wie möglich an diese Zeitvorgabe halten. Also wo blieb Liam?

Er sah die lange Straße hinunter, die einst von den Römern angelegt worden war und nach Westen führte. Keine Spur von seinem neuen Joggingpartner. In der Ferne hingen schwere graue Wolken am Horizont. Jack wusste inzwischen, dass dies ein typischer englischer Aprilmorgen war: feuchtkalt, grau und mit verlässlicher Aussicht auf Regen.

Dies ist eine der Cotswolds-Ansichten, die sie nicht in den Touristenbroschüren zeigen, dachte er.

Er war froh, dass er sich in letzter Minute einen Fleecepulli übergezogen hatte. Als er nach unten auf seine weißen Beine schaute, wurde ihm schlagartig bewusst, dass er erstmals seit seinem Umzug nach England seine Laufshorts trug.

Könnte der Anfang eines völlig neuen Ichs sein.

Er blickte wieder auf und sah, dass ein schwarzer Zweisitzer-Audi in die Parkbucht bei der Kirche einbog. Liam O'Connor stieg aus dem Fahrzeug; er trug eine grelle Laufkleidung und in der Hand eine Wasserflasche.

»Sind Sie bereit, Jack?«, rief er grinsend und verriegelte seinen Wagen mit der Fernbedienung.

»Mehr oder weniger«, antwortete Jack. »Schicker Wagen.«

»Einer der vielen Vorteile, wenn man das Priesteramt aufgibt«, sagte Liam.

»Sie haben mir bisher nicht verraten, was Sie stattdessen machen.«

»Nein«, erwiderte Liam lächelnd. »Habe ich nicht.«

Jack wartete darauf, dass Liam mehr zu diesem Thema sagte, was der aber offensichtlich nicht vorhatte.

»Wo wollen wir lang?«, fragte Jack schließlich.

Er beobachtete, wie Liam seine Laufuhr einstellte und dann die Straße hinauf zeigte.

»Da ist ein öffentlicher Fußweg, der an der Kirche vorbeiführt. Sehen Sie ihn?«

Jack nickte.

»Und Sie sind sicher, dass Sie die vollen zehn Kilometer laufen wollen?«

»Ich muss die gesamte Strecke sehen«, erklärte Jack. »Aber wir machen es in meinem Tempo, wenn es Ihnen nichts ausmacht.«

»Absolut nicht.« Liam drückte einen Knopf an seiner Uhr, drehte sich um und lief voraus zum Weg.

»Das ist kein Rennen!«, rief er über die Schulter. »Wir fangen mit einem leichten Joggen an.«

Jack eilte ihm hinterher.

Von wegen Joggen! Das hier ist meine aktuelle Höchstgeschwindigkeit.

Jack holte seinen Laufpartner hinter dem ummauerten Pfarrhausgarten ein. Er sah auf Anhieb, dass Eamon kein passionierter Hobbygärtner gewesen war: Überlanges Gras, weiße Plastikstühle und eine Wäscheleine waren alles, was sich innerhalb der Mauern befand.

Und offensichtlich war kein Geld da gewesen, um jemanden für die Gartenpflege zu bezahlen.

»Ist dies die Strecke, die Sie beide täglich gelaufen sind?«

»Bei Wind und Wetter«, bestätigte Liam. »Ausgenommen am Freitag.«

»Also«, sagte Jack, der seinen Sprechrhythmus auf die tiefen Atemzüge abstimmen musste, »er rief Sie am Donnerstagabend an und sagte, es gehe ihm nicht gut und er wolle am nächsten Morgen nicht laufen, richtig?«

»Stimmt. Morgens muss er sich dann besser gefühlt und beschlossen haben, es doch noch zu versuchen.«

»Wie lief das normalerweise ab?«

»Na ja, Eamon wartete an der hinteren Pforte da, und wir liefen anschließend zusammen den Hügel hinunter am Kloster vorbei. Von dort über den Fluss und dann einige Kilometer nach Norden zur oberen Brücke …«

Jack fand sich neben ihm ein, als Liam etwas langsamer wurde.

»Danach ging es um die Ingleston-Kirche herum, zurück über die Wiesen, den Leinpfad entlang …«

»Gegenüber von meinem Boot«, merkte Jack an, der seine Gesprächsbeiträge bewusst so kurz wie möglich hielt.

»Genau. Anschließend den Marchmain's Hill rauf und im Sprint die letzten paar Hundert Meter zurück zum Pfarrhaus.«

Jack blickte nach links, wo hinter einer Baumreihe das Kloster zu sehen war.

Unter ihnen lag der einstige Stall, neben dem er gestern geparkt hatte. Die Vorhänge an den Fenstern waren zurückgezogen, und Jack konnte einige Leute zusammenstehen und reden sehen.

Was bedeutete, dass die Bewohner dort am Karfreitagmorgen auch Pater Byrne gesehen haben könnten, falls die Vorhänge da auch schon zur Seite gezogen waren.

»Wozu dient eigentlich der umgebaute Stall?«, fragte Jack.

»Ach, in dem wohnen die Klausurgäste«, antwortete Liam. »Die meisten sind ungefähr für eine Woche hier, finden auf wundersame Weise zu sich selbst und fahren wieder nach Hause.«

»Sie klingen wenig überzeugt, dass so ein Aufenthalt hier sinnvoll ist.«

»Wie gesagt, ich habe meinen Mitgliedsausweis zurückgegeben.«

»Hatte Eamon mit den Gästen zu tun?«

»Das hat er tunlichst vermieden«, antwortete Liam. »Er las nur die Messe und nahm die Beichte ab.«

»Und sonst hat er keine Zeit mit ihnen verbracht?«

»,Nicht mein Job', sagte er immer. Er war ein Gemeindepriester, der sich um die Gemeindemitglieder kümmerte. Das Gästehaus wird vom Kloster betrieben.«

»Aber die Gäste, die diese Woche dort wohnen, dürften ihm begegnet sein, oder?«

»Sicher, einige Male durchaus. Die Ostergäste buchen für die gesamte Karwoche und die daran anschließenden Osterfeiertage. Ich schätze, dass sie morgen oder übermorgen wieder abreisen.«

Jack lief ein Stück schweigend weiter. Er fühlte sich gut. Sein Atem ging stark und regelmäßig, und seine Beine beschwerten sich nicht – bis jetzt.

»Was ist mit den Nonnen? Hatte er mit denen viel zu tun?«

»Für die galt das Gleiche. Er las die Messen, saß im Beichtstuhl. Die Kirche ermuntert Priester nicht unbedingt zum regen Kontakt mit Nonnen, falls Sie verstehen, was ich meine.«

»Alles klar.«

»Passen Sie hier an der Straße auf.«

Jack folgte Liam, der rasch über einen Zaunübertritt hinweg auf die Straße stieg, die über die Themse führte.

Auf der anderen Seite schwenkten sie nach Norden auf einen Fußweg, der an Weizen- und Rapsfeldern entlangführte.

»Wie machen wir uns?«, fragte Jack.

»Neun Stundenkilometer. Nicht direkt Olympiatempo, aber recht anständig.«

»Das höre ich selten, dass mich jemand als anständig bezeichnet.«

Fünfundvierzig Minuten später beschloss Jack, dass alles seine Grenze hatte. Das Herz in seinem Brustkorb hämmerte wie wild, seine Beine fühlten sich an, als würden ihm die Muskeln von den Knochen gerissen, und seine Knie knackten so laut, dass sogar Liam es hörte.

»Gehen wir den Rest, okay?«, keuchte Jack, blieb stehen und lehnte sich auf einen Zaunpfosten, um zu verschnaufen.

»Kein Problem.« Liam trank einen Schluck Wasser aus seiner Flasche. »Ehrlich gesagt, hätte ich nie gedacht, dass Sie es so weit schaffen, Jack. Sie haben sich prima gehalten.«

»Und eine Lektion gelernt, kann ich Ihnen sagen.«

»Aha. Und die wäre?«

»Dass ich an meiner Kondition arbeiten muss. Ich schäme mich richtig.«

»Das kommt noch mit der Zeit. Aber fangen Sie nicht mit zehn Kilometern an. Einen Monat lang täglich ein paar Kilometer, und Sie werden sich großartig fühlen.«

Jack blickte sich um. Sie waren von der Kirche aus durch die Wiesen und an seinem Boot vorbei gelaufen und nun an der Flussbiegung angelangt, wo es hinauf zum Marchmain's Hill ging.

Er nahm die Karte von Eamons Strecke hervor, die Sarah ausgedruckt hatte, und betrachtete sie.

»Hiernach ist Eamon an dieser Stelle vom Leinpfad abgebogen und den Hügel hinaufgerannt.«

»Am Fluss zu bleiben ist zu einfach. Zu flach. Deshalb wählen wir die härtere Strecke – da rauf.«

Jack blickte den Weg hinauf, der steil anstieg und schließlich im Wald verschwand.

»Worauf warten wir?«, sagte er und übernahm zur Abwechslung die Führung.

Auf halbem Weg nach oben wurde ihm klar, dass er diesen Hang laufend niemals geschafft hätte, und das nicht mal in seinen besten Zeiten. Er behielt die Karte in der Hand und glich ihr Vorankommen mit dem Satellitenbild ab.

»Jetzt kommt der richtig harte Teil«, erklärte Liam.

»Was Sie nicht sagen.«

»Normalerweise rauschte hier Eamons Puls nach oben, aber seit er die Medikamente nahm, blieb er immer unterhalb des kritischen Bereichs. Immer.«

Jack blieb stehen und blickte sich um. Bäume und Unterholz überwucherten teilweise den Weg. »Der Karte nach hat er hier irgendwo angehalten.«

»Nein, auf diesem Hügel hat er nie schlappgemacht. Nicht, solange ich mit ihm gelaufen bin.«

»Vielleicht hat er ja gesehen, wie hoch seine Herzfrequenz war«, mutmaßte Jack. »Die Uhr hat doch einen Alarm, nicht? Den Aufzeichnungen nach blieb der Herzschlag zwei, fast drei Minuten lang sehr hoch, dann ging er noch weiter nach oben …«

»Das ergibt keinen Sinn«, erwiderte Liam. »Wenn er stehen geblieben ist, müsste sich sein Herz wieder erholt haben. So etwas kann zwar ein bisschen dauern, aber auf jeden Fall muss die Herzschlagfrequenz abnehmen.«

»Nein. Sie wurde noch schneller – und brach dann plötzlich ab.«

»Für immer, meinen Sie?«

»Ja, leider.«

»Und was ist dann passiert?«

»Wollen Sie das wirklich hören?«, fragte Jack. Als Cop war er es gewohnt, über den Tod zu reden, doch das traf nicht automatisch auf jeden anderen zu.

»Natürlich. Eamon war mein Freund. Das bin ich ihm schuldig.«

»Okay. Die Uhr zeigt, dass er hier war und fast fünf Minuten lang keinen Herzschlag hatte. Danach bewegte er sich plötzlich mit drei Kilometern die Stunde dort durch die Bäume und stoppte an einem Weg auf der anderen Waldseite.«

»Wir sind nie dort gelaufen. Nie.«

»Genau.«

»Kann seine Uhr gesponnen haben?«

»Das wäre möglich, schätze ich. Aber ich glaube es nicht. Ich denke, dass er hier starb, und dann wurde er durch die Bäume zu dem anderen Weg gebracht.«

»Warum sollte das jemand tun?«

Jack zögerte.

Auf diese Frage gab es nur eine einzige sinnvolle Antwort.

»Um Spuren zu verwischen.«

»Soll das heißen, dass er ermordet wurde?«

»Auf jeden Fall halte ich seinen Tod für verdächtig.«

»Und was machen wir jetzt?«

»Wir fangen an, nach jenen Spuren zu suchen, Liam.«

Während Liam in dem Farnkraut neben dem Pfad suchte, arbeitete Jack sich von der Wegmitte nach außen vor. Er ging langsam, machte einen Schritt, hockte sich hin und suchte Erde und Unkraut nach Anzeichen ab.

Was für Anzeichen das genau sein sollten, wusste er nicht, doch er würde sie erkennen, wenn er sie sah.

Er musste freilich jeden Abschnitt des Weges in einem Radius von einigen Metern überprüfen, denn absolut punktgenau konnte das GPS nicht sein, erst recht nicht auf einem steilen Hügel.

Anfangs sah er nichts Ungewöhnliches, zumal der Weg ziemlich überwuchert war. Anscheinend wurde er von Touristen oder ansässigen Hundehaltern eher selten benutzt.

Jack musste unwillkürlich an die berühmte Nadel im Heuhaufen denken.

Und er konnte nicht mal sicher sein, dass es eine Nadel gab.

Dann aber bemerkte er etwas.

»Hey, Liam, sehen Sie sich das mal an.«

Als Liam zu ihm kam, wies Jack auf Stellen seitlich des Weges.

Unterholz und Farne waren dort heruntergedrückt, Stiele und Zweige umgeknickt. Auf der harten Erde waren mehrere Schuhabdrücke in unterschiedlichen Größen und Formen zu erkennen – von Turnschuhen bis hin zu eleganten Büroschuhen. Aber keine Spur von Laufschuhen.

Und in der Mitte des Weges entdeckte Jack eine relativ frische Furche, als wäre jemand mit einem Fuß über die Erde geschlittert. Kleine Steine hatten sich aus dem Boden gelöst und Löcher hinterlassen.

»Ich sehe es. Was bedeutet das?«, fragte Liam.

»Einige Leute – zwei oder drei vielleicht – haben hier oben gewartet, und zwar versteckt, sodass man sie vom Weg aus nicht gesehen hat«, erklärte Jack und richtete sich wieder auf. »Sehen Sie das heruntergetrampelte Dickicht hinter dem Baum und den Sträuchern dort?«

»Mein Gott! Denken Sie, die haben ihn überfallen?«

Jack musterte den Weg in beide Richtungen, und plötzlich kam ihm eine Idee.

Er stapfte ins Unterholz und trat auf eine alte Eiche zu, die etwa fünf Meter vom Weg entfernt stand. Dort bückte er sich wieder und inspizierte die Baumrinde.

Ja, da gab es eindeutig Schabspuren, und stellenweise war Rinde abgeplatzt. Er drehte sich zu Liam um.

»Werfen Sie mal einen Blick hierauf. Ich glaube, sie haben eine Schnur an diesem Baum befestigt, und als er sich näherte, zogen sie daran, und er stürzte darüber.«

»Diese Mistkerle!«

»Ja, das dürfte wehgetan, ihn allerdings nicht umgebracht haben. Könnte der Sturz jedoch einen Herzinfarkt ausgelöst haben? Das halte ich für unwahrscheinlich. Wie dem auch sei, Eamon steckte in Schwierigkeiten, bevor er in diese ‚Falle' tappte.«

»Aber warum haben sie die Leiche woanders hingebracht?«

»Sicherheitshalber, würde ich meinen«, antwortete Jack. »Und es hat funktioniert. Ein Arzt stellt einen Herzinfarkt fest, und die Leute denken nicht weiter darüber nach, wie er sonst noch gestorben sein könnte – es sei denn, irgendwas weist auf eine andere Todesursache hin.«

»Und in diesem Fall waren die Spuren hundert Meter von der Leiche entfernt«, stellte Liam fest.

»Genau.«

»Ähm, gehen wir jetzt zur Polizei?«

Jack überlegte kurz. »Weiß ich nicht. Im Grunde beweisen diese Spuren noch gar nichts. Wir haben einen Herzinfarkt, einige Fußspuren, aber kein Motiv … und vor allem keine Verdächtigen.«

Jack sah Liam an.

»Es sei denn, Sie verraten mir den wahren Grund, warum Sie glauben, dass jemand Pater Byrnes Tod wollte.«

Liam wich seinem Blick nicht aus. »Ich habe es Ihnen doch schon erzählt: Ich weiß nur, dass Eamon einigen üblen Leuten Geld geschuldet hat, und die wollten es zurück. Sein ganzes Glücksspiel …«

Was Liam sagte, klang logisch. Trotzdem hatte Jack das Gefühl, dass es noch mehr gab. Doch er bezweifelte, dass Liam es ihm sagen würde.

Anscheinend schützte er seinen alten Freund immer noch, obwohl Eamon Byrne tot war.

»Na gut«, sagte Jack. »Gehen wir zurück.«

»Und was haben Sie jetzt vor?«

»Ich gehe unter die Dusche und rede mit meiner Partnerin. Mal sehen, was sie herausgefunden hat.«

»Halten Sie mich auf dem Laufenden. Und geben Sie mir Bescheid, wenn ich helfen kann.«

»Oh, das mache ich«, versprach Jack. »Und in der Zwischenzeit sollten wir einen Termin für diese Flasche Lagavulin vereinbaren.«

»Morgen Abend?«

»Abgemacht.«

Gemeinsam gingen sie langsam den Hügel hinunter zu ihren Wagen, wobei Jack sich fragte, warum Liam ihm nicht die ganze Wahrheit sagte.

Und ob ein dreißig Jahre alter Scotch womöglich Liams Zunge lockern würde …

8. Ganz normale Leute

Sarah fuhr den inzwischen vertrauten Weg zum Kloster hinunter und parkte neben dem umgebauten Stall, wie sie es schon tags zuvor getan hatte.

Sie stellte den Motor ab und stieg aus dem Wagen.

Die Wimpel und Fahnen waren verschwunden, und anders als gestern herrschte hier heute vollkommene Stille. Durch die Bäume konnte sie das Hauptgebäude des Klosters erkennen, beleuchtet von der schwachen Sonne des späten Nachmittags. Niemand war zu sehen.

Waren sie vielleicht alle in der Kirche? Was taten Nonnen überhaupt den ganzen Tag?

Die können ja wohl nicht ständig beten …

Wie auch immer – schließlich war sie nicht hergekommen, um die Nonnen zu besuchen. Sie wollte mit den Gästen sprechen. Letzte Nacht hatte sie des Öfteren daran denken müssen, wie seltsam das Trio auf dem Fest gewirkt hatte. Daniel hatte sie möglicherweise nicht zu Unrecht auf die drei aufmerksam gemacht.

Verschwörerisch. Das war das Wort, das Sarah in den Sinn kam.

Wer waren diese Leute überhaupt? Und könnten sie letzten Freitag etwas gesehen haben?

Sie ging hinüber zu dem einstigen Stall. Der morsche Bau fiel beinahe in sich zusammen: Dachschindeln fehlten, und die Holzrahmen von Tür und Fenstern sahen verrottet aus und schienen sich langsam in kleine Einzelstücke aufzulösen.

Ein uraltes gemaltes Schild hing über der Tür, auf dem stand: »Ruhe bitte – unsere Gäste wünschen Stille!«

Na, dann klopfe ich mal lieber nicht an, dachte Sarah.

Sie öffnete die Tür und trat in das Gebäude.

Der erste Raum war eine Küche, die recht kahl wirkte. In der Wand gegenüber gab es eine weitere Tür, die vermutlich zu den Schlafzimmern führte. Sarah ging ein paar Schritte weiter und blickte sich dabei um: ein alter Gasherd, ein Wasserkocher, einige Küchenschränke, die nach den Siebzigern aussahen, und ein billiger Linoleumboden.

An den Wänden hingen Jesus-Bilder in staubigen Rahmen und ein Kruzifix. Auf der Fensterbank standen eine Marienstatue und ein kleines Gestell mit Teelichtern, die angezündet waren und flackerten.

Düster hier.

»Kann ich Ihnen helfen?«, fragte plötzlich eine Stimme mit starkem Akzent direkt hinter Sarah.

Sie drehte sich um und fand sich einem großen grauhaarigen Mann gegenüber, der in der Tür stand, die weiter ins Gebäudeinnere führte und nun geöffnet war. Er beäugte sie durch kleine runde Brillengläser.

»Entschuldigung, ich wollte niemanden stören«, sagte Sarah, »deshalb bin ich einfach …«

»Reingekommen?«, vervollständigte der Mann. »Was kann ich für Sie tun?«

Irgendwie hatte Sarah jetzt ihren Schwung verloren, denn der Mann sah sie beunruhigend streng an.

Jetzt sag schon was!

»Sind Sie hier in Klausur?«, fragte sie.

»Bin ich.«

»Ich bin Sarah Edwards.«

Sie streckte ihm die Hand hin, und der Mann schüttelte sie langsam.

»Gustav Stechmann. Also, was kann für Sie tun, Miss Edwards?«

Gustav ist gar nicht entzückt von meinem Besuch.

»Ich wollte wissen, ob Sie oder einer der anderen Gäste Kontakt zu Pater Byrne hatten.«

Sie beobachtete ihn aufmerksam, doch er verzog keine Miene.

»Sie meinen den hiesigen Priester, nicht?«

Sarah nickte. »Ja, der gestorben ist. Ich nehme an, Sie haben davon gehört.«

»Er las die Messe hier an unserem ersten Morgen.«

»Wann war das?«

»Donnerstag.«

»Und sonst haben Sie ihn nicht gesehen?«

»Er sollte am Karfreitag wieder die Messe lesen. Aber … nun, Sie wissen ja.«

»Dann haben Sie ihn nicht gesehen, als er an jenem Morgen laufen gewesen ist?«

»Nein. Müsste ich?«

Sarah zuckte mit den Schultern. »Mir wurde gesagt, dass Pater Byrne hinter dem Gebäude hier entlanggelaufen ist und von den Zimmerfenstern aus zu sehen gewesen sein müsste.«

»Mag sein. Ich habe ihn jedoch nicht gesehen.«

»Was ist mit den anderen Gästen?«

»Ich kann nur für mich sprechen. Die anderen kenne ich nicht. Dies hier ist eine Klausur.«

»Verbringen Sie denn keine Zeit zusammen?«

»Jeder von uns ist allein hier – um zu beten, Ruhe zu finden und mit Gott zu sprechen. Nicht, um Bekanntschaften zu machen.«

»Und mit Pater Byrne haben Sie nie gesprochen vor …?«

»Wie gesagt, da war die eine Messe. Für die Gottesdienste am Ostersonntag kam ein anderer Priester hierher.«

»Sind die anderen … Gäste … noch hier? Wissen Sie, ob einer von ihnen mit Pater Byrne gesprochen hat?«

Es kam nur ein Achselzucken.

»Und woher sind Sie – wenn ich fragen darf?«

»Ich komme aus Hamburg.«

»Wann reisen Sie wieder ab?«

»Sie stellen wirklich eine Menge Fragen«, erwiderte er kopfschüttelnd. »Die Klausur dauert nur eine Woche. Ich reise morgen ab.«

Sarah hatte das Gefühl, dass sie Gustav Stechmann nicht viel mehr entlocken könnte.

»Sie sprechen sehr gut Englisch, Mr Stechmann.«

»Danke«, sagte er. »Meine Frau ist Engländerin, und wir schreiben das Jahr 2014. Die ganze Welt spricht Englisch, nicht wahr?«

Er verschränkte die Arme, was ein klares Zeichen dafür war, dass er dieses Gespräch nicht weiterführen wollte.

»Danke für Ihre Hilfe. Ich hoffe, die Klausur hat Ihnen gegeben, was Sie sich davon erhofft hatten.«

»Hat sie.«

Sarah drehte sich um und verließ den ehemaligen Stall.

Auch wenn sie sich nicht umsah, war ihr bewusst, dass er ihr durch die offene Tür hinterherblickte – und wahrscheinlich blinzelten seine Augen hinter den Brillengläsern.

Wo sie hier auch hinging und mit wem sie auch redete, Sarah fand es unheimlich. Entweder war sie übertrieben empfindlich, oder in diesem Kloster stimmte wirklich etwas nicht …

Unvermittelt entschied sie, nicht nach den beiden anderen Gästen zu suchen, sondern mit der Mutter Oberin zu reden, der Schwester Mary Bryan.

Was sagten ihre Kinder noch, wenn sie in ihren Computerspielen auf den letzten Oberschurken trafen?

Jetzt kommt der Endgegner. Wie treffend …

Durch den Haupteingang des Klosters gelangte man in eine ausladende Diele, die beinahe an die Empfangshalle eines großen Herrenhaus erinnerte, wäre da nicht die riesige Marienstatue in der Mitte mit der Vase voller Narzissen zu ihren Füßen.

Sarah blickte nach links, aber dort ging es zu einem Warteraum mit tiefen Sesseln, einer Bibliothek … und zu ihrer Rechten sah sie die Farbtupfer von Buntglasfenstern. Die Kapelle des Klosters? Direkt vor ihr befand sich ein dunkler Korridor.

»Hallo?«, rief sie, und ihre Stimme hallte durch den Raum.

Doch es kam keine Antwort.

Also begann sie den Korridor hinunterzugehen. An den Wänden hingen ausgeblichene Bilder – von Bibelszenen, nahm Sarah an.

Wie komisch, allein hier zu sein.

Und es war wirklich unheimlich.

Nach einigen Metern machte der Korridor einen scharfen Knick nach links. Als Sarah um die Ecke kam, fuhr sie vor Schreck zusammen.

Die Mutter Oberin stand mitten im Gang vor ihr und starrte sie an.

»Kann ich Ihnen helfen?«, fragte die Nonne.

»Schwester Mary«, sagte Sarah. »Ich wollte … zu Ihnen.«

»Ja, das sehe ich.«

»Ich habe gerufen, aber niemand hat geantwortet.« Sarah kam sich wie ein Schulkind vor, das von der Lehrerin bei etwas Schlimmem ertappt worden war.

»Die Schwestern sind beim Gebet«, erklärte Schwester Mary. »Was wünschen Sie?«

»Ich muss mit Ihnen über Pater Byrne reden.«

»Was denn? Schon wieder?«

»Leider haben wir einige schlechte Neuigkeiten.«

Sarah beobachtete, wie die Nonne überlegte. Dann drehte diese sich um, ging einige Schritte den Korridor entlang und öffnete eine Tür.

»Kommen Sie lieber hier herein«, sagte sie und trat ein.

Sarah folgte ihr und gelangte in ein Zimmer, das offensichtlich das Büro der Oberin war.

Sie sah sich um. Es war beinahe identisch mit dem Arbeitszimmer von Pater Byrne, nur dass hier vollkommene Ordnung herrschte. Und es gab überhaupt nichts, was irgendeinen persönlichen Bezug zu der Schwester hatte; alles hier hatte mit ihrer Stellung im Kloster zu tun.

Schwester Mary schloss die Tür und wandte sich zu Sarah um.

Offensichtlich wird mir kein Stuhl angeboten, dachte Sarah. *Dann komme ich lieber gleich zum Wesentlichen.*

»Wir haben nun Grund zu der Annahme, dass Pater Byrnes Tod kein tragischer Unfall gewesen sein könnte.«

Die Nonne schüttelte den Kopf. »Unsinn! Der arme Mann hatte einen Herzinfarkt. Ich bezweifle, dass es etwas anderes als ein Akt Gottes gewesen sein kann.«

»Es gibt Beweise, Schwester Mary. Seine Leiche wurde bewegt. Es gab Zeichen eines Kampfes …«

»Was wollen Sie damit andeuten?«

»Wir denken, dass Pater Byrne infolge eines Angriffs gestorben ist. Seine Herzattacke kam nicht aus heiterem Himmel.«

Schwester Marys Augen funkelten richtig, und Sarah fühlte, wie sich der Blick der Frau in sie hineinbohrte.

»Und was genau haben Sie mit dieser Angelegenheit zu tun?«, verlangte die Nonne zu wissen. »Wer bezahlt Sie? Eine Zeitung?«

»Wir wurden von einem Freund des Paters gebeten, ein wenig nachzuforschen«, antwortete Sarah. »Und wir profitieren in keiner Weise davon, Schwester.«

Die Nonne ging hinter ihren Schreibtisch, setzte sich und starrte schweigend vor sich hin.

Zum ersten Mal schien sie nicht zu wissen, wie sie reagieren sollte. Vielleicht bat sie ja gerade um Rat von oben ...

»Na schön«, sagte sie schließlich.

Es trat eine Pause ein, ehe sie weitersprach. »Was Sie erzählen, ist nicht völlig überraschend für mich. Pater Byrne war eine gequälte Seele. Es ist ein offenes Geheimnis, dass er eine Schwäche fürs Glücksspiel hatte, und diese Schwäche brachte alle erdenklichen Versuchungen und Probleme mit sich. Aber Sie müssen verstehen, dass er nicht zu diesem Kloster gehörte.«

»Er hat die Messen hier gelesen.«

»Richtig. Das war jedoch alles, was er mit uns zu tun hatte.«

»Sie scheinen sich dessen sehr sicher.«

»Ihnen wird wohl kaum entgangen sein, dass wir eine harte Zeit durchmachen. Wir können nur mit größter Mühe das Gebäude unterhalten. Aber wir stehen kurz davor, von einer beachtlichen Investition zu profitieren: Die Verhandlungen sind in einem entscheidenden, sensiblen Stadium, und wir können ... nein, wir *dürfen* keine negativen Presseberichte riskieren. Der Orden, all unsere gute Arbeit ... Wir könnten durch so etwas ganz schnell zugrunde gerichtet werden.«

»Das tut mir leid, Schwester«, sagte Sarah. »Wollen Sie mit Ihren Worten andeuten, dass wir mit dem, was wir herausgefunden haben, nicht zur Polizei gehen sollen?«

»Ich ersuche Sie, uns ... bitte ... noch einige Tage zu geben, damit Gott sein Werk tun kann.«

»Ich bin mir nicht sicher, ob das geht. Wir sprechen hier über einen möglichen Mord.«

Die Mutter Oberin schüttelte wieder den Kopf.

»Dann gibt es nichts mehr zu sagen. Und ich muss Sie bitten zu gehen.«

Mit diesen Worten stand die Nonne auf und wies zur Tür.

9. Eine Geschichte aus zwei Ländern

Sarah verließ das Kloster und holte tief Luft – als hätte die beklemmende Atmosphäre des Gebäudes, im Verein mit Schwester Marys strengem Blick, ihr das Atmen schwer gemacht.

Und nun hatte sie außerdem das eindeutige Gefühl, dass dieses Gebäude und seine Bewohner Geheimnisse recht gut zu hüten verstanden.

Hatten sie womöglich noch mehr zu verheimlichen? Und wären Jack und sie selbst in der Lage, diese Geheimnisse zu lüften?

Sie waren schon mit so einigen heiklen Situationen konfrontiert worden, ebenso wie mit Leuten, die nicht reden wollten. Aber da Pater Byrnes Tod mehr und mehr wie ein Mord aussah – dessen Hintergründe Sarah zugegebenermaßen bisher noch nicht kannte –, war sie umso entschlossener, irgendwie an Antworten zu kommen.

Ich bin schon ein bisschen wie Jack geworden, stellte sie fest. *Immer erst zufrieden, wenn ich weiß, was wirklich geschah, wie es passierte und wer es war.*

Aber das wahre Leben in Form von einem Haufen Arbeit erwartete sie in ihrem Büro. Was gut war. Es würde ihr allerdings schwerfallen, bei der Arbeit nicht fortwährend über dieses – was war es eigentlich? – Geheimnis um Eamon Byrne nachzudenken.

Als Sarah sich auf den Weg zu ihrem RAV4 machte, sah sie zwei Leute – eine junge Frau und einen großgewachsenen Mann – auf der Zufahrt spazieren gehen, die sich ziemlich lebhaft unterhielten.

Die beiden kamen Sarah entgegen, bemerkten sie jedoch zunächst nicht. Die Frau nickte oft, und der Mann gestikulierte wild.

Dann bemerkten sie Sarah, die weitergegangen war –
und verstummten abrupt.

Sarah erkannte sie vom Fest wieder. Es waren die anderen beiden Gäste.

Sie machen einen Spaziergang ...

Im nächsten Augenblick fiel ihr ein, dass Gustav behauptet hatte, die drei hätten überhaupt nichts miteinander zu tun. Dafür unterhielten sich diese beiden jedoch
entschieden zu aufgeregt.

Überdies war es sehr verdächtig, dass die zwei bei
Sarahs Anblick sofort mit dem Reden aufgehört hatten.

Und jetzt, wo die Mutter Oberin endgültig »mauer-
te«, um den Skandal eines Mordes abzuwehren, wollte
Sarah umso dringender mit diesen beiden sprechen.

Wenige Schritte vor ihnen – beide blickten ange-
strengt in die andere Richtung – blieb Sarah stehen und
sagte: »Hi.«

Ein rascher Blick von den beiden, ein kurzes Nicken
von dem Mann, und die zwei schritten weiter.

Sarah drehte sich zu ihnen, als sie an ihr vorbeigehen
wollten.

»Entschuldigen Sie, könnten Sie mir vielleicht helfen?«

Spürbar widerwillig blieben sie stehen.

Die Frau sah nach wie vor weg, der Mann hingegen
mit grimmiger Miene zu Sarah.

»Ja?«, fragte er. »Was gibt's denn?«

Ein Amerikaner, fuhr es Sarah sogleich durch den
Kopf, als sie seine Stimme vernahm. *Interessant. Und er
kommt den weiten Weg hierher ...*

»Ich bin gerade bei der Mutter Oberin gewesen, mit
der ich mich über den Tod von Pater Byrne unterhalten
habe.«

Die Frau warf dem Mann einen kurzen Blick zu.

Ah, ich habe einen Nerv getroffen!

»Ja, sehr traurig. »Die ganze Gemeinschaft hier …
alle sind sehr betroffen.«

Sarah nickte.

»Und Sie sind zur Klausur hier?«

Endlich sah die Frau Sarah an.

»Ja, sind wir«, antwortete sie mit einem weichen fran-
zösischen Akzent.

»Aha. Ich bin übrigens Sarah.« Sie hielt ihnen ihre
Hand entgegen.

Der Mann schüttelte sie förmlich. »Tom.«

»Isabelle«, sagte die Frau und streckte ihre Hand sehr
zögerlich, beinahe ängstlich vor.

Die wirken beide verängstigt, schoss es Sarah durch den
Kopf.

»Dürfte ich Ihnen vielleicht ein paar Fragen stellen?
Schwester Mary war überaus hilfreich«, sagte sie.

Das stimmte zwar nicht ganz, aber …

»Wir wissen gar nichts«, erklärte Tom. »Pater Byrne
war hier nur der Priester, der die Messe las.«

Sarah lächelte unverdrossen weiter. »Ja, ich weiß. Wir
versuchen nur nachzuvollziehen, was an dem Morgen
seines Todes passiert ist. Ein guter Freund von ihm ist …
na ja, sehr besorgt.«

Sarah ließ die zwei in Ruhe nachdenken, wie sie darauf reagieren sollten. Zumindest Tom war sich offenkundig bewusst, dass sie sich seltsam, vielleicht sogar verdächtig verhielten.

Als keiner der beiden etwas erwiderte, fuhr Sarah
schließlich fort: »Pater Byrne lief jeden Morgen an dem
ehemaligen Stall vorbei, direkt da, wo Sie wohnen.«

Noch immer keine Reaktion.

»Hat einer von Ihnen den Pater an jenem letzten Morgen gesehen?«

Toms Antwort kam blitzschnell: »Nein, wir haben gefrühstückt … mit Gustav.«

Gustav hingegen behauptet, dass die drei keine Zeit miteinander verbringen.

Einer von euch lügt.

Sarah wandte sich an die Frau. »Isabelle, haben Sie auch nichts gehört oder gesehen? Haben Sie mit den anderen gefrühstückt?«

Die Französin nickte, dann schüttelte sie den Kopf. »Nein, ich habe nichts gehört oder gesehen. Ich war mit Tom und Gustav zusammen. Wir haben uns unterhalten …«

Kein bisschen glaubwürdig.

»Und haben Sie sich jemals mit Pater Byrne unterhalten?«

»Wir ha-«, begann Isabelle.

Doch Tom war wieder einmal schneller. »Nein. Er hat die Messe gelesen, wie ich gesagt habe.« Er sah zu Isabelle. »Er hielt die Messe für die Gemeinschaft hier ab, und wir waren da. Mehr wissen wir nicht über Pater Byrne.«

Nun nickte Sarah.

Sie hätten sich nicht bloß um ein Haar bei ihrer letzten Antwort verraten, sondern Tom versuchte auch noch, auf forsche amerikanische Weise das Gespräch zu beenden.

Aber vielleicht war das in Ordnung … vorerst.

Irgendetwas ging hier vor.

Und obwohl Sarah keine Ahnung hatte, was es war, war ihr klar, dass sie auf die eine oder andere Art mehr über das Gästetrio in Erfahrung bringen musste, dessen Geschichten so auffallend schlecht zusammenpassten.

»Danke«, sagte sie schlicht und blickte sich um.

Es war klüger, ihnen nicht den Eindruck zu vermitteln, sie würden bedroht. Oder, falls sie den bereits gewonnen hatten, ihn schnellstens zu korrigieren.

»Dann genießen Sie Ihren Aufenthalt hier noch!«

»Werden wir«, antwortete Tom für beide, und sie gingen weiter.

Sarah sah ihnen hinterher.

Sie gingen den Weg hinunter zum umgebauten Stall, wo sie garantiert Gustav von dieser Begegnung berichten würden. Sobald die zwei um die Wegbiegung waren, holte Sarah ihr Handy hervor.

Jack würde das hier sehr spannend finden.

Sarah telefonierte im Gehen mit Jack, achtete jedoch darauf, dass niemand in Hörweite war.

»Was hältst du davon, Jack?«

»Weiß nicht. Ich meine, sie könnten einfach zwei schräge Vögel sein. Aber deinem Bericht nach haben sie sich eindeutig verdächtig benommen.«

»Und ihre Antworten? Der Amerikaner war zwar schnell, aber Isabelle hätte sich fast verplappert bei meiner Frage, ob sie jemals mit Byrne geredet haben.«

»Ja, und dann dieses angebliche gemeinsame Frühstück.«

»An das Gustav sich nicht erinnert«, ergänzte Sarah.

»Denkst du, du kannst mehr über sie herausfinden?«

»Ich versuche es. Mir kommt da noch etwas anderes merkwürdig vor.«

»Was denn?«

»Sie sind aus drei verschiedenen Ländern. Aus Deutschland, Frankreich und den USA. Sicher, das kann vorkommen. Dennoch … als ich Tom und Isabelle anfangs miteinander reden sah, hatte ich den Eindruck, als würden die zwei sich gut kennen.«

»Hingegen behauptet Gustav, dass ein jeder von ihnen für sich bleibt.«

»Oder er will, dass man das denkt.«

Jack sagte eine Weile nichts. Inzwischen war Sarah bei ihrem Wagen. Wie es aussah, würde sie heute Nachmittag noch ein bisschen mehr Arbeitszeit opfern müssen.

Diese Ermittlungen machten Spaß und waren aufregend; doch sie brachten kein Geld ein.

»Was denkst du, Jack?«, fragte sie schließlich.

»Ja, ähm, ich denke … ich werde etwas unternehmen.«

»Und das wäre?«

Er lachte. »Erinnerst du dich an den Ausdruck ‚glaubwürdiges Abstreiten‘?«

Sarah musste ebenfalls lachen. »Ja. Wenn ich von nichts weiß …«

»Richtig, dann kannst du auch mit nichts in Verbindung gebracht werden. Falls ich also etwas tue, das einen kleinen Tick gesetzeswidrig ist, weißt du von nichts.«

Komisch, dachte Sarah.

Jack war durch und durch »gesetzestreu«. Und trotzdem war er notfalls bereit, gewisse Grenzen zu übertreten, sofern es ihm wichtig erschien.

»Was es auch ist, du erzählst mir doch, was du rausbekommst, oder?«

»Worauf du wetten kannst. Wenn ich Glück habe, rufe ich dich noch heute Abend an. Es könnte allerdings spät werden.«

»Ich werde mein Telefon stets griffbereit in der Nähe haben.« Sarah verstummte kurz. »Jack?«

»Ja?«

»Was du im Wald gesehen hast, bedeutet doch, dass sich irgendwelche Leute dort aufhielten und Byrnes Tod kein unglücklicher Zufall war, nicht?«

»Stimmt.«

»Und wenn diese Leute Byrnes Tod wollten, dann werden sie nicht gerade froh über das sein, was wir tun.«

»Eher nicht.«

»Tja, ich denke ja nur – wir sollten vorsichtig sein, meinst du nicht?«

»Immer. Sicherheit hat oberste Priorität. Wir gehen keine unnötigen Risiken ein.«

»Dann sei du bitte auch heute Abend vorsichtig, okay?«

Wieder lachte Jack. »Du glaubst gar nicht, wie gut es mir gefällt, wenn du dir Sorgen um mich machst!« Er wurde gleich wieder ernst. »Ich tue mein Bestes, Sarah, darauf kannst du dich verlassen. Und ich hoffe, dass du mehr über die drei herausfindest, die nichts als Stille und inneren Frieden suchen.«

Nach innerem Frieden sahen sie vorhin nicht aus.

»Okay, mach ich. Bis später.«

Sie verabschiedeten sich, und Jack legte auf. Sarah fragte sich, was er vorhatte.

Glaubwürdiges Abstreiten?

Sie würde sich wohl die nächsten Stunden ohne Ende um Jack sorgen …

Seufzend stieg sie in ihren Wagen und fuhr von dem Kloster weg, wo sie den Eindruck gewonnen hatte, als würden der Wald, die Gebäude und die Leute so einiges verheimlichen …

10. Eine nächtliche Mission

Jack benutzte sein Handylicht, um sich die Pfarrhaustür näher anzusehen.

Tür und Schloss waren uralt. Das sollte einfach sein, dachte er, denn solche antiquierten Modelle hatte er in New York schon häufig geknackt.

Wenige Augenblicke später stellte er allerdings fest, dass hier ein simples Ziehen, Rucken und Rütteln genügte, um die Tür zu öffnen.

Das müsste dringend repariert werden, dachte Jack. *Hier kann ja wirklich jeder rein.*

Schnell schlüpfte er ins Haus und schloss die Tür hinter sich.

Er wartete, dass sich seine Augen an die Dunkelheit gewöhnten.

Bald konnte er im schwachen Licht, das von draußen hereinschien, genug sehen, sodass er es schaffen sollte, den Weg nach oben in Byrnes Schlafzimmer zu finden.

Das ist Einbruch.

Ja, umso besser, dass Sarah hierbei rausgehalten wird.

Denn eines Tages könnte es passieren, dass er unbefugt in einem Haus herumschnüffelte und der gute Alan, der hiesige Cop, plötzlich mit seinem Streifenwagen vorfuhr.

Schließlich war so etwas strafbar.

Nach ein paar weiteren Sekunden bewegte er sich vorsichtig in Richtung Treppe.

Am Ende des Flurs, nahe Byrnes Schlafzimmer, dessen Tür offen stand, sah Jack ein großes Fenster. Durch die Netzgardine fiel das milchige Licht des Viertelmondes herein.

Jack erkannte außerdem die Umrisse eines Tisches und eines Sessels in dem breiten Flur.

Das Pfarrhaus war groß – viel zu groß für nur einen Gemeindepfarrer. Irgendwann musste dieses Gebäude voller Priester gewesen sein, die auf der Durchreise zu ihren Missionsstationen überall auf der Welt hier Rast gemacht hatten, bevor sie den Glauben der Heiligen Römischen Kirche in die hintersten Winkel der Welt trugen.

Heute aber hatte sich die Welt verändert – und mit ihr die Kirche. Deren »Geschäfte« gingen offenkundig schlecht, wie Jack vermutete.

Und irgendwie, obwohl er selbst nicht gläubig war, bedauerte er das.

In seiner Kindheit war ihm die Welt sicherer und verlässlicher vorgekommen. Priester und Nonnen hatten auf alles eine Antwort gewusst – nach dem Papst und Gott natürlich.

Aber heute? Wer kannte sich heute noch aus?

Doch zurück an die Arbeit …

Rechts von ihm war ein Badezimmer, das vom Mond erhellt wurde, der durch das vorhanglose Fenster aus Milchglas hereinschien. Jack betrat den Raum und blickte sich um.

Eine Siebzigerjahre-Ausstattung. Ein Handtuch, ein Stück Seife, eine Flasche Shampoo. Über dem Waschbecken hing ein kleiner Schrank. Jack öffnete ihn und sah nur einige wenige Toilettenartikel.

Keine Medikamente. Im Schlafzimmer vielleicht?

Er ging wieder auf den Flur und dann in Byrnes Schlafzimmer.

Schwester Mary hatte ihn das Arbeitszimmer ansehen lassen, wo Jack auf die Uhr gestoßen war. Doch er fragte sich, ob ein Mann wie Byrne, ein Spieler, der gerne auf Pferde wettete, nicht ein geheimes Versteck hatte.

In dem Zimmer war es so dunkel, dass Jack sein Handylicht einschalten musste.

Er zog das Rollo runter, damit man den Lichtschein nicht von draußen sehen konnte – auch wenn das Pfarrhaus weit genug von der Straße ablag, dass kaum jemand zufällig hier vorbeigehen würde.

Dann schaute Jack sich um. Während das Arbeitszimmer unten karg und unpersönlich gewirkt hatte, sah man in diesem Zimmer den wahren Eamon Byrne.

Überall an den Wänden hingen gerahmte Fotos. Jack schritt sie ab, leuchtete auf jedes der Bilder und studierte so die Vergangenheit des Priesters.

Einige der älteren Schwarz-Weiß-Fotos stammten aus Eamons Zeit als junger Priester: Sie zeigten ihn an seinem ersten Tag am Seminar, beim Rugby-Spielen und zusammen mit einem älteren Paar – seinen Eltern vielleicht – bei seiner Weihe.

Auf allen Bildern strahlte der junge Eamon in die Kamera – kräftig, breitschultrig, selbstbewusst grinsend.

Dann kamen Bilder von überall auf der Welt: afrikanische Schulen, wo lächelnde Kinder ihn umringten, mit anderen Priestern und Nonnen in Indien, mit Politikern in Amerika. *War das ein Kennedy, der ihm die Hand schüttelte?*

Außerdem gab es Bilder, auf denen er als Läufer dargestellt war – aufgenommen bei Marathon- und Werbeveranstaltungen –, sowie ausgeschnittene, eingerahmte Zeitungsartikel, die in lobenden Worten über den fliegenden Pfarrer berichteten. Und auf manchen Fotografien war auch Liam, gleichfalls in Laufmontur, zu erkennen.

Des Weiteren gab es Aufnahmen, die Eamon vor einem Gebäude zeigten, das wie ein Altenheim aussah. Dort stand er zwischen Pflegern und Leuten in Rollstühlen, oder er hatte den Arm um eine alte Dame gelegt, die mit leerem Blick geradeaus starrte.

Auf einigen dieser Fotos war ebenfalls Liam zu sehen – und er trug hier, wie Eamon, einen Priesterkragen.

Im Hintergrund war ein Schild zu erkennen. Jack beugte sich näher an das Glas und entzifferte die Aufschrift darauf: »St. Elrich's Hospice«.

Er nahm sich vor, Liam auf das Hospiz anzusprechen, und sah sich die nächste Wand an.

Hier hingen überall Bilder von Pferden, Jockeys und Trainern. Obendrein gab es Karten von Rennstrecken, Luftaufnahmen und Zeitungsausschnitte mit Schlagzeilen über das Grand National, den Derby Day und das Arc-de-Triomphe-Rennen in Frankreich.

Auf einem Foto stand Eamon neben einem prächtigen Pferd und hielt eine übergroße Champagnerflasche in seinen Händen. Hinter ihm klatschten und lächelten Stallburschen vor einer Reihe offener Boxen.

Jack sah sich weiter um und entdeckte auf einem kleinen Nachtschrank ein paar Bücher, einige Stifte und einen Stapel Rennzeitungen.

Jack hob die oberste auf, die erst eine Woche alt und mit lauter Notizen, Kritzeleien und Zahlen versehen war.

Selbst kurz vor seinem Lebensende hatte Eamon noch heftig gewettet.

Der Nachtschrank hatte eine Schublade. Jack öffnete sie und erblickte eine Haarbürste, Manschettenknöpfe sowie ein kleines Gebetbuch. Rasch schob er die Schublade wieder zu.

Danach sah er zum großen Wandschrank in der Zimmerecke, ging hin und öffnete eine der Türen. Unten war ein Regal mit schlichten schwarzen Schuhen – Priesterschuhen. Darüber befanden sich Bügel mit schwarzen Anzügen und Hemden.

Ein paar weiße Kragen hingen wie Hufeisen an der Kleiderstange.

Jack zog die Bügel mit den Anzügen nacheinander beiseite und überprüfte die Jacken- und Hosentaschen. Alle waren leer.

Er öffnete die zweite Tür und fand noch mehr Anzüge, Sakkos und Hemden – allerdings nicht von der Art, wie sie Priester für gewöhnlich trugen.

Die Jacketts waren aus Tweed, schlichter hellgrauer Wolle oder Cord. Wieder inspizierte Jack die Taschen, und diesmal wurde er fündig: Er stieß auf alte Zugtickets, Wettabschnitte, Hotelquittungen und in einem Jackett auf eine leere Viertelliterflasche irischen Whiskeys. In einer anderen Tasche fand er ein noch nicht ausgepacktes Kartenspiel.

Dies war der echte Eamon Byrne.

Nicht direkt ein Doppelleben, dachte Jack, *doch allemal eines, das fernab der rigiden Kirchenstrukturen stattgefunden hat.*

Als Nächstes nahm Jack sich die Kommode vor, öffnete jede Schublade und vergewisserte sich, dass er zwischen den Socken und der Unterwäsche nichts übersah. Aber da war nichts.

Keine Medikamente. Keine persönlichen Papiere. Nichts.

Was er auch erwartet hatte.

Jack sank auf die Knie, die leider ein bisschen mitgenommen vom Morgenlauf mit Liam waren.

Dafür werde ich noch teuer bezahlen.

Er leuchtete unter die Kommode.

Hinten an der Wand waren ein paar Wollmäuse, doch ansonsten … nichts.

Jack drehte sich um und leuchtete unter Byrnes Bett.

Und da sah er etwas – unter dem Kopfteil, ganz hinten in der Wandecke.

Es war eine braune Metallkiste, ungefähr fünfzig mal fünfzig Zentimeter groß.

Wusste ich's doch!

Ein Mann wie Byrne hatte selbstverständlich richtige Ge-heimnisse und einen Platz, wo er sie versteckte.

Jack streckte sich so weit, wie er es vermochte, unter das Bett, berührte die Kiste allerdings nur knapp mit den Fingerspitzen. Doch er konnte sie seitlich ein wenig ans-tupsen, woraufhin sie einige Zentimeter in seine Rich-tung rutschte. Nach mehreren weiteren Stupsern konnte er den Henkel oben greifen und die Kiste hervorziehen.

Und auf einmal hatte er das Gefühl, er wäre kurz da-vor, Dinge über Pater Byrne zu erfahren, die der Priester keinem anderen hatte wissen lassen wollen.

Doch zuerst kam das Schloss. Und dieses hier war ein richtig gutes: Es war fest in die Kiste eingelassen, sodass der Deckelriegel sich nicht bewegen ließ.

Wahrscheinlich könnte man den Riegel mit Gewalt zur Seite biegen, aber sicher wäre es besser, wenn die Kiste äußerlich unversehrt blieb.

Noch wusste Jack ja nicht, wohin das alles führen würde.

Er holte sein Schweizer Armeemesser hervor, das über eine Vielzahl von Werkzeugen verfügte: Dazu ge-hörte auch eine Nadelspitze, die ursprünglich gewiss für etwas anderes gedacht war, als Schlösser aufzubrechen …

Nur wofür, konnte Jack sich beim besten Willen nicht denken.

Er legte sein Handy aufs Bett und setzte sich mit der Kiste auf dem Schoß daneben.

»Okay«, murmelte er leise, »sehen wir mal, wie viel Schwierigkeiten du machen wirst …«

Er begann das Schlüsselloch mit der Nadelspitze zu bearbeiten. Schon bald dachte er, er müsste doch mit ro-

her Gewalt vorgehen und die verfluchte Metallkiste auf-
hebeln.

Dann jedoch fühlte er, wie die Spitze gegen etwas
stieß.

»Na also.«

Falls es ihm gelang, den Schließmechanismus zu bewegen, müsste der Riegel eigentlich aufspringen.

Er versuchte, das Werkzeug als Hebel zu benutzen,
indem er es nach links zog. Leider entglitt ihm dabei
das, was auch immer er eben dort erwischt hatte.

Gar nicht so leicht.

*Byrne hat sich eine wirklich gut verschlossene Schatzkas-
sette zugelegt.*

Erneut steckte er die Nadelspitze in das Schlüsselloch
und bewegte sie darin vorsichtig, bis er wieder einen
leichten Widerstand fühlte. Nun versuchte er es mit einer anderen Methode: Er drückte den Mechanismus
nach unten und dann zur Seite.

Ein langsamer Fortschritt, aber es tat sich etwas.

Und da ... mit einem *Klack*, das in dem stillen Zimmer wie ein Donnerschlag klang, sprang der Riegel auf.

Als würde er Ali Babas Schatzhöhle öffnen, hob Jack
feierlich den Deckel an.

11. Und noch ein überraschender Besuch

Auf den ersten Blick sah der Kisteninhalt wie irgendeine beliebige Sammlung von Rechnungen, Kontoauszügen und geplatzten Schecks aus.

Hier fanden sich keine spektakulären Enthüllungen, auch wenn die Auszüge von ziemlich vielen verschiedenen Konten stammten.

Jack nahm einen Auszug heraus, der einige hohe Einzahlungen und fast gleich darauf große Abhebungen auswies. Gewinne und Verluste? Oder hatte Byrne die eine oder andere größere Kirchenspende auf sein Privatkonto geschoben?

Jack stöberte weiter. Auf einem Satz Kontoauszüge aus den letzten Monaten fiel ihm noch etwas Seltsames auf: regelmäßige Überweisungen an einen gewissen Antonio Bell.

Beim Durchblättern der übrigen Auszüge, auf denen die Zahlen immer mal wieder in den roten Bereich rutschten, entdeckte Jack auf jedem wenigstens eine Überweisung an Bell …

Mit Ausnahme des allerneuesten.

Auf dem Auszug vom letzten Monat gab es keine Überweisung an diesen Bell.

Wer immer dieser Bell sein mochte, in *dem* Monat hatte er kein Geld von Pater Byrne bekommen.

Jack nahm nun alles aus der Metallkiste heraus, um zu sehen, was noch drin war. Dabei stieß er auf einige Briefe. Die würde er sich später ansehen.

Dann, ganz unten, tauchte ein Geschäftsumschlag auf, der an Byrnes Adresse hier im Pfarrhaus gerichtet war.

Kein Absender.

Jack öffnete den Umschlag und holte ein gefaltetes gelbes Blatt heraus, das offenbar von einem Schreibblock abgerissen worden war.

War dieser Umschlag ganz unten gewesen, weil Byrne beabsichtigt hatte, ihn besonders gut zu verstecken?

Oder weil er ihn hatte vergessen wollen?

Jack faltete das Blatt auseinander.

Die Buchstaben waren sehr groß und die Botschaft unmissverständlich.

»Bezahl, Padre, sonst …!«

Ich glaube, ich kann mir denken, was nach »sonst« *kommen sollte*, dachte Jack.

Angesichts der Falle auf Byrnes Laufstrecke lag der Schluss nahe, dass der Priester mit der Zahlung an jemanden in Verzug geraten war und den Preis dafür beim morgendlichen Training bezahlt hatte.

Jack schaltete das Handylicht aus und rief Sarah an.

»Jack?«

»Hi, Sarah«, flüsterte er. »Ich glaube, ich habe etwas gefunden. Obwohl ich mir überhaupt nicht sicher bin, was das eigentlich ist.«

»Ich schätze mal, dass ich lieber nicht fragen sollte, wo du gerade bist.«

Er lachte leise. »Ich bin in Byrnes Schlafzimmer. Hier habe ich eine Kassette gefunden, die ich glücklicherweise, ähm, öffnen konnte. Sie enthält einiges, das uns vielleicht erklären kann, was passiert ist. Hier sind Kontoauszüge. Es gibt jemanden, dem er regelmäßig Geld überwiesen hat – einem gewissen Antonio Bell. Kannst du mal den Namen überprüfen?«

»Ja, ich versuch's. Im Moment helfe ich Chloe gerade bei den Hausaufgaben, aber danach setze ich mich dran.«

»Und … darf ich dir die Kontoauszüge bringen? Vielleicht fällt dir ein, was die ganzen Ein- und Auszahlungen zu bedeuten haben.«

»Klar. Willst du gleich kommen?«

»Ja, sobald ich …«

Er verstummte.

Ein Geräusch.

Es war kaum zu hören gewesen, kam aber eindeutig von unten.

Diese Vordertür, die so leicht aufging, hatte geklappert.

»Jack, was ist los?«

Er senkte die Stimme noch weiter. »Ich bekomme Gesellschaft und sollte mich wohl verstecken. Bis gleich.«

»Sei vorsichtig! Ich warte auf dich.«

Statt noch etwas zu sagen, beendete Jack das Telefonat.

Innerhalb von Sekunden wurde Jack klar, dass er sich sehr schnell verstecken musste. Derjenige, der ins Haus gekommen war, hatte kein Licht gemacht – was höchstwahrscheinlich bedeutete, dass er oder sie in das Zimmer wollte, in dem Jack sich gerade aufhielt.

12. Verdächtige und Verdächtiges

Jack stopfte die Papiere zurück in die Metallkiste, schloss lautlos den Deckel und drückte den Riegel ganz langsam zu, damit es nicht klicken würde, wie er hoffte.

Leider machte es doch *klick!*, und das war in dieser Stille ein sehr lautes und deutlich zu hörendes Geräusch.

Nun aber, da die Kiste verschlossen war, konnte Jack sich bewegen.

Er steckte den Kopf zur Tür hinaus.

Es bewegte sich keine schattenhafte Gestalt den Flur entlang ... noch nicht.

Er sah die Umrisse eines Lehnsessels an einem nahen Flurfenster. Zum Glück war der Mond weitergewandert, sodass von dieser Seite so gut wie kein Licht mehr hereinfiel.

Der Sessel könnte gerade groß genug sein. Das hoffte Jack zumindest.

Eilig huschte er hinter den Sessel und kauerte sich zusammen.

Sollte der Besucher allerdings auf die Idee kommen, zu diesem Flurfenster zu gehen, würde er Jack unweigerlich entdecken.

Dann hörte er Schritte, unter denen die Bodendielen knarrten.

Jack linste mit nur einem Auge an dem Sessel vorbei.

Eine dunkle Gestalt bewegte sich langsam und stetig auf das Flurende zu.

Jack umklammerte die Metallkiste mit beiden Händen.

Sie war der Hauptgewinn, und er musste sie bei sich behalten. Denn sie enthielt die ersten echten Hinweise, die Sarah und er in diesem bisher so undurchsichtigen Mordfall gefunden hatten!

Er zog seinen Kopf zurück, denn Augen waren viel zu gute Lichtreflektoren.

Gleich würde er wissen, ob die Person zu ihm trat oder in Byrnes Schlafzimmer ging.

Die Schritte näherten sich, das Knarren wurde lauter, und schließlich war die Person ganz in seiner Nähe.

Mit einem Klicken ging eine Taschenlampe an.

Sie war klein, bloß eine dünne Stableuchte, die einen schmalen Lichtkegel warf.

Jack riskierte noch einen Blick …

… und entdeckte eine junge Nonne, die mit dem Licht nach unten gerichtet in Byrnes Schlafzimmer trat.

Jack kannte ihren Namen nicht, und sowieso sahen sie in diesem Habit alle irgendwie gleich aus.

Die Nonne und ihr Licht verschwanden in dem Zimmer. Und Jack wartete.

Dann fiel ihm etwas ein. Sein Handy!

Er hatte es nach dem Telefonat mit Sarah nicht stumm geschaltet. Was, wenn Sarah nun irgendwas fand und zurückrief?

Tu es nicht!, dachte er.

Man würde ihm niemals erlauben, die Metallkassette zu behalten, sollte er entdeckt werden.

Andererseits fragte er sich, wonach die Frau suchte, die nun in Byrnes Schlafzimmer war.

Womöglich nach genau dem, was ich in Händen halte?

Hin und wieder huschte der dünne Lichtstrahl aus dem Zimmer, während Jack hörte, wie Schubladen geöffnet und geschlossen wurden. Dann folgten ein paar rasche Schritte – zum Wandschrank, wie er vermutete.

Er wartete, atmete betont gleichmäßig und ruhig. Ständig musste er an sein Handy denken. Doch er war zu ängstlich, es stumm zu schalten, weil er fürchtete, dass ihn das winzige Geräusch verraten würde.

Und dann kam die Nonne wieder aus dem Zimmer und schwenkte ihr Licht nach links und rechts. Beinahe traf der Strahl den Sessel, hinter dem Jack sich versteckte.

Sie bewegte sich den Flur hinunter.

Mit leeren Händen?

Jack wartete gut zehn Minuten. Erst lange nachdem er das Einschnappen der Vordertür gehört hatte, versuchte er, seinen steifen Körper wieder aufzurichten.

Er ging zurück in Byrnes Schlafzimmer, stellte sein Handylicht ein und ließ es durch den Raum wandern. Die Nonne hatte sich richtig professionell verhalten und alle Türen und Schubladen wieder geschlossen, wie Jack es auch getan hatte.

Er wollte sich schon umdrehen und gehen, als ihm neben dem Nachtschrank etwas ins Auge fiel.

Da war etwas anders als vorhin.

Aber was?

Er ließ das Licht langsam über den Nachtschrank wandern. Die Schublade stand ein klein wenig offen. Jack war sicher, dass er sie wieder richtig zugeschoben hatte – so wie sie zuvor gewesen war.

Er ging hin und zog die Lade auf.

Dort, direkt neben dem Gebetbuch, lag ein Fläschchen mit Tabletten.

Das war vorhin nicht da!

Er nahm das Fläschchen heraus. Auf dem Etikett stand Eamon Byrnes Name. Es waren Herztabletten für den Priester, wie Jack vermutete.

Auf keinen Fall hätte Jack sie übersehen, wären sie vorhin da gewesen, als er das erste Mal in die Schublade geschaut hatte. Die Nonne musste sie hergebracht haben.

Was zur Hölle sollte das nun bedeuten?

Jack merkte sich den Namen des Medikaments und verließ das Zimmer.

Er hatte die Kiste. Und jetzt hatte er eine weitere unbeantwortete Frage …

Kein schlechtes Resultat für einen Abend.

Und jetzt sollte Sarah ihre Wunder wirken, was den Kisteninhalt und den mysteriösen Antonio Bell betraf.

13. Wide Wide Web

Es war fast Mittag, ehe Sarah eine freie halbe Stunde fand, um sich wieder mit dem Fall zu beschäftigen.

Mutter zu sein kostete eben auch einiges an Zeit …

Zuerst hatte sie Chloe zur Schule fahren müssen, weil ihre Tochter spät dran war.

Dann hatte sie die Tour noch einmal machen müssen, weil Chloe ihre Gitarre vergessen hatte.

Der Rest des hektischen Morgens war mit Korrekturen am Internetauftritt eines neuen Hotels draufgegangen, das demnächst im Dorf eröffnen wollte.

Normalerweise hätte Sarah diese Aufgabe ihrer Assistentin Grace überlassen, aber die Kunden waren so unglaublich penibel in allem und gaben sich nur zufrieden, wenn sie auf Sarahs Erfahrung zurückgreifen konnten.

Jack hatte schon zweimal angerufen, und obwohl er verständnisvoll war, hörte sie ihm an, dass er dringend weiterkommen wollte.

Während also Grace nun losgezogen war, um ihnen beiden Salate zum Mittag zu kaufen, nahm Sarah ihren Block mit allen bisherigen Notizen zu Pater Eamon Byrnes Tod hervor und fing an, genau zu prüfen, welche Fortschritte Jack und sie bisher gemacht hatten.

Keine großen, stellte sie fest.

Die drei Klausurgäste. Der mysteriöse Antonio Bell. Einige Wettabschnitte. Liam O'Connor. Das Verschwinden und Wiederauftauchen der Medikamente. Und der Name des Hospizes … Wie hatte Jack es noch genannt? St. Elrich's?

Dann war da noch die Kiste mit den Kontoauszügen, die Jack ihr gestern Abend gebracht hatte, kurz bevor sie ins Bett gehen wollte.

Die hievte Sarah nun auf den Schreibtisch und nahm die Papierstapel und alten Notizbücher heraus.

Wo soll ich anfangen?

»Thunfisch oder Chorizo?«, fragte Grace, die mit zwei Salatschalen in der Tür auftauchte.

»Thunfisch«, antwortete Sarah.

Grace schnappte sich ein paar Teller, kam zu ihr und setzte sich neben sie.

»Brauchst du Hilfe?«, bot sie an und blätterte durch die alten Papiere.

»Das wäre genial, Grace – aber bist du sicher?«

»Ist tausendmal spannender als die Broschüren für Costco's«, sagte Grace und stach die Gabel in ihren Salat.

»Ist das noch der Fall von dem fliegenden Pfarrer?«

»Ja, und er fliegt eigentlich nicht.«

»Was ist das alles?«, fragte Grace mit vollem Mund und zeigte auf die Kiste mit den Kontoauszügen.

»Das sind die Unterlagen des guten Priesters.«

»Mhm. Dann nehmen wir uns zuerst mal das Geld vor«, sagte Grace. »Immer dem Geld folgen, heißt es doch dauernd, nicht?«

Sarah lachte. »Stimmt, auch wenn ich mir nicht sicher bin, dass es immer funktioniert.«

»Schade, dass Pater Byrne in Sachen Ablage nicht besser war.« Grace hielt einen Stapel ungeordneter Papiere in die Höhe. »Wie es aussieht, dürfen wir das für ihn sortieren.«

»Während du schon mal anfängst, sehe ich, was ich online finde«, erklärte Sarah und drehte sich wieder ihrer Tastatur zu.

»Hol mir heute Nachmittag einen Kuchen von Huffington's, und ich bin dabei«, sagte Grace, die bereits anfing, die Papiere auf dem Fußboden auszulegen und zu ordnen.

Sarah brauchte nur fünf Minuten, bis sie gefunden hatte, was sie über Antonio Bell wissen wollte, und rief Jack direkt an.

Er meldete sich beim ersten Klingeln. »Sarah.«

»Hi, Jack, entschuldige, es war heute ein bisschen chaotisch.«

»Hey, keine Sorge. Wir bringen das hier schließlich neben unserem normalen Leben unter, nicht umgekehrt, klar? Und deines ist nun wirklich schon recht ausgelastet.«

»Das trifft es heute auf jeden Fall«, hob Sarah hervor. »Wie dem auch sei, ich habe *Insiderinformationen* über Mr Bell, wie ihr Amerikaner so schön sagt.«

»Dann lass mal hören.«

»Er ist ein Trainer – also für Pferde. Ihm gehört ein Rennstall drüben auf der Strecke nach Cheltenham.«

»Hmm, das überrascht mich nicht. Aber ich frage mich, warum ihn unser Priester monatlich bezahlt hat.«

»Vielleicht gehörte Pater Byrne ein Pferd, das auf dem Gestüt untergebracht war.«

»Unwahrscheinlich. Ich glaube, er hat nur gerne auf sie gewettet. Kannst du mir mehr über Señor Bell erzählen?«

»Da gibt es nicht viel. Er ist eher ein kleines Licht, dennoch recht erfolgreich. Die Pferdebesitzer mögen ihn, weil er Gewinner trainiert. Es gab ein paar Andeutungen über krumme Geschäfte in der Vergangenheit – einige Zeitungsmeldungen –, aber nichts, wofür jemand eine Verleumdungsklage riskieren will.«

»Hmm, tja, grab weiter. Ich sehe mal, was unser Freund Liam weiß und ob er es mir verrät. Wie ich schon gestern Abend sagte, kannten Eamon und er sich lange. Ich habe das Gefühl, da gibt es noch Sachen, die er uns nicht erzählt hat.«

»Okay, aber sei vorsichtig, Jack.«

»Wenn du das noch öfter sagst, fange ich an, mir Sorgen zu machen«, erwiderte Jack lachend. »Ich fahre direkt zu dem Rennstall. Hast du sonst noch etwas für mich?«

»Ach ja, ich habe das Medikament überprüft. Es ist ein Standardmittel fürs Herz, nichts Ungewöhnliches.«

»Gut. Schick mir bitte Bells Adresse. Und sollte ich nicht zurückkommen, versprich mir bitte, dass du dich um Riley kümmerst, ja?«

»Lass die Witze«, sagte Sarah. »Eines Tages übertreibst du es noch mit dem toughen Cop und bringst dich in Schwierigkeiten, Jack Brennan.«

»Bis später, Partnerin.«

Sarah legte auf und wandte sich wieder ihrem Monitor zu.

Sie dachte an die Klausurgäste, an Gustav, Tom und Isabelle.

Irgendwas lief da, keine Frage. Gab es eine Verbindung zwischen ihnen?

Es wurde Zeit, das herauszufinden.

Sie sah hinüber zu Grace, die auf dem Fußboden hockte und von Papieren umgeben war. Langsam sortierte sie alle zu ordentlichen Stapeln.

Als Sarahs Leben vor einigen Jahren unter einer sehr hässlichen Scheidung einstürzte, hatte sie sich einige … unkonventionelle … Computerkenntnisse angeeignet.

Und zwar solche, die einer hart arbeitenden Ehefrau und Mutter ermöglichten, zu entdecken, dass ihr verlogener, untreuer Mann es mit seiner Chefin in Brüssel krachen ließ, mit selbiger auf die Malediven jettete und nach und nach die Familienersparnisse aufbrauchte.

Dank dieser Fertigkeiten – und einem gerissenen Scheidungsanwalt – hatte Sarah ihren untreuen Mann verlassen können und war zurück nach Cherringham gezogen, wo sie aufgewachsen war.

Und nun kamen ihr dieselben Kenntnisse zugute, wenn es einen Fall zu knacken gab.

Allerdings hatte sich Sarah gleich bei der ersten gemeinsamen Ermittlung mit Jack geschworen, dass sie niemals ihre junge Assistentin in etwas Illegales verwickeln würde.

Dementsprechend hielt sie jetzt den Mund, als sie sich zuerst von der Website des Klosters St. Francis den Namen des Reisebüros holte und sich dann in dessen Datenbank hackte.

Wirklich praktisch …

Es dauerte nur ein paar Minuten, bis sie die vollen Namen der drei Klostergäste und deren Buchungen gefunden hatte – einschließlich ihrer Adressen, Telefonnummern, Berufsangaben, Geburtsdaten sowie der restlichen Informationen aus ihren Pässen.

Diese Daten wiederum waren der Schlüssel, mit dem Sarah sich noch mehr Informationen besorgen könnte, falls sie die brauchte.

Also: Tom Porter aus Boston; Isabelle Allard aus Caen; Gustav Stechmann aus Hamburg.

Unterschiedliche Städte, unterschiedliche Länder.

Aber gab es eine Verbindung zwischen ihnen? Nun tippte Sarah die Namen in verschiedene Suchmaschinen ein.

Nichts – außer einigen gemeinsamen Links zum Kloster St. Francis. Die brachten nichts.

Sarah versuchte es auf einigen Stammbaum-Seiten.

Hmm, immer noch nichts.

Sie musste sich etwas anderes ausdenken.

Sarah tippte die Namen von Liam, Eamon und dem Hospiz ein, das Jack erwähnt hatte – St. Elrich's.

Eigentlich erwartete sie gar nicht, etwas zu bekommen, doch auf dem Bildschirm erschienen Hunderte von Treffern.

Interessant …

Sie zog einige der vielversprechenden Links in ein separates Fenster und begann, näher nachzuforschen.

Bald hatte sie die Geschichte – und die war nicht hübsch.

St. Elrich's war ein katholisches Hospiz in Nordengland, das man in den Neunzigern Knall auf Fall geschlossen hatte.

Mehrere Zeitungsartikel aus jener Zeit deuteten an, dass die Kirche – zunächst das Bistum, dann die oberste Verwaltung in Rom – die Finanzen des Hospizes geprüft hatte.

Und wer war einer der tonangebenden Verwalter jener Hospiz-Stiftung? Pater Eamon Byrne.

Und Liam O'Connor war damals Priester in einer nahen Gemeinde gewesen.

In der digitalisierten Ausgabe einer Lokalzeitung fand sich ein Interview mit Eamon, doch der Priester äußerte sich darin nicht zum eigentlichen Grund für die Schließung des Hospizes.

Es war lediglich von »gegensätzlichen Strategievorstellungen« die Rede. Im Zusammenhang mit der Stiftung, die ein Jahr später aufgelöst wurde, hielt man den Verantwortlichen außerdem »unvollständige Kontenbuchungen« und »einen eklatanten Mangel an finanzieller Übersicht« vor.

Noch ehe das Hospiz geschlossen wurde, schickte man Eamon nach Übersee, »um Gottes Werk an besonders von Armut gebeutelten Orten zu tun«, wie es ein Kirchensprecher diplomatisch ausdrückte.

Das klang, als hätte man Pater Byrne stillschweigend aus der Schusslinie geholt.

Die deckten und beschützten ihn.

Sarah konnte keine weiteren Erwähnungen von Liam in den Lokalzeitungen finden. Anscheinend war er ebenfalls von der Bildfläche verschwunden. Hatte man ihn in eine andere Gemeinde versetzt? Sarah entdeckte ein Verzeichnis der katholischen Gemeinden und Geistlichen, doch nach dem sah es so aus, als hätte Liam O'Connor nie existiert.

Schließlich stieß sie auf eine kleine offizielle Mitteilung, dass seiner Bitte um Entlassung aus dem Priesteramt und der Kirche stattgegeben wurde. Und das nur einen Monat nach der Hospizschließung.

Interessehalber folgte Sarah Liams Spur über die nächsten Jahre.

Ein Abschluss in Betriebswirtschaft.

Ein MBA.

Ein Job bei einem Hedgefonds-Unternehmen in der Londoner City namens Faulks Capital.

Diesen Firmennamen kannte Sarah: Seinerzeit hatten einige Freunde ihres Exmannes in London von Faulks als dem Paradebeispiel einer Gelddruckmaschine gesprochen.

Vom Priester zum Turbokapitalisten in nur zehn Jahren. Wow!

Was war wirklich im St. Elrich's Hospice passiert? Und könnte es etwas mit dem Kloster St. Francis zu tun haben?

Irgendwas ist hier faul, dachte Sarah.

Sie betrachtete das Pressefoto von dem Hospiz und hoffte, mehr Hinweise zu finden.

»St. Elrich's?«, entfuhr es Grace, die gerade vom Boden aufgestanden war und jetzt neben Sarah stand. »Das ist ja ein merkwürdiger Zufall.«

Sarah merkte, wie ihr Puls schneller wurde. Das tat er immer, wenn sie das Gefühl hatte, dass ein Fall allmählich in Fahrt kam.

»Zufall?« Sie blickte zu ihrer Assistentin auf. »Was meinst du damit?«

»Pater Byrne hatte sechs verschiedene Bank- und Bausparkonten, und eines von denen lief auf ‚Die Ritter von St. Elrich'.«

»Im Ernst?«

»Ja, und diese Ritter, wer immer die sein mögen, sind stinkreich. Zumindest waren sie es. Bis letzte Woche hatten sie fast hundert Riesen auf dem Konto.«

»Und jetzt nicht mehr?«

»Alles weg – auf einen Schlag abgehoben«, antwortete Grace. »Das Spannende ist, wo das Geld von den Rittern hingegangen ist.«

»Verrätst du es mir?«

»Kann sein«, sagte Grace. »Wird es nicht langsam Zeit für diesen versprochenen Kuchen?«

»Erzähl mir, was du weißt, kluges Kind, und ich verdopple nicht bloß die Kuchenportion, sondern erhöhe meine Belohnung sogar um eine heiße Schokolade.«

»Abgemacht.«

»Erst die Informationen, dann die Schokolade.«

»Na gut«, gab Grace nach. »Also, das Girokonto der Ritter von St. Elrich wurde 2003 eingerichtet, und der Hauptbevollmächtigte war – ja, richtig geraten – ein gewisser Pater Eamon Byrne.«

Sarah lehnte sich mit ihrem Notizblock zurück und begann mitzuschreiben.

Unabhängig davon, was Jack bei dem Rennstall herausfand, dies hier war garantiert ein wichtiges Puzzlestück.

14. Die Galopper

Jack brauste in seinem kleinen Sportwagen über die breite Landstraße nach Cheltenham und ließ sich von seinem Navi führen.

Diese Strecke war neu für ihn, und ihm gefielen die sanften Hügel und langen Kurven, die Wälder und weiten Felder, die im Frühlingssonnenschein an ihm vorbeirauschten.

Bald allerdings musste er auf kleineren Landstraßen fahren und war wieder zurück in jenem England, das ihm nach wie vor ein bisschen Angst machte: enge Spuren, hohe Mauern und Hecken und verrückte Einheimische, die mit Karacho auf einen zurasten und lächelnd winkten, nachdem sie einen beinahe in den Graben gedrängt hatten.

Endlich erreichte er einen Hügelkamm und sah den Wegweiser zu Bell's Stables unten im Tal. Das Wohnhaus sah bescheiden aus, doch dahinter erstreckte sich eine lange Reihe von Ställen mit großen Pferdekoppeln und ausgedehnten Reitplätzen zu beiden Seiten.

Jack fuhr die schmale Asphaltzufahrt hinunter und hielt vor dem Haus.

Hier wirkte alles verlassen.

Er klingelte an der Tür, doch niemand öffnete. Nachdem er ein paar Minuten gewartet hatte, ging er seitlich am Haus vorbei zu den Ställen.

»Jemand zu Hause?«, rief er. Keine Antwort.

Zwischen den Ställen befand sich ein großer betonierter Hof. Jack sah mindestens zwanzig, vielleicht dreißig Boxen, von denen die meisten offen standen.

War das hier der Ort, wo man vor Jahren den feiernden Eamon fotografiert hatte?

Jack wanderte die Boxen ab, spähte hinein und rief immer wieder: »Hallo!«, aber hier war es wie auf der *Mary*

Celeste, jenem Schiff, das einst völlig verlassen auf dem Atlantik trieb …

An der letzten Tür – der zur größten Box – blickte ihm ein Pferd entgegen.

Pferde hatte Jack schon immer gemocht.

»Hi, du«, sagte er und ging mit ausgestreckter Hand über den strohbedeckten Boden auf das Tier zu.

Das Pferd schnaubte, als freute es sich, jemanden zu sehen. Und bald kraulte Jack ihm die Ohren und redete mit dem Hengst, als wären sie alte Freunde.

Die Schritte hinter sich hörte Jack überhaupt nicht … und dass er nicht allein war, merkte er erst, als eine Hand hinten seine Jacke packte und ihm die Beine weggetreten wurden.

Er fiel unsanft nach hinten; sein Sturz wurde kaum von dem ausgelegten Stroh abgefangen.

Es waren drei junge Kerle in Polohemden und Jeans, und ehe Jack etwas sagen konnte, hatten sie ihn aus dem Stall ans Tageslicht gezerrt.

Er war nicht so dumm, sich zu wehren, denn nicht einmal sein Polizeitraining könnte ihm in dieser Lage helfen. Hier standen drei fitte junge Burschen gegen einen Ex-Cop mit morschen Knien.

Angesichts dieser Konstellation brauchte er nicht lange zu überlegen.

Tu einfach gar nichts.

Vorerst …

Während zwei ihn an den Armen und Schultern festhielten, baute sich der dritte vor ihm auf und packte ihn beim Kragen.

»Was zur Hölle machen Sie hier?«, fragte er, wobei ein Sprühregen aus Spucke auf Jacks Gesicht landete.

»Immer mit der Ruhe«, antwortete Jack so gelassen wie möglich. »Ich habe bloß das Pferd gestreichelt.«

Jack sah, wie der Mann einen Schritt zurück machte. Seine Antwort war offensichtlich wenig hilfreich gewesen.

»Durchsucht ihn«, befahl der junge Kerl den beiden anderen.

Und die klopften Jack so grob ab, wie er es schon lange nicht mehr gesehen – oder gefühlt – hatte.

»Ich bin auf der Suche nach Mr Bell«, sagte Jack und bemühte sich, die raue Behandlung zu ignorieren. »Und der Begrüßung nach zu urteilen schätze ich, dass ihr nicht vorne beim Empfang arbeitet, was?«

»Halt die Klappe!«

»Falls ihr auf der Suche nach Bargeld seid – meine Brieftasche ist in der hinteren Hosentasche.«

»Wie lange war er da drin?«, fragte der Kerl vor ihm die anderen beiden.

»Lange genug«, antwortete der eine und reichte ihm Jacks Brieftasche.

Ein Landrover schoss um die Hausecke und bremste scharf auf dem Hof, sodass eine Staubwolke aufstob.

Jack beobachtete, wie ein älterer Mann in einem eleganten Tweedanzug ausstieg und auf sie zukam.

»Was ist hier los?«, fragte er.

»Wir haben diesen Typen bei Sunspa gefunden.«

»Scheiße! Habt ihr ihn durchsucht?«

»Er ist sauber, aber genau wissen wir das erst, wenn die Polizei hier ist, schätze ich.«

»Habt ihr die Polizei gerufen?«

»Wollte ich gerade.«

»Darf ich vielleicht mal was sagen?«, mischte sich Jack ein. »Ich denke, ich kann das aufklären, wenn Sie mich nur lassen …«

Der ältere Mann kam näher und musterte Jack.

»Amerikaner?«

»Jack Brennan. Ich bin hier, um mit Antonio Bell zu reden. Anscheinend hätte ich lieber zuvor einen Termin vereinbaren sollen.«

Der ältere Mann starrte ihn sekundenlang an.

»Ich bin Bell. Und Sie sollten nicht unerlaubt in meinen Ställen herumspazieren.«

»Tut mir leid.«

»Vor allem nicht einen Tag vor einem großen Rennen.«

Jetzt begriff Jack.

Seine kleine Plauderei mit dem Pferd war irrtümlich für wer weiß was gehalten worden … einen Doping-Versuch? Sabotage?

»Hey, es tut mir wirklich leid«, beteuerte er. »Vielleicht können Ihre Jungs mich jetzt loslassen, dann kann ich alles erklären.«

Bell nickte seinen Leuten zu, und sie ließen Jack los. Er klopfte sich den Schmutz ab und atmete erleichtert auf.

Hätte er doch lieber auf Sarah gehört; sie hatte offenbar geahnt, dass Jack Ärger blühte. Und diesmal hatte sie recht behalten.

Jack sah abwartend zu, während die Haushälterin ihm Kaffee einschenkte. Dann nahm er seine Tasse, lehnte sich auf dem gepolsterten Gartenstuhl zurück und trank einen Schluck.

»Um ehrlich zu sein, Mr Bell, ist dies eher der Empfang, den ich erwartet hatte.«

Antonio Bell zuckte mit den Schultern und trank von seinem Kaffee.

»Am Tag vor einem großen Rennen sind alle sehr angespannt.«

»Ich schätze, es geht um hohe Einsätze.«

»Sie denken wahrscheinlich an Tausende, stimmt's?«
Jack nickte.

»Nein, es geht um Millionen. Sunspa ist morgen der Favorit in einem der größten Rennen der Saison. Von hier bis Manila und Dublin nehmen die Buchmacher sehr hohe Wetten an, Mr Brennan.«

»Und wenn Sunspa nicht gewinnt, müssen Sie beweisen, dass das Pferd clean ist, oder?«

»Genau. Normalerweise ist bei uns alles streng gesichert. Eigentlich hätten Sie nicht einmal auf das Gelände kommen dürfen. Aber anscheinend waren alle Leute oben auf der Koppel, um sich meine neuen Pferde anzusehen. Verdammt! Das passiert nicht noch mal!«

»Ich bedaure, dass ich solchen Aufruhr verursacht habe.«

»Sie müssen verstehen, dass ich alles tue, um meine Pferde zu schützen.«

Das wette ich, dachte Jack.

Damals in New York hatte er ähnliche Männer aus der Welt des Pferderennens kennengelernt, die vor nichts haltmachten.

Schweigend blickte er über die Weiden zu dem Hügel gegenüber, wo eine Reihe von Rennpferden in die Ställe zurückgeführt wurde.

Ziemlich eindrucksvoll …

»Jetzt erzählen Sie mir, wieso Sie über Eamon reden wollen«, forderte Bell ihn auf.

Jack erklärte, dass Pater Byrnes Tod verdächtig sei und er regelmäßige Zahlungen an Bell in den Kontoauszügen des Priesters entdeckt habe.

Bell lachte. »Oh Gott, und da denken Sie, ich habe ihn umgebracht? Einen Priester ermordet?«

»Ein alter Freund von ihm macht sich Sorgen, dass sein Tod kein Unfall war.«

»Eamon Byrne war ein guter Kunde von mir, Mr Brennan. Und man bringt keine Kunden um.«

»Was für ein Kunde, wenn ich fragen darf.«

Bell zuckte mit den Schultern. »Ich lieh ihm Geld.«

»Und er zahlte es zurück?«

»Normalerweise ja. Irgendwann …«

»Aber in letzter Zeit nicht? War er säumig?«

»Was für ein Wort! Das würde ich nicht benutzen. Sagen wir, er war häufiger mal spät dran, und nun wurde es immer später.«

»Letzten Monat hat er nichts mehr zurückgezahlt.«

»Nein.«

»Und was haben Sie gemacht?«

»Ich habe ihm eine Zahlungserinnerung geschickt.«

Jack holte den anonymen Brief hervor. »Die hier?«

»Ha, das ist sie!«, antwortete Bell. »Ein bisschen übertrieben, nicht?«

»Gewirkt hat es trotzdem nicht?«

»Nein. Wenn man blank ist, ist man blank. Solche Sachen kommen vor.«

»Und was hätten Sie als Nächstes getan?«

»Ich habe ihn jedenfalls nicht umgebracht, Mr Brennan. Hätte ich es, wäre ja praktisch garantiert gewesen, dass ich mein Geld nie wiedersehe.«

Jack trank noch einen Schluck Kaffee.

»Ich glaube, ich habe ein Foto von Pater Byrne gesehen – mit einem Pferd und einer großen Champagnerflasche –, das aussieht, als wäre es hier aufgenommen worden.«

»Ja, sicher doch. Ich erinnere mich an den Tag. Der Cheltenham Gold Cup: das erste Mal, dass wir einen Sieger hatten. Eamon hatte einen Haufen Geld auf das Pferd gesetzt.«

»Er sah ziemlich glücklich aus.«

»Wissen Sie was? Er war immer glücklich«, sagte Bell. »Nichts konnte ihn kleinkriegen. Sein Charme zog den Leuten die Socken aus. Er hat sein Leben in vollen Zügen ausgekostet, falls Sie verstehen, was ich meine.«

»Wann haben Sie ihn zuletzt gesehen?«

»Letzte Woche. Am Donnerstag, glaube ich.«

»Hier?«

Bell schüttelte den Kopf. »Nein, in Sandown beim Rennen.«

»Was wollte er?«

Bell lachte. »Mehr Geld.«

»Aber Sie haben ihm keines gegeben?«

»Nein. Wie gesagt, er war schon mit einer Rate im Rückstand. Das ist ein Geschäft, und ich bin nicht die Wohlfahrt.«

»Hat er gesagt, wofür er das Geld brauchte?«

»Nein. Er meinte nur, dass etwas los sei und er es dringend brauche.«

»Haben Sie eine Idee, was es war?«

»Ich schätze mal, ich war nicht der Einzige, bei dem er Schulden hatte.«

»Denken Sie an Buchmacher? Andere Kredithaie?«

»Kredithai? Ich muss doch sehr bitten, Mr Brennan. Sie trinken hier meinen Kaffee und genießen meine Aussicht!«

»Dann eben inoffizielle Kreditgeber.«

»Schon besser. Die Bezeichnung gefällt mir.«

»Also, wer könnte ihm sonst noch gedroht haben?«

Jack sah, wie Bell überlegte.

»Ich mochte Eamon, wissen Sie? Er verstand es, zu leben. Was haben wir gelacht! Und über die Jahre haben wir einiges an Whiskey zusammen runtergekippt, einige wilde Nächte erlebt. Aber er war selbst sein schlimmster Feind: Er konnte nie Nein sagen, zu nichts und niemandem.«

Was versucht er mir mitzuteilen?, fragte Jack sich.

»Er sagte immer, wenn er einen Apfel an einem Baum sieht, muss er ihn pflücken und essen. Er könnte nicht daran vorbeigehen.«

»Reden Sie von Geld?«, hakte Jack nach.

Er wartete, da Bell eine SMS bekam und sie sogleich las. Dann stand Bell auf.

Das Gespräch war offensichtlich beendet.

»Ich meine Frauen, Mr Brennan«, antwortete Bell. »Priester hin oder her, er hatte eine Schwäche für Frauen. Haben Sie bei diesem Fall etwa mit verbundenen Augen ermittelt?«

Jack erstarrte. *Dieser Fall ist soeben auf den Kopf gestellt worden.*

»Und jetzt muss ich leider los.«

Jack stand ebenfalls auf. »Vielen Dank, dass Sie mit mir geredet haben – und dass Sie vorhin rechtzeitig vorbeigekommen sind.«

»Jederzeit, Jack. Diese Jungs hätten Sie garantiert verhaften lassen.«

»Weiß ich.«

Jack ging durch den Garten zu seinem Wagen. Auf dem Weg dorthin rief Bell ihm nach: »Warten Sie mal! Sie sagten doch, dass Sie für einen alten Freund von Eamon arbeiten?«

»Stimmt.«

»Und wer ist das, wenn ich fragen darf?«

»Liam O'Connor. Kennen Sie ihn?«

Bell lachte. »Und ob! Grüßen Sie ihn von mir.«

Jack blickte Antonio Bell nach, als der im Haus verschwand.

15. Ein Spaziergang am Fluss

Jack hatte die *Grey Goose* verlassen und schlenderte von dort flussabwärts am Ufer entlang. Riley flitzte umher und jagte Vögel, die stets wegflogen, kurz bevor er bei ihnen war.

Es war Nachmittag, die Sonne stand tief, und Jack wurde allmählich klar, was Sarah und er, ja sogar Liam, zu tun hatten ...

Andererseits ... Sarah hatte ihn angerufen, ihm von einer ganzen Reihe erstaunlicher Entdeckungen berichtet und dabei erwähnt, dass sie eine Sache noch nachprüfen wollte.

Ein bisschen genauer nachforschen.

Danach wollten sie sich treffen und reden.

Und planen.

Die Zeit allerdings spielte aus vielerlei Gründen gegen sie.

Riley kam angesprungen, als wollte er Jack auffordern, mit ihm Vögel zu jagen.

»Bedaure, Junge, ich warte auf Sarah. Geh du spielen ...«

Riley stellte den Kopf schräg, kläffte einmal und hetzte wieder durchs kniehohe Gras der Wiese.

Im nächsten Moment bemerkte Jack aus dem Augenwinkel eine Bewegung: Sarahs RAV4 kam den Weg von der alten Brücke herunter.

Er winkte ihr zu, als sie nahe der *Goose* hielt, und ging zu ihr.

Sarah stieg aus und grinste über beide Ohren.

»Jack, ich habe etwas gefunden! Und ich glaube, das könnte die Verbindung zu dem sein, was Bell dir erzählt hat.«

Er nickte.

Jetzt kommt der entscheidende Moment.

Er hatte das Gefühl, dass sie fast alle Puzzleteile beisammenhatten. Doch wie bei so manchen komplizierten Puzzles stellte sich auch hier die Frage, wie alles zusammenpasste. Schafften sie es, ein klares Bild hinzubekommen?

Die Uhr tickte.

»Gehen wir ein Stück«, sagte er.

Und so schlenderten sie zusammen den Weg am Fluss entlang.

Sarah hörte sich an, was Jack ihr über Bell und dessen Geschäfte mit Eamon erzählte.

»Also kein Verdächtiger?«, fragte sie.

»Ich fürchte nein. Es wäre unlogisch.«

»Gut.«

Er blieb stehen und sah sie verwundert an. »Gut?«

Sie hatte eine Menge herausgefunden. Und es wurde Zeit, dass sie es ihm mitteilte.

Zunächst zählte sie die vielen Zahlungen auf Auslandskonten auf, die anscheinend Kinderhilfsorganisationen gehörten.

Anfangs hatte es tatsächlich so ausgesehen, als würde Pater Byrne die Arbeit des Herrn verrichten.

Aber dann verschwanden stets diese Guthaben, wurden weiterüberwiesen, und die Organisationen lösten sich auf.

»Und das Geld ging für Pferdewetten drauf?«

»Anzunehmen«, sagte sie.

»Was ist mit dem Hospiz, mit St. Elrich's?«

»Richtig. Das wurde ebenfalls geschlossen, weil kein Geld mehr da war. Und wieder mal finden sich überall Byrnes Fingerabdrücke.«

Jack nickte. »Tja, demnach könnten wir reichlich Verdächtige haben – eine Menge Leute, die ein Problem mit dem fliegenden Pfarrer hatten.«

Nun war es Sarah, die stutzte.

»Sicher, viele Leute – aber nicht hier, Jack. Nicht in Cherringham. Keiner, der hier bereit wäre, den Priester umzubringen. Stimmt's? Es sei denn …«

»Du meinst …?«

Sie drehte sich wieder nach vorn. »Zuerst konnte ich nichts über die Klostergäste finden. Zumindest keine direkte Verbindung zu Byrne. Aber dann dachte ich – was ist mit Verwandten, mit Mädchennamen? Und da war es. Jeder von ihnen hatte eine Verbindung zum Hospiz St. Elrich's.«

»Wow! Du bist wirklich gut!«

»Die Mutter von Gustavs Frau starb dort unter erbärmlichen Umständen. Dasselbe gilt für Verwandte von Tom Porter und Isabelle Allard. Alle drei hatten alte Angehörige, die ihre Ersparnisse verloren und vielleicht nicht dort hätten sterben müssen.«

»Was sie aber taten.«

»Ja – wegen Pater Byrne.«

»Ein starkes Motiv. Und ich vermute, sie haben sich online gefunden.«

»Klar. Heutzutage tauschen sich Beschwerdegruppen auf diese Weise untereinander aus. Im Internet gibt es zuhauf Leute, die sich über Kirchen, Krankenhäuser, die Polizei, die Gerichte beschweren. Und online kommen sie miteinander in Kontakt.«

»Das heißt, die drei sind anscheinend hergekommen, um sich an Byrne zu rächen?«

»Angesichts dieser Verbindung zu ihm? Der Schluss drängt sich auf.«

Jack sah nachdenklich zur Wiese.

Sarah dachte, sie hätte den Fall geknackt.

Ihre Computerkenntnisse und Jacks Nachforschungen alter Schule hatten sich glänzend ergänzt und das Rätsel gelöst.

Aber …

»Könnte sein«, sagte er.

»Nur ,könnte'?«

Er lächelte. »Du hast tolle Arbeit geleistet. Und gerade noch rechtzeitig, denn morgen früh reisen sie ab.«

»Trotzdem bist du noch nicht überzeugt, habe ich recht?«

»Sagen wir, ich denke, dass uns noch ein oder zwei Überraschungen erwarten.«

»Was machen wir jetzt? Versuchen wir, dafür zu sorgen, dass die drei hierbleiben? Rufen wir die Polizei?«

»Nein.« Lächelnd blinzelte er in der hellen Nachmittagssonne. »Wir tun etwas, was ich schon immer mal machen wollte.«

»Und das wäre?«

»Wir veranstalten eines dieser Treffen, bei denen alle versammelt sind, die irgendetwas mit dem Fall zu tun haben – die Klostergäste, die Nonnen, Liam, du, ich. Dann legen wir alle Fakten auf den Tisch und warten ab, was passiert.«

»Hört sich nicht nach einer ausgeklügelten Methode an.«

Er lachte. »Falls du recht hast, was diese Leute angeht, wird es ihnen schwerfallen, bei ihrer Geschichte zu bleiben, dass sie sich bis letzte Woche nicht gekannt haben.«

Sie nickte. »Stimmt, das könnte spannend werden.«

Sarah sah zu Riley, der nur noch ein kleiner brauner Fleck in der Ferne war. Er lief dort umher, wo der Fluss einen Knick nach links machte. Plötzlich blieb der Hund stehen und kam dann zurückgerannt.

Als würde er sich maximal nur so weit – und nicht weiter – von Jack entfernen.

»Und wie willst du dieses kleine Treffen zustande bringen?«

»Dafür, glaube ich, brauche ich die Hilfe einer höheren Macht.«

Er nahm sein Handy hervor, wählte und wartete. »Ah, Schwester Mary, Jack Brennan hier. Ich frage mich gerade, ob ich Sie bitten dürfte, heute Abend etwas für mich zu tun. Gleich nachdem alle bei Ihnen zu Abend gegessen haben.«

Sarah konnte ihm ansehen, dass die Mutter Oberin nicht gerade begeistert von Jacks Idee war.

Aber die Alternative – die Polizei, die Anklagen, der Anschein, sie würde einen potenziellen Mörder verstecken? Das würde die Nonne auf keinen Fall wollen.

Nach einigem Hin und Her ...

»Danke, Schwester. Wir werden dort sein, und zwar mit Liam O'Connor. Am Ende sind wir ihm alle etwas schuldig, denke ich. Bis später.«

Dann wandte er sich wieder zu Sarah.

»Ich schlage vor, dass wir noch mal alle Einzelheiten durchgehen. Eventuell sollten wir sie schriftlich zusammentragen.«

»Gute Idee – zumal du so etwas ja noch nie gemacht hast.«

Er grinste. »Einen Tipp hätte ich noch: Lass dir nicht anmerken, dass dich irgendwas überrascht.«

»Nicht mal, wenn es so ist?«

»Dann erst recht nicht.«

Und sie machten sich auf den Rückweg zur *Goose*, um ihren Auftritt vorzubereiten. Riley rannte vor ihnen her.

16. Abendliche Beichten

Sarah stand neben Jack an dem großen Erkerfenster im Empfangsbereich des Klosters, umgeben von Statuen, Gemälden und spartanischen Holzstühlen.

Liam O'Connor sah sich die Bücherregale an, zog ein Buch heraus, dann ein anderes.

Sarah hörte Stimmen, die nicht weit entfernt waren. Das Abendessen war nun vorbei, und die anderen gingen nun alle hierher.

Die Mutter Oberin wusste, dass etwas Wichtiges kommen würde.

Und sie war auch die Erste, die den Raum betrat; die anderen schritten hinter ihr her – so, als würde sie eine Reihe von Nachsitzern anführen.

Ihre Mienen sprachen Bände.

Gustav, Tom und Isabelle sahen verärgert und grimmig aus. Die drei blieben ganz dicht beieinander – was jegliche Behauptung, sie würden sich nicht kennen, schon rein optisch als Lüge entlarvte.

Dann kamen zwei junge Nonnen herein: Schwester Evangeline und Schwester Jacqueline. Ihre Mienen waren sehr unterschiedlich. Während Jacqueline schlicht verwirrt zu sein schien, richtete Evangeline ihren Blick abwechselnd auf den Boden und zu allen Seiten – nur nicht dorthin, wo Sarah und Jack standen.

Damit dürfte sich die Frage erledigt haben, wer die geheimnisvolle Nonne im Pfarrhaus gewesen war, dachte Sarah.

Mittlerweile hatte sich die Mutter Oberin in den Hintergrund zurückgezogen und wieder einmal die Arme verschränkt; sie zeigte ein derart versteinertes Gesicht, dass Sarah nicht einmal mit viel Übung eine solche Miene hinbekommen hätte.

»Okay, was zum Teufel …?«, begann Tom Parker, verstummte kurz und fuhr dann fort: »Was … ist hier los?«

Er blickte von Jack zur Mutter Oberin, die daraufhin antwortete: »Jack und Sarah haben noch einige Fragen an Sie, und ich habe ihnen gesagt, dass sie herkommen können.«

Nun schaltete sich Gustav ein. »Wir haben schon mit ihnen gesprochen, Schwester. Und ich muss packen, denn ich reise morgen zurück nach Hamburg.«

Isabelle war von allen dreien die Unsicherste. Sie nickte hastig. »Ich auch. Ich habe noch nicht -«

Jack unterbrach sie mit einem Räuspern.

Showtime!

»Das hier … dürfte nicht lange dauern«, erklärte er. »Wir müssen nur rasch einige Einzelheiten klären.«

Ach ja?, wunderte Sarah sich.

Jack und sie hatten mehr als einige Einzelheiten entdeckt.

»Sarah, würdest du bitte erzählen, was wir über Pater Byrne in Erfahrung gebracht haben?«

Sie nickte, und alle Augen richteten sich auf sie. Vielleicht hofften die anderen immer noch, dass es hier nur um den toten Priester ging und nicht um sie.

»Anscheinend hat Pater Byrne mehrfach Kirchengelder veruntreut, die für wohltätige Einrichtungen gedacht waren, indem er sie auf sein eigenes Konto verschob.«

Sie blickte zu Schwester Mary, um zu sehen, ob diese ihr vehement widersprechen wollte, weil eine Stütze der Kirche verunglimpft wurde.

Doch die Nonne rührte sich nicht, was wohl bedeutete, dass ihr die Schwächen des Verstorbenen nur allzu vertraut waren.

Sarah erzählte anschließend einige Details und gab ein paar konkrete Beispiele.

Danach wandte Jack sich zu ihr und sagte: »Und dann war da noch das Hospiz, nicht wahr, Sarah? Wie hieß es doch gleich ... St. Elrich's?«

Sarah spielte mit, nickte zustimmend und malte sich aus, wie die Klostergäste nun Bauchkrämpfe bekamen.

Es würde sie nicht erstaunen, sollten sie die Flucht ergreifen.

»Ja, St. Elrich's Hospice, ein Ort für Schwerkranke, die dort ihre letzte Zeit bei guter Pflege und umgeben von Angehörigen und Freunden verbringen wollten.«

Sie holte tief Luft.

»Nur *verschwand* das Geld, das die Familien an das Hospiz gezahlt hatten. Die Stiftung ging bankrott, und die Einrichtung wurde geschlossen.«

Nun hatte die Mutter Oberin ihren Blick auf Sarah geheftet. Dies dürften selbst für sie böse Neuigkeiten sein.

Und wie zur Bestätigung flüsterte die Nonne: »Was für eine schändliche Sünde!«

»Ja, Schwester«, pflichtete Jack ihr laut bei. »Es ist wahrlich eine schändliche Sünde. Und was hätten Sie getan, hätte jemand aus Ihrer Familie – Ihre Mutter, Schwester, jemand, den Sie geliebt haben – durch Pater Byrnes Verschulden alles verloren?«

Man hätte eine Stecknadel fallen hören.

»Was wäre, wenn es Ihnen so ergangen wäre wie unseren drei Besuchern hier? Wenn Sie jemanden verloren hätten -«

»Diesen Mist höre ich mir nicht länger an! Ich -«

»Das würde ich lassen, Tom. Ich würde Sie ungern aufhalten müssen.«

Tom, der bereits Richtung Ausgang geeilt war, blieb abrupt stehen und drehte sich um. Isabelle und Gustav fassten sich bei den Händen, als wären sie zum Tode

Verurteilte, die erwarteten, dass gleich ihr Henker zur Tat schreiten würde.

»Ja, dank Sarahs großartiger Arbeit haben wir erfahren, dass Sie drei wussten, was Byrne getan und wie er den Menschen Leid zufügt hatte, die Sie liebten. Und dann …«

Jack nickte.

»Es ist nur allzu verständlich, warum Sie diese Falle für Pater Byrne draußen auf dem Waldweg planten … um ihn zum Stolpern zu bringen, ihn anzugreifen und ihn an einem Herzinfarkt sterben zu lassen – als Strafe für die Sünden, die er beging.«

»Nein! Nein, das haben wir nicht -«

»Isabelle!«, unterbrach Gustav sie streng.

Aber die Französin schluchzte jetzt, rückte von Gustav weg und trat zu Jack. Neben ihm drehte sie sich um, sodass sie zu allen anderen im Raum sprach. »Wir hatten nicht geplant, diesen Mann zu ermorden. Und ich sage mit Absicht ,dieser Mann', denn einen Priester kann ich ihn nicht nennen!«

»Ich habe die Beweise gesehen«, warf Jack ein.

Wie schroff seine Stimme ist, dachte Sarah.

Angesichts der heftig schluchzenden Isabelle hätte sie eher erwartet, dass er ein wenig sanfter reden würde.

Stattdessen klang er nun wie ein besonders strenger Richter – gnadenlos.

»Ich habe die Falle gesehen, die Sie drei Pater Byrne stellten und mit der Sie ihn zu töten planten …«

Isabelle hob beide Hände und schluchzte laut auf. »Nein!«

»Das Seil an dem Baum; Sie drei, die sich dort im Wald versteckten und warteten …«

In diesem Moment kam Tom, der beinahe weggelaufen wäre, zu Isabelle und nahm sie in die Arme.

»Sie glauben wohl, dass Sie alles wissen, was?«, sagte er zu Jack. »Wir hatten nie vor, Byrne umzubringen.«

Isabelle nickte zustimmend.

»Ach nein?«, entgegnete Jack. »So sieht es aber für mich nicht aus.«

»Wir wussten, dass er immer dieselbe Strecke lief, und wir hatten geplant, ihn zu Fall zu bringen und ihn zur Rede zu stellen. Wir wollten, dass er gesteht, was er unseren Angehörigen angetan hat … Er sollte die Verantwortung für sein Handeln übernehmen.«

Interessant, dachte Sarah.

Die Vorstellung von Byrne auf den Knien … dem Beichtvater, der beichtet.

»Das ist die Wahrheit!«, rief Gustav.

»Wir sind keine Mörder«, fuhr Tom fort. »Aber dass Byrne immer wieder ungeschoren davonkam – nach allem, was er anderen an Leid zugefügt hatte, nach all diesen Verbrechen … das musste ein Ende haben! Wir wollten, dass er gesteht, erst uns gegenüber, dann vor der ganzen Welt.«

Klingt überzeugend, dachte Sarah. Allein die Art, wie sie ihre Geschichte vortrugen, machte sie glaubhaft.

Deshalb war Sarah umso entsetzter, als sie Jacks Erwiderung vernahm.

»Blödsinn! Sie drei bekamen irgendwie heraus, dass er Herzprobleme hatte. Sie planten die Falle. Sie sind schlicht und einfach Mörder. Die Polizei wird das genauso sehen, vor allem jetzt, wo Sie zugegeben haben, dass Sie dort draußen waren. Ein simpler, alltäglicher Mord …«

In diesem Augenblick erklang von der Seite ein leises, kaum hörbares »Nein«.

Und alle sahen zu Schwester Evangeline.

17. Die Geschichte der Nonne

Niemand sagte etwas.

Sarah blickte von Evangeline zu Jack. Er nickte ihr zu, und ihr wurde klar, dass er nur deshalb solchen Druck auf die drei Gäste ausgeübt hatte, um genau dies zu provozieren:

Um die Nonne zum Reden zu bringen.

Jene geheimnisvolle Nonne, die nachts die Medizin ins Pfarrhaus »gezaubert« hatte.

»Schwester«, sagte die Mutter Oberin, »ich verstehe nicht, was …«

Ausnahmsweise fehlten Schwester Mary die Worte.

Schwester Evangeline hob eine Hand, um für sich etwas Zeit zu erbitten. Sie wollte ihre Geschichte erzählen.

»Als ich noch Novizin war, hatte ich eine Freundin, Schwester Margaret … Sie war solch eine liebenswerte und vergnügte Nonne. Die Jüngste von uns allen. Und während wir lernten und uns auf unsere spätere Arbeit in den Missionen, mit den Armen und bei den Kranken in den Hospitälern vorbereiteten, kam ein neuer Priester in unser Kloster.«

»Pater Eamon Byrne«, sagte Jack leise.

Evangeline nickte. »Er war lustig, brachte uns immerzu zum Lachen mit seinen verrückten Geschichten. Jede schien ihn zu mögen … ausgenommen Schwester Margaret.«

Sarah bekam eine Gänsehaut, während sie auf den Rest der Geschichte wartete.

»Sie … liebte ihn«, fuhr die Nonne fort. »Zu der Zeit wusste es keiner, doch sie wurden das, was uns strengstens verboten ist – ein Liebespaar.«

Sarah bemerkte, wie die Mutter Oberin ihre Arme herunternahm und in kleinen Schritten auf Schwester Evangeline zuging.

Das ist gut, dachte Sarah.

An Schwester Evangelines Stelle wäre ich kurz vorm Umkippen.

»Die liebe, junge Schwester Margaret … wurde schwanger. Und natürlich stand außer Frage, dass sie das Kind bekommen würde. Also musste sie ihre Berufung aufgeben. Niemand wusste allerdings, dass Pater Byrne dafür verantwortlich war.«

Schwester Mary legte der jungen Nonne eine Hand auf die Schulter.

»Und natürlich machte er auf seine muntere Art weiter, während Schwester Margaret zu einer Ausgestoßenen wurde. Ihr Leben war zerstört. Ihr Baby wurde zur Adoption freigegeben. Der einzige Mensch, dem sie sich je anvertraut hatte, war ich. Und das nur wenige Wochen vor, nun ja, ihrem Unfall – sofern es einer war. Sie fiel vor einem Zug auf die Schiene. Offiziell galt es als Unfall, doch vielleicht war es ihr einziger Ausweg.«

Schwester Evangeline verstummte.

Die Mutter Oberin nahm sie in die Arme.

»Ich legte noch ein Gelübde ab – nämlich dass Pater Byrne eines Tages dafür bezahlen würde. Also ja … » Sie drehte sich um und sah alle anderen an. »Diese Leute da haben Pater Byrne nicht ermordet. Ich tauschte seine Herztabletten gegen harmlose Vitaminpillen aus. Dann konnte ich nur hoffen, dass Gott Gerechtigkeit üben und Byrnes Herz eines Tages beim Waldlauf versagen lassen würde.«

»Mein Gott!«, entfuhr es Tom.

Sarah sah, wie Jack – Exmin**istr**ant und Ungläubiger – auf Schwester Evangeline zuging, die Tränen in den Augen hatte. Schwester Mary stand wie eine Wache an ihrer Seite.

»Und genau das, Schwester Evangeline, ist passiert. Gott sorgte dafür, dass Pater Byrne seine gerechte Strafe bekam.«

Jack blickte zu den drei Gästen, dann zu Schwester Jacqueline, der bemerkenswerten Schwester Oberin und schließlich zu Liam.

Sarah merkte, dass er seine Worte mit Bedacht wählte. »Pater Byrne hat das Leben jener Nonne zerstört. Ich denke nicht, dass irgendeiner von uns hier ... glaubt, es wäre Gottes Wille, das Leben einer weiteren Nonne von Byrne zerstören zu lassen.«

Was er meint, ist klar.

Alle im Raum waren still.

Sollte es einer Illustration für den Ausdruck »stillschweigende Übereinkunft« bedürfen, so wird sie hier und jetzt geliefert, dachte Sarah.

Die Geschichte von Byrnes Leben und dieses Geheimnis – die Verbrechen, die Diebstähle, das Leid – hatten nun ein Ende.

18. Ein dreißig Jahre alter Trunk

»Oh, der ist richtig gut!«, lobte Sarah und genoss den aromatischen, kräftigen Geschmack des dreißig Jahre alten Lagavulin.

»Siehst du, ich wusste doch, dass er dir gefallen wird.«

»Manche Leute meinen«, sagte Liam O'Connor, der sein Whiskeyglas schwenkte, sodass die Flüssigkeit es innen fast vollständig benetzte, »dass ein wenig Wasser den Geschmack sogar noch intensiver macht.«

»Blasphemie«, empörte sich Jack, und Liam lachte.

»Stimmt. Wie könnte dieser Nektar noch mehr Geschmack bekommen?«

Sarah vermutete, dass Jack sie nicht bloß bei Sonnenuntergang auf die *Goose* bestellt hatte, um diesen überragenden Scotch zu kosten. Nicht nach all den Enthüllungen im Kloster.

Es gibt mehr zu besprechen … und zu erklären.

Jemand wie Jack brauchte einen Abschluss.

Die Sonne schien in seine Augen, als er sich zu Sarah drehte. »Weißt du, was Liam gemacht hat, Sarah? Und zwar heute Morgen?«

»Ach, das ist kaum der Rede wert«, meinte Liam. »Es ist das Mindeste, was ich tun konnte – nach all dem …«

»Jetzt aber raus damit«, forderte Sarah die beiden auf.

»Er ist zum Kloster gegangen, zu Schwester Mary. Du erinnerst dich ja sicher, wie besorgt sie um die Zukunft des Klosters und um ihre Arbeit war, nicht?«

»Sie hingen am seidenen Faden.«

Jack nickte. »Richtig, und der war kurz vorm Zerreißen. Deshalb gab Liam der Oberin einen recht beträchtlichen Scheck.«

»Nur etwas, um sie über die Durststrecke zu bringen. Sicher werden die Zeiten bald wieder besser sein.«

»Fünfzigtausend! Schwester Mary meinte, es ist mehr als genug, um sie über das nächste Jahr zu bringen.«

Liam war still und ernst geworden.

»Nach dem, was Eamon getan hat? Wie konnte ich das nicht tun?«

Sarah bemerkte, wie Liam kurz zu Jack sah.

»Wir sind noch nicht fertig mit den Geständnissen, stimmt's, Liam?«

»Nein«, antwortete er. »Noch nicht ganz.«

Er wandte sich Sarah zu.

»Jack weiß es bereits, aber Sie sollen es auch erfahren. Am Tag vor seinem Tod kam Eamon zu mir und bat mich, ihm auszuhelfen.«

»Wahrscheinlich nicht zum ersten Mal«, mutmaßte Sarah.

»Er flehte mich an«, sagte Liam. »Und es war fast wie eine spontane Eingebung, eine Laune beinahe, aber nach all den Jahren hatte ich auf einmal genug.«

»Und Sie lehnten ab.«

Er nickte. »Als er ging, war er nicht wütend. Eher traurig, glaube ich. Jedenfalls hörte ich als Nächstes, dass er tot war, und da fühlte ich mich …«

»Schuldig«, half Jack ihm aus.

»Ich dachte, wenn ich ihm Geld gegeben hätte, wäre er nicht umgebracht worden.«

»Und deshalb baten Sie uns, ein bisschen nachzuforschen?«, fragte Sarah.

Er nickte erneut. »Ich musste es einfach wissen.«

Einen Moment lang glaubte Sarah, eine Träne in Liams Auge zu sehen.

Jack schüttelte den Kopf. »So oder so ist Ihre Spende sehr großzügig, Liam. Und vergessen Sie nicht, dass Byrnes Sünden seine waren, nicht Ihre.«

»Tja, falls das Geld, das ich verdient habe, ein bisschen Gutes tun kann, etwas Schaden wiedergutmachen kann ... warum nicht?«

Jack trank von seinem Whiskey. »Warum nicht; wie wahr!«

Dann sah er Sarah an. »Und ich schätze, dass du vielleicht noch einige Fragen dazu hast, Sarah, wie wir uns gestern Abend so entscheiden konnten.«

»Fragen?« Nachdenklich nippte sie an ihrem Glas. »Nein, es ist nur – na ja, wie ich dich kenne ...«

»Eben. Wie konnte ich so etwas vorschlagen, was? Ein Verbrechen zu ignorieren.«

»Es ist ein wenig überraschend.«

Riley hatte eine ganze Weile regungslos neben Jack gesessen. Nun hob er den Kopf und legte ihn auf das Knie von Jack, damit der ihn kraulte.

»Dachte ich mir. Und ein Grund, diesen Lagavulin mit euch beiden zu genießen, war wohl der, dass es ein idealer Anlass ist, um mich zu erklären.« Er lächelte. »Damit du nicht denkst, ich wäre ein völlig anderer Mensch geworden.«

»Veränderungen sind nichts Schlimmes«, sagte Sarah.

»Ja, das sagt man so. Wie dem auch sei, meine Überlegung war folgende ...«

Jack war aufgestanden und an die Reling der *Grey Goose* getreten.

Das ist ihm sehr wichtig, dachte Sarah.

Als wäre alles, was sie unternommen hatten, um die Wahrheit herauszufinden, nicht abgeschlossen, bevor er dies hier getan hatte.

»Wir haben alle erfahren, wer Eamon Byrne war – ein Spieler, Weiberheld, Betrüger«, erklärte er.

»Und Freund«, ergänzte Liam leise.

»Jeder Mensch hat seine Facetten«, sagte Jack. »Also, ja, auch ein Freund. Und er hat einen Preis dafür gezahlt, wer er war.«

»Und ob er das hat«, bekräftigte Liam.

Sarah sah Jack an. »Und jene Nonne …«

Schwester Margaret.

»Und all die anderen, die von Byrne verletzt wurden … sie haben genug gelitten, nicht?«

Sarah nickte.

Ja, dies hier war Jack wichtig. Gerade ihm, der ein Leben lang Leute verhaftet hat, die Verbrechen begangen haben.

Dass ausgerechnet er, wie es gestern Abend geschehen war, sagte, es liege in diesem Fall kein Verbrechen vor.

Gerechtigkeit … vielleicht. Vergeltung. Sogar Rache.

Aber es würde nichts Gutes bewirken, sollte die Geschichte der Nonne jemals die Klostermauern verlassen.

»Es passiert nicht oft«, sagte Jack. »Aber, tja, ich wollte, dass ihr beide es versteht. Für mich ging es darum, was ‚richtig' war.«

Nun stand Sarah auf. Wieder einmal war sie erstaunt über die Vielschichtigkeit und das ausgeprägte Ehrgefühl ihres Freundes.

»Es war richtig, Jack. Für alle.«

Er lächelte. »Und jetzt können wir nach vorn sehen, hmm? Ich schätze, das fühlt sich richtig an.«

»Jack«, sagte Liam, »wie es aussieht, haben Sie nichts mehr im Glas. Da schenke ich Ihnen lieber noch ein Tröpfchen nach, was?«

Und jetzt lachte Jack.

»Liam, Sie rennen hier offene Türen ein.«

Er hielt sein Glas hin, sodass Liam ihm noch etwas von dem exzellenten Scotch einschenken konnte.

Sie hatten noch einige wenige Minuten, um gemeinsam beim Lagavulin den Sonnenuntergang zu genießen.

Noch dazu in dieser perfekten Flusskulisse unterhalb Cherringhams.

Der Sommer war nicht mehr weit.

Und bei dem Gedanken an sonnige Tage, Schwimmen und lange Abende in der Sonne, deren Untergang ewig dauerte, fragte Sarah sich unweigerlich ...

Was mochte die Zukunft bringen? Für Jack und sie. Und für das Dorf.

Diese Frage war nicht zu beantworten, also streckte Sarah ebenfalls ihr nun leeres Glas Liam entgegen.

»Ich würde auch noch einen winzigen Schluck nehmen, wenn ich darf.«

»Ah, eine Bekehrte!«, rief Jack.

Und sie alle lachten.

Matthew Costello
Neil Richards

CHERRINGHAM
LANDLUFT KANN TÖDLICH SEIN

Spuren an Deck

Aus dem Englischen von Sabine Schilasky

1. Mittsommernacht

Vorsichtig ging Ray Stroud auf dem weißen Mittelstreifen der Straße, die zur Cherringham Bridge führte. Es war so verflucht dunkel in dieser Nacht. Nicht mal der Mond schien, und Ray konnte kaum die Grasstreifen zu beiden Seiten sehen, geschweige denn die Felder, von denen er wusste, dass sie irgendwo hinter den Hecken lagen.

Beim Verlassen der zweiten Party – oder war es die dritte gewesen? – hatte er mit sich selbst gewettet, dass er es bis zur Brücke schaffen würde, ohne mit einem Auto oder einem übersehenen Laternenpfahl zu kollidieren. Und bisher lief die Sache ziemlich gut.

Es half natürlich, dass auf dieser Strecke morgens um drei sehr wenig los war.

Sollte allerdings doch ein Wagen um diese Zeit den Hügel hinunterkommen, wäre der Fahrer höchstwahrscheinlich ein alternder betrunkener oder bekiffter Hippie wie Ray selbst.

In dem Fall verliere ich die Wette, dachte er.

Und dann überlegte er: *Was war noch mal die Wette?*

Es fiel ihm wieder ein – lebend die Brücke erreichen und sich eine Zigarette drehen.

Jippie! Nicht schlecht …

Er sah nach vorn und setzte weiter auf der weißen Linie einen Fuß vor den anderen.

Es stand außer Frage, dass er ziemlich wacklig auf den Beinen war.

Ist ja kein Wunder, alter Knabe. Wenn du acht Stunden lang immer wieder Bier in dich reinkippst.

Andererseits waren acht Stunden so viel auch wieder nicht.

Muss wohl am Alter liegen, dass ich jetzt langsam schlappmache.

Dann erinnerte er sich wieder. Genau! Er hatte außerdem noch eine kleine Tüte in Jez' Garten gehabt.

Sehr mild, aber mit heftiger Spätwirkung.

Also deshalb schien diese weiße Linie unter seinen alten Turnschuhen so lebendig zu sein.

Er blinzelte zum Himmel.

Bald müsste es wieder hell werden. Es wird eindeutig Zeit, dass ich ins Bett komme.

Diese Cherringham-Regatta-Nummer brachte seinen Schlafrhythmus gnadenlos durcheinander – und dabei hatte sie noch nicht einmal richtig angefangen.

Er war kein Fan von harter Arbeit, aber die Kohle stimmte. Doch bereits die Vorbereitungen für diese Veranstaltung bedeuteten lange Tage, schmerzende Gliedmaßen und zerschundene Hände.

Die ganze Woche hatte er Plakate im Dorf aufgehängt, Hecken geschnitten, Felder gemäht, Parkverbotsschilder aufgestellt und Bierkisten von Lastwagen geladen.

Da kann man ja wohl richtig durstig werden …

Und wenn man so viel Bares auf die Kralle bekam, dann führte das natürlich zu langen Abenden, an denen man die Kohle vertrank. Nicht, dass es ihm etwas ausmachte. Er behielt immer noch einiges übrig, das er in der Teedose im Schrank auf der *Magnolia* versteckte, seinem alten Kahn, der unten am Fluss lag.

Alt, aber er schwimmt noch!

Sicher, einige Leute hassten die Regatta. Denen gefiel es nicht, wenn das Dorf von Auswärtigen überrannt wurde. Diese Ansicht hatten auch die meisten Kumpel von Ray oben im Ploughman: »Diese eitlen Fatzkes mit ihren schicken Autos und ihren großen schneeweißen Schüsseln sollen sich doch mit ihren Festzelten und den Pimm's-Ständen zurück nach London verziehen!«

Und dann war da noch Cherringhams eigener Schick-imicki-Haufen, selbst gezüchtet sozusagen. Diese Leute regten sich auf, weil nun Jahrmarktsleute in Jeans einfielen, auf den Wiesen dicht an dicht Zelte, Lkws, Hamburger- und Teewagen standen und hin und wieder was geklaut wurde.

Die verfluchte Regatta ist für alle ein Albtraum!

In Wahrheit aber störte all das Ray kein bisschen. Ob reich oder arm, für ihn waren sie alle gleich. Schließlich ging es jedes Jahr nur um einige Tage im Juni, und es sprangen dabei für ihn immer ein paar Scheine raus.

Er blickte sich um, und plötzlich merkte er, dass er bereits an der Brücke war.

Irre, wie schnell die Zeit vergeht, wenn man nachdenkt …

Auf den Wiesen am Fluss rechts von ihm konnte er nur die Umrisse der Festzelte sehen, bei deren Aufbau er die ganze Woche mitgeholfen hatte. Und zu beiden Seiten der alten Steinbrücke erspähte er flüchtig im schwachen Licht bunte Flaggen und Wimpel, die zur Feier der Regatta aufgestellt und aufgehängt worden waren; jetzt in der Nacht wirkten sie allerdings düster und grau.

Unter der Brücke konnte er den Fluss übers Wehr und die Steine plätschern hören. Weiter vorn ragte das Zollhäuschen in der Straßenmitte auf.

Ja, ja, er war immer noch am Leben.

Gewonnen!

Er hatte seine heroische Aufgabe erfolgreich zu Ende geführt. Nun war es Zeit für eine Selbstgedrehte.

Ray hüpfte von der weißen Linie und ging hinüber zu dem schmalen Gehweg am Brückenrand, wo er sich gegen die Steinbrüstung lehnte und eine Zigarette drehte.

Nachdem er sie angezündet hatte, inhalierte er tief.

Aaah! Es ging doch nichts über die erste Zigarette des Tages.

Oder war es die letzte der Nacht? Hmm, schwer zu entscheiden …

Er blickte hinunter zur Themse, die sechs Meter unter ihm schnell unter der Brücke hindurchfloss.

Dann drehte er sich um und blickte flussaufwärts. Es gab gerade genug Licht, dass er undeutlich die vertäuten Kähne und Hausboote erkennen konnte, die aneinandergereiht am rechten Ufer lagen und sich über eine halbe Meile weit in Richtung der Ingleston-Kirche erstreckten.

Auch sein eigenes Boot, die *Magnolia,* vermochte er zu sehen; es war ein schwarzer Umriss am Ende der Reihe.

Auf keinem der Boote brannte Licht. Alle schliefen sie tief und fest.

Die Glückspilze.

Nein, doch nicht alle. Ray nahm eine Bewegung auf dem schwarzen Wasser hinten bei der *Magnolia* wahr.

Er blinzelte, um es genauer zu sehen. Was war das – vielleicht doch nur ein Stück Treibholz? Ein alter Baumstamm, der flussabwärts trieb?

Oder ein Boot – und an Bord jemand, der etwas Schräges vorhatte?

In der letzten Woche hatte es einige Einbrüche und den einen oder anderen Fall von Vandalismus gegeben. Das passierte immer während der Regatta-Zeit – oder wenn die Jahrmarktsleute ins Dorf kamen.

War eigentlich auch nur logisch: Wenn all diese jungen Rowdys aus der Großstadt einfielen, um beknackte Jobs zu übernehmen, dann sahen sie sich auch vor Ort um, was sie so nebenbei noch abgreifen konnten.

Durfte man ihnen nicht verdenken, fand Ray, der schon selbst, nun ja, »freiberuflich« unterwegs gewesen war. Ließ jemand eine Tür oder ein Fenster auf, war das doch quasi eine Aufforderung, dass man reingehen und sich bedienen sollte, oder?

Aber auf seiner *Magnolia*? Na, denen würde er es zeigen!

Keiner legt sich mit Ray Stroud an, dachte er und spuckte einen Tabakkrümel aus.

Hmm.

Der Schatten auf dem Wasser kam näher.

Ja, das war ein Boot – ein kleines Ruderboot.

Und der Geschwindigkeit nach zu urteilen, wusste der Typ an den Rudern, was er tat.

Kräftige, gleichmäßige Züge. Die Ruderblätter schnitten lautlos durchs Wasser, und das Boot glitt mühelos auf ihn zu.

Komisch. Welcher Idiot ruderte denn um diese Zeit, im Stockdunkeln? Übte er etwa für die Regatta? Und dann bewegte er sich auch noch vom Dorf weg.

Nein, das ergab überhaupt keinen Sinn. Und dann war das Boot nur so ein winziges Plastikteil.

Als es näher kam, sah Ray genau hin und versuchte, den Ruderer zu erkennen. Doch das war schwierig, weil der Typ im Boot mit dem Rücken zu ihm saß.

Definitiv ein Kerl – so viel stand fest. Das erkannte man an der Figur: breite Schultern, großgewachsen. Der Mann war schwarz gekleidet, wie einer von den Soldaten, die Spezialkommandos angehörten; Ray kannte dies aus Filmen. Die schwarze Mütze hatte sich der Typ so tief nach unten gezogen, dass man den Kopf nicht richtig sehen konnte.

Das kleine Ruderboot schoss auf Ray zu und dann unter der Brücke hindurch.

Weg.

Ach, na ja, was interessiert mich das …

Wenn Ray nun rasch zur anderen Brückenseite ging, könnte er das Gesicht des Kerls sehen.

Aber er musste zurück auf die *Magnolia*, einen Tee trinken und dringend ein bisschen schlafen.

Also schnippte er den Zigarettenstummel ins Wasser, stapfte über die Brücke und dann hinunter zum Flussufer.

Als er sein Boot erreichte, war bereits eine Andeutung von Morgengrauen am Horizont zu sehen, auch wenn der Himmel größtenteils noch schwarz war. Ray stieg an Bord und schloss das Brückenhaus auf.

Oh Gott, um sieben musste er wieder aufstehen und dann mit den anderen einen Ablaufgraben für das Hauptbierzelt buddeln!

Blieben noch drei Stunden zum Schlafen.

Klar, kein Problem …

Er öffnete die Brückenhaustür und stieg die erste Stufe hinunter, als er wieder etwas auf dem Fluss bemerkte.

Sein erster Gedanke war, dass der Ruderer zurückkam.

Aber nein.

Das dort war kein kleines Ruderboot.

Das dort war größer.

Er kehrte um und trat an den Rand des Decks, um besser sehen zu können.

Sicherlich an die sieben Meter lang, hoch, weiß, supermodern – und eindeutig teuer. Das war eine Jacht, die da flussabwärts vorbeiglitt.

Was im Hochsommer nicht ungewöhnlich war.

Nur dass auf diesem Boot kein Licht brannte.

Der Motor läuft nicht mal.

Und es stand niemand hinter dem Steuerrad.

Eine Luxusschüssel, die locker hundert Riesen wert war, trieb führerlos auf dem Fluss dahin …

Ein Geisterschiff?

Ray beobachtete, wie sich die Jacht in Richtung der Cherringham Bridge bewegte.

Mary Lou, las er; der Name prangte in goldener Farbe auf dem Rumpf. *Cayman Islands.*

Ray schüttelte den Kopf.

Ist nicht mein Problem, dachte er, *sollen die selber auf ihr Boot aufpassen ...*

Er drehte sich um und ging wieder ins Brückenhaus.

Ich muss dringend schlafen.

Er schloss die Brückenhaustür hinter sich, und schon im nächsten Augenblick hatte er die beiden Boote völlig vergessen.

2. Ein echter Krimi

Jack schob den Schinkenspeck und die Spiegeleier aus der Pfanne auf seinen Teller und legte noch einen getoasteten Bagel dazu. Dann verließ er damit die kleine Kombüse der *Grey Goose* und stieg nach oben aufs sonnige Deck.

Ein bisschen viel für die Arterien: Eier und Schinkenspeck. Aber einmal die Woche schadet es wohl nicht.

»Komm mit, Riley«, sagte er zu seinem Springer.

Im Grunde war eine solche Aufforderung überflüssig, wenn die Chance auf einen Happen Schinkenspeck bestand. Der Hund sprang bereits hinter ihm her.

Trotz der frühen Stunde war die Sonne heiß, und das Holz auf dem Deck fühlte sich unter Jacks nackten Füßen warm an. Er stellte den Teller auf den blanken neuen Gartentisch neben die Butter und die Marmelade und spannte den Sonnenschutz auf.

Danach drückte er das Sieb in der Stempelkanne nach unten und goss sich Kaffee in die große französische Tasse, die er letzte Woche in der Normandie gekauft hatte, als er dort in seinem kleinen Sportwagen herumgereist war.

Siebzig Jahre später die Strände dort zu sehen, die Reihen von Kreuzen …

Es war nicht nur der scharfe Wind gewesen, der ihm die Tränen in die Augen getrieben hatte.

Jack sah zu Riley, der geduldig neben dem Tisch hockte, trank einen Schluck Kaffee und genoss die Aussicht.

Flussauf- und -abwärts waren die Boote – so wie die *Goose* auch – mit roten, weißen und blauen Fahnen verziert. Die Farben der Cherringham Regatta.

Jacks NYPD-Wimpel flatterte stolz ganz oben am kleinen Heckmast.

In der Ferne, hinter der Brücke, konnte er gerade noch das Dach des Festzelts erkennen, in dem die meisten Veranstaltungen rund um die Regatta stattfinden würden.

Dort hinter der Brücke gab es einen längeren geraden Flussabschnitt mit festen, gut zugänglichen Ufern, der sich bestens für die anstehenden Rennen und Feierlichkeiten am Wochenende eignete. Allemal besser als der Bereich hier, wo sich die Themse schlängelte und die Kähne hintereinander vertäut lagen.

Jack nahm sich einen Bissen Spiegelei und schlug dann die *Cherringham Times* auf – die altmodischste Zeitung, die er je außerhalb eines Museums gesehen hatte. Er suchte nach den Regatta-Terminen.

Das ist ein Leben, Jack Brennan, dachte er.

Für einen Moment überkam ihn der sehnliche Wunsch, es gäbe jemanden, mit dem er dies hier teilen konnte …

Nicht irgendjemand. Seine Katherine.

Doch inzwischen war er gut darin, solche Gedanken zu verdrängen. Er aß noch eine Gabel voll Schinkenspeck und Ei und bemühte sich, an etwas anderes zu denken.

Ein Wochenende auf dem Fluss, eine Sonnenschein-Vorhersage für die nächsten fünf Tage; keine Pflichten, keine Sorgen.

Das Anstrengendste, was vor ihm lag, waren die Entscheidungen, welche Veranstaltungen er sich ansehen, wo er zu Mittag essen und in welchen Pub er abends gehen sollte.

Kann es noch besser werden?

Aufgrund seiner Erfahrungen aus dem letzten Jahr wusste er, welche Gruppen sich wo aufhielten. Das alte Geld feierte gerne in den großen Villen unten am Fluss, wo sich die Gärten bis an die Themse zogen – oder an Bord der luxuriösen Vergnügungsboote, die dort lagen.

Die richtigen Wassersportler hingegen gingen rauf in den Angel. Es gab das Gerücht, dass sie im letzten Jahr den gesamten Pub leer getrunken hatten. Was eine echte Meisterleistung wäre!

Derweil versammelten sich die Leute, die nicht zu den feinen Kreisen gehörten – und zu denen zählte Jack sich selbst gerne –, im Ploughman oder in dem Bierzelt an der Brücke.

Das passte Jack prima.

Er aß seinen Teller auf und stellte ihn auf den Boden, wo Riley ihn »vorspülte«, ehe das Essgeschirr in die Spülmaschine wanderte.

Dann lehnte Jack sich mit seinem Kaffee und der Zeitung zurück, um das bevorstehende Wochenende zu planen.

Doch weiter kam er damit nicht …

Eine Fahrradklingel bimmelte plötzlich laut, das Geräusch kam vom Weg neben dem Fluss.

Jack blickte zur Seite und sah eine Frau, die recht wacklig, jedoch sehr schnell in seine Richtung geradelt kam.

Sie winkte und klingelte gleichzeitig. Dabei geriet sie so stark ins Schlingern, dass sie beinahe in den Fluss hineingestürzt wäre – fing sich aber in letzter Sekunde ab und trat weiter in die Pedale.

Als sie dann näher herankam, erkannte Jack sie wieder. Das graue Haar, die uralte Brille, die ordentlich zugeknöpfte Strickjacke über der geblümten Bluse, der Twill-Rock und die braunen Strümpfe.

Klassisch.

Ja, ohne Frage, das musste eine der Buckland-Schwestern sein. Entweder Jen oder Joan.

Welche, konnte Jack nicht sagen, da sie eineiige Zwillinge waren, die sich auch noch identisch kleideten.

Auseinanderhalten konnte man sie nur daran, dass Joan mehr lächelte als Jen.

Oder war es anders herum?

Die beiden Damen, die sich in den Sechzigern befanden, betrieben das Zollhaus auf der Cherringham Bridge – was sie nach Jacks laienhaften Schätzungen zu Millionärinnen gemacht haben dürfte.

So gut wie jeder im Dorf beschrieb die beiden als kalt, verschlossen, misstrauisch und ungesellig.

Jack allerdings nicht, denn dank der Tatsache, dass er früher ein Cop in New York gewesen war, behandelten sie ihn wie einen guten Freund.

Immerzu drängten sie ihm Tee, Kuchen und Geschichten von Cherringham – »aus den alten Zeiten, Jack, den besseren Tagen« – auf, während sie ihn über die mörderischen Straßen von New York aushorchten.

Es war zwecklos, ihnen erklären zu wollen, dass es dort gar nicht mehr so mörderisch zuging …

Denn Jen und Joan waren große Krimifans. (Jack wusste immer noch nicht, welche von beiden zu ihm geradelt kam.) Ihr Zollhäuschen war vom Boden bis zur Decke randvoll mit Krimis: von harten amerikanischen über klassische britische bis hin zu düsteren skandinavischen.

Und kurz nach Jacks Ankunft hier hatten die beiden Schwestern Sarah und ihm geholfen, ein besonders hässliches Verbrechen aufzuklären, als eine Frau im Wehr gleich bei der Brücke ertrunken war.

Jen und Joan waren krimisüchtig.

Sozusagen Sesselexpertinnen für Kriminalfälle.

Und Jack fand sie unglaublich komisch …

»Jack!«

Er beobachtete, wie sie schlitternd vor der Laufplanke der *Grey Goose* bremste und Staub in die windstille Luft aufstob.

»Guten Morgen«, begrüßte Jack sie. »Und was für ein herrlicher Morgen, nicht? Möchten Sie einen Kaffee?«

Seine Besucherin runzelte die Stirn.

»Für Kaffee ist keine Zeit, Jack. Es gibt Arbeit!«

Die Strengere also, dachte er, nahm seinen Bagel und bestrich ihn mit Marmelade.

»Arbeit?«, wiederholte er. »Aber, Jen, Sie kennen mich doch – ich bin im Dauerurlaub.«

»Ich bin Joan«, korrigierte sie ihn spitz. »Und wie sie in Houston sagen: Wir haben ein Problem.«

Jack war nicht sicher, ob dieser Satz eine Standardwendung in Houston war. »Tut mir leid, Joan. Aber Sie sehen ja, es ist ein schöner Tag, ich frühstücke, und danach gehen Riley und ich auf unseren kleinen Morgenspaziergang. Daher sollte es wirklich wichtig sein, was Sie mir zu sagen haben.«

»Oh, das ist es, Jack. Sogar sehr wichtig!«

Jack biss von seinem Bagel ab und kaute langsam, da er wusste, dass er gegen die Buckland-Schwestern sowieso nicht gewinnen konnte.

»Na, dann mal los. Sie sterben ja fast vor Ungeduld, es mir zu erzählen.«

»Sterben? Wie überaus passend. Sterben! Es hat einen *Mord* gegeben, Jack.«

»Ach ja?«

»Ja. Ein Mord auf diesem Fluss – direkt vor unserer Haustür!«

Jack sah Joan Buckland an. Es schien ihr todernst zu sein.

Nachdem er den letzten Bissen Bagel in den Mund gesteckt hatte, wischte er sich die Hände an einem Stück Küchenrolle ab und stand auf.

»Kann ich Riley mitnehmen?«

»Unbedingt. Wir werden ihn wahrscheinlich brauchen.«

Jack erzählte Joan lieber nicht, dass sich Rileys Fertigkeiten mit dem erfolglosen Kaninchenjagen erschöpften.

»Geben Sie mir fünf Minuten, um abzuschließen. Dann komme ich mit Ihnen.«

»Aber Beeilung, Jack. Sie wissen ja, wie schnell ein Tatort ruiniert ist.«

»Oh ja, das weiß ich«, bestätigte er, belud grinsend sein Tablett und ging nach unten.

Schneller als mein gemütliches Frühstück in der Sonne, dachte er.

Auf der Cherringham Bridge band er Riley an den Zaun.

»Der Tatort«, sagte Joan und zeigte zu einer großen weißen Jacht, die recht unelegant im flachen Wasser an einem der niedrigeren Brückenbögen hängen geblieben war.

»Ich nehme an«, sagte Jack, »Sie verraten mir jetzt, was passiert ist?«

Er sah, wie Joan einen kleinen Notizblock aus ihrer Handtasche holte und darin blätterte.

»Etwa gegen null siebenhundert trafen meine Schwester und ich beim Buckland-Zollhaus ein, gelegen an der östlichen Zufahrt zur Cherringham Bridge -«

»Hoppla, langsam«, unterbrach Jack. »Die Einzelheiten sind vorerst unnötig. Erzählen Sie mir einfach in Ihren Worten, was passiert ist.«

»Ach, na gut. Nun, wir sind heute Morgen zur Arbeit gekommen, und da war hier schon eine kleine Menschenmenge auf der Brücke. Also haben wir auch mal nachgesehen. Das Boot muss sich nachts von seinem Liegeplatz gelöst haben und ist dann rüber ins Flache getrieben – genau da –, und jetzt steckt es fest.«

»Und was ist daran dramatisch? Boote lösen sich schon mal von der Anlegestelle. Das kommt doch sicher häufiger vor.«

»Natürlich. Und normalerweise wäre es kein Problem. Die Leute vom Umweltamt kamen mit der Polizei her, und alle waren sich einig, dass das Boot weggezogen werden soll.«

»Und?«

»Na ja, das schien alles zu sein. Die Polizei dachte, es wäre die Schuld von Vandalen ... Sie wissen schon – von Jugendlichen, die die Haltetaue durchgeschnitten haben. So etwas passiert vor allem um diese Zeit im Jahr.«

»Stimmt. Riley und ich legen deshalb eine zusätzliche Abendrunde ein, bevor wir ins Bett gehen.«

»Jedenfalls -«

»Joan? Was ist los?«, rief eine laute Frauenstimme von der Brücke.

Jack blickte auf und sah Jen Buckland, die sich über das Geländer lehnte.

»Hört auf, Zeit zu vergeuden, ihr zwei!«, rief Jen. »Ihr löst nichts, wenn ihr nur am Ufer rumsteht.«

»Hör du auf, unser Geld zu verschenken, und geh wieder ins Häuschen«, konterte Joan prompt. »Wir waren uns einig: Ich arbeite mit Jack, und *du* kassierst den Zoll.«

»Dann macht euch an die Arbeit und lasst das Geplauder!«, rief Jen.

Jack konnte hören, wie Autos über die Brücke rauschten. Die Leute nutzten die Chance, dass das Zollhaus unbesetzt war und sie die zwanzig Pence sparen konnten, die sie normalerweise für die Brückenbenutzung zahlen mussten. Dann sah er, wie bei Jen der Gedanke, Geld zu verlieren, den Neid auf ihre Schwester beiseitedrängte; und sie verschwand wieder.

»Meine Schwester! Immer muss sie sich einmischen. Ihr ganzes Leben lang schon«, schimpfte Joan.

»Was wollten Sie noch über die Polizei sagen?«

»Ach ja, genau … Wir wissen ja, wie die sind, nicht? Die werfen einen Blick drauf, vergeben eine Fallnummer und verziehen sich wieder. Zurück zum Frühstück, nehme ich an.«

»Ja, das Gefühl kenne ich.«

»Jedenfalls habe ich da das Blut gesehen.«

Jack sah sie aufmerksam an. »Und weiter?«

»Oben von der Brücke kann man nur die Steuerbordseite von dem Boot sehen. Und ich schwöre, direkt an der Reling ist eine etwa einen Meter lange Blutspur!«

»Tatsächlich? Haben Sie das der Polizei gesagt?«

»Die war doch längst wieder weg.«

»Und was ist dann passiert?«

»Tja, Jen und ich haben uns kurz besprochen, und dann sind wir an Bord gegangen. Ist ja klar.«

»Klar«, sagte Jack. »Und was haben Sie noch gefunden?«

»Ah, ja, jetzt wird es wirklich interessant. Kommen Sie mit, Jack.«

Mit diesen Worten ging sie das Ufer hinunter und ins flache Wasser hinein. Was für Joan kein Problem war, denn sie trug Gummistiefel. Jack blickte hinunter zu seinen Deckschuhen, die er sich eigens für das Regatta-Wochenende neu gekauft hatte.

»Ach, jetzt seien Sie nicht so zimperlich, Jack! Kommen Sie schon!«

Er sah, wie Joan zielstrebig auf das gestrandete Boot zuwatete, und dachte daran, wie viele Male er schon gute Schuhe geopfert hatte, um Tatorte zu betreten.

Das hätte eigentlich mit dem Ruhestand enden sollen. Tja, vergebens gehofft.

Und dann stieg er ins kalte Themsewasser und folgte dem Buckland-Zwilling zu der auf Grund gesetzten Jacht.

3. Der Tatort

Jack stieg die kleine Leiter am Heck der *Mary Lou* hinauf und ging in das offene hintere Cockpit, wo er sich umblickte.

Dieses Boot und die *Grey Goose* hätten kaum unterschiedlicher sein können.

Als kämen sie von verschiedenen Planeten.

Sämtliche Oberflächen funkelten: glänzend weißes Plastik, Leder, Chrom, Stahl und an einigen Stellen sogar polierter Marmor. Das Armaturenbrett hinter dem Steuerrad bestand aus einer Reihe von Computermonitoren.

Wahrscheinlich könnte man »Antigua« in das Navigationsgerät eingeben, und das verdammte Boot brachte einen ganz von allein dorthin, während man hinten saß und Cocktails schlürfte …

»Jetzt kommen Sie schon, Jack, da draußen gibt es nichts zu sehen!«, rief Joan aus der Kabine. »Zumindest noch nicht …«

Jack ging die beiden Stufen hinunter ins Bootsinnere. Dort erwartete Joan ihn bereits mit strengem Blick und verschränkten Armen.

»Na, dann legen Sie mal los. Sie sind der Profi. Sehen Sie sich hier mal um«, befahl sie. »Ihr erster Eindruck?«

Was wird das hier? Police Academy?, dachte er.

Aber es war Joans Show, und er musste wohl oder übel mitspielen, wollte er bald zu seinem unterbrochenen Frühstück zurück.

Also kam er ihrer Aufforderung nach und wanderte langsam durch den Raum, sah sich alle Oberflächen genau an, öffnete Schränke …

»Okay. Dies ist die Kombüse. Ein Teller und eine Tasse im Spülbecken. Überreste von … irgendeinem Nudelgericht. Ein Glas – es riecht nach Scotch. Leer. Kleiner

Mülleimer – der Inhalt sieht nach dem Abfall von einem ganzen Tag aus. Zeitung – mit dem Datum von gestern. Hmm, interessant: Im Kühlschrank sind frische Milch, Brot, Eier, Mikrowellenessen für zwei, vielleicht drei Tage. Salat – ziemlich frisch ...«

»Also, um es abzukürzen, Jack: Hier war eine Person an Bord, und die rechnete damit, zwei oder drei Tage zu bleiben. Richtig?«

»Ja, ich schätze schon. Das ist eine berechtigte Annahme.«

»Und die Zeitung und das Essen lassen die Schlussfolgerung zu, dass unser Mr X die letzten vierundzwanzig Stunden an Bord war?«

»Mr X oder ein Gast von ihm.«

»Hmm, stimmt. Folgen Sie mir.«

Krimi-Spezialistin Nr. 1 übernimmt ...

Jack sah Joan hinterher, wie sie aus der Kombüse in den Salon ging, und folgte ihr. Ihn erstaunte nicht, dass der weiße Leder-Look hier fortgesetzt wurde. Der Wohnbereich war ein Schrein für maritimen Edelkitsch.

Kein Vergleich mit meinem alten Sofa und dem Clubsessel ...

»Also, hier wird es interessant«, betonte Joan und hob zwei Fernbedienungen hoch.

Jack staunte, als sie fachmännisch einen Breitwandfernseher in der Salonmitte einschaltete und ein Satellitenmenü aufrief.

»Sie kennen sich offensichtlich mit diesen Sachen aus, Joan«, stellte er fest. »Ich muss Sie dringend mal einladen, damit Sie meinen Fernseher richtig einstellen.«

»Die digitale Welt ist für uns alle da, Jack. Sie unterscheidet nicht zwischen Jung und Alt.«

Jack glaubte, einen Anflug von Tadel zu hören.

»Und was verrät uns das?«, fragte er und zeigte zu dem Menü auf dem Bildschirm.

»Na, selbst auf unseren Rekordern bleiben Spuren von uns«, erklärte sie. »Schauen Sie genau hin. Da sind zwei Filme, die später in dieser Woche noch aufgenommen werden sollen. Und hier ist der Film von gestern Abend. Der fing um Mitternacht an und wurde aufgezeichnet. Dann wurden die ersten hundert Minuten gesehen und danach abgeschaltet.«

»Folglich war noch jemand bis mindestens ein Uhr vierzig auf diesem Boot.«

»Richtig«, sagte Joan, stellte den Fernseher aus und ging weiter nach hinten. »Und jetzt kommen Sie mit zu den Schlafräumen, Jack.«

»Sie sind der Boss.« Er folgte ihr wieder und dachte: *Sie könnte bei diesen Sachen besser sein als ich.*

Inzwischen stand Joan in dem winzigen Korridor und zeigte wie eine Flugbegleiterin zu den offenen Türen auf beiden Seiten.

»Das Hauptschlafzimmer mit einem Doppelbett. Die Gästekabinen A und B: das eine mit einem Doppel-, das andere mit einem Einzelbett.«

Jack blickte in die beiden Gästekabinen, in denen die Betten nicht bezogen waren. »Keine Bettwäsche. Und ich schätze, die Schränke sind leer?«

»Stimmt. Jetzt sehen Sie mal hier rein.«

Er ging ihr nach in die Hauptkabine.

»Sehen Sie genau hin«, befahl sie. »Das Bett ist bezogen, aber es hat niemand drin geschlafen. Kein Wasserglas, kein Buch, kein Kleingeld oder sonstiger Taschenplunder.«

»Taschen…was?«

»Der übliche Krimskrams, den Männer so bei sich tragen, Jack, und der sich in den Taschen ansammelt, bis sie ihn abends herausnehmen und auf dem Nachttisch ablegen«, erklärte Joan und starrte ihn dabei an, wobei ihre Augen hinter den viel zu großen Brillengläsern blinzelten. »Jedenfalls habe ich das gehört.«

»Ah, schon klar.«

Allmählich begriff Jack, dass Jens und Joans Vorstellung vom Leben beinahe ausschließlich auf dem gründete, was sie ihren Krimis entnahmen.

»Und was sehen Sie hier nicht, Jack?«

Im Geiste ging Jack die Räume durch, die er bisher inspiziert hatte, und dann wurde es ihm klar. »Hmm, nichts Persönliches – kein Handy, kein Laptop, keine Quittungen, kein Papierkram, keine Fotos …«

»Eben. Als wäre das Boot – wie heißt das noch – ausgeräumt worden, oder?«

Sie drehte sich um und eilte zurück zum Salon. »Kommen Sie!«

Jack folgte ihr langsam durch den Salon und die Kombüse und dann hinauf ins Cockpit, wo sie ungeduldig im Sonnenschein stand und auf ihn wartete. Jack war froh, das Schiffsinterieur mit all dem Plastik und Chrom hinter sich zu lassen.

»Irgendwelche Schlussfolgerungen?«, fragte sie.

Jack lehnte sich gegen eine Seite des Cockpits und überlegte, was er gesehen hatte.

»Es war wahrscheinlich eine Person auf diesem Boot, vermutlich bis in die frühen Morgenstunden. Die Person hatte hier zu Abend gegessen, war aber noch nicht ins Bett gegangen.«

»Und?«

»Und ich sehe nichts, was auf einen Mord hinweist.«

»Aber wo ist unser Mr X?«

»Er besucht vielleicht Freunde, macht einen Spaziergang oder wollte nicht mehr länger auf dem Boot bleiben und hat ein Hotelzimmer gebucht …«

»Und hat alle seine Papiere mitgenommen, aber seine Kleidung hiergelassen?«

»Er könnte vorgehabt haben, nur eine Nacht weg zu sein.«

»Und dann hat er das Boot nicht einmal abgeschlossen?«

»Er ist auf dem Land, und er vertraut den Leuten hier.«

»Was ist mit dem verschmierten Blut an der Reling?«

»Er könnte sich verletzt haben, als er vom Boot stieg. Oder er hatte sich schon tagsüber beim Angeln geschnitten.«

»Aha! Tja, dann frage ich mich, ob das hier Ihre Meinung ändert.«

Sie wandte sich um und ging wieder in die Kombüse.

Jetzt kommt der Hercule-Poirot-Moment, dachte Jack schmunzelnd.

Doch was Joan Buckland aus der Kombüse holte, ließ sein Grinsen verschwinden.

Sie trat mit einem in ein Taschentuch gewickelten Gegenstand zurück ins Sonnenlicht und hielt es ihm hin wie eine Art Opfergabe.

»Das habe ich unter einem der Sitze gefunden«, sagte sie und enthüllte feierlich ein langes, gezacktes Jagdmesser, auf dessen Klinge schwarzes, geronnenes Blut war.

»Glauben Sie immer noch, dass Mr X einfach ins nächste Hotel gegangen ist, Jack? Oder ist hier etwas weit Schlimmeres passiert?«

Joan schwenkte das blutige Messer.

Und Jack musste zugeben, dass die Buckland-Schwestern recht haben könnten, wenn sie von einem Mord sprachen.

4. Von Blut und Booten

Jack wartete startbereit und mit dem Handy in der Hand an seinem Sprite, dessen Verdeck er heruntergeklappt hatte. Nach der »Führung« durch das gestrandete Boot war er – dank Joan – neugierig geworden.

»Hi, Sarah, ich hoffe, ich störe nicht.«

»Jack, wie schön, von dir zu hören. Alles klar bei dir?«

»Sicher. Bist du gerade beschäftigt?«

»Warum? Was gibt's?«

»Hast du von dem Boot gehört, das letzte Nacht die Brücke gerammt hat?«

»Ja.«

»Anscheinend haben wir es nicht nur mit einer abgetriebenen Jacht zu tun. Deshalb -«

»Ich bin gerade bei meinen Eltern, Jack«, unterbrach sie ihn. »Eben erst angekommen. In den letzten Wochen des Schuljahrs ist derart viel los, dass die Zeit nur so wegfliegt. Und ich hatte versprochen, sie endlich mal wieder zu besuchen. Aber ich kann auch wieder fortgehen und -«

»Nein. Wie wäre es, wenn ich vorbeikomme? Ich würde gerne wissen, was Michael von der Geschichte hält, die ich zu erzählen habe.«

»Tja, du kennst die beiden ja. Du dürftest ungefähr ihr liebster Mensch in ganz Cherringham sein.«

Jack musste lachen. Er mochte Sarahs Eltern ebenfalls sehr gern.

»Na, der zweitbeliebteste wohl eher – nach dir, nicht?«

»Möglich. Auf jeden Fall würden sie sich freuen, dich zu sehen. Und wie dem auch sei – jetzt hast du mich neugierig gemacht …«

Dann spürte Jack ein Zögern bei Sarah.

Was war es, das sie ihm nicht sagen wollte?

»Ich muss dich allerdings warnen. Dad hat die Regatta mitorganisiert, und diese Sache mit dem Boot regt ihn ganz schön auf.«

»Okay, ich verhalte mich diplomatisch.«

»Super. Bis gleich.«

»Bis gleich.«

Jack beendete das Gespräch und sah den Fluss hinunter zu dem gestrandeten Boot.

Wie kann jemand so eine Jacht besitzen und sie einfach den Fluss hinuntertreiben lassen?

Und dann das Messer …

Natürlich kamen Unfälle auf Booten vor.

Eine kleine Wunde, ein bisschen Blut hier und da – so etwas konnte leicht passieren, wenn man beispielsweise einen Köder am Angelhaken befestigte. Damals in Sheepshead Bay war es völlig normal gewesen, dass die Hobby-Angler angeheitert und recht lädiert mit ihren Eimern voller Meerbrassen von ihren Tagesausflügen zurückkehrten.

Schnitte von Anglermessern oder Angelhaken in der Hand – oder gar Schlimmeres – waren nichts Ungewöhnliches.

Trotzdem, Blut blieb Blut.

Auch wenn Jack sich auf den Spaß und den Trubel der Regatta freute, könnte es nicht schaden, sich nebenher noch ein wenig in die Geschichte mit dem verlassenen Boot zu vertiefen.

Und sei es bloß für kurze Zeit …

Er stieg in seinen Wagen und fuhr zu den Edwards.

»Jack! Wie schön, dich zu sehen! Helen macht gerade Tee, und ich muss dir etwas zeigen!«

Sarahs Vater Michael nahm Jack beim Arm und zog ihn förmlich an Sarah vorbei ins Wohnzimmer, wo der große Couchtisch von einer Karte bedeckt war.

»Sieh dir das an! Sämtliche Veranstaltungsorte, die besten Zuschauerplätze – alles markiert. Die Regatta ist geplant wie ein Feldzug!«

Michael hatte eine Menge für Geschichte übrig und kam vom Militär. Folglich wunderte Jack sich nicht, diese riesige Karte vom Dorf mit lauter kleinen Jachten, Tribünen und Reihen von Skullbooten aus Pappe zu sehen, bereit für den Wettkampf.

»Beeindruckend«, staunte Jack. »Diese Veranstaltung macht reichlich Arbeit, was?«

»Tonnenweise, aber ich würde um keinen Preis darauf verzichten wollen.« Michael hob einen Finger, weil er etwas Wichtiges sagen wollte. »Als Einnahmequelle für das Dorf ist die Regatta ein Segen. Die Restaurants, Läden und Hotels machen an diesen Tagen enorme Umsätze.«

»Ah, wusste ich's doch, dass er dich direkt hierher schleppt«, sagte Helen, die mit einer Teekanne und vier Tassen hereinkam.

Und selbstverständlich fehlt auch der Teller mit Plätzchen nicht – ähm, Keksen.

»Und jetzt weiß ich nicht, wohin hiermit«, fuhr sie fort.

Jack grinste Sarah an. Ihm machte es immer Spaß, diese beiden Eheleute, die schon so lange verheiratet waren, zusammen zu erleben.

Vielleicht bin ich sogar ein wenig neidisch.

Sarah verdrehte die Augen. Wahrscheinlich konnte sie es nicht erwarten, zu hören, was Jack über das verlassene Boot zu sagen hatte.

»Ach, stell das Tablett doch erst mal auf … ähm, die Klavierbank, Helen. Jack muss sich das Modell ansehen.«

Helen demonstrierte, woher Sarah ihr typisches »Augenverdrehen« hatte, und stellte das Silbertablett auf die Bank.

»Wie formvollendet!«, bemerkte sie verdrossen.

Hierauf lachten alle, während sie Tee einzuschenken begann.

Michael zeigte auf eine Konstruktion aus Pappe, die eine Reihe von Aussichtsplätzen am Ende des Flussabschnitts darstellte.

»Die Tribünen hier auf der Wiese sind in diesem Jahr ganz neu. Wir mussten den Besitzer ein bisschen bearbeiten, aber letztlich konnten wir uns mit ihm einigen. Es wird klasse, die Ruderer von dort um die Biegung kommen und mit voller Geschwindigkeit auf die Gerade gleiten zu sehen.«

Jack legte eine Hand auf die Schulter von Sarahs Vater. »Das wird sicher ein großer Tag, Michael.«

Schließlich mischte Sarah sich ein; entweder war ihre Geduld erschöpft, oder sie wollte Jack von der Dauerwerbung für die Cherringham Regatta befreien.

»Dad, Jack ist eigentlich hergekommen, um über dieses Boot zu sprechen.«

»Ah, richtig. Nun, je weniger darüber geredet wird, desto besser. Dem Eigner blüht eine saftige Strafe, so viel steht fest!«

Jack sah wieder zu Sarah. »Ich hatte gehofft, dass wir uns alle darüber unterhalten können.«

Helen reichte ihm eine Tasse Tee und einen Keks.

»Da werde ich wohl kaum eine große Hilfe sein«, sagte sie. »Ihr ›Ermittlertalent‹ hat Sarah nicht von mir.«

Michael neigte sich zu Jack. »Kommt von meinem Zweig der Familie, schätze ich.«

»Trotzdem könntest du vielleicht ein paar, nun ja, Ideen haben«, sagte Jack zu Helen.

Zwar war der Couchtisch belegt, nicht jedoch die klassische Sitzgarnitur. Und so nahmen Helen und Michael auf dem geblümten Sofa Platz, während sich Sarah und Jack ihnen gegenüber in die Sessel setzten.

»Könnt ihr euch vorstellen«, begann Jack und bedeutete, dass sich die Frage an alle richtete, »dass jemand etwas gegen die Regatta hat? Dass es einen Grund gibt, ein Boot loszumachen?«

Sofort wechselten Helen und Michael einen Blick.

»Nein«, antwortete Michael, »jeder -«

»Dad«, fiel Sarah ihm gleich ins Wort.

»Ja, schon gut. Einige kurzsichtige Dorfbewohner mögen es nicht, wenn die reichen Londoner herkommen.«

»Zu dieser Gruppe zähle ich mich übrigens auch«, offenbarte Helen.

Jack grinste. Michael und Helen ging es finanziell zweifellos gut, doch jeder Dünkel war ihnen fremd. Prahlerei, zumal solche, wie Jack sie auf der Jacht gesehen hatte, lag ihnen überhaupt nicht.

»Stimmt«, gestand Michael zähneknirschend. »Und es stimmt auch, dass sich bei solchen Veranstaltungen einige weniger angenehme Zeitgenossen einfinden, denen es hauptsächlich ums Trinken geht. Es ist ja nun mal ein Spektakel. Trotzdem, sie alle geben hier im Ort ihr Geld aus.«

»Dennoch sind einige aus dem Dorf dagegen?«

Eine Pause trat ein, dann antwortete Michael: »Einige, ja – weil sie nicht begreifen, was gut für das Dorf ist.«

Jack nickte.

»Haltet ihr es für möglich, dass das Boot von jemandem aus dem Ort losgemacht wurde?«

Michael schüttelte den Kopf. »Wenn das jemand losgemacht hat, dann ist es sicherlich der Vollidiot an Bord gewesen.«

»Kennst du den Bootseigner?«, erkundigte Jack sich.

»Nee, kennen nicht. Aber ich weiß, wer es ist.«

»Hier auf dem Fluss passiert nur sehr wenig, ohne dass mein Vater oder einer von seinen Freunden es mitbekommen, nicht wahr, Dad?«, fragte Sarah.

»Du klingst, als würde ich dauernd meine Nase in alles hineinstecken«, beschwerte Michael sich.

»Was du natürlich nicht tust«, sagte Helen lächelnd.

Jack fand diese kleinen, liebevollen Sticheleien, die so typisch für Sarahs Familie waren, einfach herrlich …

»Vielleicht habe ich heute Morgen den einen oder anderen Bekannten angerufen, aber doch nur, um zu fragen, ob ich irgendwie helfen kann, das verfluchte Ding von der Brücke wegzuschleppen«, verteidigte Michael sich.

»Und, konntest du?«, hakte Jack nach.

Michael nahm sich noch einen Keks. »Nein, sie schleppen es morgen ab. Und danach drücken sie dem Eigner eine dicke Rechnung in die Hand.«

Endlich, dachte Jack.

»Und wer ist besagter Eigner?«

»Ein Bursche namens Martin Kent. Ein Londoner – was für eine Überraschung! Normalerweise liegt sein Boot in der Nähe der Tower Bridge, gleich bei seinem sündhaft teuren Yuppie-Apartment, nehme ich an.«

»Oh, Michael, du bist schrecklich! Er kann doch ein ganz anständiger Kerl sein«, warf Helen ein.

»Das bezweifle ich. Das Ding ist eine Abscheulichkeit, eine Beleidigung für echte Boote!«

Jack hakte noch einmal nach: »Und hat schon jemand Kontakt zu diesem Kent aufgenommen?«

»Ich weiß nur, dass die Polizei es unter seiner Mobilnummer versucht hat, jedoch ohne Erfolg«, antwortete Michael achselzuckend. »Sie haben auch die Londoner

Kollegen informiert, die ihn bisher anscheinend ebenfalls nicht erreichen konnten.«

»Also gilt er offiziell als vermisst?«

»Ähm, nein. Offiziell geht er bloß nicht ans Telefon und öffnet auch nicht zu Hause die Tür, wenn man klingelt. Das ist nicht ganz dasselbe.«

»Und er ist kein Stammgast in Cherringham?«

»Ich habe vorher nie von ihm gehört«, erwiderte Michael. »Allerdings meinte einer der Jungs beim Bootsausrüster unten, dass er seine Jacht in den letzten Monaten ein paar Mal unten an Magnussons Anleger gesehen hat.«

»Magnusson?«

»Ein großes Haus eine halbe Meile flussabwärts von hier«, erklärte Michael. »Ziemlich riesig für ein Wochenendhäuschen. So ein Geschäftstyp, der die meiste Zeit nicht dort ist. Ich habe noch kein einziges Wort mit dem Mann gewechselt. Du, Helen?«

»Nein, das Boot sagt mir alles, was ich über ihn und seine Freunde wissen muss. ›Vulgär‹ wäre der Ausdruck, der sich mir spontan aufdrängt.«

»Und es fällt euch auch niemand ein, der die Absicht haben könnte, das Boot zu beschädigen?«

»Nein. Aber Augenblick mal, Jack. Wir sollten in diesem Fall nicht voreilige Schlussfolgerungen ziehen. Boote können sich auch einfach so lösen. Die Leute trinken, werden nachlässig – vor allem die Wochenendausflügler.«

Jack sah Sarah an, weil er nicht sicher war, ob er Michael direkt desillusionieren sollte.

»Da gab es Blutspuren an der Reling, Michael, und Joan Buckland ...«

»Diese krimiversessene Klatschtante?!«

»Ja – sie hat ein Messer gefunden. Ein sehr unschönes, und ... an dem klebte gleichfalls Blut.«

Michael blickte sich um, als wüsste er nicht, wo er seine Teetasse absetzen sollte.

Schließlich stellte er sie auf den Fußboden.

»Wenn wir doch unseren Couchtisch benutzen könnten«, seufzte Helen.

Michael stand auf. »Jack, du solltest eines wissen ...« Seine Stimme war leise geworden und klang nun nicht mehr aufgeregt, sondern nur noch besorgt.

Schlagartig fühlte Jack sich deswegen mies. Doch es war besser, dass Michael wusste, was kommen könnte.

»Solches Gerede, Jack ... So eine Geschichte kann wirklich sehr schlecht für die Regatta sein. Ja, sie kann der gesamten Veranstaltung mächtig schaden.«

Jack nickte. »Das ist mir bewusst, Michael. Bisher sind ausschließlich die Bucklands und ich misstrauisch ...« Er sah zu Sarah. »Und du kannst sicher sein, wenn es irgendwie geht, behandle ich alles, was wir finden, so diskret wie möglich.«

»Weiß ich doch, Jack. Immerhin kennen wir dich ja schon eine Weile, und auf dich ist Verlass.«

»Gut, dann sollten Sarah und ich vielleicht kurz draußen weiterreden. Vorher hätte ich bloß noch eine Frage: Du bist ja selbst passionierter Wassersportler ... also, wenn irgendwas komisch oder verdächtig ist, mit wem ich sollte ich dann reden?«

Michael zuckte mit den Schultern und überlegte einen Moment. »Die Bootsbesitzer hier bleiben meistens unter sich. Aber sie reden natürlich untereinander über die eine oder andere Geschichte. Du könntest es mal bei ihnen probieren. Vielleicht hat jemand irgendwas gesehen, zum Beispiel, wie Kent hier angekommen ist. Fang am besten mit denen an.«

Jack stand auf. »Gute Idee.« Er stellte seine Tasse zurück auf das Tablett auf der Klavierbank, nahm sich sein Plätzchen und biss ein Stück ab.

»Übrigens, Helen, die kaufe ich auch immer bei Huffington's. Die machen richtig süchtig.«

Sarahs Mum lächelte. Als leidenschaftliche Hobbyköchin, die gern mal die Grenzen der Kochkunst austestete, war sie jederzeit für Komplimente empfänglich, selbst wenn sie sich auf das Gebäck von jemand anderem bezogen.

Dann wandte Jack sich wieder zu Michael. »Einige von den hiesigen Bootsbesitzern kenne ich inzwischen. Die spreche ich an. Und wenn ich mir jetzt kurz Sarah ausleihen dürfte …«

Michael nickte.

Helen berührte Jack am Arm, als er neben ihr stand. »Komm bald mal wieder zum Essen vorbei. Zurzeit erforsche ich die indonesische Küche.«

»Unbedingt«, sagte er.

Dann verließ er das Wohnzimmer mit der Miniaturregatta und ging mit Sarah hinaus.

»Diese beiden«, sagte Sarah.

Es war jedes Mal ein Spaß, Jack mit ihren Eltern zu erleben.

Wenn Welten aufeinandertreffen.

Gleichwohl verstanden sie sich verblüffend gut.

Bald ist er hier beliebter als ich, dachte sie.

»Ich mag sie sehr«, sagte Jack. »Deswegen tut es mir leid, dass ich Michael die Vorfreude verhagelt habe – beziehungsweise den Spaß an der Regatta.«

»Die ist wichtig für den Ort, und heutzutage zählt jedes Pfund.«

»Weiß ich.« Er holte tief Luft und lächelte Sarah an. »Na, und was hältst du von dieser Sache?«

Jemand wird vermisst. Oder wurde ermordet?

So oder so ist es ein Rätsel.

Sarah blickte kurz nachdenklich zur Seite, sah wieder zu Jack, und nun überschlugen sich ihre Gedanken …

5. Vermisst … angeblich

»Was ich denke?«

Jack war neben seinem Wagen stehen geblieben und hatte die Sonnenbrille herausgeholt. So sah er wahrlich wie ein amerikanischer Detective aus.

»Ja, du hast doch meistens ein ganz gutes Gespür, und ich möchte gerne hören, was dir dein Gefühl sagt.«

Sarah blickte über den perfekt gepflegten Rasen ihrer Eltern, der sich bis hinunter zum Fluss erstreckte. Sie wusste, wie wichtig diese Regatta ihrem Vater war, und jede Andeutung eines Skandals, eines Mordes gar, würde gar nicht gut ankommen.

Andererseits hatte Sarah auch gelernt, dass Verborgenes oder begrabene Geheimnisse gemeinhin nicht lange verborgen oder geheim blieben.

»Für mich hört sich das alles ein bisschen seltsam an. Schon dass sich ein Boot mal einfach so vom Anleger gelöst haben soll, ist komisch, auch wenn ich schätze, dass es passieren kann.«

»Aber grundsätzlich passen die Leute besser auf ihre teuren Spielzeuge auf.«

»Eben. Und das Blut an der Reling, das Messer … Das hat Alan inzwischen schon, nehme ich an?«

Sarahs früherer Mitschüler und heutiger Dorfpolizist Alan Rivers würde es Jack niemals verzeihen, sollte er Beweismittel zurückhalten.

»Joan hat das Messer direkt zu ihm gebracht. Sie ist kein Fan von Alan, doch sie nimmt das Gesetz ernst.«

Sarah musste schmunzeln. »Oh ja, jede Wette. Also könnten wir erst mal abwarten, bis wir einen Bericht über das Blut vorliegen haben.«

»Abwarten?«

Warten lag Jack nicht.

Nicht, dass er ein ungeduldiger Mensch war – nur hatte er ihr schon mehrfach erklärt, wie schnell Spuren kalt wurden.

»Oder wir forschen mal ein bisschen nach«, lenkte sie ein. »Wolltest du nicht wissen, was mir mein Gefühl sagt? Ich glaube, dass Martin Kent etwas Übles zugestoßen ist – auf die eine oder andere Art.«

»Ich auch. Freut mich, dass wir uns einig sind.«

»Und was machen wir jetzt?«

»Dein Dad hatte eine gute Idee. Wir reden mit den Leuten auf den Booten.«

»Soll ich mal nachsehen, was ich über Kent herausbekomme? Ob er irgendetwas getan hat, mit dem er sich Feinde gemacht haben könnte?«

»Super. Wollen wir uns später auf einen Happen treffen?«

»Falls Daniel und Chloe mich nicht mehr brauchen. In den letzten Schulwochen werden sie immer mit Projekten und Prüfungen zugeschüttet. Allerdings werden sie auch immer selbstständiger.«

Genau genommen stellte Sarah fest, dass sich ihre Kinder praktisch täglich veränderten. Chloe war schon mitten in der Pubertät angekommen – mit all ihren Wundern und Bürden. Und Daniel folgte ihr mit Riesenschritten.

Die kommen schon klar, dachte sie.

»Sehr gut«, sagte Jack und öffnete die Fahrertür seines Sprites. »Eines noch. Sag deinem Vater bitte, dass wir alles tun, damit nichts von dem hier ein schlechtes Licht auf die Regatta wirft, okay?«

Sie bejahte stumm. Doch als Jack den Motor anließ, wurde ihr bewusst, dass es sich unmöglich unter Verschluss halten ließe, sollte etwas Schlimmes geschehen sein.

Der Sportwagen erwachte mit einem kehligen Brummen zum Leben, und winkend fuhr Jack los. Sarah winkte ihm nach, bevor sie zum fast makellos blauen Himmel aufsah.

Eine fantastische Woche für die Cherringham Regatta.

Und so gar nicht die Kulisse für Gedanken an Mord …

Jack fühlte, wie seine Reifen etwas schlitterten, als er näher an die Bootsreihe heranfuhr, denn hier war der Boden sehr weich.

Da kann man sich leicht mal festfahren.

Diese Anlegestelle gleich unterhalb der Cherringham Bridge sollte ein bisschen schicker sein als die, wo Jack sein Hausboot hatte. Als er sich nach seiner Ankunft aus den Staaten nach einer schwimmenden Wohnung umgeschaut hatte, waren ihm von den Maklern auch ein paar der Hausboote hier gezeigt worden.

Sie waren größer und neuer, doch Jack schreckte schon damals die tief gelegene Zufahrt ab. Er hatte befürchtet, dass dieser Zugang häufig überflutet würde.

Und er hatte recht behalten. Die Bootseigner hier beklagten sich ständig, dass der Matsch das ganze Jahr über nicht trocknete.

Als er noch ein Stück gefahren war und spürte, dass die Räder nicht wieder einsanken, hielt Jack an. Den Rest des Weges würde er zu Fuß zurücklegen.

Er hoffte, dass wenigstens einige der Bootsbesitzer da waren. Was freilich nahelag, denn von dieser Seite des Flusses aus hatten sie einen hervorragenden Blick auf die Regatta. Am gegenüberliegenden Ufer wurden das Festzelt und die Tribünen aufgebaut.

Für seinen ersten Besuch hatte Jack ein ganz bestimmtes Boot im Sinn: Die *Brunhilde*, die dem Ehepaar Pat und Fran Jeffries gehörte.

Die beiden waren recht nett, sah man mal von Pats etwas zu zahlreichen Scherzen über »euch Yankees« ab.

Doch die prallten zumeist an Jack ab. Pat war ein Pilot im Ruhestand. Fran war seine zweite Frau und einige Jahre jünger als er.

Vor allem schätzte Jack, dass Pat sämtliche Gerüchte über Vorkommnisse auf dem Fluss hier kannte.

Er ging die Laufplanke zur *Brunhilde* hinauf und hörte laute Stimmen.

Pat und Fran waren offenbar nicht allein.

»Hallo?«, rief Jack noch von der Planke aus. Doch die weiterhin lauten, aufgebrachten Stimmen bedeuteten wohl auch, dass man ihn nicht hörte.

Also ging Jack durchs Brückenhaus nach unten in den großen Wohnbereich des Hausboots.

Und dort sah er Pat, der an einer Wand stand, seine Frau, die neben ihm saß, und noch drei weitere Leute.

Einen der Besucher kannte Jack gut.

Es war Ray, sein oft bekiffter, aber sehr witziger Nachbar – mit einem Gewehr in den Händen.

»Das ist hoffentlich nicht für mich gedacht«, sagte Jack.

Pat riss die Augen weit auf. »Jack! Ein Glück, dass du hier bist! Ray, hast du nicht gesagt, dass du ihn nicht finden konntest?«

Ray wandte sich zu Jack. »Er war ja auch weg. Wir … wollten, dass du auch kommst, Jack.«

»Und da bin ich. Aber angesichts der Waffe in deiner Hand wäre ich jetzt lieber zu Hause. Ich dachte, so was wäre hier verboten.«

»Die hier?«, fragte Ray, als hätte er für einen Moment vergessen, was er in den Händen hielt. »Ach was, das ist doch bloß ein Luftgewehr, Jack! Dafür braucht man keinen Waffenschein. Schießt ja eigentlich nur mit Erbsen.«

»Sicher doch«, murmelte Jack.

Das Gewehr sah tödlich genug aus – ein gasbetriebenes Kaliber .22, vermutete Jack. Damit könnte man aus geringer Entfernung ohne Weiteres einen Menschen töten.

»Super zum Rattenabknallen«, sagte ein anderer Mann.

Die beiden neben Ray kannte Jack nicht. Einer von ihnen blickte grimmig und wirkte mit seinen Stiefeln und der Mütze wie ein Fischer, dessen Gesicht von Wind und Wetter gegerbt war. Der andere war eher wie Pat gekleidet – in Polohemd und gebügelter Baumwollhose.

»Das sind Bill Thompson und Sam Fuller, beide Bootseigner wie wir.«

»Und Ray kenne ich ja schon«, sagte Jack.

Bei dieser Bemerkung lächelte der betagte Hippie.

»Also, was soll das mit dem Gewehr?«, fragte Jack. Er ahnte jedoch bereits, worum es hier ging.

Pat schnaubte kurz. Er war anscheinend der Sprecher dieser Gruppe, und als er nun antwortete, senkte er die Stimme.

»Du hast sicher das von dem Boot gehört, bei dem die Halteleinen durchgeschnitten wurden, oder?«

Jack nickte.

»Und das war nicht das Einzige, was passiert ist, Jack. Bei einigen von uns wurden die Boote mutwillig beschädigt«, ergänzte Pat.

»Bei mir nicht!«, verkündete Ray stolz.

Da ist ja auch nicht viel zu verwüsten, dachte Jack.

»Auf den Booten wurde eingebrochen; teilweise haben sie die Türen einfach eingetreten.«

»Das habt ihr der Polizei gemeldet, nehme ich an?«

Der Fischer räusperte sich. »Ja, und das wird garantiert verdammt viel nützen! Die wissen nix und machen nix.«

166

»Ganz ruhig, Sam. Na ja, Jack, wir alle kennen ja Alan.«

»Er tut sein Bestes«, gab Fran zu bedenken. »Trotz der Budgetkürzungen und allem.«

»Und da dachtet ihr, dass ihr mit eurem Gewehr ... was genau anstellen solltet?«

»Wir bilden eine Bürgerwehr, Jack! Wir gehen nachts Streife am Fluss, um unsere Boote zu schützen.«

Dieser verschwommene Plan, noch dazu aus Rays Mund, stimmte Jack wenig zuversichtlich.

Pat erklärte hastig: »Ja, das haben wir vor. Wir wechseln uns die Nächte über ab – als Bürgerstreife.«

»Mit einem Gewehr?«

Zunächst schwiegen alle.

»Wir haben gehofft, dass du mitmachst«, antwortete Pat. »Ich meine, du mit deiner Erfahrung!«

Jack nickte und trat einen Schritt vor, sodass er nun vor den anderen stand.

»Wisst ihr, solche Aktionen kenne ich schon aus New York. Dort gibt es etwas, das sich ›Nachbarschaftswache‹ nennt. Es scheint etwas zu bringen. Hat man Dealer in der Gegend, ermutigt so eine Wache die Nachbarn, ihre Augen und Ohren offenzuhalten. Aber das hier ...«

Er griff nach dem Gewehr und nahm es Ray ab.

»Brave Bürger mit Gewehren – selbst mit nicht ganz so gefährlichen – sind ein todsicheres Rezept für Ärger. Wenn das Gewehr im Spiel ist, könnt ihr mich streichen.«

Pat sah erst seine Frau, dann die anderen Männer von der geplanten Bürgerwehr an.

»Solltet ihr hingegen beschließen, dass Leute nachts mal Spaziergänge machen, sich umsehen ... und sich dabei nach einer Art von Rotationsprinzip abwechseln, wobei das Gewehr weggeschlossen bleibt, also dann ...«

Jack lächelte in die Runde und hoffte, er konnte sie überzeugen, von ihrer Bürgerwehr-Fantasie abzurücken.

»… dann bin ich gerne dabei.«

Pat nickte sofort. Jack vermutete, dass der Expilot sich bereits wegen des Luftgewehrs auf seinem Hausboot unwohl fühlte und deshalb mit Freuden auf den Vorschlag einging.

»Sehr gut! Dann werden wir genau das machen, was du vorschlägst, Jack. Und weißt du was? Du musst mal an einem Regattatag hier auf die *Brunhilde* kommen und mit uns an Deck was trinken.«

»Sehr nett von dir, Pat.«

Jack gab Ray das Gewehr zurück – nachdem er sich vergewissert hatte, dass es gesichert war. Sein Nachbar wirkte als Einziger von allen enttäuscht.

»Interessant finde ich, dass es noch mehr Vorfälle gegeben hat. Sarah Edwards und ich fangen gerade an, uns die Sache ein bisschen genauer anzusehen.«

Ray klatschte mit der freien Hand auf sein Knie. »Ich wusste doch, dass du dich da reinhängst, Jack! Und hier bist du an der richtigen Stelle.«

Alle im Raum wurden still.

»An der richtigen Stelle? Was meinst du, Ray?«

»Na, weil …« Rays Grinsen konnte kaum noch breiter werden.

Es kam gewiss nicht oft vor, dass der alte Hippie im Mittelpunkt stehen durfte.

Doch nun richteten sich alle Augen auf den normalerweise unsichtbaren Kiffer.

»Weil ich ihn gesehen habe!«

»Wen gesehen?«

Ray blickte sich nickend um, was mehr als nur vage an einen Wackeldackel erinnerte, und genoss seinen Moment.

»Habe ich schon der Polizei gesagt – dem beknackten Alan. Und ihn kümmerte es nicht die Bohne. Aber ich habe ihn gesehen, Jack!«

Jack musste noch einmal nachhaken. »Wen?«

»Na, den Vandalen … so nennen wir den, oder?«

Und nachdem er nun die Bürgerwehr entmilitarisiert hatte, fragte Jack sich, ob er gleich ausgerechnet von Ray den ersten Hinweis erhalten würde, dass der vermisste Martin Kent tatsächlich ermordet worden war.

»Es war schon spät«, begann Ray. »Richtig spät …«

6. Die Welt des Martin Kent

»Hi, Sarah«, sagte Grace. »Wie geht es deinen Eltern?«

»Gut, wie immer. Sie lassen übrigens ausrichten, dass du bald mal wieder vorbeikommen sollst.«

Grace lachte. »Jederzeit – solange deine Mum nicht wieder versucht, mich zu verkuppeln.«

»Tja, ich denke, nachdem sie es bei mir aufgegeben haben, hoffen sie jetzt, wenigstens für dich den Richtigen zu finden.«

Grace grinste verträumt. »Nachdem das mit Jeremy und mir vorbei ist, hätte ich eigentlich nichts gegen einen reichen, gut aussehenden Typen, der in mein Leben eintritt …«

»Und dich auf die Fidschis entführt?«

Beide lachten. Es war ein Segen, dass das Geschäft gut genug ging, um sich Grace als Assistentin leisten zu können.

Assistentin?

Ach was, im Grunde schmiss Grace hier den Laden.

»Gibt es etwas Dringendes, auf das ich mich stürzen muss?«, fragte Sarah.

Grace verneinte. »Du hast um vier den Termin bei Tivoli Travel in Whitbury. Die wären ein großer Kunde.«

»Und ob! Ja, darauf bin ich bereits vorbereitet.«

»Okay, falls du noch irgendwas brauchst, sag Bescheid. Ansonsten wollte ich heute Vormittag mal unsere Facebook-Seite auffrischen. An der ist einiges zu tun …«

»Prima, danke. Und ich will hier ein bisschen recherchieren. Schrei, falls du Hilfe brauchst.«

Und dann betrat Sarah die Welt des Martin Kent.

Und was für eine Welt das war …

Martin Kent, gebürtiger Amerikaner, war der oberste Boss einer Firma namens ViaVita.

ViaVita ...

Sarah hatte schon von den Vitaminpräparaten gehört, die an der Haustür verkauft wurden.

Und ihre Nachforschungen enthüllten schnell, dass ViaVita äußerst umstritten war, obwohl das Unternehmen weltweit Milliardenumsätze erzielte.

Beinahe jedes Produkt auf der Welt kann ein Kunde in einem Laden kaufen oder online bestellen: Ein ViaVita-Präparat, das entwickelt wurde, um – wie eines der Logos verhieß – »Ihnen das gesunde Leben zu schenken, das Sie verdienen«, bekam man hingegen ausschließlich über einen einzigen Vertriebsweg.

Das ViaVita-Sortiment wurde den Kunden an der Haustür angeboten – von »Partnern«, die sich in das Franchise-System einkauften.

Allerdings dauerte es nicht lange, bis Sarah über Artikel stolperte, in denen berichtet wurde, dass sich die Firma trotz ihres Erfolgs zahlreichen Prozessen ausgesetzt sah. In ihnen wurde immer wieder der Vorwurf erhoben, dass es sich bei dem ViaVita-Geschäftsmodell um nichts weiter als um ein raffiniert ausgeklügeltes Schneeballsystem handelte.

Wer Partner werden wollte, musste Tausende hinblättern, um die örtliche Vertretung zu bekommen. Für das Geld erhielt er eine Grundausstattung mit Mustern und Verkaufsartikeln.

Zuerst aber kassierte ViaVita.

Und dann musste der »Partner«, der von seinem eigenen erfolgreichen Franchise-Geschäft träumte, von Tür zu Tür ziehen und die Vorzüge der ViaVita-Präparate rühmen.

Für die »Partner« gab es jedoch noch eine andere Möglichkeit, um zu Geld zu kommen.

Sie konnten andere rekrutieren, die unter ihnen arbeiten. Diese anderen mussten natürlich auch eigene Warenmuster und -bestände bei ViaVita kaufen. Und ein kleiner Teil dieser Einnahmen ging an den »Partner«, der die Leute angeworben hatte.

So ging es immer weiter …

Klassisch, dachte Sarah.

Doch ungeachtet der vielen Artikel über ViaVitas Geschäftsmethoden und der Gerichtsverfahren hatte es das Unternehmen anscheinend bisher vermeiden können, von den Behörden geschlossen zu werden.

Vielleicht kauften sie sich von all ihren Milliarden besonders gute Anwälte.

Und der Reiz, einem zermürbenden Angestelltenjob zu entkommen, wirkte nun einmal weltweit.

Sein eigener Boss sein …

Das Ganze roch doch verdächtig nach einem groß angelegten Betrug.

»Hast du was rausgefunden?«, fragte Grace.

»Und ob!« Sarah gab keine konkrete Antwort, denn sie hielt Grace grundsätzlich aus allen Nachforschungen heraus, die auch nur ansatzweise heikel waren. Manchmal übertraten Jack und sie bei ihren »Ermittlungen« gewisse Grenzen, und da war es besser, Grace machte derweil mit der unverfänglichen Büroarbeit weiter.

Dennoch war es nett von ihr zu fragen.

»Haben wir alle Entwürfe für Tivoli ausgedruckt?«, erkundigte sich Sarah.

»Alles gedruckt und verpackt. Übrigens gibt es an der Straße oben eine Baustelle, also solltest du ein bisschen zusätzliche Fahrtzeit einplanen.«

»Danke«, sagte Sarah. »Du bist ein Schatz.«

Dann widmete sie sich wieder der endlosen Liste von ViaVita-Geschichten.

Abgesehen davon, dass Kent eine ganze Armee von Anwälten beschäftigte, sorgte er auch für eine sichtbare Präsenz seines Unternehmens auf Wohltätigkeitsveranstaltungen. Und das beschränkte sich nicht auf die namhaften Londoner Spendengalas; ViaVita tauchte überall in England bei einer Menge kleinerer Events in Dörfern auf.

Was eine sinnvolle Geschäftsmaßnahme darstellte, denn dort fand ViaVita seine Heerscharen hoffnungsvoller künftiger Vertreter, die sich mühsam über Wasser hielten und ständig auf der Suche nach einer besseren Einkommensquelle als ihrer gegenwärtigen waren.

Sarah sah sich die Bilder von Kent an, die sie im Internet vorfand: Er war dunkelhaarig und hatte den Blick stets selbstbewusst in die Kamera gerichtet.

Neben ihm erschien immer mal wieder seine Frau Viola.

Was für eine Frau!

In ihren Stilettos wirkte die Blondine gut zwanzig Zentimeter größer als Kent, und ihre hautengen, kurzen Kleider mit den tiefen Ausschnitten brachten ihre Vorzüge perfekt zur Geltung.

Auf mehreren Bildern war auch Kents rechte Hand zu sehen – Anders Magnusson. Er war anscheinend Schwede und passte mit seinem guten Aussehen und vor allem seiner Größe eher zu Mrs Kent.

Sarah erinnerte sich vage, Magnusson schon ein- oder zweimal im Dorf gesehen zu haben. Sie glaubte jedoch nicht, dass sie Viola schon mal begegnet war.

Es wäre gut, mit den beiden zu reden, dachte sie.

Andere Bilder zeigten das Dreigespann an diversen Orten rund um die Welt, manchmal auch an Bord einer Jacht – vielleicht sogar der, die an der Cherringham Bridge gestrandet war?

Gelegentlich tauchten andere Frauen auf den Fotos auf – anscheinend wechselnde Begleiterinnen von Magnusson. Doch meistens waren es Kent, Viola und Magnusson.

Es war klar, dass die Firma Feinde hatte ... viele sogar. Aber gab es unter denen jemanden, der dem Unternehmenschef etwas antun wollte?

Wenn ich alles verloren hätte, weil ich mir einen Koffer voller Vitamine und Pulver gekauft habe, wäre ich ziemlich wütend, dachte Sarah.

Wütend genug, um einen Mord zu begehen?

Sie sah auf die Uhr. Sie hatte noch Zeit, um ein bisschen mehr zu graben, bevor sie losfahren musste.

Spaßeshalber ging sie auf die Website vom *Oxford Echo*. Nicht auf die, die für die Öffentlichkeit bestimmt war, sondern auf die, die von Journalisten genutzt wurde.

Irgendwann mal hatte Sarah – als Ausgleich für einen Gefallen – das Log-in eines netten Reporters »ausgeliehen«. Und seitdem ging sie ab und zu, wenn Jack und sie in einem Fall ermittelten, auf die Website, auf der unter anderem die landesweiten Anzeigen bei der Polizei sowie deren Berichte zu finden waren.

Rasch scrollte sie sich durch die Liste mit Verstößen gegen die Straßenverkehrsordnung, Vorfällen von häuslichem Unfrieden, entlaufenen Hunden und Ehemännern sowie sonstigen Äußerungen kaschierter Trostlosigkeit, die in Cherringham und den anderen Cotswolds-Dörfern als »Verbrechen« galten.

Eine direkte Suche nach Martin Kent erbrachte nur Einzelheiten über den Unfall der *Mary Lou* und seine Adresse in London.

Und sonst nichts.

Sarah suchte nach Magnusson ...

Und da war es!

Nur eine kleine Sache.

Aber lohnenswert.

»Am Donnerstagabend um 8:27 wurde die Polizei zu einem versuchten Hausfriedensbruch bei Mr Anders Magnusson ge-

rufen. Der Officer, der mit dem Vorfall betraut war, traf auf eine aufgebrachte Frau, die an der Tür läutete und sich weigerte, das Grundstück zu verlassen. Der Officer erklärte ihr, dass sie gehen müsse, ansonsten würde eine Anzeige wegen unbefugten Betretens und Ruhestörung erfolgen. Die Frau ging fort, und es kam zu keiner Anzeige. Die entsprechenden Dienste wurden informiert.«

»Wow!«, entfuhr es Sarah.

»Hast du etwas entdeckt?«

»Könnte sein, Grace … ja, das könnte sein.«

Sarah stand auf.

»Ich fahre jetzt mal lieber«, sagte sie und lief zu dem Tisch, wo sich ihre Unterlagen befanden.

»Ist es nicht ein bisschen früh?«

Sarah lächelte ihre Assistentin an. »Lieber zu früh als zu spät …«

Sie erzählte Grace nicht, warum sie jetzt schon wegwollte.

Magnussons Haus. Der Officer vor Ort?

Das musste Alan sein.

Und auch wenn der Bericht nicht verriet, wer die Frau war – Alan würde es wissen.

Die Frage war nur: Würde er es ihr erzählen wollen? Immerhin wusste er, was Jack und sie bisweilen nebenher taten.

Und Alan konnte ein Polizist sein, der sich peinlich genau an die Vorschriften hielt.

Vielleicht kann ich ihn dazu bringen, heute ausnahmsweise ein paar Vorschriften zu vergessen …

»Wünsch mir Glück«, sagte sie auf dem Weg zur Tür. Sie war sich nicht sicher, was sie mehr in Aufregung versetzte: die Aussicht auf einen lukrativen neuen Kunden oder diese Nachricht über eine Frau, die ein Problem mit dem Partner des definitiv vermissten Martin Kent hatte.

7. Ein Polizistenschicksal

Sarah parkte ihren RAV4 auf dem vollen Parkplatz des Perch Inn und machte sich mit einer Papiertüte in der Hand auf den Weg zum Flussufer.

Sie war im Begriff, einen Polizisten zu bestechen, und in der Tüte war der vereinbarte Preis.

Sie enthielt einen großen Macchiato und ein Käse-Schinken-Baguette von Huffington's.

Sie hatte Alan auf seinem Handy angerufen, als sie das Büro verließ – für den Fall, dass er nicht auf dem Revier war. Und das war klug gewesen.

Denn wie er ihr erzählte, war er seit sechs Uhr morgens unterwegs gewesen, und es sah nicht so aus, als würde er noch bei Helligkeit nach Hause kommen.

Sarah schaltete schnell – und erinnerte sich natürlich noch daran, dass er sich schon in der Schule gerne in der Mittagessenschlange vorgedrängelt hatte. Also bot sie ihm ein Mittagessen im Austausch gegen Informationen an.

»Wenn ich das Essen sehe, reden wir über einen Deal«, hatte er geantwortet.

Und nun war sie hier, mitten im »Regatta-Land«, wo Alan schon den ganzen Tag arbeitete.

Sarah ging durch die Fußgängerschranke zwischen Parkplatz und Ufer. Links von ihr zogen sich die Festzelte und Tribünen mit ihren bunten Wimpeln und Fahnen bis zur Cherringham Bridge.

Alles war genau so, wie es ihr Vater auf seinem Plan entworfen hatte.

Und überall herrschte ein einziges Gewusel: Rund um die Felder standen Last- und Lieferwagen; Verkaufsbuden wurden errichtet und Tee- und Bierzelte mit Vorräten versorgt.

Als Sarah sich dem Fluss zuwandte, sah sie ein Vierer-Ruderboot vorbeiflitzen, gefolgt von einem kleinen Motorboot, in dem der Trainer saß und der Mannschaft durch ein Megafon Kommandos zuschrie.

Sarah selbst war nie gerudert, sah jedoch, dass diese Jungs richtig gut waren. Die Ruder bewegten sich im perfekten Einklang, und die Blätter tauchten lautlos ins Wasser ein.

Die Ruderer in ihren Trikots schienen ganz auf einen Punkt in der Ferne konzentriert, während sie sich in vollkommener Harmonie vor und zurück bewegten.

In ihrer Kindheit war die Cherringham Regatta bloß ein Vergnügen für die Einheimischen gewesen. Inzwischen stellte sie ein Event für Profis dar, bei dem hochrangige Teams wie dieses gegeneinander antraten.

Sie sah weiter flussabwärts. Dort wippten winzige Jollen mit bunten Segeln im sanften Wind – Kinder, die für ihr eigenes Rennen am Wochenende trainierten.

Ja, das entsprach schon eher ihren Kindheitserinnerungen.

Am gegenüberliegenden Ufer waren teils zwei, teils drei Boote nebeneinander vertäut. Und hinter ihnen konnte sie durch die Bäume erkennen, dass von gigantischen Lastwagen Einzelteile von Karussellen abgeladen wurden.

»Käse und Schinken, hoffe ich?«, erklang eine Stimme hinter ihr.

Sie drehte sich um und erblickte Alan in seinem Uniformhemd. Mit einem Taschentuch wischte er sich gerade über das verschwitzte Gesicht.

»Extra frisch für dich«, antwortete sie und reichte ihm die Papiertüte. »Wie es aussieht, bist du sehr beschäftigt.«

»Diese Woche werden alle Hände gebraucht«, sagte er und biss in das Baguette. »Ich verstehe nicht, dass sie mir keine Hilfe schicken.«

»Wegen der Kosten für die Überstunden, würde ich wetten.«

»Meinst du?« Er grinste. »Natürlich kann ich dazu nichts sagen.«

Er setzte sich ins Gras, und Sarah nahm neben ihm Platz. Sie schaute zu den Booten, die im Sonnenschein auf dem Fluss hin und her glitten.

Alans Funkgerät an seinem Gürtel gab ein fortlaufendes Hintergrundgemurmel ab; offenbar wurden ständig Nachrichten durchgegeben.

»Wird alles rechtzeitig fertig?«, erkundigte sich Sarah.

»Wird es immer irgendwie. Ich schätze, wir werden an die zweitausend Besucher dieses Wochenende haben, falls sich das Wetter hält.«

»Das kannst du doch unmöglich alles alleine im Blick behalten, Alan!«

»Nein, es kommt noch ein Kleinbus mit Einsatzkräften aus Oxford – aber erst am Freitag.«

»Und bis dahin bist du allein für alles zuständig?«

»Leider ja. Ich habe es aufgegeben, die Einsätze zu zählen, zu denen ich gerufen wurde. Weggelaufene Hunde, gestohlene Laptops, Betrunkene, zu laute Camper – alles, was das Herz begehrt.«

»Wohl auch eine Menge Papierkram.«

»Reden wir nicht davon. Den nehme ich mir nächste Woche vor.«

»Was ist mit versuchtem Einbruch?«

»Ah!« Er biss wieder vom Baguette ab. »Deshalb bist du hier?«, fragte er und trank einen Schluck von dem Macchiato.

Sarah lächelte. »Schuldig. Da war letzte Woche ein Vorfall, nicht? Unten an einem der großen Häuser am Fluss – bei Magnusson, stimmt's?«

»Und?«

»Bist du derjenige, der dort war?«

Alan sah sie an. »Kann sein. Erzähl mir erst mal, woher du von der Sache weißt.«

»Ach, ich habe so meine Quellen«, erwiderte Sarah ausweichend.

Er lachte. »Quellen? Das ist Hacken, verdammt noch mal! Ich weiß genau, was du an deinem Computer alles fertigbringst, Sarah Edwards.«

Auch Sarah lachte. Alan war in der Schule in sie verliebt gewesen, und sie wusste, dass sie bis heute mit einigen zwielichtigen Online-Nachforschungen nur durchkam, weil er sich nach wie vor Hoffnungen machte …

Sarah mochte ihn, aber sie würde nie so für ihn empfinden wie er für sie.

Wenn sie ehrlich sein sollte, hatte Sarah nach ihrem untreuen Ehemann Beziehungen für sich als Option mehr oder minder abgehakt.

Eines Tages vielleicht, dachte sie, *wenn das Geschäft läuft, die Kinder selbstständiger sind und ich ein bisschen mehr Geld, Zeit und Energie habe …*

»Ist aber schon komisch, dass du es ansprichst«, sagte Alan. »Ich wollte da eigentlich noch mal nachhaken, aber ausgerechnet in dieser Woche …«

»Wie nachhaken?«

»Na ja, die Frau – wow, die war echt außer sich. Und sie wollte mir nichts sagen.«

»Und Magnusson wollte, dass sie von seinem Grundstück entfernt wird?«

»Ganz dringend.«

»Was hat sie denn getan?«

»In Richtung Haus geschrien. Auf die Klingel eingeprügelt. Magnusson beschuldigt, er hätte ihr Leben zerstört.«

»Aber ein Verbrechen hat sie nicht begangen?«

»Nein, deshalb gab es ja keine Verhaftung.«

»Weshalb wolltest du dann nachhaken?«

»Ich habe schon Leute erlebt, die kurz davorstanden, die Kontrolle über sich zu verlieren, Sarah.«

»Denkst du, sie könnte womöglich ... gefährlich werden?«

»Offen gesagt, ging mir das die ganze Woche schon durch den Kopf.«

»Wie es sich anhört, hast du alles getan, was du konntest.«

»Habe mich an die Buchstaben des Gesetzes gehalten. Ich habe über den Vorfall berichtet, der Frau eine Verwarnung erteilt und die Angelegenheit dem Sozialdienst übergeben. Trotzdem gehe ich solchen Sachen gerne selber noch mal nach. Aber diese Woche war einfach zu verrückt, und ich hatte schlicht keine Zeit, zwischendurch nachzufragen, ob sie meine Nachricht ernst genommen und nach ihr gesehen haben.«

»Alan ...«, begann Sarah zögerlich, denn sie wollte ihm nun eine wichtige und zugleich heikle Frage stellen. »Kannst du mir ihren Namen verraten? Ich könnte nach ihr sehen und sicherstellen, dass sich jemand um sie kümmert.«

»Klar doch! Du willst wieder mal, dass ich gegen alle Regeln verstoße, oder?«

»Es muss ja keiner erfahren. Und es wäre richtig, oder nicht?«

Sie beobachtete, wie er seinen Kaffee austrank. Er überlegte und brauchte eindeutig noch einen kleinen Stoß in die richtige Richtung.

Welchen könnte sie ihm geben?

»Du weißt doch von dem Boot, das gegen die Brücke getrieben ist, nicht?«

»Ja, das war wieder typisch! In dem Moment, in dem meine Schicht anfing ... Warum?«

»Es gehört Magnussons Geschäftspartner. Und die beiden betreiben ein recht zwielichtiges Geschäft, glaubt man den Zeitungsberichten. Sie haben ständig Klagen am Hals.«

Jetzt hatte sie eindeutig Alans Interesse geweckt.

»Wie hieß der Bootseigner noch gleich – Kent, nicht wahr?«

Sarah nickte. »Martin Kent.«

»Und du ermittelst mal wieder? Mit Jack?«

Wieder nickte sie. »Wir glauben, dass Kent in der Nacht an Bord war. Und jetzt wird er vermisst.«

»Angeblich. Wahrscheinlich ist er nach seinem Patzer mit dem schlecht vertäuten Boot zurück nach London gefahren. Oder wollt ihr etwa, dass wir den Fluss absuchen?«

»Es kommt mir nur komisch vor. Keiner hat ihn vermisst gemeldet. Und nur wenige Tage vorher hatte sein Geschäftspartner Besuch von einer Frau, die ihm wüste Vorwürfe machte. Ich meine, da könnte doch etwas faul sein, oder?«

Jetzt sah Alan nachdenklich in die Ferne. Sicher überlegte er, wie viel er ihr erzählen durfte.

»Joan Buckland hat mir ein Messer gebracht, und das habe ich den Kriminaltechnikern geschickt, damit sie Ruhe gibt. Sie sprach sofort von der ›Mordwaffe‹. Ich halte es eher für ein simples Anglermesser.«

»Und was ist, wenn sie recht hat?«

Alan stand auf und klopfte sich trockene Grashalme von der Hose.

»Falls sie recht hat, muss der Mord bis nach der Regatta warten, sonst lyncht mich das Komitee deines Vaters.«

»Vorsicht – ich könnte dich deswegen vor Gericht zitieren!«

Er grinste. »Tu das, und ich schlage dir das Datenschutzgesetz um die Ohren.«

Sarah lachte. »Da haben wir eine Pattsituation, was?«

»Kann man so sagen. Was schulde ich dir für das Mittagessen?«

»Nur einen Namen.«

Das Funkgerät an seinem Gürtel krächzte nun laut, und er trat zur Seite und kehrte Sarah den Rücken zu. Sie wartete, während er über Funk sprach.

Schließlich wandte er sich achselzuckend zu ihr um.

»Ein Einbruch an der Iron Wharf; ich muss los. Ich melde mich am Wochenende bei dir, Sarah.«

Mit diesen Worten drehte er sich wieder um und ging rasch über die gemähte Wiese zum Parkplatz.

»Der Name?«, rief Sarah ihm nach.

Alan blieb stehen und zögerte kurz.

»Donna Woods aus Buckton!«, rief er, ohne sich zu ihr zu drehen.

Sie sah ihm nach, als er weiterlief.

Alan Rivers, du kannst manchmal wahrlich anstrengend sein, aber im Grunde bist du ein netter Kerl, dachte sie.

»Hierher, Riley!«

Jack steckte zwei Finger zwischen die Lippen und pfiff.

Sekunden später erschien sein Springer Spaniel auf der Uferwiese. Riley blieb einen Moment stehen, als er Jack erblickte, und kam dann zu ihm geflitzt.

»Früher konnte ich auch mal so pfeifen«, sagte Ray, als Riley bei ihnen war.

Mit dem Hund hinter sich und Ray neben sich ging Jack weiter am Ufer entlang, vorbei an den Booten und zurück zur *Grey Goose*.

Es wird schon dunkel …

Jack hatte sich bereit erklärt, die erste »Wachrunde« mit Ray zu übernehmen und weiter oben am Fluss Präsenz zu zeigen, wo einer der Bootsbesitzer Probleme mit einigen Jugendlichen hatte, die dort wild campierten.

Jack war in der Lage gewesen, diese Sache mit einigen Worten und einem freundlichen Lächeln zu lösen; Rays Luftgewehr hingegen wäre ein ernst zu nehmender Fehler gewesen.

Und nun hatten sie ihre »Runde« fast beendet und konnten die Nachtschichten Pat und dessen draufgängerischen Freunden überlassen.

Damit wollte Jack nichts zu schaffen haben.

»Und was ist passiert, dass du es nicht mehr kannst?«, fragte er.

Ray drehte sich zu ihm und zeigte ihm seine Zähne – oder vielmehr die wenigen Stümpfe, die noch von ihnen übrig geblieben waren.

»Das hier.«

»Ihr Engländer und euer mieses System der Zahnvorsorge«, bemerkte Jack.

»Nee, daran ist nicht der *National Health Service* schuld«, widersprach Ray. »Die meisten habe ich bei Prügeleien verloren.«

»Pech.«

»Weiß nicht, eigentlich fehlen sie mir nicht besonders. Ich kann zwar nicht mehr pfeifen, aber ich kann auch keinen Salat mehr essen, was ein Vorteil ist.«

Jack musste lachen. »So hat alles sein Gutes, was?«

Sie blieben vor der Laufplanke der *Grey Goose* stehen.

»Ich bin durch für heute, Ray«, erklärte Jack. »Nur noch ein kleiner Schlummertrunk, und dann ab in die Koje.«

»Danke für das Angebot …«

Das war kein Angebot, dachte Jack.

»Aber ich denke, ich gehe noch rüber in den Ploughman«, sagte Ray. »Ein bisschen rumhorchen. Ungefilterte Infos. Verstehst du, was ich meine?«

»Ja, sicher.«

»Mal hören, ob jemand meinen geheimnisvollen Ruderer gefunden hat.«

»Darüber habe ich nachgedacht, Ray«, sagte Jack. »Du hast erzählt, dass das Boot sehr schnell war.«

»Und was für einen Zahn der draufhatte!«

»Aber er ist nicht zu der kleinen Bootsrampe unter der Brücke gerudert?«

»Nee, Kumpel. Der ist den Fluss runter, schnurstracks und in vollem Tempo.«

Jack stutzte. Er hatte das Gefühl, dass etwas an dem Bild wichtig war – wusste jedoch nicht genau, was.

Und dennoch …

Sein Handy klingelte. Als er es hervorholte, winkte Ray zum Abschied und begann am Ufer entlang in Richtung Brücke zu gehen.

»Sarah!«

»Wie geht es meinem Charles Bronson für Arme?«

»Du bist viel zu jung, um dessen Filme zu kennen«, entgegnete Jack.

»Da irrst du dich. Im britischen Fernsehen werden sie bis heute wiederholt.«

»Und deshalb habe ich keinen Fernseher an Bord.«

»Ich würde ohne meinen Apparat eingehen.«

»Also, was hast du, Sarah? Hier auf der *Goose* ist jetzt Single-Malt-Zeit.«

»Okay, ich beeile mich.«

Dann erzählte sie ihm von ViaVita und Donna Woods' nächtlichem Besuch bei Magnusson.

»Ich kenne solche Betrugsmaschen aus den USA«, sagte Jack. »Und es sind immer die Schutzlosesten, die darauf hereinfallen. Wie sieht dein Plan aus?«

»Ich dachte, ich fahre morgen früh mal nach Buckton und rede mit Donna.«

»Soll ich dann Mr Magnusson besuchen und ihn fragen, ob ihm kürzlich ein Firmenchef abhandengekommen ist?«

»Das wäre gut. Den Fotos nach zu urteilen, die ich online gesehen habe, kleben Kent, seine Frau und Magnusson praktisch aneinander.«

»Umso seltsamer, dass Magnusson sich bisher nicht bei der Polizei gemeldet hat, nicht?«

»Noch seltsamer ist – wieso hat Kents Frau sich nicht gerührt? Und falls er noch lebt, wo steckt er?«

»Ich könnte natürlich mal den Advocatus Diaboli spielen und sagen, dass die beiden von dem kleinen Bootsunfall gehört haben und auf die Malediven gejettet sind, um sich von dem Schrecken zu erholen.«

»Diese Rolle passte noch nie sonderlich gut zu dir, Jack.«

Er lachte und ging an Bord der *Goose*. Dort trottete Riley zum Vordeck und legte sich hin, um geduldig das Ende des Telefonats abzuwarten.

»Recht hast du, Sarah. Ich bin ziemlich überzeugt, dass wir zumindest einen Vermissten haben.«

»Und im schlimmsten Fall einen Mord?«

»Hmm. Im Moment gefällt dieses Wort hier keinem, aber ich bin bereit, es zu benutzen.«

»Dann sind wir lieber vorsichtig, nicht?«

»Wie immer, Sarah. Und jetzt schlaf gut.«

»Du auch, Jack.«

Sie beendeten das Telefonat, und Jack ging unter Deck, um sich seinen wohlverdienten Drink zu gönnen.

Verdammt, dachte er. *Ich habe vergessen, Sarah nach dem wichtigen Gespräch mit dem möglicherweise neuen Kunden zu fragen!*

Aber das konnte bis morgen warten.

8. Dorfleben

Sarah fuhr langsam durch das Zentrum von Buckton, wobei sie den Anweisungen ihres Navigationssystems folgte.

Es hatte nur Minuten gedauert, Donna Woods' Adresse im Internet zu finden. Viel gab es sonst nicht zu ihr. Anscheinend war Donnas kurzer Zusammenstoß mit dem Gesetz ihr bislang einziger gewesen.

Sarah schaute sich die Reihen hübscher kleiner Cottages zu beiden Seiten der Straße an: Dachziegel, sorgsam gepflegte Gärten, niedrige Steinmauern. Sie sah einen kleinen Laden, der gleichzeitig als Postamt fungierte, und den obligatorischen Pub, an dem seitlich Glyzinien rankten.

Buckton war nur zwanzig Minuten Fahrt von Cherringham entfernt und ein weiteres kleines »Cotswolds-Juwel« von einem Dorf.

Sarah vermutete allerdings, dass Donnas Haus nicht ganz diesem Bilderbuchidyll entsprechen würde …

Sie bog von der Hauptstraße ab und fand sich sofort im Labyrinth einer Sozialsiedlung wieder.

Der Kontrast hätte schärfer nicht sein können. Links und rechts standen Reihenhäuser aus den Siebzigern mit ungepflegten Vorgärten und baufälligen Zäunen. Und vor diesen kleinen Häusern parkten keine Audis oder Volvos.

Dies hier waren die Cotswolds, wie sie die Touristen nicht zu sehen bekamen. Es brauchte nur eine geschlossene Fabrik, eine Branche, die woandershin abwanderte, und schon hatten die hart arbeitenden Leute im Dorf nichts mehr.

Dann konnte es schnell bergab gehen.

Sarah hielt vor einem kleinen Supermarkt und einem schmierigen China-Imbiss und sah nach den Hausnummern.

Dort war es, gleich auf der anderen Straßenseite.

Sie verriegelte ihren Wagen, ging über die Straße und öffnete die Pforte, die nur noch an einer Angel hing. Im Vorgarten war Kinderspielzeug auf dem löchrigen Rasen verteilt. Hinter einem welken Strauch lag ein rostiges Fahrrad.

Die Klingel funktionierte nicht, wie Sarah rasch feststellte, deshalb klopfte sie an die Tür.

Nach einer guten Minute wurde sie weit aufgezogen. Eine Frau in T-Shirt und Jeans mit einem Baby auf dem Arm blickte Sarah teilnahmslos an.

»Ja?«

»Donna Woods?«

»Sind Sie von der Zeitung? Ich dachte, die sind nicht interessiert. Ist doch keiner.«

»Nein, tut mir leid, ich -«

»Falls Sie Geld wollen: Es ist keines mehr da. Die haben den Fernseher und das Auto schon abgeholt.«

»Ich bin nicht wegen Geld hier, sondern ...«

Donnas Baby schrie auf einmal laut.

»Was ist jetzt schon wieder?«, herrschte Donna das Kind an. Anscheinend war sie leicht reizbar.

Das Baby griff nach der Goldkette an Donnas Hals.

»Lass das! Das ist Mummys!«

»Ich würde gerne mit Ihnen über ViaVita sprechen«, erklärte Sarah.

»Sind Sie von der Polizei? Sie sehen nicht wie eine Polizistin aus.«

»Na, da bin ich aber froh«, sagte Sarah lachend.

Ihr Lachen schien das Eis zu brechen, denn nun überlegte Donna sichtlich, ob es vielleicht doch gut für sie war, diese Besucherin reinzulassen ...

»ViaVita? Hmm. Über die Schweine rede ich mit jedem. Kommen Sie rein.«

Donna trat beiseite, um Sarah ins Haus zu lassen, und schloss dann die Tür.

Sarah saß in dem kleinen Wohnzimmer, das sich im hinteren Bereich des Hauses befand, auf dem Sofa und trank Tee, während Donna ihrem Baby auf dem Fußboden die Windel wechselte.

In einer Ecke hockte ein Krabbelkind in einem Laufställchen und beobachtete Sarah, während es auf einem alten Plastikspielzeug kaute.

Sarah wurde wütend, weil eine Firma wie ViaVita immer noch zugelassen war, nachdem sie offensichtlich Donnas Leben ruiniert hatte.

Und »ruiniert« war womöglich noch zu milde ausgedrückt. Wie schlimm ihre Situation war, konnte man überall im Haus erkennen: kahle Wände, wenige, schäbige Möbelstücke, weder Fernseher noch sonstige elektronische Geräte – nicht einmal ein Radio.

»Der Gerichtsvollzieher hat alles mitgenommen«, hatte Donna berichtet. »Zum Glück war die Bettwäsche nicht gewaschen, sonst hätte er die auch noch einkassiert.«

Sobald Donna klar geworden war, dass Sarah über ViaVita nachforschte, hatte sie ihr mit Freuden erklärt, wie der ganze Betrug ablief.

Vor einem Jahr hatte sie Geld geliehen, um sich bei ViaVita einzukaufen und die Vertreterlizenz für ihre Region zu bekommen. Binnen weniger Tage trafen Kartons mit Waren ein. Und zuerst verkaufte sie das Zeug auch gut, wenn auch größtenteils an Freunde …

Donna fing schon an zu glauben, dass dies ihr Weg nach oben sein könnte. Ein neues Leben – vielleicht ein Auto, eines Tages eventuell sogar ein Haus.

So, wie es die ViaVita-Videos versprachen.

Doch bevor sie ihre Ausgaben auch nur annähernd wieder hereinbekommen hatte, erklärten nacheinander ihre Freunde, dass sie sich nicht noch mehr von den Sachen leisten könnten. Der Verkauf brach vollkommen zusammen. Donna klapperte die Dörfer mit dem Überlandbus ab und schleppte ihren Koffer von Tür zu Tür.

»Die Leute hier sind schlicht blank«, sagte sie. »Die brauchen das letzte bisschen, das sie noch haben, für Schnaps und Zigaretten, nicht für dämliche Vitamine! Und auch noch so teure Vitamine.«

Sie hatte versucht, ViaVita die Waren zurückzugeben, was – wie man sie informierte – grundsätzlich nicht möglich war. Stattdessen boten sie ihr andere Produkte an, die sich angeblich »wie warme Semmeln« verkauften.

In ihrer Verzweiflung ließ Donna sich darauf ein.

»Ich war so bescheuert!«, rief sie.

Die neuen Wunderpulver zum Mixen verkauften sich ebenfalls nicht.

Inzwischen wollte das Kreditinstitut sein Geld zurück und holte sich einen Pfändungstitel.

Donna flehte die Leute an, sagte ihnen, dass sie nicht bezahlen könnte, doch sie hörten ihr nicht zu. Vor einigen Wochen dann schickten sie den Gerichtsvollzieher, der alles von Wert mitnahm, was sie besaß.

Zugleich wurde sie von ViaVita bedrängt, und man begann ihr zu drohen.

Donnas Freund hielt den ganzen Ärger nicht mehr aus und ließ sie mit den beiden Kindern sitzen.

Und hier war sie nun – vollkommen am Ende.

Donna legte ihr Baby in seinen Buggy und setzte sich Sarah gegenüber auf einen Küchenstuhl.

»Donna, Sie hatten gedacht ... oder gehofft, dass ich von der Zeitung bin, stimmt's?«

»Ja. Vor einer Weile hat sich mal ein Reporter aus Oxford für meine Geschichte interessiert. Er hat gesagt, dass er das groß rausbringt und aller Welt von ViaVita erzählt, um die zu zwingen, mir mein Geld zurückzugeben.«

»Aber die Geschichte kam nie in die Zeitung?«

»Nein, die haben gekniffen. Der Reporter wollte es immer noch, aber die Zeitung hatte Schiss, dass sie verklagt wird. Diese Haie von ViaVita ... die haben Geld und teure Anwälte. Von dem Reporter hab ich erfahren, wo einer von den Chefs, dieses Schwein Magnusson, wohnt.«

»Und da sind Sie zu seinem Haus gefahren.«

»Ja. Eine beschissene Villa in Cherringham. Und drum herum hohe Mauern, Tore und Kameras.«

»Haben Sie mit Magnusson gesprochen?«

»Machen Sie Witze? Ich habe den nicht mal gesehen ... nur irgendeinen Typen auf einem kleinen Bildschirm. Ein Diener oder Leibwächter oder so. Mit Sonnenbrille. Der sah wie ein Türsteher aus.«

»Und dann kam die Polizei.«

»Tja, die ist nicht auf unserer Seite, was? Die arbeitet doch für die reichen Mistkerle. Wie immer.«

»Übrigens habe ich mit dem Polizisten gesprochen, der dort war. Er hat gesagt, dass er den Sozialdienst zu Ihnen schicken wollte.«

»Oh Mann, die auch noch? Na, willkommen in der wahren Welt. Die können doch gar nichts machen.«

»Und was haben Sie jetzt vor?«

Donna zuckte mit den Schultern und bekam einen leeren Blick.

Es war nicht zu übersehen, dass die Frau nicht mehr weiterwusste.

Und Sarah wurde klar, dass sie hier nicht mehr über Martin Kent oder dessen Partner erfahren würde.

Sie stand auf und nahm ihre Handtasche.

»Ich kenne einen Anwalt in Cherringham, der manchmal Fälle unentgeltlich übernimmt, um Leuten zu helfen. Vielleicht kann er etwas für Sie tun. Er heißt Tony Standish.«

»Glauben Sie, der kann mich aus diesem Schlamassel rausholen?«

»Versprechen kann ich Ihnen zwar nichts, aber er ist ein netter Mann und ein guter Anwalt. Einen Versuch wäre es wert.«

»Ich will nur die Schulden los sein«, sagte Donna, stand auf und begleitete Sarah zur Haustür. »Die verfolgen einen Tag und Nacht und lassen einem keine Ruhe.«

»Ich bitte ihn, mal herzukommen.«

»Wen?«, fragte eine männliche Stimme oben von der Treppe.

Sarah fuhr erschrocken herum. Sie hatte angenommen, dass niemand außer Donna und den Kindern im Haus war.

Solche Vermutungen können gefährlich sein, dachte sie.

Sie sah zu Donna, die nur die Augen verdrehte.

»Kann dir doch egal sein!«, rief sie die Treppe hinauf.

Sarah sah, dass oben am Treppenabsatz ein Mann auftauchte. Sogleich stieg er hinunter und blieb dann vor der letzten Stufe stehen. Er war deutlich über einen Meter achtzig groß, breitschultrig und durchtrainiert; er hatte kurz geschorenes Haar und trug ein grünes Army-T-Shirt sowie Boxershorts. Misstrauisch beäugte er Sarah.

»Wer ist das?«, fragte er Donna.

»Eine Freundin von mir«, antwortete sie. »Sie will uns helfen.«

»Wir brauchen keine Hilfe«, sagte der Mann zu Sarah und drängte sich an ihr vorbei zur Küche.

Donna blickte ihm hinterher, schnitt eine Grimasse und wandte sich wieder Sarah zu.

»Das ist Carl«, sagte sie, als würde dies alles erklären.

Sarah hörte das Wasser in der Spüle laufen, dann kam Carl mit einem Wasserglas zurück in den Flur.

»Ist das Ihr Wagen gegenüber?«, fragte er.

»Ja.«

»Tja, da sollten Sie den nicht länger stehen lassen, falls Sie Ihre Reifen behalten wollen.«

Sarah war sich nicht sicher, ob das ein Rat oder eine Warnung sein sollte.

»Ich gehe sowieso gerade.«

Er nickte und trat einen Schritt auf sie zu. Unwillkürlich wich sie zurück, ohne ihn aus den Augen zu lassen. Er ging wieder nach oben.

»Mein neuer Freund«, sagte Donna. »Kommt schlimmer rüber, als er eigentlich ist.«

Sie öffnete die Haustür.

»Ich würde Ihnen gerne meine Telefonnummer geben, aber ich habe ja kein Telefon«, fuhr Donna fort.

Sarah ging hinaus in den strahlenden Sonnenschein.

»Vielen Dank für Ihre Hilfe, Donna. Falls wir bei Via-Vita irgendetwas erreichen, erfahren Sie es als Erste.«

»Viel Glück«, sagte Donna. »Und passen Sie gut auf sich auf. Die machen ja schließlich nicht bloß in Vitamine.«

Sarah drehte sich verwundert zu Donna um. »Was meinen Sie damit?«

»Die haben ein paar richtig üble Sachen am Laufen. Wussten Sie das noch nicht?«

»Nein, wusste ich nicht.«

»Illegale Medikamente. Solches Zeug, das man online bestellen kann – Aufputschmittel, spezielle Schmerzmittel, Steroide, Fitnesspillen. Natürlich wird das alles stillschweigend verkauft.«

»Können Sie das beweisen?«

»Mir wurde von Mitarbeitern angeboten, auch damit zu handeln«, antwortete Donna. »Allerdings waren das eher Andeutungen …«

»Was für Andeutungen?«

»Sie haben gesagt, dass sie andere ›Produkte‹ haben, die mir genug Geld einbringen würden, um wieder auf die Beine zu kommen.«

»Aber Sie haben abgelehnt.«

»Und ob! Echt, ich habe ja wohl schon genug Ärger, finden Sie nicht?«

Sarah nickte lächelnd.

»Okay, ich schicke Ihnen auf jeden Fall Tony. Ist das in Ordnung?«

»Klar. Allerdings sollte er kommen, wenn Carl nicht hier ist.«

»Gute Idee«, meinte Sarah. »Sie sind klasse, Donna. Halten Sie durch. Wir schnappen die.«

»Klar doch.«

Leider war kein Funken Hoffnung in Donnas Augen zu erkennen, sondern sie sah ihre Besucherin nur mit einem leeren Blick an. Sarah drehte sich um und ging zu ihrem Wagen.

Sie glaubt mir nicht, dachte Sarah. *Aber ich kriege diese Typen.*

Sie stieg in den Wagen, wendete und fuhr zurück nach Cherringham.

Carls plötzliches Auftauchen hatte ihr Angst eingejagt. Und es war ihr eine Warnung gewesen: eine Erinnerung daran, dass es gefährlich sein konnte, in einem Mord zu ermitteln. Wenn man nicht aufpasste, sich nicht konzentrierte und voreilige Schlüsse zog …

Konnte es fatal enden.

9. Das Haus am Fluss

Jack wanderte durch den terrassenartig angelegten Garten von Magnusson zum Fluss hinunter und sah sich die berauschende Aussicht an.

Die Sonne schien, die Themse floss glitzernd vorbei.

Auf den Feldern am Ufer standen weiße Festzelte mit bunten Fahnen, die im Wind flatterten. Und zu beiden Seiten von Magnussons Anwesen erstreckten sich uralte Waldgebiete bis zum Wasser.

Alles hier wäre perfekt gewesen …

Gäbe es da nicht die zwei Kleiderschränke mit dunklen Anzügen und Sonnenbrillen, die ihn eskortierten.

Bei seiner Ankunft hatten sie in der Diele auf ihn gewartet. Sie verhielten sich nicht drohend, nur recht einschüchternd.

Und das Signal war klar.

Jack hatte vorher angerufen und einen Termin vereinbart. Als er sein Anliegen als »dringend und vertraulich« beschrieb, hatte die Männerstimme am anderen Ende einem Treffen mit dem Boss zugestimmt.

Nicht jedoch ohne den warnenden Hinweis: »Mr Magnusson ist ein sehr beschäftigter Mann, und Sie bekommen nur zwanzig Minuten mit ihm, Mr Brennan.«

Und nun war er hier, immer noch in seiner Jeans, aber mit seinem besten Sakko von Banana Republic, um ein wenig Respekt zu zeigen …

»Euch zwei sieht man in Cherringham aber nicht oft, was?«, sagte er munter zu den Bodyguards.

Keine Antwort, nicht einmal ein Wimpernzucken.

»Also, ihr solltet wenigstens mal zu Huffington's gehen. Die backen dort diese sagenhaften kleinen Plätzchen …«

Die Bodyguards blieben abrupt stehen, und Jack hielt ebenfalls an.

»Wenn Sie auf dem Anleger warten würden, Sir; Mr Magnusson ist gleich bei Ihnen«, beschied ihm der Bodyguard zur Linken und zeigte hinunter zum Fluss. Jack konnte neben einem schicken weißen Bootshaus aus Holz einen kleinen Anleger sehen, der über die Themse ragte.

Die Bodyguards hatten offenbar nicht vor, mit ihm zu kommen, also lächelte Jack höflich und ging das letzte Stück allein. Am Anleger gab es eine kleine Bank, auf die er sich setzte. Von hier blickte er zurück zum Haus. Es war riesig und musste an die zehn bis zwanzig Schlafzimmer haben, schätzte er ... und Gott weiß wie viele Bäder.

Drinnen hatte er Parkettboden und große moderne Kunst gesehen. Ein passendes Ambiente für eine Galerie, aber sicher nicht für ein Zuhause, fand Jack.

Abgesehen von den beiden Bodyguards, die nun regungslos zwanzig Meter entfernt auf dem Rasen standen, war kein Lebenszeichen zu sehen.

Er schätzte, dass Magnusson irgendwann demnächst kommen würde. Vielleicht liefen seine zwanzig Minuten bereits, also hoffte Jack, dass der Mann bald auftauchen würde.

Er drehte sich zum Fluss. Überall waren Boote, die es irgendwie schafften, einander auszuweichen: Ruderboote, kleine und große Jachten, Kähne.

Eines der Wassergefährte fiel ihm auf.

Es war ein Einer-Ruderboot in grellem Gelb, das aus ein paar Hundert Metern Entfernung schnell auf ihn zukam. Der Ruderer war groß, blond und – plötzlich wurde es Jack klar – mit ziemlicher Sicherheit Magnusson.

Ein guter Ruderer. In den Vereinigten Staaten hatte Jack am College ein bisschen gerudert, aber bald seine Grenzen erkannt und sich auf andere Sportarten verlegt.

Damals allerdings hatte er Leute gesehen, die das Zeug für internationale Wettkämpfe besaßen, und ihre Technik bewundert.

Magnusson war ein solches Talent. Der Rhythmus, die Kraft, die Kontrolle und die Präzision stimmten. Das Boot flog wie ein Pfeil auf den Anleger zu.

Im allerletzten Moment, wie es Jack schien, hörte Magnusson zu rudern auf und benutzte die Blätter, um das Boot zu verlangsamen und perfekt seitlich an den Anleger zu drehen.

Automatisch stand Jack auf und ging hin, um den Einer zu vertäuen.

Aus dem Bootshaus kam ein junger Mann in einem Polohemd und Shorts herbei, um das andere Ende des Ruderboots zu sichern. Als Magnusson auf den Anleger stieg, reichte ihm der junge Mann ein zusammengefaltetes weißes Handtuch.

Jack beobachtete, wie Magnusson sich das Gesicht, den Kopf und die Schultern abrubbelte, ehe er sich zu Jack wandte und ihm zunickte.

Gäbe es ein Magazin mit dem Titel *Skandinavische Sportler*, könnte Magnusson wöchentlich auf dem Cover erscheinen: blond, breites Grinsen, breite Schultern, über eins neunzig groß …

»Mr Brennan. Verzeihen Sie, dass ich Ihnen nicht die Hand schüttle.«

»Kein Problem. Freut mich, Sie kennenzulernen.«

»Wir gehen nach oben zum Haus«, sagte Magnusson und marschierte sofort los.

Jack bemerkte, dass er nicht nachsah, ob das Boot richtig vertäut war. Er erwartete eindeutig, dass der junge Bursche seinen Job erledigte.

Jack holte Magnusson ein, und auch die beiden Bodyguards kamen herbei, während sie den Rasen hinaufgingen.

»Es ist nett, dass Sie so kurzfristig Zeit für mich haben«, sagte Jack.

»Sie haben Glück, dass ich überhaupt hier bin. Aber ich will morgen beim Rennen mitmachen.«

»Beim Einer, was? Sind Sie gut?«

»Ich habe nicht die Angewohnheit zu verlieren.«

Ja, das möchte ich wetten, dachte Jack.

»Ich bin fasziniert, dass ein Ex-Cop aus New York, der immer wieder mal als Freizeitdetektiv tätig ist, mit mir reden will«, fuhr Magnusson fort und sah dabei Jack an.

Er hat also seine Hausaufgaben gemacht.

»Fasziniert, Mr Brennan, aber auch besorgt.«

»Oh, dazu besteht sicher kein Grund«, erklärte Jack.

Sie waren beim Hintereingang des Hauses angelangt, und Magnusson blieb nun stehen.

»Ich muss duschen«, sagte er.

Jack überlegte ... *Läuft meine Zeit?*

Dann rief Magnusson seinen Bodyguards zu: »Bringt Mr Brennan in den Wintergarten.«

Jack beobachtete, wie er im Haus verschwand, und drehte sich zu den beiden Bodyguards um. Sie zeigten zu einem Weg seitlich vom Haus.

Was Mr Magnusson will, kriegt Mr Magnusson auch ...

Jack saß im Wintergarten. Eine weiße Marmorbüste starrte ihn an, die oben auf einem großen schwarzen Flügel thronte.

Irgendein Römer, dachte Jack.

Einer der niedergemetzelten Cäsaren vielleicht?

Der Raum mit den Glastüren, die sich zum Garten hin öffneten, wirkte blitzblank. Auf einem Mahagoni-Couchtisch lagen stilvoll große Bildbände über Segeln, Rudern und Boote verteilt.

In einer Ecke stand ein riesiger Globus.

Farblich war alles in gedämpften Grün- und Blautönen gehalten, und ein großer, dicker Teppich bedeckte den polierten Holzboden fast vollständig.

Geschmackvoll.

Allerdings mutet es nicht »englisch« an, stellte Jack fest.

Es gab hier keine Bücher – außer den sorgfältig aufgestapelten Bänden auf dem Couchtisch; und die waren wohl eher Dekoration als Lektüre, wie Jack annahm.

Entweder gab es hier irgendwo noch eine Bibliothek, oder Magnusson war, wie Jack vermutete, kein großer Leser.

Er holte sein Handy hervor, das er stumm geschaltet hatte.

Jetzt sah er, dass er eine SMS bekommen hatte.

»Habe mit Donna Woods gesprochen. Interessante und traurige Geschichte. Reden wir später?«

Jack antwortete: *»Klar. Bin bei Magnusson. Bisher nichts zu berichten.«*

Er drückte gerade auf »Senden«, als Anders Magnusson den sonnigen Raum betrat.

Anstelle des Ruder-Outfits trug er nun Tennisschuhe und die dazu passenden weißen Sachen – anscheinend die angemessene Kleidung für seinen Nachmittagssport.

»Entschuldigen Sie die Verspätung, Mr Brennan. Aber ich musste noch das Training einschieben.« Er lächelte. »Schließlich will ich bei der Regatta eine gute Figur machen. Die Engländer denken, sie haben diese Veranstaltung für sich gepachtet, also müssen wir ihnen zeigen, dass es nicht stimmt, was?«

Jack nickte. »Ich bin froh, dass Sie Zeit für mich haben.«

Magnusson klatschte in die Hände. »Wie wäre es mit einem Drink? Gin-Tonic, Bier, Wein …«

»Ist noch ein bisschen früh für mich. Eine Tasse Tee vielleicht?«

Wie von einem sechsten Sinn geleitet, kam ein klassisch gekleideter Butler mit erhobenem Kinn und halb gesenkten Lidern herein.

»Eine Kanne Tee, James.«

»Ja, Sir«, sagte der Butler, machte auf dem Absatz kehrt und verschwand wieder.

Dann setzte Magnusson sich in einen der Sessel.

»Sie erwähnten Geschäftliches, Mr Brennan?«

Magnusson schenkte ihm ein strahlendes Lächeln. Anscheinend machte ihn das Wort »Geschäftliches« sehr froh.

»Nun, in gewisser Weise …«

Jack hielt es für klug, vorsichtig zu sein.

Mit den beiden Schlägern in Rufweite würde es wohl nicht viel brauchen, um ihn schnell aus der Villa und vom Grundstück wegzuschaffen.

Und seine Fragen blieben dann unbeantwortet …

»Ich interessiere mich für die Sache mit Ihrem … Geschäftspartner … Für Martin Kent und dessen abgetriebenes Boot.«

Das Lächeln verblasste; zwar war es nicht ganz weg, doch Jack ahnte, dass es bald verschwunden sein würde.

»Wie es scheint, war er am Tag, bevor sein Boot abtrieb und auf Grund ging, hierhergekommen, um Sie zu besuchen. Und dann, nun ja …«

Magnusson hielt eine Hand in die Höhe – wie jemand, der es gewohnt war, mit dieser Geste einen ganzen Raum zum Verstummen zu bringen.

»Jack, Mr Kent – Martin – ist der Chef unserer Firma.«

»ViaVita.«

Hier stutzte Magnusson kurz. »Ja, und er kommt oft mit dem Boot her. Wie er überhaupt viel reist. Also, ja, er war vorgestern Abend hier. Aber was sein …«

In diesem Moment erschien nicht etwa James mit einem Teetablett, sondern eine Frau, die Jack früher als »blondes Gift« bezeichnet hätte.

»Ah, Viola!«

Kents Frau war hier?

Spannend.

»Ich rede gerade mit Mr Brennan ... über Martin.«

Jack nahm an, dass dies eine Warnung sein sollte.

Viola hielt ein Glas mit klimpernden Eiswürfeln in der Hand und kam zu ihnen, den Blick auf Jack geheftet.

Sie bewegte sich vollkommen sicher auf irrwitzig hohen, dünnen Absätzen.

Und so, wie sie ihn ansah, hatte Jack das Gefühl, ein Beutetier zu sein, zumal sich der sehr weich gepolsterte, übergroße Sessel, in dem er saß, schlecht für eine schnelle Flucht eignete.

»Der Amerikaner«, sagte sie und streckte eine Hand aus. Jack stand auf und schüttelte sie.

Die Frau lächelte. »Ein ... New *Yooorker*«, ergänzte sie.

»Schuldig im Sinne der Anklage.«

Viola setzte sich mit ihrem Drink auf die Couch und nahm dort eine Pose ein, die zwar ein wenig beängstigend, allerdings auch recht, nun ja, ablenkend war, wie Jack fand.

Mit ihren elegant übereinander gekreuzten Beinen war sie die ideale Illustration einer frühen Cocktailstunde.

»Oh«, sagte Magnusson, »Sie wundern sich gewiss, warum Viola ... Martins Frau hier ist.«

»Der Gedanke kam mir«, gestand Jack.

»Martin und ich haben uns getrennt«, erklärte Viola. »Und Anders und ich sind uns sehr nahegekommen. Wir drei waren ja schon sehr viel gemeinsam auf Reisen.«

Jack nickte.

»Ihr Ehemann, Mrs Kent, scheint vermisst zu werden. Haben Sie zufällig eine Idee, wo …«

Wieder einmal sprang Magnusson ein. »Ich habe eben schon gesagt, Liebling, dass Martin oft hier zu Besuch war. Wir haben ihn erst neulich Abend gesehen, als er mit dem Boot hier ankam. Danach aber nicht mehr.«

Mrs Kent nickte ihm zu – offenbar ein Zeichen dafür, dass sie verstanden hatte.

Da ihn bisher keiner vor die Tür zerrte, machte Jack einfach weiter.

»War er an dem Abend aufgebracht? Ich meine, wegen Ihrer Beziehung oder anderem?«

»Nein«, antwortete Magnusson prompt. »Wir haben ein paar geschäftliche Dinge besprochen, über die Regatta geredet. Aber …« Nun sah er zu Viola, die wiederum, soweit Jack es beurteilen konnte, nach wie vor ihn ansah.

Das ist ein bisschen verstörend …

»Ja«, fuhr Magnusson fort, »Martin akzeptiert das zwischen V und mir, und wir verstehen uns nach wie vor alle ganz gut.«

Jack lächelte. *Wer's glaubt …*

Etwas war in der Nacht passiert, darauf würde er wetten. Doch die Chancen, von diesen beiden zu erfahren, was geschehen war, standen schlecht.

»Schön zu hören«, sagte Jack. »Also haben Sie ihn zuletzt vorgestern Abend hier gesehen?«

»Wir haben abends zusammen gegessen«, antwortete Magnusson. »Ein herrliches Mahl, nicht wahr, mein Liebling?«

»Wunderbar. *Al fresco*«, bestätigte Viola.

Die italienische Bezeichnung für ein Essen im Freien rollte ihr von der Zunge, als handelte es sich um den Namen eines Auftragskillers.

»Und danach ist Mr Kent wieder gegangen?«

»In den schönen Abend hinausgeschippert«, sagte Magnusson.

»Wir haben ihm vom Anleger aus nachgewunken«, fügte Viola hinzu.

Jack malte sich das hübsche Bild von drei Freunden im Mondschein aus und glaubte ihnen kein Wort.

»Und das war das letzte Mal, dass Sie ihn gesehen haben?«

»Martin war – ist – ein sehr erfahrener Skipper«, erwiderte Magnusson. »Er geht gerne mal auf Wanderschaft und hat ein Faible für kleine Abenteuer.«

Hier verzog Viola das Gesicht. »Und ob!«

»Das mit seinem Boot ist ärgerlich. Aber sicher wird er bald wieder aufkreuzen. Haben Sie es auf seinem Handy versucht? Obwohl … er schaltet es oft aus. Er kann es nicht leiden, Arbeit mit Vergnügen zu vermischen.«

»Ich glaube, die Polizei hat es versucht …«, merkte Jack an.

Bei dem »P«-Wort erstarrten die beiden sichtlich. Sie wurden quasi zu einem Stillleben in diesem großen, geschmackvollen Raum.

Dann nickte Magnusson.

»Leider muss ich mich jetzt um Geschäftliches kümmern …«

Der Butler kam mit dem Tee.

Magnusson sah ihn an. »Ich denke, dafür haben wir keine Zeit mehr, James.«

»Eines noch«, sagte Jack.

Jeder hat eine Schwäche für … eines noch.

»Vor ungefähr einer Woche kam eine Frau hierher und hat Sie belästigt. Haben Sie selbst die Polizei gerufen?«

Magnussons Miene gefror, und seine perlweißen Zähne verschwanden hinter den straff geschürzten Lippen.

Dann wandte er sich zu seinem Butler.

»James, Sie können jetzt den Tee servieren.«

Anscheinend war doch noch ein wenig Zeit, um weiterzureden.

Es erstaunte immer wieder, welche Wirkung man mit unerwarteten Fragen erzielen konnte.

10. Das Puzzle und seine Teile

Magnusson wartete, bis sein Butler wieder hinausgegangen war.

»Diese Frau war geistesgestört.«

Jack blickte von Magnusson zu Kents Frau, in deren Glas wieder die Eiswürfel klimperten, als sie einen weiteren Schluck trank.

Jack griff langsam nach seiner Teetasse und ließ sich absichtlich Zeit.

Er gab einen braunen Zuckerwürfel hinein, doch wie üblich keine Milch. Nachdem er mit dem blitzblank polierten Löffel seinen Tee umgerührt hatte, nahm er vorsichtig einen Schluck.

»Tatsächlich? Sie kam aus Buckton, wie ich hörte. Das ist übrigens ein hübsches kleines Dorf.«

Die Tatsache, dass Jack wusste, wo die Frau wohnte, brachte Magnusson sichtlich aus der Ruhe.

Hatte er sich eben noch lässig zurückgelehnt, beugte er sich nun vor, stützte die Ellbogen auf die Knie und streckte die Hände vor.

»Hören Sie, Mr Brennan, ich habe das bereits der Polizei erklärt. In meiner Branche können die Leute schon mal Probleme haben. Wenn ihnen die Arbeit für uns nicht den gewünschten Erfolg bringt, nehmen sie es manchmal persönlich.«

»Persönlich?«, fragte Jack. »Ich weiß nicht, ob ich das verstehe.«

Magnusson sah zu Viola, als könnte sie ihm helfen.

Sieht schlecht aus.

»Die Leute investieren in unser Produkt«, fuhr Magnusson fort, »werden Teil der ViaVita-Familie ...«

Jetzt ist es also eine Familie ...

»... und sie versuchen sich als Selbstständige.«

»Richtig, als Verkäufer für Ihr Produkt. Und bei dieser Frau hatte es nicht funktioniert. Ich nehme an …«

Jack beendete den Satz nicht.

Obwohl er Donna Woods gar nicht kannte, tat es ihm leid, was ihr passiert war. Magnusson und sein Geschäft mit Quacksalberprodukten zielten ausschließlich darauf ab, Menschen auszunehmen. Und deren Verluste bezahlten dieses Haus, das Anwesen, das hübsche Tafelsilber und die widerliche teure Kunst in der Diele.

Existenzen wurden vernichtet, während Magnusson und seine Geliebte aus dem Vollen schöpften.

Jack kannte solche Fälle aus Manhattan, wo Superreiche sich benahmen, als schwebten sie meilenweit über dem Rest der Welt, genau wie die Privatjets, die sie für ein Geschäftsessen in Übersee oder kurze Skitrips in die Schweiz nutzten.

Jack tat sein Bestes, sich seinen Ekel nicht anmerken zu lassen.

»Hat die Frau Sie bedroht?«

Wieder sah Magnusson verlegen aus. »Nun, das war bei dem ganzen Geschrei über die Gegensprechanlage schwer festzustellen. Drohungen, ja, sicher. Ich schätze doch. Aber für mich war sie eben nur, wie ich bereits sagte …«

»Geistesgestört.«

Wie leicht man mit solchen Worten um sich werfen kann: geistesgestört, wahnsinnig, verrückt.

»Doch Sie erinnern sich nicht an eine konkrete Drohung?«

Magnusson schüttelte den Kopf.

»Und was ist mit …?« Nun sah Jack zu der statuenhaften Blondine, die mittlerweile glasige Augen hatte. Der Gin-Tonic wirkte offenbar. »Was ist mit Drohungen gegen den Chef der Firma, Mr Kent?«

Wieder ein Kopfschütteln.

War das nicht zu schnell gewesen?

»Nein, nicht, dass ich wüsste. Ich glaube, sie hatte nur irgendwie diese Adresse herausbekommen. Was ja nicht allzu schwer ist. Und dann hat sie mich eben wüst beschimpft.«

»Sie ging aber, als die Polizei kam?«

»Bald darauf.«

Jack lächelte. Er war nicht sicher, wie viel er Magnusson von dieser Geschichte oder Kents Besuch glaubte, doch er hatte eindeutig das Gefühl, dass dieser wohlhabende Vitamin-König eine Menge verschwieg.

Wie aufs Stichwort erschienen die beiden Bodyguards.

»Mr Brennan, ich habe Termine. Anrufe zu erledigen.« Magnusson stand auf.

»Tut mir leid …«

Jack erhob sich gleichfalls.

»Schon gut, Mr Magnusson. Ich fand diese Unterhaltung ziemlich … hilfreich.«

Jack ließ das letzte Wort im Raum hängen und hoffte, dass es Magnusson ein wenig Angst machte.

Falls es hier Geheimnisse gab, sollte der Mann sich möglichst große Sorgen machen.

»Vielleicht«, sagte Jack, während er auf die beiden Gorillas zuging, »können wir mal wieder ein bisschen plaudern.« Dann nickte er Viola zu. »Mrs Kent.«

Seine persönliche Eskorte begleitete Jack aus dem Haus und zu seinem Wagen.

Dort angekommen, rief Jack sogleich Sarah an.

»Bist du noch auf dem Rückweg?«, fragte er.

»Ja. Ziemlich starker Verkehr auf der Straße von Buckton nach Cherringham. Wie war es bei Magnusson?«

»Interessant. Und bei dir, mit Donna Woods?«

»Traurig. Und verstörend. Ich bezweifle, dass sie jemandem etwas tun würde. Ihr Freund ist allerdings aus einem anderen Holz geschnitzt.«

»Wollen wir uns vielleicht gleich bei Huffington's treffen?«

»Ja, super. Ich habe auch noch andere Neuigkeiten.«

»Gute, hoffe ich.«

Schweigen.

Schließlich antwortete Sarah: »Eher nicht. Ich bin wahrscheinlich in einer halben Stunde da. Jetzt am späten Nachmittag wird in dem Café wenig los sein.«

Jack fragte sich, welche anderen Neuigkeiten Sarah haben könnte.

Manchmal waren sie so vertieft in die Fälle, die irgendwie über sie hereinbrachen, dass er leicht das »richtige« Leben darüber vergaß.

Andere Dinge, die wichtig waren.

Katherine hatte früher oft gesagt: *Jack, du hast eine Familie und ein Leben, nicht nur diesen verfluchten Job.*

Stets hatte er nach diesen Worten zustimmend genickt. Er verstand es ja. Trotzdem konnte »dieser Job« bei der Mordkommission in Manhattan schnell alles andere verdrängen.

Immerhin war er mit der Zeit besser geworden und hatte gelernt, beides mehr oder minder in der Waage zu halten.

Darauf musste er hier auch aufpassen.

»Dann bis gleich«, sagte er.

»Bye!«

Nachdem er sein Handy eingesteckt hatte, warf Jack einen letzten Blick auf die sich sanft wellenden Hügel ringsum und auf Magnussons gepflegtes Anwesen mit Aussicht auf das Dorf Cherringham in der Ferne.

Was man mit Geld nicht alles haben kann, dachte er.
Egal, wie man zu diesem Geld gekommen ist.

Er stieg in seinen Sprite und ließ den Motor an. Während er langsam die Einfahrt hinunterfuhr, hörte er, wie die sandfarbenen Kiesel unter seinen Reifen knirschten.

Sarah saß hinten am Ecktisch bei Huffington's.

Sie hatte ihr kleines Spiralnotizbuch hervorgeholt und schrieb sich auf, was sie unbedingt Jack erzählen musste.

Ganz die alte Schule, ging es ihr durch den Kopf.

Aber immer noch die effizienteste Methode, sich spontane Gedanken zu notieren.

Vor allem wollte sie, dass Jack etwas von der Wut mitempfand, die sie angesichts dessen überkam, was Donna Woods widerfahren war. Sie kannte Magnusson nicht – und Kent natürlich auch nicht –, aber von nun an wünschte sie beiden die Pest an den Hals.

Dann kam Jack herein, schaute sich in dem beinahe leeren Café um und eilte zu Sarah.

»Ah, das Notizbuch! Gefällt mir«, sagte er und setzte sich auf einen Stuhl. »Und dann noch unsere übliche ruhige Ecke.«

Sarah lächelte. »Die Kellnerinnen hier haben erstaunlich gute Ohren.«

»Alles klar«, flüsterte Jack.

Nachdem sie sich eine Kanne Tee und frisch gebackene Plätzchen bestellt hatten, berichtete sie Jack von ihrem Besuch.

Er hörte zu, und tatsächlich erkannte sie Wut in seinem Gesichtsausdruck, was Sarah allerdings nicht wunderte.

Jack mochte schon so einiges erlebt haben. Doch er hatte immer noch ein verlässliches Gespür dafür, was richtig und was falsch war, einen natürlichen Sinn für Fairness, wie Sarah wusste.

Er nickte. »Blutsauger«, stellte er fest.

»Und Betrüger«, ergänzte sie. »Das klassische Schneeballsystem: Leute ködern, ihnen etwas verkaufen, das sie verkaufen müssen, und sie dazu bringen, andere zu ködern.«

»Und immer so weiter. Können Gerichte denn nichts dagegen tun?«

»Wahrscheinlich haben sie genug Geld, sich die besten Anwälte zu leisten. Und wer weiß, sie können sicher auch das eine oder andere Rädchen im Getriebe schmieren, damit der ViaVita-Schwindel immer weitergeht.«

»Oh ja, Geld haben die! Du solltest mal Magnussons Residenz sehen. Alles vom Feinsten.«

Jane, eine der neueren Bedienungen bei Huffington's – jung, dunkelhaarig, mit braunen Augen und einem strahlenden Lächeln –, brachte ihnen den Tee und das Gebäck.

»Danke, Jane.«

Die junge Frau nickte. »Lasst es euch schmecken«, sagte sie und zog sich zurück.

Dann erzählte Sarah von dem noch dunkleren Geheimnis, das Donna Woods ihr verraten hatte.

»Warte mal, die benutzen ihr Netzwerk, um mit verschreibungspflichtigen Medikamenten zu handeln?«

Sarah bejahte. »Steroide, Oxycodon, andere Schmerzmittel … und wer weiß was sonst noch.«

Jack blickte sich um. »Und dagegen kann die Polizei auch nichts machen?«

Sarah beugte sich ein wenig über den Tisch. »Die Sache ist die, dass es Donna von einem anderen Vertreter angeboten wurde … oder ›Partner‹, wie sie es nennen. Also weiß sie es nur vom Hörensagen. Ich bezweifle, dass man eine direkte Verbindung zu ViaVita und dem Management finden kann.«

»Sie verwischen ihre Spuren, meinst du?«

»Ganz sicher sogar.«

Jack sah sie an. »Dann sollte jemand diese Spuren irgendwie freilegen.«

Sarah biss von einem Keks ab. Sie liebte es, Jack beim Nachdenken zuzusehen. »Und wie stellst du dir das vor?«

»Wir haben eine offensichtlich betrügerische, aber gut geschützte Firma. Und wir wissen seit Neuestem, dass ViaVita das eigene Netzwerk nutzt, um illegal Medikamente zu vertreiben. Hinzu kommt, dass der Firmenboss vermisst wird.«

»Und weiter?«

»Bis du das mit den Medikamenten erwähntest, konnte ich keinen triftigen Grund für einen Mord erkennen.«

»Denkst du, Magnusson und Viola haben Kent entsorgt und danach sein Boot abtreiben lassen?«

»Na ja, wir haben das blutige Messer. Zumindest sollte man sich fragen, ob es einen Zusammenhang zwischen Kent, den Klagen und den Medikamenten gibt.«

»Ach ja?« Sarah war sich nicht sicher, worauf Jack hinauswollte.

Dann lächelte er. »Ich hatte dir doch gesagt, dass Ray etwas gesehen hat, nicht?«

Sie lachte. »Garantiert sieht er dauernd irgendwelche Sachen.«

»Stimmt«, pflichtete Jack ihr grinsend bei. »Aber vielleicht hat er es diesmal wirklich. Schau, es ist nur noch ein Tag bis zur Regatta. Magnusson nimmt daran teil, und danach verschwindet er. Falls wir etwas herausfinden wollen, sollten wir lieber schnell sein.«

»Redest du noch mal mit Ray?«

»Wir haben heute Abend wieder unsere Wachrunde. Wenn ich ihn halbwegs nüchtern erwische, versuche ich es.«

»Ist er das jemals? Und ich gehe inzwischen mal dieser Medikamentensache nach. Vielleicht finde ich etwas in den Nachrichtenarchiven – über irgendwelche verhafteten ›Partner‹ oder Ähnliches.«

»Gut.« Jack sah sie fragend an. »Hattest du nicht noch andere Neuigkeiten?«

Richtig. Die hatte sie, auch wenn sie neben dieser Geschichte gar nicht so wichtig zu sein schienen.

Immer noch sah Jack sie erwartungsvoll an. »Ist mit den Kindern alles okay?«

»Könnte gar nicht besser sein.«

»Also?«

Für einen Moment wandte sie das Gesicht ab, dann blickte sie wieder Jack an. »Erinnerst du dich an diesen großen potenziellen Kunden? Tivoli Travel?«

»Ja, bei dem du den Termin hattest. Lief es gut?«

»Das dachte ich zunächst. Aber dann riefen sie an, als ich in Buckton war, und sagten, ›sie hätten sich entschieden, noch andere Angebote einzuholen‹.«

»Mist! Du hattest wirklich gehofft, sie als Kunden zu bekommen, nicht?«

»Tja, es hätte Grace und mich über Monate versorgt. Jetzt haben wir nach wie vor nur den Kleinkram, den wir zusammenstückeln dürfen.«

Nun tat Jack etwas Unerwartetes, ja geradezu Untypisches.

Er griff über den Tisch und klopfte ihr leicht auf den Unterarm.

»Wie blöd! Aber es kommen andere, die genauso groß sind.« Er lächelte aufmunternd. »Vielleicht sogar größer.«

»Ich weiß«, sagte sie und atmete tief ein.

Jack hatte ja recht. *Mal gewinnt man, mal verliert man.*

»Es ist nur so ärgerlich, weil wir so viel Zeit in das Angebot und die Entwürfe gesteckt haben.«

»Könnt ihr die anderweitig verwenden?«

Sarah überlegte eine Sekunde lang und nickte. »Möglich wär's. Vielleicht kann eines der Reisebüros in Oxford damit etwas anfangen. Ich müsste mal nachfragen, ob sie Interesse haben, sich ein paar neue Ideen anzuhören …«

»Tu das.«

Sarah sah auf ihre Uhr.

»Und jetzt rufen das Abendessen und die Kinder.«

Sie wollte nach ihrem Portemonnaie greifen. »Ich übernehme das«, sagte Jack. »Du kannst das nächste Mal bezahlen.«

»Abgemacht. Gibst du mir dann Bescheid, wie deine Unterhaltung mit Ray gelaufen ist? Und ich lasse es dich sofort wissen, wenn ich etwas finde.«

»Sicher.«

Sarah lächelte und lief aus dem Café. Jack blieb noch sitzen, um seinen Tee auszutrinken und den letzten Keks zu essen. Letzteres würde bei seiner Vorliebe für dieses Gebäck nicht lange dauern.

11. Das nächtliche Boot

Ray wartete schon bei der *Grey Goose*, um seine Patrouille mit Jack zu beginnen.

Immerhin ist er mit Enthusiasmus dabei, dachte Jack.

Doch als der alte Hippie über die Laufplanke ging, fiel ihm etwas in Rays Augen auf.

Bier, Hasch … oder Aufregung?

Er würde es bald herausfinden.

»Jack … Jack, ich habe Neuigkeiten!«

Jack öffnete die Tür zum Brückenhaus, und Riley kam herausgestürmt. Er sprang Jack kurz an und raste zur Wiese, dem Ruf der Natur folgend.

»Dann mal raus damit.«

Falls Ray etwas Neues wusste, musste es natürlich je nach Quelle mehr oder weniger gründlich gefiltert werden.

»Wollen wir unsere Runde machen, während du erzählst?«

»Ja. Also, gestern Abend …«, begann Ray, während er Jack von der *Goose* folgte und sie den mittlerweile schon im Halbdunkel liegenden Uferweg entlanggingen, »da war ich unten im Ploughman.«

»Klar …«

»Und einer der Jungs da, der unten auf der Werft arbeitet, sagte, dass er etwas Interessantes bei der Iron Wharf gesehen hat.«

»Aha!«

»Kennst du die Iron Wharf? Total runtergekommene Werft. Fällt fast in sich zusammen.«

»Ja, kenne ich«, sagte Jack. »Und was hat er gesehen?«

»Ein brandneues Beiboot.«

»Ja und? Das ist doch eine Werft, oder nicht? Auf Werften sieht man durchaus Boote.«

»Aber das war das Beiboot, das ich in jener Nacht gesehen hatte, Jack! Wie es den Fluss runterkam!«

»Danach wollte ich dich sowieso noch fragen.« Jack sah zu dem Hausboot, an dem sie gerade vorbeigingen. Kein Licht war eingeschaltet, der Eigner also offenbar weg.

Und alles war ruhig.

Wahrscheinlich ist das hier vollkommen sinnlos, dachte er. Andererseits war es gut, Solidarität mit den anderen Bootsbewohnern zu zeigen. Und morgen begann die Regatta, somit hätten diese Wachrunden bald ein Ende.

»Ja, ganz blank und neu, nicht wie eines von diesen verbeulten Beibooten, die man hier oft sieht. Mehr wie so ein Ding von einer schicken Jacht.«

Jack blieb stehen.

»Du meinst …«

»Ja – dass der Typ, der mir da nachts auffiel, das Boot auf der Iron Wharf versteckt. Und der Kerl im Pub meinte, als er das nächste Mal da vorbeikam, war das Teil wieder weg. Vielleicht ist der, den wir suchen, längst über alle Berge.« Ray machte eine dramatische Pause und beugte sich nah zu Jack, der nun eine Whiskey-Fahne roch, die aus dem fast zahnlosen Mund hervorströmte. »Der Mörder!«

»Noch wissen wir nicht, ob wir überhaupt einen Mörder haben, Ray. Und vielleicht ist der Typ noch nicht weg.«

»Was soll das denn heißen?«

»Wer auch immer es war – er könnte das Boot dort zunächst festgemacht, sich ein bisschen umgesehen und es dann irgendwo hingebracht haben, wo es nicht zu sehen ist.«

Diese Idee machte Ray zunächst sprachlos.

»Du meinst, der ist noch da?«

»Kann sein, Ray. Denkbar wäre alles.«

»Und es gibt noch was Komisches«, sagte Ray. »Bei einem Bootsausrüster haben sie eingebrochen, aber nichts von den teuren Sachen geklaut.«

Nun merkte Jack auf. »Lass mich raten: Es wurde nur Proviant gestohlen.«

»Ja, stimmt genau! Woher weißt du das?«

»Ich reime mir nur einiges zusammen, Ray.«

Jack ging weiter. Sie kamen zu einem Hausboot, auf dem Licht brannte und sich die Leute drinnen gerade zum Essen hinsetzten.

Gemütlich.

Dagegen hätte Jack jetzt auch nichts einzuwenden.

Was Rays Wachsamkeit betraf, könnte es auf den Booten hier von Unholden wimmeln, und er würde nichts mitbekommen.

»Siehst du es dir mal an, Jack?«

Es war eine Spur, musste Jack zugeben.

Lohnte es sich, ihr nachzugehen? *Unbedingt.*

Doch fürs Erste mussten sie ihre Wachrunde absolvieren.

Schweigend gingen sie unter der Cherringham Bridge durch, wo alle Geräusche von den mittelalterlichen Mauern widerhallten.

Auf der anderen Seite sah Jack weiter unten am Ufer die gespenstischen Umrisse der leeren Festzelte und Tribünen aufragen.

Morgen Vormittag würden dort sämtliche Plätze besetzt sein und Pimm's und Bier in Strömen fließen.

Noch ein paar Hundert Meter, dann wären sie bei Pats Boot direkt gegenüber der Ziellinie für die Rennen. Jack wusste, dass Pat sie schon dort erwarten würde, um zu übernehmen.

»Das mache ich vielleicht, Ray. Aber erst mal bringen wir dies hier hinter uns, was? Wir wollen ja nicht, dass während unserer Runde irgendwo eingebrochen wird.«

»Stimmt. Augen auf, Jack!«

Nun blickte auch Ray sich pflichtbewusst um, als wäre ihm endlich wieder eingefallen, was sie hier taten.

Und Jack freute sich schon auf die Zeit nach der Regatta, wenn alle Besucher fort waren und am Fluss wieder verschlafene Stille einkehrte.

Daniel reichte Sarah den letzten schmutzigen Teller, den sie gerade noch in die Spülmaschine gequetscht bekam.

»Danke, Daniel. Kommst du mit deinem Projekt gut voran?«

»Ja, ist nicht mehr viel, Mum. Meine Schimmelpilze sehen super aus. Total bunt!«

Warum ihr Sohn sich in Naturkunde für ein Projekt entschieden hatte, bei dem er das Wachstum von Schimmelpilzen auf unterschiedlichen Lebensmitteln beobachtete, war Sarah schleierhaft.

Trotzdem gab sie sich natürlich alle Mühe, die gleiche Begeisterung für das Projekt an den Tag zu legen wie Daniel.

Es gibt sicher schlimmere Themen …

Chloe hingegen machte kein Hehl aus ihrer Meinung und hielt sich jedes Mal demonstrativ die Nase zu, wenn sie an Daniels Zimmer vorbeiging. Wenigstens hatte selbst Daniel gelacht, als sie irgendwann mal jammerte: »Mum, ist dir klar, dass wir hinterher den Räumdienst für Biowaffen herholen müssen?«

»Dann geh nur ruhig wieder zu den Schimmelpilzen, Daniel«, sagte nun Sarah. »Den Rest hier schaffe ich allein.«

Als Daniel ging, klappte sie die Spülmaschine zu und schaltete sie ein.

Plötzlich hörte sie draußen ein Geräusch …

Das war ein Automotor, aber tief und brummend. Auf jeden Fall ein Diesel, und zwar direkt vor ihrem Haus.

Seltsam. In einer so ruhigen Straße wie der hier hatte man sich daran gewöhnt, dass es um diese Zeit draußen still war, und bemerkte sofort, wenn es ein Geräusch gab, das nicht hierher gehörte.

Wie dieses.

Sarah wischte sich die Hände an einem Geschirrtuch ab und ging zur Haustür. Dort spähte sie durch eine der drei tellergroßen Glasscheiben in der Tür.

Draußen stand ein schwarzer Wagen: groß, eher wie eine Limousine. Die Scheiben waren beinahe so dunkel wie der Lack, und vorne auf der Kühlerhaube prangte einer Zielvorrichtung gleich der Mercedes-Stern. Es war eindeutig der Motor dieses Fahrzeugs, der immer noch dieses brummende Geräusch machte.

Und der Wagen stand direkt vor Sarahs Haus.

Allein im Haus mit den Kindern, kam ihr ein unheimlicher Gedanke: *Könnte das mit Kent und den Fragen zu tun haben, die Jack und sie stellten?*

Beim tiefen Brummen des Motors krampfte sich Sarahs Magen zusammen.

Trotz der sehr dunkel getönten Scheiben konnte sie erkennen, dass drinnen zwei Leute saßen und geradeaus blickten.

Dann dachte Sarah: *mein Haus, meine Ansage.*

Die Zeiten, in denen sie sich einschüchtern ließ, Angst hatte und sich versteckte – ja, die waren vorbei!

Sie öffnete die Tür und ging auf den Wagen zu.

Dabei behielt sie die beiden Gestalten drinnen im Auge. Obwohl sie garantiert bemerkt hatten, dass die Haustür aufgegangen war und Sarah geradewegs auf sie zuging, sahen sie weiter nach vorn ... wie Schaufensterpuppen.

Und dann, als Sarah das Auto fast erreicht hatte und im Begriff war, an die Scheibe zu klopfen und zu fragen – höflich –, was sie hier vor ihrem Haus wollten ...

... da wurde das Motorbrummen tiefer, und der Wagen rollte weg. Langsam – nicht so, als würden sie fliehen.

Sarah drängte sich der Schluss auf, dass es eine Warnung sein sollte.

Sobald sie wieder im Haus war und ruhiger atmete, rief sie Jack an.

12. Iron Wharf

Jack holte die Ruder ein und ließ sein kleines Boot von der Strömung leise an den Steg der Iron Wharf treiben.

Als der Bug gegen die Holzpfähle stieß, legte Jack die Fangleine um einen der Poller und machte sein Boot fest.

Dann blieb er noch ungefähr fünf Minuten darin sitzen, um sich zu vergewissern, dass niemand ihn hatte kommen hören.

Stille. Nichts außer dem Plätschern des Wassers am Boot.

Die Iron Wharf lag eine Meile flussabwärts von der Cherringham Bridge aus, und beim Rudern war Jack an den Festzelten, Ständen und Tribünen vorbeigekommen, die stumm auf den morgigen Tag warteten.

Auf den Wiesen hatten kleine Gaslampen und Lagerfeuer geleuchtet, und Lachen und Stimmen waren von dort übers Wasser geweht.

Der Anblick und die Geräusche hätten zweifellos etwas Magisches gehabt, wäre Jack nicht so sehr darauf konzentriert gewesen, nach einem möglichen Mörder zu suchen.

Seine Sinne waren heute Nacht darauf ausgerichtet, etwas anderes wahrzunehmen: das Knacken von Zweigen, Schritte, Gefahr …

Als Sarah ihn vorhin angerufen und von den beiden Gestalten in dem Mercedes erzählt hatte, war Jack erschreckend klar geworden, dass sie gefährdet sein könnte.

Und obwohl er sich eben erst nach seiner Runde mit Ray hingesetzt hatte, war er zu dem Entschluss gelangt, sofort aufzubrechen und diese Sache zu klären.

Bring die Geschichte zu einem Abschluss!

Bedauerlicherweise kam sie ihm nach wie vor wie eine Gleichung mit zu vielen Unbekannten vor.

War Kent tot? Falls ja, war er ermordet worden? War Magnusson dafür verantwortlich – und arbeiteten die Typen in dem Mercedes für ihn? Wer war der mysteriöse Ruderer, den Ray gesehen hatte? War er der Mörder? Und war er in dem Beiboot der *Mary Lou* entkommen?

Um das herauszufinden, gab es nur einen Weg, und da Sarah bedroht wurde, eilte es nun.

Also hatte Jack sich eine Taschenlampe geschnappt, sich seine »Nachtkleidung« – schwarze Jeans, schwarzer Pulli, Mütze, Handschuhe – angezogen und seinen alten Schlagstock eingesteckt. Und anschließend war er flussabwärts gerudert, um einige Antworten zu finden.

Er stieg vom Boot auf den Steg und hob den Kopf gerade weit genug über den Uferrand, um die Werft zu sehen.

Es gab ein paar alte Wohnwagen, in denen einige der etwas weniger angesehenen Bürger Cherringhams hausten, ansonsten war die Iron Wharf nachts gewöhnlich verlassen. Die Bootsbauer und Ausrüster machten abends um Punkt sechs zu – wie Jack in seiner Anfangszeit hier schmerzlich hatte erfahren müssen.

In einem der Wohnwagen flackerte bläuliches Fernseherlicht durch die dicken Vorhänge; doch davon abgesehen war Jack sich ziemlich sicher, dass er allein war.

Er stieg hinauf zu dem harten Steinboden und schaute in Richtung der Bootsausrüster.

Im Mondlicht konnte er nur eine Seite der alten Bauruine der Iron Foundry sehen.

Vor hundertfünfzig Jahren wäre in der Gießerei auch um diese nächtliche Zeit noch Betrieb gewesen, weil das Feuer im Schmelzofen nie ausgehen durfte.

Doch die Gießerei war längst geschlossen und verlassen. Ein Großteil des Dachs war bereits eingefallen, und Jack konnte sehen, dass Bäume und Sträucher durch einige der zertrümmerten Fenster wuchsen.

Würde sich jemand dort verstecken?

Es schien unwahrscheinlich zu sein, trotzdem musste Jack nachsehen.

Er schlich an der Werft vorbei zum Foundry-Gebäude, wobei er darauf achtete, sich stets im Dunkeln zu bewegen.

Das ist doch verrückt, dachte Jack. Ich bringe mich hier noch selbst um.

Das Innere der Gießerei war wie ein Hindernis-Parcours aus zerbrochenen Ziegeln, Holz, alten Gießlingen, verbogenem Eisen und Glasscherben.

Jack hatte zuerst versucht, ohne die Taschenlampe auszukommen, was sich jedoch als unmöglich erwies. Also hielt er nun eine Hand über die Linse, um den Lichtstrahl zu verkleinern, und leuchtete sich den Weg an dem großen Hochofen vorbei zu den ehemaligen Büros.

In der kirchenähnlichen Halle versteckte sich anscheinend niemand, doch die Büros könnten noch halbwegs bewohnbar sein.

Ein- oder zweimal hörte Jack weiter hinten im Gebäude ein Knarren oder Knacken, allerdings vermutete er, dass hier etliche Ratten, Füchse und andere Tiere lebten.

Er stieg über eine zerbrochene Tür und betrat einen langen Korridor. Das Mondlicht drang stellenweise durchs löchrige Dach und warf silbrige Streifen auf den Boden.

Jack schritt an die Büros vorbei und leuchtete nacheinander in jedes mit der halb verdeckten Taschenlampe hinein, entdeckte aber nichts.

Dann erblickte er am Ende des Korridors eine Steintreppe, die nach oben in das nächste Stockwerk führte.

Vorsichtig näherte er sich der Treppe, wobei er immer wieder kaputten Möbeln, Schutthaufen und rostigen Geräten und Maschinen ausweichen musste.

Plötzlich hörte er ein Geräusch von oben – als wäre jemand gegen einen Tisch oder eine Kommode gestoßen.

Er erstarrte in der Bewegung, sein Herz klopfte wild.

Dann steckte er seine Taschenlampe ein und zog seinen Schlagstock aus dem Gürtel. Auf Knopfdruck fuhr der Stock zu seiner vollen Länge aus.

Nachdem Jack einmal tief durchgeatmet hatte, schlich er langsam die Treppe hinauf.

Oben blieb er stehen und lauschte.

Nichts.

Bisher.

Im fahlen Licht erkannte er, dass der Aufgang einen Knick machte und eine weitere Treppe folgte.

Jack bog um die Ecke, wobei er sich dicht an der Wand hielt – und plötzlich stürzte sich jemand mit solcher Wucht auf ihn, dass ihm für einen Moment die Luft wegblieb.

Flüchtig erblickte er einen Kapuzenpulli und Hände, die nach seinem Hals griffen. Nun übernahm Jacks Instinkt.

Noch im Fallen packte er mit einer Hand den Angreifer und nutzte den Schwung und das Gewicht des anderen, um ihn zur Treppe zu drehen, die er gerade hochgeschlichen war.

Mit der anderen Hand knallte er dem Mann seinen Stock in die Kniekehlen und streckte gleichzeitig sein rechtes Bein aus. Sein Angreifer sackte nach unten, fiel rücklings über Jacks ausgestrecktes Bein, wirbelte herum und war auf einmal fort …

… denn er fiel die Treppe hinunter.

Jack sah von oben, wie der Kerl sich mehrmals überschlug und mit verdrehtem Körper unten reglos liegen blieb.

Wow, das war nicht schlecht, dachte Jack.

Seine Erleichterung darüber, dass er den unerwarteten Angriff überlebt hatte, wurde rasch von einer Sorge verdrängt. Diese Steintreppe war verflucht hart. Hatte der Typ sich womöglich das Genick gebrochen?

Von einem Toten kriegt man keine Antworten.

Jack schaltete seine Taschenlampe wieder ein und stieg die Treppe hinunter, den Strahl auf den Regungslosen unten gerichtet.

Als Jack näher kam, stöhnte der Mann und versuchte, sich aufzusetzen.

Zwar konnte Jack erkennen, dass ihm keine Gefahr mehr drohte, doch er behielt seinen Schlagstock für alle Fälle in der Hand. Mit der Lampe schien er dem Mann ins Gesicht, der daraufhin blinzelte.

Jack schätzte ihn auf Ende dreißig oder Anfang vierzig, und abgesehen von einem Dreitagebart, einer aufgeplatzten Lippe und einem Bluterguss an der Wange sah er nicht aus wie jemand, der gewohnheitsmäßig in Ruinen schlief.

»Bringen Sie's schon zu Ende«, sagte der Mann. »Aber … bitte schnell.«

»Hey, ich will niemanden umbringen«, entgegnete Jack. »Wie heißen Sie?«

»Kent«, antwortete der Mann und wischte sich über die blutige Lippe. »Martin Kent.«

Damit wäre schon mal eine Frage geklärt.

»Ach ja? Na, willkommen im Land der Lebenden, Mr Kent. Sie und ich haben eine Menge zu besprechen.«

»Demnach war das abtreibende Boot nur eine Finte, damit Magnusson dachte, Sie wären schon tot«, resümierte Jack und reichte Kent eine Wasserflasche. »Was für ein lausiger Plan!«

»I-ich hatte keine Zeit, mir etwas Besseres auszudenken«, verteidigte sich Kent und trank einen Schluck. »Außerdem hatte ich reichlich Scotch intus und konnte nicht klar denken.«

Jack saß mit dem Rücken an die Mauer der Gießerei gelehnt und blickte über den Fluss. Die meisten Lichter drüben auf der Wiese waren inzwischen erloschen; schließlich ging schon in wenigen Stunden die Sonne wieder auf.

Und wenige Stunden danach würde die Regatta anfangen.

Jack hatte den wankenden Kent aus dem Gebäude gezerrt, sich mit ihm hierher gehockt, ihm zugehört und sich nach und nach die ganze hässliche Geschichte von Kents und Magnussons Imperium zusammengereimt.

Und überlegte, was er tun konnte, um dem ein Ende zu bereiten.

Müde, hungrig und verängstigt, wie Kent war, hatte er alles ausgeplaudert.

Wie er und Magnusson ViaVita aufgebaut und Millionen gescheffelt hatten.

Nur war Magnusson nie zufrieden gewesen, hatte ständig mehr gewollt. Er trieb die Geschäfte eisern voran, duldete nicht, wenn sich ihm jemand in den Weg stellte. Und es kümmerte ihn nicht, wenn »Franchise-Nehmer« pleitegingen, solange die Firma selbst weiter Gewinne machte.

Magnusson bekam immer alles, was er wollte – einschließlich Kents Frau Viola.

»Ich hätte danach wohl gehen sollen, denn ich wusste ja, dass das total falsch war, was er machte«, sagte Kent. »Aber ich schätze, ich war einfach schon … zu sehr in die ganze Sache verwickelt.«

Und Donna hatte recht gehabt, was die Medikamente anging. Vor ein paar Jahren hatte es damit angefangen, dass Magnusson das ViaVita-Netzwerk zum Import von

Steroiden und verschreibungspflichtigen Medikamenten nutzte.

Von da war es nur noch ein kleiner Schritt hin zum Vertrieb von Freizeitdrogen gewesen – und das Oxycodon war ein Hit –, wobei Kent allerdings schwor, dass er davon erst vor Kurzem erfahren hatte.

Entsprechend seiner Darstellung hatte er sich erst vor einigen Wochen in London mit Magnusson gestritten und ihm gedroht, die Firma zu verlassen und zur Polizei zu gehen. Magnusson hatte sofort auf verständnisvollen Kumpel gemacht und ihn nach Cherringham eingeladen. Dann redete er davon, das Zusatzgeschäft aufzugeben, sich wieder auf das ursprüngliche Konzept zu besinnen und Kent die Möglichkeit einzuräumen, sich elegant aus dem Management zurückzuziehen.

Doch als Kent in Erwartung eines »Friedensangebots« hier eintraf, fand er sich nicht nur Magnusson, sondern auch den Dealern aus London gegenüber. Und die wollten nichts von Rückzug hören.

Sie stellten ihm vielmehr ein Ultimatum.

Mach weiter mit – oder stirb.

Kent sagte ihnen, er bräuchte vierundzwanzig Stunden Bedenkzeit. Er fuhr mit dem Boot flussaufwärts, betrank sich, schnitt die Fangleinen durch – und sich selbst mit dem Messer in die Hand – und ruderte zur Gießerei, um sich zu verstecken.

Er glaubte, wenn die Polizei ihn für tot erklärte, könnte er unbemerkt abtauchen. Genug Geld hatte er ja, um ein neues Leben anzufangen.

So hatte sein Fluchtplan ausgesehen.

Aber er war nicht aufgegangen. Niemand schien zu bemerken, dass er verschwunden war …

Bis auf zwei alte Damen, dachte Jack.

Er blickte Kent an und fragte sich, was er als Nächstes tun sollte.

Der Kerl sah furchtbar aus. Er hatte sich die Kapuze weit über den Kopf gezogen, sein Gesicht war blutverschmiert, und er wiegte sich schlotternd vor Angst hin und her.

Sollte Jack ihn zur Polizei bringen, würden sie ihn nicht festnehmen – mit welcher Begründung auch?

Außerdem würde es Tage dauern, bis die Polizisten alles klären und nachweisen könnten – sofern sie überhaupt dahinterkamen, welche Verbrechen hier begangen worden waren. Und sie würden Kent auf Kaution laufen lassen, der sich dann wahrscheinlich wieder direkt nach London verkrümelte.

Derweil machte Magnusson weiterhin Geld und ruinierte das Leben anderer Leute.

»Verraten Sie mir eines«, sagte Jack. »Wo hat ViaVita sein Vertriebszentrum, die Büros und so weiter?«

»In Hammersmith. Und es gibt noch eine Niederlassung in Birmingham. Eine Fabrik und ein Lagerhaus.«

»Und was ist mit dem illegalen Zeug? Wie passt das da rein?«

»Das regelt Magnusson«, antwortete Kent. »Ehrlich, ich weiß es nicht … Es läuft ja nicht offiziell.«

»Aber Sie sagten, dass die Dealer neulich Abend oben im Haus waren?«

Kent nickte. »Zwei Gorillas. Und die sahen aus, als fühlten sie sich ganz wie zu Hause.«

»Glauben Sie, dass die Deals da oben laufen?«

Er überlegte. »Möglich wär's.«

Jack dachte an Sarahs Anruf: die beiden Kerle in dem Mercedes. Waren das die Dealer? Falls ja, sie also noch in der Nähe waren, und falls Magnusson erst nach der Regatta wieder abreiste …

Dann könnte man …

Ein Plan entstand.

Und je länger Jack ihn in Gedanken durchspielte, desto besser sah er aus.

Er stand auf und klopfte Kent auf die Schulter. Der blickte zu ihm auf und rappelte sich stöhnend hoch.

»Ich denke, ich habe vielleicht den richtigen Ausweg für Sie, Kent«, eröffnete Jack ihm.

Er sah, wie sich die Miene des anderen aufhellte.

»Noch sollten Sie vielleicht nicht feiern«, räumte Jack sofort ein. »Zuerst haben Sie eine Gefängnisstrafe abzusitzen. Die Sie verdienen, schätze ich. Aber langfristig könnte ich Ihnen eventuell das Leben retten. Interesse?«

»Sagen Sie mir, was ich tun soll – egal was! –; und ich tu's.«

Jack dirigierte ihn zu dem Anleger, wo sein kleines Ruderboot lag.

»Als Erstes möchte ich, dass Sie einige Freunde von mir kennenlernen«, sagte er. »Und dann sehen wir weiter.«

Während er Kent vor sich her über den Anleger schob, hatte Jack zum ersten Mal das Gefühl, diesen seltsamen Fall endlich in den Griff zu bekommen.

13. Die Regatta

Sarah bahnte sich ihren Weg durch die Menge am Ufer und hielt die Eiswaffeln hoch über ihrem Kopf.

Dann entdeckte sie Chloe und Daniel, die mit einer Gruppe von Freunden auf einer Decke im Gras saßen, und ging auf sie zu.

»Hey, Mum!«, rief Daniel. »Wir haben einen super Platz gefunden; von hier aus kann man *alles* sehen!«

Sarah hockte sich zu ihren Kindern. Ihr gefiel es sehr, wenn die beiden tatsächlich mal etwas zusammen machten, was neuerdings ein wenig häufiger vorkam, auch wenn Chloe sich nach wie vor beklagte, dass ihr kleiner Bruder und dessen Freunde »total peinlich« seien.

Doch seit Daniel ein bisschen größer war, fand Chloe sich vermehrt – bei besonderen Gelegenheiten wie heute – dazu bereit, ihn als Familienangehörigen zu akzeptieren.

»Mmm, die mit Schoko ist meine«, sagte Chloe. »Danke. Willst du gar kein Eis?«

Sarah leckte sich den Finger ab, auf dem sich schon geschmolzenes Eis befand. In der Mittagshitze verflüssigte es sich schnell.

»Nein, mir reicht das hier.«

»Eklig«, kommentierte Chloe.

»Das ist das Privileg des Alters, Kind.«

»Wirst du bei uns bleiben?«, fragte Chloe.

»Würde ich gerne, aber ich muss erst euren Großvater suchen.«

»Ich glaube, der ist unten beim Schiedsrichterzelt«, teilte Chloe mit. »Ich habe gehört, wie er über Lautsprecher die Startnummern ausrief.«

»Ah ja, das muss er sein. Danke, Schatz.« Sarah richtete sich auf und wollte gehen.

»Hey, Mum, übrigens hat Jack eben nach dir gesucht«, sagte Daniel. »Wir sollen dir ausrichten, dass er zurück zur *Goose* geht.«

»Ach ja? Danke, Daniel«, antwortete Sarah betont unschuldig. »Ich sehe ihn sicher später noch.«

Sie machte sich auf den Weg und blickte sich immer wieder um, ob eines ihrer »Zielobjekte« auftauchte.

Zielobjekte ... so nannte Jack diese Leute ...

Anders Magnusson, Viola Kent und die beiden Gorillas aus dem Mercedes.

Sarah sah, dass die ersten Ruderrennen schon begonnen hatten und sich am Fluss die Leute drängten, um die Sportler anzufeuern.

Pimm's, Bier, Limonade und Tee flossen literweise, und die Atmosphäre war genau so, wie ihr Dad es sich erhofft hatte: ein richtig fröhliches Fest für das Dorf.

Und dennoch fand parallel ein ganz anderer Event statt, und der dürfte noch weit finsterer sein, als es die Leute in den Montagszeitungen zu lesen bekämen.

Vorausgesetzt, alles lief so, wie Jack und sie es geplant hatten ...

Sarah fühlte sich ein bisschen mies, weil sie vor ihren Kindern so getan hatte, als wüsste sie nicht, dass Jack vorhin hier gewesen war.

Doch damit sein Plan heute Nachmittag aufging, durfte niemand außer einigen wenigen Eingeweihten und ihr davon wissen.

Jack hatte sie heute Morgen um sieben Uhr angerufen und ihr erzählt, dass er Kent in der alten Gießerei gefunden hatte.

Dann waren sie beide zu Sarahs Eltern gefahren, hatten ihnen die Situation erklärt und Jacks Plan in Gang gesetzt.

Wie von Sarah nicht anders erwartet, hatte ihr Vater getobt: »*Abschaum wie Magnusson sollte durch die Straßen geschleift werden; Aufhängen ist noch zu gut für den. Man müsste den Pranger wieder einführen. So einer verdient lebenslänglich ...«*

Gleichzeitig stellte er jedoch unmissverständlich klar, dass Jacks und Sarahs Pläne zur Verhaftung »des Drogenmonsters« auf gar keinen Fall die Regatta beeinträchtigen dürften.

»In dem Moment, in dem das letzte Rennen vorbei ist, gehört der Fluss ganz dir, alter Knabe«, hatte Michael zu Jack gesagt.

Jack hatte ihm versichert, dass nach seiner Zeitplanung Magnusson mehr oder minder lautlos aus dem Dorf geholt werden sollte.

»Ich habe Folgendes vor«, hatte Jack gesagt und Michaels Regatta-Modell benutzt, um ihn alles zu erklären.

Und damit es noch bildhafter wurde, hatte er – als Vertreter der Akteure seines Streichs – sogar einige der kleinen Soldatenfiguren von Sarahs Vater eingesetzt.

»Dank deinem Zeitplan wissen wir, dass Magnusson am letzten Bootsrennen teilnimmt. Und die Ziellinie ist genau hier.« Er zeigte auf das Modell der Cherringham Bridge. »Wie ich seine Bodyguards einschätze, werden sie bei der Startlinie sein wollen ... hier also ...«

»Also kommen sie wahrscheinlich mit Kents Frau Viola im Auto her, um es sich anzusehen«, ergänzte Sarah, die einige der Figuren und ein Fahrzeug über das Regatta-Modell bewegte.

»Das Rennen beginnt um vier Uhr dreißig, folglich müsste Magnusson gegen vier von seinem Haus aus losrudern«, erklärte Jack, der dabei eine kleine Figur, die einen königlichen Husaren darstellte, den Fluss hinunterschob.

»Ähm ... Magnussons Haus ...«, sagte Michael und blickte sich auf dem Modell um.

»Nimm den Salzstreuer, Dad«, schlug Sarah vor, denn ihr Vater wäre nicht glücklich, wenn er nichts fand, um das Haus darzustellen.

»Sehr gut«, sagte Michael und knallte den Salzstreuer auf die Karte. »Also ist das Haus des Schurken um diese Zeit leer – und dann bringt ihr die Polizei rein?«

»Ich habe mit Alan gesprochen, und er hat die Drogenfahndung um Punkt halb fünf vor Ort«, antwortete Sarah.

»Ich weiß, wie diese Leute arbeiten«, hob Jack hervor. »Die nehmen sich Magnussons Haus gründlich vor, und wenn Drogen da sind, haben sie die schnell gefunden.«

»Was bedeutet, dass dieser Magnusson direkt an der Brücke geschnappt werden kann, wenn das Rennen vorbei ist, nicht?«, sagte Michael.

Sarah musste beinahe schmunzeln, als ihr Dad den Husaren packte, ihn in die Luft warf und schwungvoll in der Faust auffing.

»Was könnte jetzt noch schiefgehen?«, fragte er.

Sarah hatte Jack angesehen, dass ihm der gleiche Gedanke gekommen war wie ihr: *Alles* könnte schiefgehen, und normalerweise passierte immer etwas Unvorhergesehenes.

Sarah ging hinunter zum Schiedsrichterzelt am Ufer. Von der hohen Bühne vorn im Zelt aus überblickte man nicht nur den Fluss, sondern auch die Wiesen und Festzelte. Sie vermutete, dass sie Magnusson und seine Aufpasser von dort aus leichter sehen konnte, wenn sie eintrafen.

Oder die beiden Typen, die gestern Abend vor ihrem Haus gestanden hatten …

Alles hing vom Timing ab, und Sarah wusste, dass sie eine wichtige Rolle spielte.

Als sie sich durch die Menge schlängelte, fühlte sie plötzlich eine Hand auf ihrer Schulter. Sie drehte sich um in der Erwartung, dass Jack zu ihr getreten war.

Doch er war es nicht – sondern Carl, Donnas Freund. Unwillkürlich wich sie zurück.

Er grinste sie an. »Entschuldigung, tut mir leid … ich wollte Sie nicht erschrecken«, sagte er. »Wir haben uns schon mal gesehen, wissen Sie noch? Bei Donna.«

»Carl.«

»Stimmt. Und Sie sind Sarah.«

Sie nickte.

»Ja, Donna hat gesagt, dass Sie helfen wollen und voll in Ordnung sind.«

Sarah bemühte sich zu lächeln. »Ich versuche es jedenfalls.«

Erst jetzt fiel ihr auf, dass er ein Trikot und Shorts trug. »Rudern Sie?«

»Ja, ich bin in dem nächsten Rennen. Ha, wundert Sie das? Man muss nicht stinkreich sein, um zu rudern.«

»Nein, das meinte ich nicht …«

»Schon gut, das passiert mir dauernd. Ich ruder für die Army, im Vierer. Haben Sie schon mal von uns gehört? Wir haben sogar bereits Medaillen geholt.«

Nun wurde Sarah manches klar – das grüne T-Shirt, der strenge Haarschnitt. Eigentlich war es offensichtlich, dass Carl Soldat war.

»Das ist ja klasse!«

»Ja, na ja … ich wollte mich nur bedanken. Dieser Typ ist ein echtes Schwein und muss plattgemacht werden. Also danke für Ihre Hilfe.«

Sarah lächelte, wusste aber nicht, was sie erwidern sollte. Und so, wie Carl vor ihr stand, fiel ihm auch nichts ein, was er noch sagen könnte.

Über seine Schulter hinweg sah sie drei junge Männer, die wie Carl ein weißes Trikot anhatten, lachend und scherzend herankommen.

»Carl, Alter, lass sie mal in Ruhe!«, rief einer von ihnen.

Carl beugte sich vor. »Die denken, dass ich Sie anbaggern«, sagte er grinsend.

Sarah merkte, dass sie rot wurde.

Von wegen!, dachte sie.

»Na, viel Spaß noch«, sagte er.

»Danke, und viel Glück!«

Daraufhin drehte er sich um und ging zu den anderen. Carls Mitruderer winkten ihr zu, und sie winkte zurück.

Als Sarah in Richtung Ufer weitermarschierte, musste sie zugeben, dass ihr die Vorstellung, »angebaggert« zu werden, gar nicht mal so zuwider war …

Und noch dazu von einem etwa ein Meter fünfundachtzig großen, fünfundzwanzigjährigen Soldaten.

Im Notfall …, dachte sie.

Jack öffnete die Brückenhaustür der *Grey Goose* und sah hinunter in den Wohnbereich.

Dort saß Martin Kent ruhig am Esstisch und starrte ins Leere.

»Alles klar, Ray?«, fragte Jack.

»Alles paletti«, antwortete Ray von weiter hinten im Boot.

Und tatsächlich klang er nüchtern.

Anscheinend nahm er diesen »Auftrag« ziemlich ernst.

Jack stieg die Stufen hinunter und ging durch die Kombüse ins Wohnzimmer. Jetzt konnte er Ray sehen.

Der alte Hippie saß Kent gegenüber in Jacks Schaukelstuhl und wiegte sich sanft vor und zurück. Auf seinem

Schoß lag sein Luftgewehr, und er hatte eine Hand flach auf dem Schaft. Es war nicht zu übersehen, dass Ray wild entschlossen war, Kent keine Sekunde aus den Augen zu lassen.

Fehlen nur noch ein Stetson und ein Sheriff-Stern, und wir haben eine John-Wayne-Reinkarnation, dachte Jack.

»Sehr gut, Ray«, lobte er. »Ich mache mich dann mal auf den Weg rüber zu Pat.«

»Ja, und wir kommen hier zurecht, Jack. Zeig du nur diesem Magnusson, wo der Hammer hängt.«

Jack nickte.

»Gut zu wissen, dass ich mich auf dich verlassen kann, Ray.«

Er lächelte Kent zu, den die ganze Situation zu verwundern schien, und ging wieder nach oben. Für einen kurzen Moment fragte er sich, wo Riley war, bis ihm wieder einfiel, dass Sarahs Mutter angeboten hatte, ihn zu übernehmen, »falls es irgendwelche kleinen Probleme gibt«.

Die würde es hoffentlich nicht geben.

Jack sah auf seine Uhr.

Halb vier.

Zeit, auf Position zu gehen.

Zügig marschierte er am Flussufer entlang zur Brücke und weiter zu Pats Hausboot.

14. Das letzte Rennen

Sarah sah sich die Rennen des Nachmittags von der Schiedsrichterbühne aus an und jubelte und klatschte mit allen anderen.

Ihr Vater war so mit dem Organisieren und Kommentieren beschäftigt, dass er sie am Ende kaum noch bemerkte.

Und das freute sie: Er hatte fraglos einen fantastischen Tag.

Sicher hat er schon vergessen, warum ich hier bin, dachte sie.

Ja, irgendwie hoffte sie es sogar.

Unterhalb des Schiedsrichterzelts hatte sich eine wachsende Menge von Ruderern eingefunden, deren Rennen beendet waren und die nun tranken und feierten. Unter ihnen entdeckte Sarah auch Carl und seine Army-Crew. Wie jung sie aussahen. Und immer noch zauberte ihr die Vorstellung, dass die anderen glaubten, er hätte mit ihr geflirtet, ein Lächeln ins Gesicht.

Aber dann wurde Sarah plötzlich nervös.

Sie waren schon fast beim letzten Rennen – doch wo blieb Magnusson?

Hatte ihm jemand einen Tipp gegeben, dass die Polizei eine Razzia plante? Hatte ihn Jacks Besuch verschreckt? Oder hatten ihm diese Schlägertypen erzählt, dass sie bei Donna gewesen war?

Sarah blickte auf ihre Uhr. Vier.

Nur noch zwei Ruderrennen vor dem letzten des Tages.

Und an dem nahm Magnusson teil.

Dann sah sie ihn.

Eine halbe Meile flussabwärts … aber der Ruderer dort war unverkennbar er, denn Jack hatte ihn und sein

Boot sehr gut beschrieben: Der Mann war sehr groß, blond und saß in einem leuchtend gelben Einer.

Sarah beobachtete, wie er näher und näher zum Startbereich glitt. Mit seinen Ruderzügen verschlang er die Meter, als wären sie nichts.

Sie tippte eine SMS an Jack, bevor sie sich in der Menge umblickte. Dann richtete sie das Fernglas, das sie sich von ihrem Vater geborgt hatte, auf das Tor vom Hauptparkplatz.

Wenn Magnussons Bodyguards mit Viola kamen, mussten sie dort durch.

Bisher war nichts von ihnen zu sehen gewesen.

Sollte sie trotzdem Alan anrufen, damit er jetzt zum Haus fuhr?

Nein. Sie durfte nicht riskieren, dass jemand Magnusson warnte, bevor das Rennen vorbei war. Und erst recht durfte sie die Regatta nicht verderben und ihren Vater um seinen perfekten Tag bringen.

Also wartete Sarah – und wurde von Minute zu Minute nervöser.

»Komm schon, Jack, siehst du nicht, dass das Licht unter der Rah durchfällt? Das heißt, dass die Säufersonne aufgegangen ist!«, sagte Pat, der vor einem großen Tablett mit Drinks stand.

Jack schüttelte lächelnd den Kopf. »Im Dienst niemals, Pat. Trotzdem danke für das Angebot.«

Ihm entging nicht, dass Pat übertrieben mit den Augen rollte und einen großen Doppelten für seine Frau Fran einschenkte, die sich auf einer Sonnenliege an Deck der *Brunhilde* aalte.

Wie die meisten der anderen Gäste an Bord sah auch Pat – Jack versuchte, sich an das Adjektiv zu erinnern, das sein Gastgeber benutzen würde … Ah, ja – *angesäuselt* aus.

Jack hatte Pats Einladung angenommen, die Bootsrennen von hier aus anzusehen, weil es der ideale Aussichtspunkt für den letzten Abschnitt der Rennstrecke war.

Und die anderen Gäste von Pat (»mein verrückter Haufen«, wie er sie bezeichnete) hatten einen Riesenspaß, feuerten die Ruderer an, jubelten und tranken das Boot praktisch trocken.

Irgendwann war Fran sogar mit Jacks Ruderboot losgeschickt worden, um mehr Gin von jemandem weiter flussaufwärts zu besorgen.

Jack hingegen blieb nüchtern und ständig mit Sarah in Kontakt.

Falls alles nach Plan verlief …

Dann würde Magnusson die Ziellinie in dem Moment überqueren, in dem Alan und seine Polizeikräfte runter zur Cherringham Bridge kamen.

Jen und Joan waren bereits alarmiert. Sie würden auf ein Zeichen von Jack hin die »Brücke geschlossen«-Schilder aktivieren, die sämtlichen Verkehr eine halbe Meile entfernt zunächst anhielten und dann so um das Dorf herumführten, dass der Weg für einen mit hoher Geschwindigkeit herbeirasenden Polizeikonvoi frei war.

Das ist schon fast eine militärische Operation.

Magnusson würde aus seinem Boot geholt, bevor die Regatta-Zuschauer überhaupt mitbekamen, dass die Polizei da war.

Sofern denn alles nach Plan ging …

Aber jetzt, nachdem alles Planen getan war und er nur noch warten konnte, wurde Jack nervös.

Und schon war die Zeit gekommen.

Von ihrem Aussichtspunkt aus sah Sarah, wie Magnusson selbstsicher sein gelbes Boot an die Startlinie manövrierte.

238

Hinter ihm, flussabwärts, konnte Sarah einige kleine Boote ins Wasser gehen sehen. Sie erkannte, dass es Optis waren – die winzigen Trainingsboote, mit denen Kinder segeln lernten.

Und sie erinnerte sich daran, dass die Cherringham-Segelschule, gleich nachdem die Erwachsenen-Rennen vorbei waren, ihren eigenen Wettbewerb abhielt.

Sie sah wieder in die Menge, und immer noch konnte sie keine Spur von ihren anderen »Zielfiguren« entdecken.

Da das Rennen anfangen sollte, konnte sie nicht länger warten. Sie musste Alan eine SMS schicken, dass er seine Razzia jetzt anfangen sollte.

Aber dann piepte ihr Handy.

Es war eine SMS – von Alan.

»Haus gesichert. Fund. Sind unterwegs.«

Sie hatten nicht gewartet …

Sarah schaute zu Magnusson, der völlig gelassen in seinem Einer saß und darauf wartete, dass sein Gegner neben ihm die Startposition einnahm.

Während sie hinsah, griff er nach unten und holte ein Handy unter seinem Sitz hervor. Auch sein Telefon musste gepiept haben.

Sie konnte ihn lesen sehen. Eine SMS? Eine E-Mail? Dann hob er wieder den Kopf. Er sah erschrocken aus, so wie er nun zu beiden Uferseiten blickte und die Menschenmengen dort musterte.

Jemand hat ihn gewarnt, dachte Sarah. *Verdammt!*

Anschließend sah er flussabwärts, als suchte er nach einem Fluchtweg.

Aber dort blockierten jetzt mindestens zwanzig Optis den Weg. Sarah war klar, dass er unmöglich da durchkäme – und das dürfte er ebenfalls wissen.

Der einzige Ausweg für ihn war, rasch flussaufwärts zu fahren und die Cherringham Bridge anzusteuern, was bedeutete, dass er die gesamte Rennstrecke rudern musste.

Und er zögerte nicht.

Sarah beobachtete, wie er blitzschnell startete und durchs Wasser flussaufwärts schoss.

Lautlos durchschnitten Boot und Ruderblätter das Wasser. Doch selbst wenn sie ein Geräusch gemacht hätten, wäre es von den erschrockenen Rufen um Sarah herum übertönt worden.

Unten am Ufer schwenkten die Helfer wild ihre Fahnen.

Sarah hörte ihren Vater in das Megafon rufen: »Fehlstart! Fehlstart!«

Nur sie und Magnusson wussten, dass es kein Fehlstart war, sondern ein Fluchtversuch.

Der ViaVita-Boss war jetzt bereits dreißig Meter flussaufwärts und wurde ständig schneller.

Es blieb keine Zeit, Jack per SMS zu informieren. Sie musste etwas unternehmen.

Dann sah sie Carl unten zwischen seinen Freunden, der fragend zu ihr aufblickte.

Und plötzlich wusste sie genau, was zu tun war …

Als Jack Sarahs SMS bekam, wusste er schon, dass etwas schieflief. An Deck der *Brunhilde* hatten alle das wiederholte Hupen des Starters und die Warnungen über Lautsprecher gehört.

Und unten an der Ziellinie bei der Brücke konnte er sehen, wie sich die Schiedsrichter hektisch unterhielten und in einem Boot auf und ab tuckerten, während sie mit der Crew am Ufer redeten.

Alle an Bord der *Brunhilde* waren zur Reling gelaufen, um zu sehen, was weiter flussabwärts los war.

Doch nie im Leben hätte Jack mit dem gerechnet, was sich nun abspielte.

Zuerst kam Magnusson in seinem Einer heran und näherte sich mit verblüffender Geschwindigkeit der Ziellinie.

Und überraschenderweise war weit und breit kein weiterer Einer zu sehen.

Stattdessen kam aus etwa hundert Metern Entfernung ein Vierer ohne Steuermann, der stetig schneller wurde. In ihm saßen vier kräftige Burschen in weißen Trikots, die eindeutig dem Einer folgten.

»Heiliger Bimbam!«, sagte Pat. »Guckt euch das an! Das ist die Army!«

»Die sehen ganz schön fit aus«, bemerkte Fran und blickte fasziniert zu den Booten, die immer näher kamen.

»Oh Mann!«, ertönte eine andere Stimme. »Die sind ja direkt durch die Ziellinie geprescht.«

»Sie halten nicht an«, sagte jemand anders.

Jack war schon auf den Beinen.

Dies war kein Rennen … Nun ja, in gewisser Weise doch.

»Darf ich mir mal dein Beiboot leihen, Pat?«, fragte er, während er zur Laufplanke eilte. Er wartete die Antwort nicht ab, sondern rannte zum Heck der *Brunhilde*, neben dem Pats Beiboot im Wasser wippte.

Als er dort war, sah er übers Wasser: Magnusson war gerade vorbeigerauscht und steuerte auf den mittleren Brückenbogen der Cherringham Bridge zu.

Sekunden später flitzte der Army-Vierer vorbei, Magnusson dicht auf den Fersen.

Jack klappte den Außenbordmotor nach unten, drückte den Choke und riss an der Startleine.

Der Motor gurgelte kurz – und verstummte.

Beim zweiten Reißen sprang er an. Jack stieß das Boot ab, legte den Gang ein und drehte am Drosselventil. Er wendete das Boot scharf und lenkte es flussaufwärts.

Mit Vollgas donnerte er unter der Cherringham Bridge hindurch und ließ eine Bugwelle hinter sich, die alle anderen Booten ins Schwanken versetzen dürfte.

Aber dies war nicht der Moment, sich an Höchstgeschwindigkeiten zu halten.

Er konnte die beiden Ruderboote ein paar Hundert Meter weiter vor sich sehen: Jetzt waren sie beinahe gleichauf mit der *Grey Goose*.

Während er weiter hinterherraste, beobachtete er, wie der Army-Vierer zum Einer aufschloss und dann beide Boote mit einem Gewirr von Rudern gegeneinanderprallten.

Magnusson schien zu springen – oder vielleicht zu fallen. Jedenfalls sah Jack ihn im Wasser verschwinden.

Als der Vierer neben dem leeren Einer war, tauchte einer der Soldaten in den Fluss.

Jack drosselte den Motor, sowie er bei den dahintreibenden Booten war. Im selben Moment tauchte Magnusson wieder auf: in den Armen des Soldaten.

Was als Nächstes geschah, überraschte Jack. Und dabei hatte er gedacht, dieser Tage könnte ihn nichts mehr verblüffen.

Der Soldat hielt Magnusson fest mit einem Arm über Wasser, holte mit dem anderen aus und rammte dem Schweden die Faust ins Gesicht.

»Das ist für Donna«, sagte er und schlug ein weiteres Mal zu. »Mistkerl!«

Sosehr Jack es auch genoss, den unbekannten Rächer zuschlagen zu sehen, durfte er natürlich nicht zulassen, dass es so weiterging.

»Hey, ist ja gut. Das reicht!«, rief er.

Er paddelte mit dem kleinen Beiboot näher heran und zog die beiden Männer mit Hilfe der anderen Soldaten aus dem Wasser.

Schließlich landete Magnusson stöhnend in Pats Boot. Blut strömte ihm aus der Nase.

»Meine Nase«, ächzte er. »Die ist gebrochen.«

»Stimmt«, pflichtete Jack bei. »Für mich sah es aus, als hätten Sie sich die an der Bootskante gestoßen, als Sie ins Wasser gesprungen sind.«

Er grinste dem Soldaten zu, der ihm nun mit triefendem Trikot gegenübersaß, einen Fuß auf Magnussons Rücken. »Freut mich sehr. Ich bin übrigens Jack.«

»Carl«, sagte der Soldat.

Jack reichte ihm die Hand, und der kräftige Mann schüttelte sie.

»Job erledigt, was?«, fragte Carl grinsend.

»Oh ja, der Job ist erledigt«, bestätigte Jack.

Dann warf er den Motor wieder an und fuhr ans Ufer. Unten auf der Cherringham Bridge sah er die blauen Blinklichter der Polizeiwagen, die gerade eintrafen.

Obwohl es nicht ganz nach Plan gegangen war, hatte es eindeutig sein Gutes, Magnusson verprügelt zu sehen.

Manche Überraschungen sind richtig nett.

Die reguläre Justiz würde zwar noch ihren Lauf nehmen, aber bisweilen konnte einem die irreguläre die größte Befriedigung bescheren …

15. Eine letzte Überraschung

Jack wendete die Hamburger-Frikadellen auf dem Grill und schob die Hähnchenflügel weg von der Stelle, wo die größte Hitze war.

»Seid ihr sicher, dass ihr das alles essen könnt?«, fragte er.

Die erstaunten Blicke der vier Soldaten sagten alles.

»Für uns sollte das okay sein, Jack«, antwortete Carl und holte sich noch ein Bier aus dem Beutel, der neben der *Goose* im Wasser hing. »Aber was wollen *die* dort essen?«

Er zeigte zum Bootsdeck, wo Sarah, Donna und die anderen Frauen und Freundinnen des Army-Teams an Jacks Gartentisch saßen, lachten und Wein tranken.

Jack lachte ebenfalls.

Mit den Soldaten zusammen zu sein erinnerte ihn an seine Zeit bei der Truppe in New York: jede Menge Gelächter, Scherze und gegenseitiges Aufziehen.

Und oft konnten solche Abende, an denen die Männer um den Grill standen und die Frauen an Deck saßen, während die Sonne unterging, für wenige Stunden einen vergessen lassen, wie finster die Welt des NYPD war.

Wenn auch nur für kurze Zeit.

Und sich später in Zweiterteams wieder auf den Weg machten …

Es war Sarahs Idee gewesen, die Verhaftung von Magnusson und seinen Komplizen mit Carl und Donna zu feiern; und Jack hatte vorgeschlagen, den Rest der Crew mit einzuladen.

Ohne die Hilfe des Army-Teams wäre Magnusson vielleicht davongekommen.

Die Polizei hatte Viola Kent nur eine Meile flussaufwärts aufgegriffen, wo sie mit laufendem Motor auf ihren Liebhaber wartete.

Dank Carl und der Jungs hatte er es nicht bis dahin geschafft.

Kent und Magnusson warteten beide in Untersuchungshaft auf ihren Prozess wegen einer ganzen Reihe von Drogendelikten und wegen Betrugs. Und ViaVitas Vermögen und Besitz war eingefroren, solange gegen die Firma ermittelt wurde.

Die Drogendealer waren nach London verschwunden, doch man hatte genug verschreibungspflichtige Medikamente in Magnussons Haus gefunden, um die ganze Gang für Jahre wegzusperren.

Sarahs Vater war voll des Lobes gewesen, weil es ihnen gelungen war, »im Dorf aufzuräumen«, ohne die Regatta zu stören, abgesehen von dem kleinen Aufruhr am Ende. Doch wie Michael gesagt hatte: »Einige Leute dachten, das gehörte zur Show … Klasse!«

Jack griff nach seinem Bier und trank einen Schluck.

Vielleicht ist jetzt der richtige Augenblick.

Er sah hinüber zu Sarah und wartete, bis sie Blickkontakt zu ihm aufnahm. Dann nickte er, und sie entschuldigte sich am Tisch, um über die Laufplanke zu ihm zu kommen.

»Soll ich übernehmen?«, fragte sie lächelnd.

Dieser Teil des Plans läuft definitiv wie geschmiert, dachte er.

»Ja, gerne«, antwortete er lächelnd. »Danke, Sarah.«

Dann wandte er sich zu den Jungs. »Ich müsste kurz etwas mit Carl besprechen, Leute. Würdet ihr so lange Sarah unterhalten? Carl, hast du mal eine Minute?«

»Klar doch, Jack.«

Er bedeutete Carl, ihm zu folgen, was der auch verwundert tat. Sie gingen ein Stück weg von der *Grey Goose*.

»Was gibt's für ein Problem?«, fragte Carl.

»Gar keines«, erwiderte Jack.

Sie gingen schweigend am Ufer entlang, vorbei an dem letzten vertäuten Hausboot, bis sie die kleine Einbuchtung am Fluss erreichten, wo der Weg einige Meter vom Wasser entfernt verlief.

Jack vergewisserte sich, dass niemand in der Nähe war, bevor er Carl winkte, damit er ihm in die kleine Bucht folgte. Mit drei Schritten waren sie am Wasser.

Ja, ist noch da, stellte Jack fest.

Unter einer alten grünen Persenning lag die Überraschung, die Jack für Carl vorbereitet hatte.

Er bückte sich, band die Persenning los und zog sie weg.

Darunter kam Magnussons leuchtend gelber Einer zum Vorschein.

»Wow!«, sagte Carl und hockte sich vor das Boot.

»Nicht schlecht, was?«, meinte Jack.

»Ich dachte, der ist im Eimer und abgegluckert.«

»Ja, genau das ist er allen Zeugenaussagen zufolge auch.«

»Das Ding ist ein kleines Vermögen wert«, sagte Carl und strich ehrfürchtig über den Bootsrand. »Vom Allerneuesten … Olympiastandard.«

»Einige Tausend dürfte es allemal wert sein.«

Carl stand auf. »Und was hast du jetzt damit vor?«

»Nein, die Frage ist, was *du* damit vorhast, Carl«, antwortete Jack.

»Das verstehe ich nicht …«

»Sarah und ich haben es besprochen. Es wird noch ein paar Jahre dauern, bis ViaVita aufgelöst ist, und es könnte sogar noch mehr Zeit vergehen, ehe die Geschädigten etwas bekommen. Aber Donna und du – ihr braucht jetzt Geld, nicht wahr?«

Jack beobachtete, wie Carl verarbeitete, was er da hörte, und schließlich nickte.

»Hier wären wir also«, fuhr Jack fort. »Nur du und ich und ein Boot, das es offiziell nicht mehr gibt. Weißt du, was ich vorschlagen möchte?«

»Na?«

»Ich schlage vor, dass du morgen früh herkommst, es losbindest und darin flussabwärts ruderst. Ich kenne einen kleinen Bootsbauer in Oxford, Walkers, von dem ich meine *Goose* habe. Und er hat einen freien Liegeplatz und eine Anzeige vorbereitet, mit der er einen topmodernen gelben Einer bei Ebay anbietet ...«

»Einen wie diesen?«

»Gut kombiniert, Carl«, sagte Jack. »So einen wie diesen. Natürlich wird er eine kleine Kommission haben wollen, aber er meint, dass euch noch eine hübsche Summe bleibt.«

»Wow, das wird auf jeden Fall reichen, damit Donna wieder auf die Füße kommt. So viel steht fest.«

»Eben.«

Jack kniete sich hin und band die Persenning über dem Boot wieder fest.

»Da wäre nur noch ein kleines Geheimnis«, sagte er.

»Du bist echt ein interessanter Typ, Jack.«

Jack stand auf und grinste. »Danke. Das nehme ich mal als Kompliment.«

Er ging zurück auf den Weg.

»Und was wäre das – dieses Geheimnis?«, fragte Carl, der ihm folgte.

Jack blickte flussaufwärts zu der Reihe von Booten, die von der untergehenden Sonne beschienen wurde. An Deck der *Grey Goose* standen nun all seine übrigen Gäste beisammen; sie redeten, tranken und lachten.

Musik wehte über das Wasser – Van Morrison, einer seiner Lieblingssänger.

»Ich habe fünf Rib-Eye-Steaks im Kühlschrank, die es nicht abwarten können, auf den Grill zu springen, und eine halbe Flasche dreißig Jahre alten Lagavulin von einem Freund, geradezu geschaffen für eine Gelegenheit wie diese.«

»Na, worauf warten wir noch?«, fragte Carl.

Jack legte einen Arm um Carls Schultern, und die beiden gingen am Ufer entlang zurück zur Party.

Matthew Costello
Neil Richards

CHERRINGHAM
LANDLUFT KANN TÖDLICH SEIN

Verhängnisvolle Sommernacht

Aus dem Englischen von Sabine Schilasky

1. Cherringham – 1989

Tim hielt den verbeulten alten Fiesta an, den er noch jahrelang flotthalten würde, wie er ständig prahlte.

»Eines Tages mache ich meine eigene Werkstatt auf«, sagte er oft.

Seine Zukunft hatte er genau geplant.

Doch derzeit waren die Autofenster kaputt und wurden von zusammengerollten Fetzen einer Zigarettenpackung geschlossen gehalten. Und in dieser Nacht, in der die Temperaturen mal wieder eine Rekordhöhe erreichten, fühlte sich die Luft drinnen stickig an. Dinah Taylor, die neben Tim saß, konnte kaum noch atmen.

Er war von der Straße auf einen Parkplatz abgebogen, zu dem er sicher schon andere Mädchen mitgenommen hatte, wie Dinah vermutete.

Sie war nicht so naiv, zu glauben, sie wäre die Erste, mit der er im Auto hier herauffuhr.

Von diesem Parkplatz aus war der Blick auf Cherringham nicht ganz so klasse wie von Mabb's Hill, aber man konnte den Jahrmarkt unten auf den Flusswiesen sehen, wo die Lichter der Karusselle rot und gelb in den Nachthimmel strahlten.

Und die Musik wehte bis hierher.

Donna Summers *I Feel Love* …

Dinah mochte diesen Song sehr.

Ich könnte jetzt da unten bei Jen und Michelle sein – im Autoscooter – und mitsingen, dachte sie.

Ooh, I feel love, I feel love, I feel love … *Bei all dem Lärm mit den anderen kreischen und lachen, statt hier oben mit Tim Bell zu hocken.*

Hier war es sehr still.

Abgelegen.

Nur sie beide.

Allein.

Und Dinah merkte, dass Tim betrunken war.

Sie hatte es ihm sogar gesagt … dass sie vielleicht lieber auf dem Jahrmarkt bleiben und nicht wegfahren sollten.

Doch Tim wollte nicht.

»Ist doch ein klasse Abend, um ein bisschen rumzufahren«, hatte er gesagt.

Rumfahren und vor Hitze eingehen – das stimmte wohl eher, dachte Dinah.

Und jetzt, nachdem er angehalten hatte, legte Tim einen Arm um sie.

War ja klar. Warum sollte er sonst hierherkommen? Kein Mensch weit und breit – also war es ein idealer Platz zum Knutschen. Auf dem Gebiet hatte Tim sicher reichlich Erfahrung; Dinah hingegen nicht.

Und jetzt fragte sie sich: *Wie komme ich aus dieser Nummer raus?*

Seine Hand legte sich fester auf ihre Schulter, wo er nackte Haut berührte, denn Dinahs Sommerkleid war ärmellos. Trotz der drückenden Hitze wünschte sie, sie hätte mehr an.

Doch als sie Tims Hand wegschob, wurde er erst recht zudringlich. Sofort ergriff seine Hand wieder fest ihre Schulter, zog ihren Oberkörper zu sich und lehnte seinen Kopf an ihren.

Sein Atem roch nach Bier – und wohl auch nach Whiskey, falls Dinah sich nicht irrte.

Sie musste das unbedingt beenden.

»Tim, ich finde, wir sollten wieder zurückfahren.«

»Zurück? Mensch, Dinah, was sollen wir denn da? Der Jahrmarkt ist lahm, und wir sind schon in allen Karussellen gewesen. Hier ist es doch schön. Du bist echt schön.«

Er starrte ihr in die Augen und wollte sie küssen, aber Dinah drehte sich weg.

Nicht, dass sie ihn nicht mochte.

Ganz im Gegenteil. Nur kannten sie sich ja kaum. Und schließlich ging es auch um Respekt.

Um den alten Spruch zu bemühen: *So eine bin ich nicht.*

Wieder versuchte sie, sich ihm zu entwinden, während er sie erneut zu sich zog.

»Hey, was ist denn los?«, fragte er.

Jetzt sahen Tims Augen glasig aus, selbst im dunklen Auto, wo nur die Lichter des Armaturenbretts eingeschaltet waren und sein Gesicht ein ganz kleines bisschen erhellten.

Auf jeden Fall war er betrunken; aber war da noch etwas anderes? Irgendeine … Droge, die ihm jemand gegeben hatte? Dinah dachte an den Jahrmarkt. Bei der Geisterbahn war dieser langhaarige Typ mit der Lederjacke gewesen, der sie angestiert hatte.

Der vielleicht?

Er und Tim schienen sich zu kennen. Sie hatten miteinander geredet und gelacht, als Dinah mit den anderen Mädchen im Riesenrad fuhr.

Sie hielt nichts von Drogen. Viele ihrer Freunde »experimentierten« schon mal, aber für Dinah war das nichts. Die einzigen Experimente, die sie je machen würde, fanden im Chemieraum der Schule statt.

Dann kippte Tims Stimmung.

»Was ist denn? Bin ich dir nicht gut genug? Ist es das? Wieso … wieso zur Hölle bist du dann überhaupt heute Abend mit mir losgezogen?«

Nun wurde die Luft im Wagen noch stickiger, als wäre gar kein Sauerstoff mehr da. Die letzten Tage waren so schwül gewesen, wie Dinah es noch nie erlebt hatte.

Und Tim wurde sauer … nein, er war richtig wütend.

»I-ich wollte doch nur weggehen und ein bisschen Spaß haben … mit den anderen«, entgegnete sie. »Ich dachte nicht …«

»Was dachtest du nicht? Dass wir beide hier oben landen würden? Dass ich vielleicht gerne einen dämlichen Kuss hätte?« Er beugte sich näher zu ihr, sodass sie seine Fahne noch deutlicher roch. »Oder ein bisschen mehr?«

Grinsend legte er eine Hand auf ihr Bein, an die Stelle, wo ihr Rock endete. War er zu kurz?

Sie schrie auf. Dann erwiderte sie: »Nein, nicht … Hör auf, Tim, lass das!«

»Oder was dann? Was willst du machen? Zu Fuß ist es ein langer Weg zurück zum Dorf.«

Sie drückte seine Hand weg, doch er packte ihr Handgelenk. Da schlug sie ihm ins Gesicht und kratzte ihm mit den Fingernägeln die Wange blutig.

Für einen Moment wich er zurück und wischte sich das Gesicht.

Das war ihre Chance.

Hastig stieß sie die Tür auf und fiel buchstäblich vom Beifahrersitz, wobei sie sich das Schienbein aufschürfte.

Tim fiel mit dem Oberkörper auf ihren leeren Sitz.

»Hey, Dinah! Verdammter Mist, wo willst du denn hin? Steig wieder ein!«

Aber Dinah rappelte sich eilig auf und blickte sich nach einem Weg um – einem Trampelpfad, irgendwas, wo Tim ihr nicht hinterherfahren könnte.

Eigentlich glaubte sie nicht, dass er ihr etwas tun würde. Doch wenn er irgendein … Zeug genommen hatte und auch noch besoffen war, könnte alles Mögliche passieren.

Sie musste weg.

Dann sah sie etwas, das wie ein Fußweg aussah, der von dem Parkplatz den Hügel hinauf und in ein kleines Waldstück führte. Das düstere, dichte Laub der Bäume ging fast nahtlos in den dunklen Himmel über.

Doch an einigen Punkten drang noch Sternenlicht durch die Baumkronen.

Dinah lief den Weg hinauf und drehte sich nur einmal um. Dabei sah sie, wie Tim sich aus dem Wagen mühte und nach ihr Ausschau hielt.

Aber sie war bereits in der Nacht verschwunden, genau wie der Baum über ihr.

Während sie dem unebenen Weg folgte, dachte sie nicht darüber nach, wie weit weg sie sich befand, wie spät es war oder was ihre Eltern sagen würden, wenn sie endlich nach Hause käme.

Ihre Eltern hatten ihr immer ganz klar gesagt: *Wenn es brenzlig wird, dann tu alles, um wegzukommen.*

Und genau das hatte sie getan.

Inzwischen ging es steiler bergan, und der Pfad führte jetzt durch dichtes Unterholz und hohe Ginsterbüsche. Hier müsste sie von unten gerade noch zu sehen sein, wie sie glaubte.

Vorausgesetzt, der betrunkene Tim sah zu dieser Stelle hoch.

Dinah blickte erst wieder zurück, als sie die Spitze des Hügels erreicht hatte und sich schwer atmend gegen den großen, uralten Baum lehnte, hinter dem sie sich versteckte.

Sie gönnte sich eine kurze Pause, bevor sie überlegte, was sie als Nächstes tun sollte.

2. Der falsche Heimweg

Der Mann fuhr langsam.

Es war Nacht, und alle schliefen.

Na ja, vielleicht nicht alle.

Sicher waren in einigen der Cottages noch Menschen auf, Nachteulen oder Leute, die von einem verdorbenen Magen, Schlafstörungen oder einem schreienden Baby wach gehalten wurden.

Er stellte sich vor, was sonst noch mitten in der Nacht hinter den Mauern der malerischen Cottages und kleinen Häuser vor sich gehen könnte.

Und es gefiel ihm, über solche Dinge nachzudenken, während er auf den Straßen umherfuhr, die Cherringham und die benachbarten Dörfer umgaben.

Einmal war er von einem Polizisten angehalten worden. Anscheinend hatte es einen Unfall gegeben: Jemand hatte einen Landrover gerammt, der am Straßenrand parkte, und war einfach weitergefahren.

Der Polizist erkannte schnell, dass sein Vauxhall keine einzige Schramme aufwies.

»Nicht mal ein kleiner Kratzer«, hob der Mann hervor. Und dann, als bräuchte der junge Polizist noch eine zusätzliche Erklärung, obwohl er wenig interessiert wirkte, ergänzte er lächelnd: »Ich fahre nur ein bisschen herum, Officer. Ich konnte nicht schlafen.«

Mehr war nicht nötig gewesen.

Und nun war er wieder unterwegs auf seiner seltsamen nächtlichen Odyssee, als ob sein Umkreisen des Dorfs und des Flusses – sein Befahren der Straßen, die all das umgaben – in gewisser Weise … Stränge wären, die nur darauf warteten, von ihm festgezurrt zu werden.

Ja, so fühlte es sich für ihn an.

Und deshalb fand er es so aufregend. Er rechnete fest damit, dass etwas geschehen würde.

Eines Nachts würde etwas passieren.

Das war …

… was für ein starker Ausdruck …

… unvermeidlich.

Dinah achtete auf den Weg, den sie genommen hatte, und auf den Platz fern unten, wo der Wagen immer noch am Straßenrand stand.

Hin und wieder hörte sie, wie Tim sich im Unterholz und in dem Ginster raschelnd vorwärtsbewegte und rief: »Dinah! Dinah, wo bist du, verdammt?«

Dann raste ihr Herz noch schneller. Er könnte ja leicht hier heraufkommen und sie finden.

War er wütend genug, um ihr etwas anzutun?

Für einen solchen Typ hatte sie ihn nie gehalten.

Aber hier draußen im Dunkeln, mitten in der Nacht, wusste sie nicht, was sie denken sollte.

In dem Moment drehte sie sich um.

Auf der anderen Seite des Hügels führte der Weg nach unten und schlängelte sich durch Waldgelände und ein Feld.

Und hinter dem Feld sah Dinah einen schwarzen Streifen – eine Straße –, auf der gerade zwei Scheinwerfer entlangkrochen. Ein Wagen, der nach Cherringham zu fahren schien.

Es war nicht die Straße, auf der Tim und sie hergefahren waren.

Aber vielleicht könnte sie hinlaufen und auf der Straße zu Fuß ins Dorf zurückkehren – oder sich eventuell sogar von jemandem mitnehmen lassen.

Im Geiste hörte sie die Warnung ihres Vaters, ja nie per Anhalter zu fahren.

Aber alle ihre Freundinnen trampten; und immerhin waren sie hier in den verschlafenen Cotswolds.

Eine sicherere Gegend gab es wohl kaum.

Außerdem wäre sie dann in wenigen Minuten im Dorf und käme nicht so spät nach Hause, dass ihre Eltern sauer wurden – oder misstrauisch. Sie wollte ihnen nämlich nicht unbedingt erzählen, was heute Abend mit Tim gewesen war.

Wer weiß, vielleicht würde sie ihn ja nicht gleich von ihrer Liste streichen wollen.

Kann doch sein, dass er sich entschuldigt und verspricht, nie wieder so was zu machen.

Und falls kein Wagen vorbeikam, konnte sie so schnell wie möglich ins Dorf und nach Hause marschieren.

Und sicher und wohlbehalten dort eintreffen.

Der Mann fuhr sehr langsam. Er hatte es ja nicht eilig, musste nirgendwohin kommen.

Als er aus einer Biegung kam, blickte er zufällig nach links zu dem Hügel, dessen Kuppe über einer Reihe von Hecken eben noch zu erkennen war.

Und während sein Wagen in der mondlosen, stockfinsteren Nacht an dem Hügelhang gemächlich vorbeirollte, sah er plötzlich jemanden von oben herunterkommen.

Da sich seine Augen aufgrund der vielen nächtlichen Fahrten, bei denen er ständig auf finstere Straßen und düstere Häuser blickte, an die Dunkelheit gewöhnt hatten, konnte er auf Anhieb erkennen, dass es eine Frau war.

Also fuhr er an der nächsten Abbiegung noch langsamer …

… als würde er nur wenden wollen, da es an der Zeit wäre, zum Dorf zurückzukehren und für heute Nacht Schluss zu machen …

… und kehrte um.

Anschließend rollte er wieder gemächlich am Hügel vorbei, genau rechtzeitig, um auf die Frau zu treffen, die von oben kam.

Dinah sah den Wagen.

Er bewegte sich in ihre Richtung, zurück nach Cherringham!

Es wäre so schön, wenn sie vom Fahrer mitgenommen würde und nicht den weiten Weg laufen müsste, zumal sie dann viel zu spät nach Hause käme.

Ihr hatte sich sogar schon der Gedanke aufgedrängt, dass sie vielleicht zu überstürzt vor Tim weggerannt war. Möglicherweise hätte er von allein aufgehört, sie zu betatschen, und sie nach Hause gefahren. Wegzulaufen war möglicherweise eine blöde Entscheidung gewesen.

Aber es hatte sich furchtbar angefühlt, in dem Wagen gefangen zu sein, draußen in der Dunkelheit und abseits der Hauptstraße.

Jetzt lief sie rasch, damit sie die Straße erreichte, bevor das Auto weg war.

Natürlich musste sie vorsichtig sein, sagte sie sich.

Ich kann nicht einfach mit irgendwem mitfahren.

Zuerst musste sie sich den oder die Autoinsassen ansehen. Vorausgesetzt, der Wagen hielt überhaupt an.

In ihrer Eile stolperte Dinah auf dem steinigen, holprigen Weg und fiel unsanft auf einen von Ginster überwucherten Stein.

Sie kämpfte sich wieder hoch und versuchte, den Schmerz in ihrem Knie zu ignorieren, während sie wieder nach dem Pfad sah.

Durch das Rennen war sie ins Schwitzen gekommen. Sie spürte die Schweißperlen auf ihrer Stirn und ihrer Oberlippe. Die Nachtluft war kein bisschen kühl, und während sie lief, bildete sich auch auf ihren nackten Armen ein Schweißfilm.

Sie rannte an den Straßenrand und drehte sich zu den nahenden Scheinwerfern.

Komisch, wie langsam der Wagen fährt.

Sie hob eine Hand und winkte.

Das Auto wurde noch langsamer.

Dann hielt es direkt neben ihr.

Der Mann sah das junge Mädchen an. Ja, es war ein junges Mädchen, das dort winkend am Straßenrand stand.

Ganz allein hier draußen – um diese Zeit.

Wie konnte das sein?

Und als er den Wagen anhielt, beide Hände fest am Lenkrad, bemerkte er, dass er sie kannte.

Er rang sich ein Lächeln ab, nahm eine Hand vom Steuer und kurbelte das Fenster herunter.

Vorsichtig, dachte Dinah.

Wieder ermahnte sie sich, dass sie nicht mit jedem mitfahren durfte.

Aber als das Fenster heruntergedreht war, stellte sie fest, dass sie den Fahrer aus dem Dorf kannte.

Wie er hieß, wusste sie nicht, aber sie hatte ihn schon öfters in den Geschäften und an Feiertagen in der Kirche gesehen.

Sofort atmete sie auf.

»Hi«, grüßte er sie. Seine Stimme klang sanft, sogar besorgt, wie sie fand. »Hast du dich verlaufen? Bist du ganz alleine hier draußen?«

Dinah sah sich nach dem Weg um, den sie hintergekommen war.

»Nein, ich … ähm, war mit jemandem hier. Einem blöden Jungen.«

»Du hast dich ja verletzt«, sagte der Mann und sah mit einem Nicken zu ihrem Bein. Dinah schaute hinunter: Ihr Kleid war am Saum eingerissen, und ihr Knie blutete von dem Sturz.

»Wir haben uns ein bisschen gestritten«, antwortete sie und hoffte, das genügte ihm als Erklärung.

Der Mann griff in seine Jacke, holte ein Taschentuch hervor und bot es ihr an.

»Hier«, sagte er lächelnd.

Sie nahm das Tuch und tupfte ihr Knie ab; hellrote Flecken blieben auf dem weißen Stoff zurück.

»Danke.« Sie wollte es ihm schon zurückgeben, doch er lachte freundlich, was wohl bedeuten sollte, dass sie das Taschentuch behalten könnte.

Aus einem merkwürdigen Gefühl heraus sah Dinah sich wieder nach hinten um. Ganz oben auf dem Hügel bewegte sich jemand.

Das war Tim. Er war zu weit weg, sodass sie nicht erkennen konnte, ob er sie unten bei dem Auto erblickte oder nicht.

Sie schaute wieder zu dem Fahrer und wusste, dass sie jetzt in Sicherheit war.

»Willst du zurück ins Dorf?«, fragte er immer noch lächelnd.

Sie nickte. »Ja, vielleicht …«

Dann, als ahnte er, worum sie bitten wollte …

»Möchtest du mitfahren?«

»Darf ich? Es ist ziemlich weit zu Fuß.«

Der Mann lachte kurz.

»Das stimmt allerdings. Spring rein. Mit dem Wagen sind es nur ein paar Minuten.«

Wieder atmete Dinah auf. »Danke«, sagte sie und lief um den Wagen herum zur Beifahrerseite.

Dort öffnete sie die Tür und stieg schnell ein.

»So spätnachts solltest du wirklich nicht hier draußen unterwegs sein«, meinte der Mann, während Dinah die Tür schloss. Dann fuhr er los.

»Schnall dich an. Sicherheit geht vor.«

Sie tastete nach dem Gurt.

Bald hatte sie ihn gefunden, legte ihn sich um, und nach einem *Klick* saß sie fest und sicher im Auto.

Als der Wagen wegfuhr, konnte Dinah kurz im Rückspiegel Tim sehen, der den Weg heruntergelaufen kam. Dann verschwand er in der Dunkelheit.

3. Fünfundzwanzig Jahre später

Jack stellte zwei Pints Lager auf den kleinen Tisch rechts von der U-förmigen Bar des Ploughman.

»Ganz schön was los heute Abend«, sagte er zu Sarah. »Ellie und Billy zapfen wie die Weltmeister.«

Sarah nahm ihr Glas und trank einen Schluck. »Das liegt an der Hitze. Hier drinnen ist es wegen der Klimaanlage angenehm kühl.«

»Tja, irgendwie fasse ich es nach wie vor nicht, dass dies hier das einzige Gebäude in Cherringham ist, das eine Klimaanlage hat.«

»In England ist so etwas Luxus, Jack.«

»So wie Duschen mit anständigem Wasserdruck, was?«

»Meine Mutter sagt immer, Duschen sind zum Waschen da, nicht zum Vergnügen«, antwortete Sarah. »Obwohl ich denke, dass sie dieses Wetter bekehrt hat.«

»Wäre verständlich«, sagte Jack und nahm einen Schluck von seinem Bier. »Sogar auf der *Goose*, über dem Wasser, ist es zum Ersticken. Eigentlich seltsam für England, nicht?«

»Ich kann mich jedenfalls nicht erinnern, dass es schon mal so heiß war.«

»Hoffen wir, dass sich das Wetter bis zum großen Konzert nächstes Wochenende hält. Gehst du hin?«

»Oh ja, immer! Und in diesem Jahr hört es sich richtig ausgefallen an: ›Händel am Fluss‹ …«

»Und die *Ouvertüre* ›1812‹ mit echtem Kanonendonner. Das wird sicher eindrucksvoll.«

»Und laut. Vielleicht warnst du Riley lieber vor.«

»Ha, nicht nötig! Der Hund liebt Feuerwerk. Am vierten Juli haben wir immer draußen gesessen und dem Feuerwerk über uns zugeguckt …«

Für einen Moment schien Jack sich in seinen Erinnerungen zu verlieren – in vergangenen Zeiten und Gedanken an Menschen, die nicht mehr da waren.

»Kommen deine Kinder mit?«, fragte er schließlich.

»Na ja, Daniel, falls ich ihn vom Schwimmbad loseisen kann – und vom Jahrmarkt. Und Chloe« – sie wandte den Blick ab – »ist bei ihrem Dad in London.«

»Oh!«

Sarah war nie wohl dabei, wenn die Kinder bei ihrem Dad waren. Als hätte sie Sorge, dass sein Betrug, der ihre Ehe ruiniert hatte, irgendeinen Einfluss auf die Kinder haben könnte.

Ginge es nach ihr, würden sie ihn gar nicht sehen.

Aber das wäre natürlich nicht richtig, wie sie nur allzu gut wusste. Egal wie er war, er blieb nun einmal ihr Vater.

»Es freut mich, dass du Zeit hast«, sagte Jack. »Ist schon eine Weile her.«

»Wir sollten uns überhaupt häufiger treffen – auch wenn wir keinen Fall haben.«

Jack lächelte. »Vielleicht werden unsere Dienste gar nicht mehr gebraucht.«

Sarah lachte. »Da wäre ich mir nicht so sicher. So oder so, ich hoffe es nicht!«

Jack nickte. »Ja, es macht Spaß, nicht? Ich muss zugeben, dass es mir gefällt, wieder im Spiel zu sein, wenn auch inoffiziell. Wie nennt ihr so was noch?«

»Unruhestand?«

»Genau. Und wie läuft es bei dir? Hast du gut zu tun?«

»Im Moment ist es eher ruhig. Sommer eben. Wer es sich leisten kann, ist in Andalusien oder in der Provence. Aber das wird wieder mehr.«

»Ja, sicher. Falls du mal einen Engpass hast … ich meine …«

»Schon gut. Wer so wie ich selbstständig arbeitet, braucht einen soliden Finanzplan. Ich habe ein bisschen was beiseitegelegt. Und Grace kann jetzt endlich mal ein paar Wochen Urlaub machen.«

»Wo ist sie hin?«

»Sie ist mit drei Freundinnen nach Mallorca geflogen.«

»Ärger im Paradies?«

Sarah grinste. »Ach, sie will nur ihren Spaß haben, obendrein ist Grace nicht besonders leichtsinnig. Ich habe ihr aber gesagt, sie soll mich via Facebook und Instagram auf dem Laufenden halten.«

»Postkarten sind wohl völlig out.«

»Was sind denn Postkarten?«, fragte Sarah mit ernster Miene.

Jack lachte und trank von seinem Bier.

Es fühlt sich gut an, einfach hier zu sitzen und mit ihm zu plaudern. Sie waren richtig gute Freunde geworden, und Sarah wusste, dass das bei Jack einiges heißen wollte.

Als sie ihn gerade nach seinen Plänen für die Reise in die Staaten fragen wollte – er hatte erwähnt, dass er im Herbst mal wieder nach Hause fliegen wollte –, hörte sie, wie jemand den Pub betrat.

Und unwillkürlich blickte Sarah zur Tür. Manchmal sagte ihr ein Gefühl, dass etwas nicht stimmte, ohne dass sie erklären konnte, was es war. Sie spürte es schlicht.

Und sie war nicht die Einzige, die zur Tür sah. Das taten auch mehrere Leute an der Bar und an den Tischen im vollbesetzten Ploughman.

Und der plötzlichen Stille nach zu urteilen, wussten viele hier, wer der Mann war, der in den Pub kam.

Und sie waren nicht froh darüber.

Jack neigte sich näher zu Sarah.

»Was ist los? Kennst du den?«

Sarah sah den Mann an, der an der Eingangstür stehen geblieben war. Er war in den Vierzigern, hatte kurz geschorenes Haar und trug eine Jeansjacke. Mit kalten Augen blickte er sich im Raum um. Sarah kannte ihn nicht. Sie drehte sich wieder zu Jack und schüttelte den Kopf.

Nach diesem eindrucksvollen Auftritt schritt der Mann zur Bar.

Er ging direkt auf die Mitte des Tresens zu, wo Billy Leeper, der Wirt, stand. Billy trat ein Stück zur Seite, schnappte sich ein paar Gläser und tauchte sie in das Spülbecken ein.

Er ignorierte den Mann.

»Das ist interessant«, murmelte Jack.

Und als Ellie auf den neuen Gast zugehen wollte, bedeutete Billy ihr mit einer Handbewegung, sie solle am anderen Ende der Bar bleiben.

Sie ließen den Mann einfach stehen.

Sarah bemerkte, dass einige der Gäste leise redeten, während die meisten anderen den Mann anstarrten, als warteten sie ab, was als Nächstes passieren würde.

Sarah spürte, wie sich ihr Magen zusammenzog.

Etwas stimmte hier nicht.

Jack kommt es sicher so vor wie in einem dieser klassischen Western, dachte sie.

Ein Fremder betritt den Raum … der eigentlich kein Fremder ist.

Dann sagte der Mann etwas, und seine laute, klare Stimme erschütterte die Stille.

»Ich hätte gerne ein Pint Stella.«

Sarah beobachtete, wie Billy weiter die Gläser spülte, sie zum Abtropfen hinstellte und zum anderen Ende der Bar ging, weit weg von dem Mann. Rasch füllte er die Gläser von Phil Nailor und Pete Bull auf, die dort am Tresen standen.

Keiner von ihnen hat um Nachschub gebeten.

Als Billy sich anschließend nicht wieder nach links wandte und auch nicht zur Mitte der Bar zurückkehrte, wiederholte der Neuankömmling seine Bestellung.

»Ich sagte, ich hätte gerne ein Pint Stella.«

Immer noch reagierte keiner auf die Worte des Mannes, und die Atmosphäre im Pub fühlte sich regelrecht frostig an.

»Jack«, flüsterte Sarah, »das ist gar nicht gut.«

Dann stand jemand vom Tisch am Erkerfenster auf, wo die Stammgäste des Ploughman saßen.

Es war der ständig beschwipste Terry Hamblyn.

Laut schabten die Beine seines Stuhls über den Boden.

Sarah drehte sich erneut zu Jack.

Was hielt er hiervon?

Sie sah, dass Jacks Blick auf Terry gerichtet war. Sie kannten ihn, seit sein Vater bei einem tragischen Brand ums Leben gekommen war.

Terry ging nun so gerade, wie er konnte, auf den Mann zu, der vergeblich auf sein Bier wartete.

Und als er knapp anderthalb Meter von ihm entfernt war, sagte Terry: »Tim Bell. Du hast echt Nerven, hier aufzukreuzen!«

Terry blickte sich um, als wollte er, dass die anderen ihm beipflichteten.

Dieser Name …

Tim Bell.

Im ersten Moment konnte Sarah ihn nicht einordnen.

Sie hatte ihn schon mal gehört – aber in welchem Zusammenhang?

Tim Bell drehte sich zu Terry um.

»Ich möchte doch nur ein Bier«, erwiderte er.

Nun bekam endlich auch Billy hinter der Bar den Mund auf. »Hier kriegst du keins. Und jetzt verschwinde verdammt noch mal aus meinem Pub!«

»Du hast den Mann gehört!«, rief Terry. »Raus hier, sonst …« Er sah zu seinem Tisch, wo seine Saufkumpane mit verschränkten Armen hockten; sie warteten offenbar auf ein Zeichen, dass sie den Mann rausschmeißen sollten.

Tim Bell.

Immer noch nichts.

Dann fiel es Sarah ein.

Was er getan hatte.

Das Entsetzliche, das vor langer Zeit geschehen war.

»Mir gefällt das nicht«, sagte Jack ernst.

Sarah wunderte sich nicht, dass er in solch einer Situation wachsam war. Sie konnte schnell eskalieren und Gefahren heraufbeschwören.

Bell sah sich im Schankraum um, als wollte er sich jede der vorwurfsvollen Mienen einprägen, jeden ablehnenden Blick.

»Ich habe ein Recht, ein Bier zu bekommen, wenn ich eines will.«

Hierauf wankte Terry einen Schritt vorwärts, und wie auf ein Stichwort standen seine Kumpel auf.

»Und wir haben das Recht, ein Mörderschwein wie dich rauszuschmeißen!«

Die anderen kamen ebenfalls zur Bar und bildeten einen Kreis um den Mann.

Sarah bemerkte erst jetzt, dass Jack sich erhoben hatte.

Und nachdem er einen Moment abgewartet hatte, schritt er geradewegs auf die Bar zu.

4. Ein Mörder kehrt zurück

Sarah wurde mulmig, als sie sah, wie Jack sich zwischen die Leute schob, die Tim Bell umringten. Inzwischen wusste sie ja wieder, wer der Mann war.

Tim Bell hatte fünfundzwanzig Jahre im Gefängnis gesessen, und Sarah hatte gehört, dass er erst vor wenigen Wochen entlassen worden war.

Als es damals passierte, war sie erst elf oder zwölf Jahre alt gewesen. Es hatte sich ereignet, kurz nachdem sie mit ihren Eltern zurück nach Cherringham gezogen war, nach einem Leben auf RAF-Basen rund um die ganze Welt.

Und es hatte einen finsteren Schatten auf ihre ersten Monate im beschaulichen, ländlichen England geworfen.

Eines der größeren Mädchen aus der Schule – die erst sechzehn Jahre alte Dinah Taylor – war verschwunden.

Und der Letzte, der sie gesehen hatte, war Bell gewesen.

Blut und ein Kleiderfetzen reichten als Indizienbeweise aus, um ihn ins Gefängnis zu schicken, auch wenn der Fall nie aufgeklärt wurde. Jeder nahm an, dass er sie ermordet hatte. Es gab Geschichten von Drogen, einer nächtlichen Autofahrt, einem furchtbaren Streit.

Doch er leugnete alles.

Wer würde das nicht?

Jetzt konnte Sarah den Hass in dem Raum fühlen. Als wären die Leute drauf und dran, Bell aus dem Pub zu zerren und am nächsten Baum aufzuknüpfen.

Manche dieser Männer hatten ihn wahrscheinlich damals gekannt, genauso wie Dinah. Und hier war er nun – wieder draußen, zurück im Dorf – und verlangte rotzfrech nach einem Bier.

Sarah befürchtete, dass Jack nicht ahnte, worauf er sich gerade einließ.

»Hey«, sagte er nun zu den Leuten um Bell. »Vielleicht beruhigen wir uns alle ein bisschen, hm?« Dann sah er den Mann an, der vom Mob umzingelt war. »Und vielleicht ist das kein günstiger Abend, hier ein Bier zu trinken.«

Es war anscheinend eine Pattsituation, in die Jack nun hineingeraten war, ohne zu wissen, worum es eigentlich ging.

Eines jedoch erkannte Sarah: *Ihm gefiel das Kräfteverhältnis nicht.*

»Na, hören Sie mal, Jack, Sie wollen doch wohl nicht dieses Schwein in Schutz nehmen, oder? Nach dem, was er gemacht hat?«

Jack schüttelte den Kopf. »Ich nehme niemanden in Schutz, Terry. Und« – er sah wieder zu dem Mann – »ich weiß nicht, was er getan hat. Aber ich würde sagen, dass wir trotz der Hitze einen kühlen Kopf bewahren sollten. Vielleicht atmen alle mal tief durch, was?«

Immer noch rührte sich keiner.

Und dann ging die Eingangstür auf, und Alan Rivers kam herein – in Uniform.

Sarah hatte sich noch nie so über die Polizei gefreut.

Wahrscheinlich hat ihm jemand hier eine SMS geschickt, dachte sie.

Alan kam gerade rechtzeitig, um eine Eskalation zu verhindern.

Zumindest hoffte Sarah, dass er es konnte.

»Okay, Leute. Alle beruhigen sich jetzt wieder.«

Als Alan sich um die Angelegenheit kümmerte, kehrte Jack wieder zu Sarah zurück; einige der vorwurfsvollen Blicke blieben jedoch auf ihn gerichtet. Die Leute waren sauer, weil er für den Mörder eingetreten war.

»Mr Bell, vielleicht sollten wir beide draußen ein bisschen spazieren gehen. Lassen wir die anderen zu ihren Drinks zurückkehren, einverstanden?«

Jack setzte sich wieder, und zusammen mit Sarah wartete er gespannt darauf, ob Bell reagieren würde.

Einen Moment lang passierte nichts. Dann nickte Bell.

Sehr gut, dachte Sarah.

Sicher war Bell, den man erst vor Kurzem aus dem Gefängnis entlassen hatte, noch auf Bewährung. Und da war es klüger, zu tun, worum ihn ein Polizist bat, wenn er in Freiheit bleiben wollte.

Anschließend drängte Bell sich zwischen den Männern hindurch. Alan, der ihm dicht folgte, warf den anderen einen warnenden Blick zu.

Kaum waren die beiden draußen, redeten alle gleichzeitig los.

Es dauerte nicht lange, bis Terry zu Jack getorkelt kam.

»Das hätten Sie nicht machen dürfen, Jack. Das geht Sie gar nix an.«

Jack nickte und lächelte.

»Gut möglich, Terry. Für mich sah es nur ein bisschen brenzlig aus, sonst nichts.«

»Na, und ob! Der Kerl ist ein verfluchter Mörder, Jack! Und gefährlich!«

Terry sah sich in dem Pub um. »Tja, für den wird es garantiert gefährlich, wenn er sich länger hier im Dorf rumtreibt.«

An den Tischen in der Nähe wurde zustimmend gemurmelt.

»Dann ist es ja gut, dass Alan ein Auge auf ihn hat«, sagte Jack.

Die Anspielung auf die Polizei unmittelbar nach seiner offenen Drohung ließ Terry Hamblyn prompt verstummen.

Ja, Jack war ziemlich klug, wenn es darum ging, bei anderen die richtigen Knöpfe zu drücken, stellte Sarah mal wieder fest.

Auf den New Yorker Straßen hatte er ja auch reichlich Übung gehabt.

Terry nickte, drehte sich schwankend um und zog sich wieder in seine neutrale Ecke zurück, während Jack noch einen Schluck von seinem Bier trank.

»Vielleicht sollten wir gehen«, schlug Sarah vor.

Doch er verneinte lächelnd.

»Ich denke, wir können ruhig den Rest von unserem Bier genießen, meinst du nicht?«

Er ist auch nicht jemand, der wegläuft.

»Und du könntest mir verraten, wer dieser Kerl ist und warum ihn so viele Leute hier am liebsten tot sehen wollen.«

Sarah erzählte ihm das wenige, das sie über Tim Bell und die Ereignisse vor so vielen Jahren wusste.

»Das heißt – obwohl nie eine Leiche gefunden wurde, hat man ihn verurteilt?«, fragte Jack.

»Ja. Ich glaube, in dem Punkt unterscheiden sich unsere Gesetze von euren. Ich war natürlich noch ein Kind, aber ich erinnere mich, dass die Sache wochenlang in den Nachrichten war: erst die Suche nach Dinah Taylor und dann die nach ihrer Leiche.«

»Die nie gefunden wurde. Und jetzt ist der Mann zurück, der für ihr Verschwinden und den angeblichen Mord ins Gefängnis gesteckt wurde.«

»Ja.«

Jack schüttelte den Kopf. »Ich verstehe das nicht. Was treibt ihn wieder hierher?«

»Eben. Die Leute hier … sie erinnern sich alle daran.«

Jack nickte zu Terry und den anderen Männern. »Bei uns nennen wir die da einen Lynch-Mob. Allerdings … mir fällt nur ein einziger Grund ein, weshalb er wieder hergekommen sein könnte, nachdem er entlassen wurde.«

»Und der wäre?«

»Er will unbedingt etwas beweisen. Ich glaube nicht, dass ein Schuldiger sich so verhalten würde: hier hereinmarschieren und alle wissen lassen, dass er wieder zurück ist.«

»Und was sollte er beweisen wollen?«

»Weiß ich nicht. Soll ich raten? Wenn ich fünfundzwanzig Jahre für eine Tat gesessen hätte, die ich nicht begangen habe, hätte ich eine mächtige Wut im Bauch.«

»Jetzt machst du mir Angst.«

»Tja, ist nicht unser Problem«, sagte Jack.

Doch als Sarah ihn ansah, war sie sich dessen nicht so sicher.

Irgendetwas hatte Jack veranlasst, für Tim Bell einzutreten.

Hatte er solche Sachen früher schon erlebt? Einen Mob, der einen Einzelnen bedrohte?

Dann, als hätten sich die Wolken verzogen, grinste Jack.

»Hoffentlich gibt Alan dem Mann einen guten Rat.«

»An welchen denkst du?«

»Seinen Gaul zu satteln und zu verschwinden. Na ja, oder in diesem Fall wohl eher, in den nächsten Bus zu steigen.«

»Für mich sah er nicht so aus, als wollte er irgendeinen Rat annehmen.«

»Nein, für mich auch nicht. Es könnte gut sein, dass sich die Lage in Cherringham aufheizt.«

Sarah trank ihr Bier aus.

»Gehen wir.«

»Meinst du, die Leute hier nehmen mir übel, was ich gemacht habe?«

Sarah blickte sich um. Einige der Männer sahen Jack vielleicht künftig mit anderen Augen. Aber eine Menge

Leute mochten ihn und schätzten es, wie er und Sarah anderen geholfen hatten.

Sie bezweifelte, dass sich daran viel ändern würde.

Und diejenigen, die den ehemaligen New Yorker Cop besser kannten, würden vermutlich sagen, dass es »typisch Jack« gewesen war, wie er sich vorhin eingemischt hatte.

Er macht sich eben in schwierigen Zeiten für Leute stark.

»Ich denke, du musst dir keine Sorgen machen«, antwortete sie lächelnd.

»Prima. Es wäre ein Jammer, wenn ich künftig im Ploughman nichts mehr zu trinken bekäme und keine ›Kekse‹ mehr bei Huffington's.«

Sarah stand auf und merkte, wie sie und Jack angestarrt wurden.

Einige hier sind durchaus sauer.

Aber damit würde Jack sicher fertig werden.

»Mir graut vor der Hitze draußen«, sagte sie.

»Wem sagst du das! Ich werde heute Nacht wohl an Deck schlafen. Das ist sicher besser als in meiner Kajüte. Riley hat sich sowieso schon für diese Option entschieden.«

»Kluger Hund.«

Sie traten aus dem Pub auf das noch heiße Pflaster vor der Tür. Die Nachtluft brachte keinerlei Abkühlung.

»Ich wünschte, sein Halter wäre manchmal genauso schlau«, sagte Jack, bevor er sich mit einer Handbewegung von Sarah verabschiedete. Er drehte sich um und marschierte die Straße zum Fluss hinunter.

Sarah lachte. »Gute Nacht, Jack!«

Dann ging sie zu ihrem Wagen und fuhr heim.

5. Eine schlaflose Nacht

Jack lehnte an der Haube seines Healey Sprite, trank seinen Kaffee und blickte sich auf dem sonnigen Marktplatz im Zentrum von Cherringham um.

Schon jetzt, um halb neun morgens, herrschte hier reges Treiben. Es war die letzte Woche der Sommerferien, und laut Wetterbericht hielt das sonnige Wetter vorerst an. Deshalb waren die Touristen wohl schon in Scharen unterwegs.

Bald würden die Busse eintreffen, und dann füllten sich die Läden und Cafés mit Gästen von überall her, die einmal die »echten« Cotswolds erleben wollten.

Kommt im November, hätte er ihnen am liebsten gesagt. Dann zeigte sich dieses Dorf von seiner besten Seite.

Nachdem er schon ein paar Jahre hier lebte, wusste er, dass Cherringham im Spätherbst am schönsten war: Die Luft roch nach Holzrauch, Nebel waberte über dem Fluss, der helle Cotswolds-Stein der Cottages passte farblich perfekt zu dem gefallenen Laub, die Teestuben erstrahlten in warmem Licht, und in den Pubs knisterten große Kaminfeuer.

Jetzt hingegen setzte die Hitze den Leuten zu – Jack eingeschlossen.

Er hatte schon glühend heiße New Yorker Sommer durchgestanden, aber die letzte Nacht hier konnte es leicht mit den schlimmsten Nächten dort aufnehmen.

Nach der Rückkehr aus dem Pub hatte er sich an Deck der *Grey Goose* hingelegt, aber sehr unruhig geschlafen, weil ihm die Geschehnisse des Abends nicht aus dem Kopf gegangen waren.

Tim Bell: ein Mörder oder ein zu Unrecht Verurteilter? Warum war er zurückgekommen, wo ihm hier ein solcher Hass begegnete?

Und vor allem: Wie konnte der Mann verurteilt werden, ohne dass je eine Leiche gefunden wurde?

Galt *Habeas corpus* hier nicht?

Gegen zwei Uhr war Jack endlich eingeschlafen, um gegen fünf plötzlich aus dem Schlaf zu schrecken, weil er träumte, dass er in den Fluss gestürzt war und rasch nach unten sank …

Beim Frühstück wurde Jack klar, dass es ihn drängte, nach einigen Antworten zu suchen.

Genau aus diesem Grund hatte er sich heute Morgen tapfer in das sommerliche Wochenendgetümmel von Cherringham begeben. Und nun blickte er direkt über den Platz zum Gemeindesaal, in dessen Untergeschoss sich die Öffentliche Bücherei befand.

Von früheren Fällen wusste er, dass sie eine große Abteilung für lokale Geschichte hatte. Und außerdem fanden sich dort sämtliche Ausgaben der Lokalzeitung aus den letzten hundert Jahren.

Bei etlichen dieser Ausgaben dürfte Tim Bell auf der Titelseite gewesen sein. Jack hatte überlegt, ob er Sarah erzählen sollte, was er vorhatte. Schließlich würde sie – obwohl Samstag war – ab halb zehn in ihrem Büro gleich gegenüber sein.

Und sie arbeiteten immer gemeinsam an den Fällen.

Aber dieser hier war heikel, weil so viele Gefühle hochkochten.

Und er wollte Sarah lieber nicht mit hineinziehen, ehe er nicht sicher war, dass es etwas zu ermitteln gab.

Jack hörte die Glocke von St. James schlagen.

Neun Uhr.

Er kippte den Rest seines Kaffees auf den Bürgersteig und warf den leeren Becher in einen Abfalleimer, dann überquerte er die Straße und ging zur Bücherei.

Zwei Stunden später wusste er, warum Tim Bell in Cherringham so verhasst war.

Angesichts der in den Zeitungen erwähnten Indizien war ihm jedoch schleierhaft, wie ein Geschworenengericht ihn hatte verurteilen können.

Der jungen Bibliothekarin hinter dem Ausgabetresen hatte er nicht gesagt, wonach er suchte, sondern lediglich nach den Zeitungen von 1989 und 1990 gefragt. Sie hatte ihn zum Microfiche-Lesegerät hinten in der Bücherei geführt, ihm den Schlüssel zum Schrank gegeben und ihm gezeigt, wie man das Gerät bediente.

Dann suchte er sich die entsprechenden Microfiches heraus und schob sie in das Gerät. Mit den Zeitungen aus dem August 1989 fing er an.

Einen Tag nachdem Dinah Taylor nicht vom Jahrmarkt zurückgekehrt war, gab es den ersten kleinen Artikel darüber, dass sie »vermisst« wurde.

Den Berichten nach war Dinah im Dorf recht beliebt gewesen. Sie war sechzehn Jahre alt, hübsch und selbstbewusst, half bei diversen wohltätigen Organisationen, engagierte sich in der Kirche und jobbte in einem Lädchen in Cherringham …

Doch sie war anscheinend auch eine herausragende Geigerin und Musterschülerin, die an ein Londoner Konservatorium gehen sollte und eine glänzende Zukunft vor sich hatte.

Man spekulierte, dass der Druck vielleicht zu viel für sie geworden und sie einfach weggelaufen war. »Lassen wir ihr ein paar Tage, dann kehrt sie einsichtig zurück«, meinte einer ihrer Lehrer.

Nach einer Woche wichen die Mutmaßungen, sie sei aus einer Teenager-Laune heraus abgehauen, ersten Berichten über Andeutungen der Polizei, dass man den Fall nun als mögliches Verbrechen behandeln würde.

Die Army wurde geholt, um das Dorf und die umliegenden Wiesen und Felder abzusuchen, und ein Team von Mordermittlern aus Oxford quartierte sich auf dem Revier ein. Mit Schleppnetzen suchte man den Fluss ab, und es wurden unzählige Befragungen durchgeführt. Eindringliche Aufrufe von Dinahs verzweifelten Eltern und Freunden – gerichtet »an jeden, der weiß, wo sie sein könnte« – wurden veröffentlicht.

Jack konnte sich allzu gut vorstellen, wie beklemmend diese Aufrufe im Original gewesen sein mussten.

Aber es wurde keine Leiche gefunden.

Dann entdeckte man einen Kleiderfetzen auf einem Hügel außerhalb des Dorfes. Die Mutter der Vermissten identifizierte ihn als Teil des Kleides, das Dinah an jenem verhängnisvollen Abend getragen hatte. Und auf dem Stoff fanden sich Blutflecken. Die Laboranalyse ergab, dass es sich um Dinahs Blut handelte.

Allerdings nicht nur Dinahs, sondern auch das von jemand anderem.

Wie weitere Tests nachwiesen, stammte das andere Blut von Tim Bell – einem jungen Burschen mit schlechtem Ruf. Und zahlreiche Zeugen hatten an jenem Abend gesehen, wie er mit Dinah vom Jahrmarkt weggefahren war.

Bells Haus und Auto wurden durchsucht. Dabei entdeckte man noch mehr Blutspuren – auch an seiner Kleidung. Die Polizei wertete sie als »Anzeichen für einen Kampf« in seinem Wagen.

Bell wurde aufs Revier geholt und zwei Tage und zwei Nächte lang vernommen. Zuerst stritt er alles ab. Am Ende gestand er, mit ihr in seinem Wagen weggefahren zu sein.

Der Zeitung zufolge war seine Verteidigung nicht überzeugend gewesen. Sie habe »ihn angetörnt und dann abblitzen lassen«, und er habe »ein bisschen was getrunken«. Dann hätten sie sich gestritten, und Dinah sei weggelaufen. Er sei ihr noch hinterhergerannt und habe ein Auto erblickt; aber das konnte er nicht richtig beschreiben. Schließlich sei er wieder zum Jahrmarkt gefahren, wo er seine Kumpel jedoch nicht mehr gesehen habe, weshalb er nach Hause zurückgekehrt sei ...

Er schwor, dass sie noch am Leben gewesen war, als er sie zum letzten Mal gesehen hatte. Und das war seine ganze Verteidigung.

Seine Geschichte wurde jedoch von keinem bestätigt.

Niemand erinnerte sich, dass er zum Jahrmarkt zurückgekommen war.

Keiner hatte Dinah wiedergesehen.

Und niemand sonst schien ein Motiv gehabt zu haben, sie umzubringen.

Dann war da das Blut.

Und mittlerweile – zwei Wochen nach Dinahs Verschwinden – ging man auch ohne Leiche davon aus, dass das arme Mädchen tot war.

Es gab also nur einen einzigen Verdächtigen: Tim Bell, der bereits wegen Diebstahls, Körperverletzung, Trunkenheit und Ruhestörung eine Jugendstrafe abgesessen hatte.

Er wurde wegen Mordes angeklagt, eine Freilassung auf Kaution bis zum Prozess abgelehnt. Und Bell verschwand hinter Gittern.

Jack sprang einige Monate bis zum Prozess vor und las sich am Microfiche-Gerät langsam durch die täglichen Berichte in der Zeitung.

Der Prozess in Oxford dauerte nicht lange.

Ein Zeuge nach dem anderen sagte aus, dass Bell getrunken, Pillen genommen und damit geprahlt habe, was er und Dinah die Nacht noch alles tun würden.

Andere erzählten, er habe in den beiden Wochen nach ihrem Verschwinden keinerlei Reue gezeigt und weiterhin abends sein Bier im Ploughman getrunken, als wäre nichts gewesen.

Und obwohl die reinen Indizienbeweise – in Jacks Augen und entsprechend den Maßstäben des NYPD – eher dürftig waren, hatten die Geschworenen ein einstimmiges Urteil gefällt.

Schuldig.

Jack las den letzten Bericht über den Prozess – die Urteilsverkündung.

Fünfundzwanzig Jahre in Obhut der Krone …

Jack zog den letzten Microfiche aus dem Gerät, schaltete es aus und steckte den Fiche in die Hülle.

Er lehnte sich auf dem harten Holzstuhl zurück und versuchte sich vorzustellen, wie es sein musste, eine solche Strafe für ein Verbrechen abzusitzen, das man nicht begangen hatte.

Kein Wunder, dass Tim Bell innerlich tot ausgesehen hatte, als er in den Pub gekommen war. Jack wusste von vielen Exhäftlingen, die eine längere Zeit hinter Gittern verbracht hatten, dass sie nur überleben konnten, indem sie sämtliche Empfindungen ausschalteten.

Ohne Gefühle war es bloß Zeit, die verstrich – Tag für Tag, Monat für Monat, Jahr für Jahr.

Bell könnte schuldig sein. Aber diese Beweise hätten vor einem amerikanischen Gericht nie und nimmer gereicht, um ihn zu verurteilen.

Deshalb kamen Jack Zweifel an der ganzen Geschichte.

Und mit ihnen stellte sich die Frage: Könnte Bell unschuldig sein?

Jack stand auf, schloss die Microfiches wieder weg und verließ die Bücherei.

Draußen erwartete ihn nicht gerade frische Luft. Er wischte sich über die Stirn. Es war noch nicht ganz Mittag, musste aber sicherlich schon achtundzwanzig Grad warm sein, und es herrschte eine enorm hohe Luftfeuchtigkeit.

Jack blickte hinüber zu dem kleinen Gebäude, in dem Sarah arbeitete. Ihre Webdesign-Firma war in dem Büro über dem Makler. Samstags vormittags holte Sarah dort gewöhnlich den Papierkram nach, also müsste sie jetzt dort sein.

Ihm wurde bewusst, dass dieser Fall eine Premiere für sie war.

Normalerweise kam jemand zu ihnen und bat sie um Hilfe. Diesmal schob er selbst die Ermittlungen an, und das aus purem Gerechtigkeitsempfinden.

Was bedeutete, dass er besonders aufpassen musste, sich nicht zu sehr hineinzusteigern. Tat man das, unterliefen einem Fehler.

Und das war der Grund, weshalb er nicht ohne Sarah ermitteln sollte, selbst auf die Gefahr hin, dass sie sich beide unbeliebt machten.

Doch was, wenn sie ablehnte?

Er überlegte kurz und ging die Straße hinauf zu Huffington's.

Was für ein absurder Gedanke, dass ein eisgekühlter Café Frappé den entscheidenden Ausschlag für ein Ja geben könnte!

Jack grinste.

Es war keine Bestechung. Lediglich eine gute Taktik.

6. Verlorene Jahre

Sarah und Jack gingen nebeneinander die Gibraltar Terrace hinunter und sahen zu den Hausnummern. Sie suchten nach Tim Bells Haus.

Sarah kam selten in die alte Sozialsiedlung am Rande von Cherringham, die in den Fünfzigern gebaut worden war. Einige der Häuser waren renoviert worden, doch die meisten sahen heruntergekommen aus: An den Fassaden blätterte die Farbe ab, und Rasen und Hecken vor den Häusern waren ungepflegt.

Das Armenviertel des Dorfes.

Ein paar Leute saßen vor ihren offenen Türen in der Sonne. Im Vorbeigehen lächelte Sarah Kindern zu, die in kleinen Plastikbecken plantschten. Als sie allerdings an einer Gruppe größerer Kinder vorbeikamen, die auf einer Mauer hockten, spürte Sarah, wie sie ihnen misstrauisch hinterhersahen.

»Diesen Teil der Cotswolds sehen die Touristen nicht«, sagte sie.

»Überall auf der Welt ist es das Gleiche«, meinte Jack. »Es gibt arme Menschen, und wir scheinen unfähig, das Problem zu lösen.«

Sie erreichten die Hausnummer, nach der sie suchten, und Sarah blieb stehen.

»Das dürfte es sein«, sagte Jack.

Sarah betrachtete das winzige Reihenhaus: graue Kieselputzmauern, verblichene Vorhänge in den Fenstern und ein Vorgarten mit vertrocknetem Gras und einigen wenigen armseligen Sträuchern.

Wo einst kleine Glasscheiben in der Tür gewesen waren, klebte nun Pappe. Und auf dem von Unkraut überwucherten Weg zum Haus lagen verstreut Glasscherben.

Sarahs Blick fiel schließlich auf die Texte, die mit grellen Farben auf die Tür gesprüht waren.

»*Geh oder stirb!*«

»*Mörder!*«

Dazu obszöne Bekundungen von Hass, Gewalt und Zorn.

Sie drehte sich zu Jack. Ihr wurde bewusst, dass sie von den Leuten im Haus gegenüber beobachtet wurden und die Teenager, an denen sie vorbeigegangen waren, nun in ihre Richtung die Straße hinunterschlenderten.

»Ich würde sagen, dass wir drinnen sicherer sind als hier draußen«, sagte Jack und deutete mit einem Kopfnicken auf die sich nähernde Gruppe, die inzwischen nicht nur aus Jugendlichen bestand und deutlich angewachsen war. Unter diesen Leuten erkannte Sarah einige von Terry Hamblyns Freunden – und ein oder zwei ältere Gesichter aus dem Dorf.

Die Mobiltelefone machen es heutzutage leicht, einen Lynch-Mob zusammenzutrommeln, dachte sie.

Sie zog die rostige Pforte auf, ging zur Tür und klopfte an.

Keine Reaktion.

Fragend blickte Sarah zu Jack.

Er trat vor und drückte ein Stück Pappe in der Tür nach innen.

»Mr Bell, hier ist Jack Brennan. Wir ... äh, sind uns gestern Abend im Ploughman ... begegnet.«

Stille.

Sarah zuckte mit den Schultern und stellte sich neben Jack.

»Tim, wir wollen helfen!«, rief sie. »Wir denken, dass wir Ihnen vielleicht helfen können. Wir sind nicht hier, um Ärger zu machen.«

Sie wartete, aber immer noch passierte nichts.

Über Jacks Schulter hinweg sah sie noch mehr Leute die Straße hinunterkommen.

»Wir sollten lieber gehen, Jack; und zwar jetzt gleich, bevor ...«

Sie hörte, wie hinter ihr die Tür langsam geöffnet wurde. Als sie sich umdrehte, konnte sie undeutlich Bells blasses Gesicht in dem schmalen Spalt erkennen. Dahinter war alles dunkel im Haus.

»Okay, dann kommen Sie schon rein«, sagte er.

Er machte die Tür weiter auf, und sie gingen hinein.

Dann hörte Sarah, wie er die Tür hinter ihnen laut zuknallte.

Sarah und Jack saßen stumm am Küchentisch und warteten, während Tim ihnen Tee machte. Sarah fühlte sich wie in einer Zeitschleife: Die Küchenschränke waren aus den Siebzigern, und die Geräte – Herd, Kühlschrank und sogar der Toaster – sahen noch älter aus.

Alles wirkte sauber und ordentlich, auch wenn das spärliche Mobiliar ziemlich abgenutzt war.

»Haben Sie Probleme mit den Anwohnern?«, fragte Sarah.

»Kinder mit Spraydosen? Ich bitte Sie!«

»Für mich sieht es etwas ernster aus«, meinte Jack.

»Damit komme ich klar. Das Gefängnis war keine Kaffeefahrt.«

Sarah beobachtete, wie Tim zunächst zwei alte Becher auf den Tisch stellte, danach eine Zuckertüte, einen Milchkarton und einen Löffel.

»Wollen Sie keinen?«, fragte Jack.

Tim schüttelte den Kopf und setzte sich ihnen gegenüber hin.

Wie bei einem Polizeiverhör, dachte Sarah. *Drüben der Verdächtige, und wir spielen die Cops.*

»Haben Sie hier gewohnt, bevor …?«, erkundigte sich Sarah.

»Hier bin ich aufgewachsen«, antwortete Tim und holte eine Dose Tabak und Zigarettenpapier hervor.

Geübt drehte er sich eine Zigarette und steckte sie an. Damit war geklärt, wessen Hausregeln hier galten – nämlich seine.

»Wohnen Ihre Eltern noch hier?«, wollte Jack wissen.

»Die sind gestorben, als ich einsaß.«

»Das muss hart gewesen sein«, sagte Sarah.

Sie sah, wie er sich einen Tabakkrümel von den Zähnen zupfte.

»Ich mochte sie nicht besonders. Hat mich nicht weiter gekümmert.«

Sarah fragte sich, ob er wirklich so empfand oder ob es nur eine Schutzbehauptung war.

»Normalerweise lassen sie die Leute raus, um zu Beerdigungen zu gehen.«

Tim reagierte merklich gereizt. »Ich habe doch gesagt, dass es mich nicht interessiert hat, okay?«

Ein Anflug von Wut …

»Dann ist das jetzt das erste Mal, dass Sie zurück sind, seit …«

»Seit ich für einen Mord eingelocht wurde, den ich nicht begangen habe? Ja.«

»Warum sind Sie zurückgekommen, Tim?«, fragte Jack.

»Hier wohne ich nun mal, klar?« Er nahm einen tiefen Zug von der Zigarette. »Im entzückenden Cherringham.«

»Haben Sie hier noch Freunde?«

»Noch? Wie sich ja herausstellte, hatte ich nie beknackte Freunde!«

Sarah beobachtete ihn aufmerksam. Ihm war eine unterdrückte Aggressivität anzumerken, als könnte er jederzeit ohne Vorwarnung in die Luft gehen.

Seit sie hier waren, hatte er Sarah kein einziges Mal direkt angesehen, und jetzt am Tisch war sein Blick starr auf Jack gerichtet.

»Sie … Sie haben gesagt, dass Sie mir helfen wollen. Wie wollen Sie das anstellen?«

Sarah sah zu Jack, denn nur ihn hatte Tim angesprochen.

»Sarah und ich«, erklärte Jack, »nehmen uns manchmal gemeinsam Fälle vor, an denen die Polizei kein Interesse zeigt oder die -«

»Ich weiß, was Sie machen«, fiel Tim ihm ins Wort. »Die bringen einem im Knast das Googeln bei.«

»Okay«, sagte Jack. »Also, die Sache ist die: Ich habe mir Ihren Fall angeschaut, die Zeitungsberichte darüber und die Prozessprotokolle durchgelesen. Und ich begreife nicht, warum Sie verurteilt wurden.«

»Komisch, dasselbe hat damals mein Anwalt gesagt.«

»Haben Sie keine Berufung eingelegt?«, fragte Sarah.

»Die habe ich auch verloren«, antwortete Tim, ohne sie anzuschauen.

Sarah sah, wie Jack nickte und sich zurücklehnte.

»Sie müssen einer Menge Leuten vor Gericht mächtig gegen den Strich gegangen sein.«

»Ist ja kein Beliebtheitswettbewerb, oder?«, erwiderte Tim.

»Ach nein?«, konterte Jack. »Wer hat Ihnen das denn erzählt?«

»Ich habe sie nicht umgebracht«, sagte Tim achselzuckend. Dann blickte er zur Seite. »Ich habe Dinah nichts getan. Weder an jenem Abend noch sonst irgendwann.«

»Aller berechtigten Zweifel zum Trotz schienen die Geschworenen aber das Gegenteil zu glauben«, entgegnete Jack.

»Und was ist mit Ihnen?«

»Das werde ich in ein bis zwei Tagen wissen. Im Moment habe ich einige berechtigte Zweifel.«

»Danke für Ihr Vertrauen.«

»Setzen Sie lieber nicht darauf«, sagte Jack.

Sarah suchte nach irgendeiner Gefühlsregung in Tims Miene, aber da war keine.

»Wie ich schon mal gefragt habe – wie wollen Sie mir helfen?«

»Wenn Sie es nicht waren, können wir vielleicht den wahren Täter finden.«

»Sie – und die? Nach fünfundzwanzig Jahren?«

Sarah reagierte nicht, als Tim sich zum ersten Mal ihr zuwandte und sie anstarrte, als wäre sie ein Kind.

»Wie denn?«

Jack lächelte.

Sarah wusste, dass ihm die Situation hier Spaß machte, denn er hatte jahrelange Übung im Umgang mit Verdächtigen wie Tim. Sie hingegen bekam eine Gänsehaut.

»Tja«, sagte Jack geduldig, »was halten Sie davon, wenn Sie mal die ganze Geschichte von Anfang an erzählen? Wie Sie Dinah kennengelernt haben, was an dem Abend passiert ist, in allen Einzelheiten. Meinen Sie, das können Sie?«

»Als wenn das was bringt!«

»Das zu beurteilen dürfen Sie mir überlassen, Tim. Sie wollen Hilfe … Gerechtigkeit. Es kann gut sein, dass wir Ihnen die verschaffen.«

Sarah beobachtete Tim, der regungslos dasaß und langsam blinzelte, als wollte er Energie sparen. Dann drückte er seinen Glimmstängel auf einer Untertasse aus, griff nach der Tabakdose und begann sich noch eine Zigarette zu drehen.

»Ich habe Dinah bei einem Gig im Young Farmers' Club kennengelernt, ungefähr eine Woche bevor der

Jahrmarkt nach Cherringham kam. Sie war mit ein paar Freundinnen da; die hingen immer zusammen rum ...«

Sarah holte einen kleinen Schreibblock aus ihrer Handtasche und fing an, sich Notizen zu machen, während Tim erzählte.

Ihr war bekannt, wie Jack Leute befragte.

Und wenn Tim fertig war, würde Jack ihn dazu bringen, alles noch einmal von vorn zu erzählen.

Und danach noch einmal. Und wieder. Und wieder.

Bis sich irgendetwas an der Geschichte veränderte.

Oder sich als falsch erwies.

Er suchte nach dem einen Wort, der einen Geste, die herausfiel und sie verriet – die Schuld.

Das Zeichen, das den Täter überführte ...

Doch als schließlich das Gespräch beendet war und sie zu Jack sah – und er zu ihr –, wusste sie, dass es in diesem Fall keine »Zeichen« gab, die Tims Schuld verrieten.

7. Frische Luft

»Aus dem Weg, Riley, du Teufel!«

Lachend wich Jack seinem verrückten Springer Spaniel aus und trug das Tablett mit Kaffee und Keksen aus der Kombüse. Er beförderte es nach oben, durch das Brückenhaus und dann an Deck der *Grey Goose*, wo Sarah im Schatten des Schirms saß.

»Der Hund ist noch mal mein Tod«, sagte Jack und stellte das Tablett auf den Tisch.

»Dieser Tage dürfte es eine ganze Reihe von Leuten geben, die das gerne bewerkstelligen würden«, erwiderte Sarah.

Jack schenkte Kaffee ein und setzte sich ihr gegenüber hin.

»Soll heißen, ich habe mich mal wieder mächtig in die Nesseln gesetzt?«

»So was in der Art«, antwortete Sarah.

Jack trank einen Schluck Kaffee und bot Sarah einen Keks an. Riley rutschte näher und legte sich neben Jacks Füße. Jack blickte nach unten: Riley sah ihn herzerweichend an. Der Hund wusste, dass er nichts bekommen würde, aber die Hoffnung starb ja bekanntlich zuletzt …

»Man muss jemanden nicht mögen, um seine Unschuld beweisen zu wollen«, sagte er und sah Sarah wieder an.

»Machst du Witze? Der Typ ist egozentrisch, arrogant, aggressiv, humorlos, gnadenlos …«

»Hm, ist das alles? Ich könnte dem noch einiges hinzufügen.«

»Sicher kannst du das. Und ich habe noch nicht einmal angefangen, darüber zu sprechen, wie er sich Frauen gegenüber verhält: unverschämt, herablassend, überheblich – und wahrscheinlich auch gewalttätig.«

Sie atmete tief ein und wieder aus, wohl um ihre Gefühle abzuschütteln.

»Ich habe immer noch eine Gänsehaut, Jack.«

»Tut mir leid, aber ich brauchte dich dort.«

»Weiß ich. Trotzdem hätte ich die zwei Stunden meines Lebens gerne zurück.«

»Dann waren sie den eisgekühlten Frappé nicht wert?«

»Also das war ein ganz billiger Trick!«, schalt sie ihn grinsend.

Jack beobachtete ein Schwanenpaar, das im Tiefflug ankam und auf dem Wasser landete. Jenseits des Flusses waren die Wiesen von zwei Monaten Sonnenschein ausgeblichen.

Er konnte gerade noch den Lärm vom Jahrmarkt hören, den die heiße Luft von der anderen Seite der Cherringham Bridge herbeitrug.

Jetzt am Nachmittag und bei dieser sengenden Hitze dürfte dort ziemlich wenig los sein.

Aber am Abend wären die Karusselle wieder voll, und das nicht nur mit Leuten aus Cherringham, sondern auch mit Hunderten von Sommergästen.

Jack trank noch einen Schluck Kaffee.

»Tim Bell wollte etwas von Dinah Taylor an jenem Abend. Ich tippe, dass er sie nur aus einem einzigen Grund da oben raufgefahren hat.«

»Betrunken und stoned. Er war außer Kontrolle«, sagte Sarah.

»Kann sein, doch ich bin mir nicht so sicher. Trotz des Alkohols und der Pillen glaube ich, dass er sehr wohl mitbekommen hat, was er tat. Noch heute Morgen konnte er sich an jedes winzige Detail erinnern. Demnach kann er nicht völlig hinüber gewesen sein.«

»Er hörte sich fast so an, als wäre er … stolz auf das, was er damals tat«, sagte Sarah. »Dass er Dinah Taylor da hinauflocken konnte …«

»Aber das macht ihn nicht zum Mörder. Ich habe ihn dreimal die Geschichte erzählen lassen. Ist dir aufgefallen, dass sie sich kein bisschen veränderte?«

»Nicht? Für mich klang sie jedes Mal ein wenig anders.«

»Ja, und genau deshalb denke ich, dass er die Wahrheit sagt. Anders, aber es gab keine Widersprüche. Das war keine auswendig gelernte Aussage. Er hat aus dem Stegreif erzählt, also echte Erinnerungen abgerufen. Die Wortwahl änderte sich jedes Mal, aber der Inhalt blieb derselbe.«

»Dann glaubst du nicht, dass er sie umgebracht hat?«

Jack schüttelte den Kopf. »Das bezweifle ich ernsthaft.«

Selten hatte er Sarah so nachdenklich gesehen. Und dennoch – er musste ihr die entscheidende Frage stellen.

»Wie sieht es aus: Bist du dabei?« Er rechnete damit, dass ihre Antwort eine Weile auf sich warten lassen würde.

Doch sie kam prompt.

»Ich vertraue deinem Gefühl, Jack. Und falls du recht hast, haben wir es mit einem der größten Fehlurteile zu tun, seit ...«

»Seit dein Ex die Hälfte des Londoner Hauses bekommen hat?«

»Na, so groß vielleicht auch wieder nicht«, antwortete sie lachend.

Es tat gut, sie wieder lachen zu hören.

»Obwohl der Typ ein fieser Idiot ist?«

»Ja, trotzdem. Und weißt du, warum ich dabei sein will?«

»Ich glaube schon. Weil irgendwo da draußen ein noch viel mieseres Schwein frei herumläuft, falls Tim unschuldig ist.«

»Stimmt genau«, bestätigte Sarah. »Der echte Mörder. Und das macht mich wütend. Und es macht mir Angst um mich, meine Tochter und alle Frauen im Dorf.«

»Das verstehe ich gut.«

»Weißt du, früher haben wir Fälle übernommen, weil wir die Leute mochten, Mitleid mit ihnen hatten oder uns für die ewigen Verlierer einsetzen wollten …«

»Und jedes Mal kamen sie zu uns. Sie baten uns um Hilfe.«

»Eben. Aber das hier fühlt sich anders an. Als wäre es … ich weiß nicht … unsere Pflicht?«

Jack nickte. Das Gefühl kannte er. Es hatte ihn in seinen dreißig Jahren als Cop angetrieben und würde nie ganz verschwinden.

»Ich will Dinahs Mörder finden«, sagte Sarah. »Wo fangen wir an?«

»Beim Üblichen. Wir reden mit Leuten.«

»Und mit wem?«

»Mit jedem, der noch in der Gegend ist. Zunächst Dinahs Eltern, damit wir einen Eindruck bekommen, wie heil die Welt zu Hause war. Dann ihre Freunde – und möglichst die besten Freundinnen, falls wir die auftreiben können.«

»Es ist über zwanzig Jahre her.«

»Sicher kannst du sie aufspüren.«

»Ich kann es versuchen«, sagte sie. »Was ist mit Tony?«

Tony Standish war in Cherringham eine Art Institution, so etwas wie die königliche Hoheit des Dorfes. Seit vierzig Jahren war er hier Anwalt, und egal, ob er direkt mit einem Fall zu tun hatte oder nicht, er schien stets zu wissen, was vor sich ging.

»Gute Idee. Vielleicht sind noch einige der Cops da, die als Erste an dem Fall gearbeitet haben. Ich würde gerne die Liste der Autos sehen, die sie ausfindig gemacht haben. Das heißt, sofern sie überhaupt nach dem Auto gesucht haben, das Tim damals sah …«

»Und vergiss nicht, dass gerade der Jahrmarkt im Ort ist«, hob Sarah hervor.

»Derselbe Jahrmarkt?«

»Dieselben schrottigen Karusselle, wie es aussieht. Eventuell waren einige von denen schon in jenem Jahr hier.«

»Das wäre möglich. Weißt du was? Nimm deinen Kaffee mit, und wir stellen ein Whiteboard unten im Büro auf.«

»Offenbar haben wir einen Fall«, sagte Sarah.

»Ja, und ich denke, der wird in vielerlei Hinsicht nicht leicht.«

Damit nahm er seinen Kaffee und ging zum Brückenhaus, raus aus der sengenden Sonne.

8. Ein kaltes Herz

Erstaunlicherweise lebten in Cherringham noch viele Leute, die mit Dinah und ihrer Geschichte verbunden gewesen waren.

Typisch für Kleinstädte und Dörfer, dachte Jack. *Die meisten Menschen ziehen nie weg.*

Und nachdem er mit Sarah eine Liste von Personen erstellt hatte, mit denen sie reden wollten, bot Jack an, den womöglich schwierigsten Kandidaten zu übernehmen und als Erstes mit ihm zu sprechen: Dinahs Vater.

Dinah hatte früher in einem Cottage nahe der Grundschule gewohnt, unweit von Sarahs Haus. Ihr Vater lebte heute jedoch in einer Wohnung direkt über einem Haushaltswarenladen.

Jack beschloss, unangekündigt bei ihm aufzukreuzen, denn er bezweifelte, dass der Mann wild darauf war, alte Wunden aufzureißen.

Die Tür im Erdgeschoss, durch die man zur Treppe gelangte, die zur Wohnung hochführte, war offen. Gleichwohl hatte es den Anschein, als sollte sie eigentlich abgeschlossen sein.

War es Unachtsamkeit, oder funktionierte die Verriegelung nicht mehr in dem morschen Holzrahmen?

So oder so war das schon mal einfach.

Jack ging die dunkle Treppe hinauf.

Der Mann war alt genug, um Ruheständler zu sein – was sie hier »Rentner« nannten. Und Jack vermutete, dass er das tat, was viele Rentner taten.

Nichts.

Als er die Treppe hochgestiegen war, klopfte er. Die Deckenleuchte blieb dunkel; vielleicht war die Birne durchgebrannt und nicht ausgewechselt worden.

»Mr Taylor?«, rief Jack, während er ein zweites Mal an die Holztür klopfte.

Endlich öffnete sie sich langsam.

Jack hörte den Fernseher im Hintergrund, der sehr laut eingestellt war. Es ertönte das Publikumslachen einer Comedy-Serie.

Überall der gleiche billige Mist.

»Ja, was ... Ach, Sie?«

»Mr Taylor – Jack Brennan.«

Der Mann hielt die Tür nur ungefähr dreißig Zentimeter weit auf, und wie es aussah, wollte er sie auch nicht weiter öffnen.

»Ich weiß, wer *Sie* sind.«

Taylor war unrasiert, und graue Stoppeln bedeckten sein Kinn wie winterlicher Raureif. Er rieb sich die Lippen und machte dabei den zahnlosen Mund auf.

Mit Dinahs Vater hatte es das Leben anscheinend nicht besonders gut gemeint.

Dann schniefte er. Es schien, als würde er überlegen, was er als Nächstes sagen sollte.

Und dann erkannte auch Jack ihn wieder.

Taylor war in dem Mob gewesen, der sich vor Bells Haus versammelt hatte.

Jack war weit mehr als einen Kopf größer als der Mann vor ihm. Vielleicht fühlte Taylor sich von ihm eingeschüchtert ... so wie es vielen der zwielichtigen Gestalten in Manhattan auch immer gegangen war.

»Sie haben doch diesen ...« – hier setzte eine längere Pause ein, während er nach dem richtigen Wort suchte – »... *Drecksack* verteidigt, der wo meine Dinah ermordet hat, dieses Stück ...« Seine Augen weiteten sich, und seine Kiefer malmten vor Wut. »Diesen Tim Bell!«

Jack nickte.

»Ja, das habe ich. Hören Sie, Mr Taylor, ich hatte gehofft, dass ich …«

Noch ein Schwall irren Gelächters aus dem Fernseher. Etwas schrecklich Komisches ließ das Studiopublikum vor Lachen platzen.

»… mit Ihnen reden könnte. Ich hätte einige Fragen.«

Dann entschied Jack, seine Taktik zu ändern.

Er überlegte, was Dinahs Vater bewegen könnte, ihn hereinzulassen und ihm vielleicht einige Fragen zu jenem Abend zu beantworten, der Jahrzehnte zurücklag.

»Eventuell habe ich mich bei dem Vorfall im Ploughman etwas voreilig eingemischt«, sagte Jack lächelnd. »Ich meine, ich wusste ja nichts von dem Fall.«

»Und ob Sie das haben – jedenfalls nach allem, was ich gehört habe! Wer beschützt denn einen …«

Jack erwartete ein weiteres Mal das Wort »Drecksack« zu hören, doch stattdessen …

»… Mörder? Dieses mordende Stück Dreck, das mir … das mir …«

Er verstummte betroffen.

Nach so vielen Jahren.

Und trotz des offensichtlichen Hasses auf Tim Bell, tat der Mann Jack leid. Wie konnte man sich jemals von solch einem Verlust erholen?

Ein Schluchzen.

»… meine wunderschöne Dinah genommen hat.«

Dann setzte Jack auf Risiko. Entweder schlug der Mann gleich die Tür zu, oder …

Er legte eine Hand auf Taylors Schulter. »Ich verstehe Sie, Mr Taylor. Ich habe selbst eine Tochter, und ich weiß, was Verlust ist. Es muss …«

Langsam sah der Mann, dessen Augen bisher auf den Boden gerichtet gewesen waren, zu Jack auf.

»... entsetzlich für Sie gewesen sein. Mit so etwas wird man nicht fertig.«

Der Mann nickte.

Leiser ergänzte Jack: »Ich hätte nur ein paar Fragen.«

Und Taylor zog die Tür weiter auf.

Der Fernseher war stumm geschaltet, und Vincent Taylor zeigte auf einen Sessel mit langen Rissen im Bezug, aus denen helle Polstermasse quoll. Tee bot er nicht an.

Zeitungen waren auf dem Boden ausgelegt, wie es Leute manchmal machten, wenn sie noch nicht stubenreine Welpen hatten; nur war hier kein Haustier zu sehen.

Durch das offene Fenster kam weitere schwülheiße Luft herein. Die warmen Nächte hier drinnen mussten unerträglich sein.

Jack konnte vom Wohnzimmer in die Küche sehen und erblickte dort gewaltige Stapel schmutzigen Geschirrs und benutzter Töpfe in dem primitiven Spülbecken.

Die letzten fünfundzwanzig Jahre müssen hart für ihn gewesen sein, dachte Jack.

Und jetzt, wo Tim Bell wieder zurück ist ...

Der Mann griff nach einer zerdrückten Zigarettenschachtel auf dem Couchtisch. Er spähte in die Schachtel hinein und pulte mit dem Zeigefinger eine beinahe durchgebrochene Zigarette heraus.

Die steckte er sich mit einem Streichholz an und sog gierig daran.

»Na denn«, sagte Taylor. »Was haben Sie für Fragen?«

Jack lehnte sich vor und hoffte, all das an Mitgefühl aufrechterhalten zu können, was er bislang für Dinahs Vater empfunden hatte.

»Ihre Frau … Mary? … lebt nicht mehr?«

Sarah hatte diese Information aus einem Online-Archiv, in dem alte Traueranzeigen gespeichert waren.

Der Mann nickte. »Sie war weggezogen … abgehauen mit einem anderen Kerl. Was mit Dinah passiert war, hat uns verändert, und das war Marys Art, damit klarzukommen, denke ich. Sie musste mich verlassen.«

»Aber Sie blieben im Dorf?«

Taylor blickte auf. »Ja, ist doch klar! Das hier ist mein Dorf. Wieso zur Hölle sollte ich wegziehen? Ich wollte sicher sein, dass dieser Bell verurteilt und weggesperrt wird. Na ja, hat nicht viel genützt, nicht? Er hat nie verraten, was er mit meinem armen Mädchen gemacht hat.«

»Und was, glauben Sie, ist damals passiert?«

»Glauben? Sind Sie schwer von Begriff? Glauben? Ich *weiß*, was passiert ist. Er hat versucht, sie rumzukriegen. Sie war ein braves Kind, Brennan, ein liebes Mädchen – klug, begabt. Und als sie den Drecksack abgewiesen hat, ist er durchgedreht.«

Er nahm noch einen tiefen Zug von der Zigarette. »Dann hat er sie umgebracht.«

Jack hätte gerne Taylors Theorie gehört, was Bell mit der Leiche angestellt haben mochte – falls es denn den Mord gegeben hatte. Aber das würde wahrscheinlich bedeuten, Öl in ein bereits lichterloh brennendes Feuer zu gießen.

Eines wusste Jack jedoch: Bell war in diesem Dorf nicht sicher – nicht mit Vincent Taylor und dessen Hass.

Jack nahm sich vor, später zum Polizeirevier zu fahren und Alan Rivers Bescheid zu geben, dass Taylor lieber gewarnt werden sollte.

Und Bell vielleicht auch …

»Mr Taylor, gibt es sonst jemanden, der etwas über den Abend damals wissen könnte?«

Der Mann nickte. »Ähm, klar. Ihre Freundinnen, nehme ich an. Diese Jen und ihre Freundin Michelle ... Dinah war immer mit den beiden zusammen. Die waren eine richtige kleine Clique.«

Jack kannte ihre vollen Namen bereits, denn beide waren in den ersten Tagen nach ihrem Verschwinden, als man verzweifelt nach Dinah gesucht hatte, von Zeitungsjournalisten befragt worden. Und Sarah hatte ein Treffen mit ihnen verabredet.

Dann jedoch ...

»Und dieser Ollie. Der war eine Weile ihr fester Freund. Ich mochte ihn nicht besonders, aber wenigstens war er kein verdammter ›Tim Bell‹.«

»Und die beiden hatten Schluss gemacht?«

Taylor nickte.

»Können Sie sich vorstellen, dass Ollie ihrer Tochter etwas tun wollte?«

Taylor drückte die Zigarette aus, die bis zum Filter heruntergebrannt war, und beugte sich vor. »Hören Sie mir nicht zu, Brennan? Tim Bell war das! Er ist der verfluchte Mörder, der kein Wort darüber sagt, wo sie ist. Wir brauchen ...« – er wandte den Blick ab und bewegte angespannt die Lippen – »... jemanden, der das Mörderschwein zum Reden bringt. Ihn verdammt noch mal zwingt zu reden.«

Taylor nickte, als wäre vollkommen klar, dass es so sein musste.

»Und das wird einer tun, jede Wette. Jetzt, wo er hier ist, wird das einer ...«

Oder der Betreffende bringt Bell um, dachte Jack.

Und es klingt ganz so, als wäre Vincent Taylor auch dazu bereit.

»Eine letzte Frage. Wissen Sie, wo ich diesen Freund finde, diesen Ollie?«

»Der arbeitet bei Pete Bull. Ab und zu jedenfalls. Ist nicht gerade eine Leuchte. Wahrscheinlich finden Sie ihn da.«

Jack war schon oft bei Bulls Sanitärhandel gewesen, um Sachen für die *Grey Goose* zu besorgen. Und er erinnerte sich, dort Arbeiter gesehen zu haben. Wahrscheinlich war einer von ihnen Ollie.

Er stand auf.

Jack hatte einen neuen Namen erhalten – und eine ziemlich klare Vorstellung von der Gefahr, die Dinahs Vater für Bell darstellte.

Abgesehen davon hatte er in diesem stickigen Zimmer, das nach Qualm und Verlust stank, wenig Nützliches von dem zornigen Vater erfahren.

»Danke, Mr Taylor.«

»Eines noch, Brennan. *Detective*. Wenn Sie irgendwas rausfinden, egal was, dann erzählen Sie es mir lieber.«

Droht er mir? Warnt er mich?

Was es auch war, Jack lächelte. »Wenn ich etwas erfahre, sorge ich dafür, dass Sie es auch mitbekommen.«

Der Mann nickte, als hätte er einen Sieg über Jack errungen, und erhob sich.

Und dann stand er da, während Jack über das Meer von Zeitungspapier zur Tür ging und diese traurige, wütende Wohnung verließ.

9. Ein Wiedersehen im Angel

Sarah saß an einem der hinteren Tische im Angel – in Cherringhams schickerem Pub – und dachte einige Minuten lang, die beiden, mit denen sie sprechen wollte, hätten beschlossen, sie zu versetzen.

Jen Foote und Michelle Lang.

Sie waren Dinahs beste Freundinnen gewesen, als das Mädchen damals verschwand.

Und jetzt?

Sarah wusste, dass Jen bei »Hair Do!« arbeitete, dem einzigen Friseursalon des Dorfes. Und offensichtlich hatte die Frau keine Ahnung, dass ihr allzu sorgfältig toupiertes Haar den Salon als gnadenlos überholt auswies.

Was Michelle Lang betraf, wusste Sarah nichts.

Erstaunlicherweise waren die zwei einverstanden gewesen, sich mit Sarah zu treffen und über die damalige Zeit zu reden. Allerdings hatte Sarah nicht erwähnt, dass beide gemeinsam mit ihr reden würden.

Sarah blickte auf ihre Uhr. Es war halb drei, und die Kellnerin sah schon komisch zu ihr herüber, weil sie allein am frühen Nachmittag vor einem halben Pint Lager hockte.

In dem Moment ging die Tür auf, und Jen kam herein.

Oder stürmte eher herein. Sie schüttelte ihr Haar, als sie zum Tisch gerannt kam.

»Entschuldigung! Ich war schon fertig, da wollte die Chefin noch mit mir über meine Stunden reden. Ich sage Ihnen, *ich* sollte den Laden führen!«

Sarah lächelte. »Danke, dass Sie gekommen sind.«

Die Frau zog einen Stuhl vor und setzte sich.

»Möchten Sie etwas Alkoholisches trinken? Oder lieber einen Tee?«, fragte Sarah.

»Oh, klar. Ein halbes Stella ist schon okay.«

In dem Moment öffnete sich wieder die Tür, und eine Frau, die Sarah nicht kannte, betrat den Pub.

Das muss Michelle sein.

Was Jen Foote sogleich bestätigte.

»Du? Was willst du denn hier?«

Die schroffe Frage der Friseurin ließ Michelle sofort erstarren.

Während sich Jen sichtliche Mühe gab, so schick auszusehen, wie es ihr Alter irgend zuließ, hatte Michelle diesen Kampf anscheinend längst aufgegeben.

Sie trug ein schlabbriges, lose herabhängendes graues T-Shirt, eine ausgefranste Cargohose und Sandalen.

Richtig aufgebrezelt fürs Angel.

Selbst aus einiger Entfernung wirkten ihre eingesunkenen Augen traurig.

»Ich … ich wusste nicht, dass du hier bist«, sagte Michelle leise in dem leeren Pub.

Jen neigte sich näher zu Sarah.

»Sie hat mir nämlich damals den Freund ausgespannt. Und dann hat sie den Loser auch noch geheiratet.« Jen nickte scharf in Michelles Richtung. »Sie sehen ja, wie viel ihr das gebracht hat, ne?«

Sarah stand auf.

»Ich habe Sie beide hergebeten, um über Dinah zu reden. Über das, woran Sie sich aus jener Zeit erinnern.«

»Ah, weil dieses Ekel Tim Bell wieder da ist, was?«, fragte Jen.

Sarah nickte. »Stimmt.«

Die Kellnerin stellte ihre Getränke auf den Bartresen, und Sarah ging sie holen.

Nun war das unangenehme Wiedersehen überstanden, und im dämmrigen Pub wurde die Vergangenheit lebendig.

»Ich denke, sie wollte ihrem Exfreund Ollie eins auswischen. Oder vielleicht auch ihrem Dad. Beide wollten sie dauernd kontrollieren«, sagte Michelle und trank von ihrem Bier.

Jen pflichtete ihr stumm bei. Zwischen den beiden herrschte eine Art Waffenstillstand, während sie über die Tage vor Dinahs Verschwinden sprachen.

»Sie war immer so, na ja, nett und artig. Und dann geht sie mit Tim Bell aus? Jeder wusste doch, wie der war – überhaupt nicht Dinahs Typ. Sie war so klug, so talentiert …« Jen lachte. »Ist mir auch ein Rätsel, dass sie sich mit solchen wie uns abgab.«

Bei den letzten Worten sah die Friseurin zu Michelle, die daraufhin – endlich – ein Lächeln zeigte.

»Wir haben sie immer zum Lachen gebracht«, sagte die traurige Frau.

Kann man sich heute kaum vorstellen, dachte Sarah.

»Ja, das haben wir. Weißt du noch, wie wir eine von diesen Gummischlangen in Mrs Gimmels Handtasche gesteckt haben? Ich dachte echt, die krepiert vor lauter Schreck!«

Jetzt lachten beide. Vielleicht war der ausgespannte Freund, der mittlerweile ein Ehemann mittleren Alters war, nun doch verziehen.

»Denkt ihr … oder habt ihr geglaubt, dass Tim Bell Dinah etwas angetan haben könnte?«

Beide verstummten.

Schließlich antwortete Michelle: »Er hat ziemlich viel getrunken und war hinter den Mädchen her.« Sie sah zu Jen. »Außerdem gab es Gerüchte über Drogen. Aber er war süß.«

»Aber hallo!«, bestätigte Jen. »Wie gesagt, vielleicht wollte Dinah ja – weiß nicht – mal ein bisschen was Wildes ausprobieren. Aber ob Tim Bell ihr was angetan haben könnte? Das kam mir damals zuerst absurd vor.«

Anschließend sah die Friseurin Sarah an. »Übrigens gucke ich oft Krimiserien … Na ja, und da lernt man ja, dass man nie weiß, wozu andere fähig sind, stimmt doch, nicht, Sarah? Ich meine, du beschäftigst dich ja richtig mit solchem Zeug.«

»Ja«, antwortete Sarah vorsichtig. »Allerdings gibt es immer ein Motiv, einen Grund. Bei Tim Bell scheint es keinen zu geben. Und viele Beweise auch nicht.«

»Aber da waren doch welche«, erwiderte Jen. »Das Blut, das Stück Stoff von ihrem Kleid. Er hatte doch Blut von Dinah an sich, nicht?«

Sekundenlang war es still. Dann trank Michelle ihr Bier aus – etwas zu schnell, wie Sarah fand – und räusperte sich.

»Ja, klar, das war alles da. Aber du hast recht, Sarah, ich habe es auch nie so recht verstanden. Wie du gesagt hast – warum sollte er so was tun?«

Wieder trat Stille ein.

Abgesehen von einigen Zweifeln bringt dieses Gespräch bisher nichts.

Andererseits hatte Sarah von Jack gelernt, dass selbst Stille letztlich nützlich sein konnte.

Nach einer Weile sagte Michelle: »Es ist schwer vorstellbar, dass irgendwer der netten Dinah etwas antun wollte. Alle mochten sie, ihre Lehrer -«

»Besonders Mr Chase!«, unterbrach Jen sie. »Und wir alle mochten ihn auch ein bisschen zu sehr!«

Sarah wusste, von wem sie redeten.

Mr Chase, dem Musiklehrer.

Er musste selbst noch ein halbes Kind gewesen sein, als er diese Frauen unterrichtete.

»Mr Chase war tatsächlich euer Musiklehrer?«

»Oh ja! Ich glaube, es war sein erstes Jahr. Und wegen Dinahs Talent verbrachte er richtig viel Zeit mit ihr, ›um sie für Großes vorzubereiten‹«, wusste Jen zu berichten.

Sarah fragte sich unweigerlich, ob es da etwas gegeben hatte, das sie nicht erzählte.

Über Dinah und ihren Musiklehrer?

Wahrscheinlich nicht. Dennoch wusste Sarah aus ihrer eigenen Schulzeit, dass ein netter Lehrer auch zur Vertrauensperson werden konnte.

Zu jemandem, dem man seine Geheimnisse anvertraute.

»Meint ihr, ich sollte mal mit ihm reden?«

»Kann nicht schaden«, antwortete Michelle ausweichend. »Ich glaube aber nicht, dass er etwas weiß. Er war genauso fertig wie wir alle.«

»Aus meiner Schulzeit erinnere ich mich nicht an ihn«, sagte Sarah. »Aber ich war ja auch ein paar Klassen unter euch.«

»Richtig, und inzwischen unterrichtet er nur noch privat, glaube ich. Was man so hört, scheint es ihm ganz gut zu gehen.«

Die beiden Frauen hatten ihr Bier ausgetrunken, und Sarah war im Begriff, dieses Wiedersehen zu beenden, wobei sie überlegte, ob die beiden Freundinnen hiernach wieder zu Feindinnen würden …

Dann fiel ihr noch eine Frage zu jenem Sommerabend ein.

»War es eigentlich an dem Abend genauso heiß wie zurzeit?«

»Gott, ja! Man kriegte keine Luft!«

»Wir sind praktisch zerlaufen«, sagte Michelle.

»Und es geschah auch in der Woche, als Jahrmarkt war, nicht?«

Beide nickten.

»Bei der Hitze war sicher eine Menge los, und alle suchten nach einer Abkühlung, jeder wollte in die Karussells, oder? Wart ihr beide an jenem Abend auch da?«

Sie bejahten unisono.

»Und habt ihr Dinah an dem Abend mit Tim Bell gesehen?«

»Ich ja«, antwortete Michelle. »Bei den Karussellen und den Spielbuden.«

Jen fügte hinzu: »Und ich habe auch noch gesehen, wie Tim mit einem der Jungs vom Rummel geredet hat, als wären sie dicke Freunde. Die steckten so heimlichtuerisch die Köpfe zusammen.«

»Und was hast du gedacht, als du das beobachtet hast?«

»Na ja, du weißt ja, was man über die Typen sagt, die von Stadt zu Stadt ziehen. Angeblich können die einen immer mit Gras oder Stärkerem versorgen.«

»Also könnte Tim an dem Abend etwas von ihm gekauft haben, um high zu werden?«

Jen Foote blickte nachdenklich zur Seite, bevor sie einen Finger reckte, als hätte sie etwas Wichtiges mitzuteilen.

»Da ist noch was. Komisch, dass ich bis jetzt gar nicht darüber nachgedacht habe. Der Typ vom Rummel … Er hieß, glaube ich, Charlie … Charlie Kite. Ihr wisst ja, dass einige Mädchen auch schon mal mit den gut aussehenden Jungs vom Jahrmarkt geflirtet haben, nicht?«

Galt das auch für Jen, fragte Sarah sich.

»Jedenfalls erinnere ich mich, wie er an dem Abend Dinah so angeguckt, ihr zugelächelt und zugezwinkert hat. Und da hat Tim ihm irgendwann gegen den Oberarm geboxt, als wäre er sauer deshalb.«

Die Friseurin blickte von Sarah zu Michelle und wieder zurück.

»Meint ihr, das könnte wichtig sein?«

Sarah lächelte. »Das müsstest du doch aus den Krimis kennen. Man kann nie wissen.«

»Stimmt. Tja, ich muss wieder zurück. Weitere Wunder auf den Köpfen anderer Leute vollbringen.«

Sarah bezweifelte, dass Michelle irgendwohin musste.

»Ich danke euch beiden.«

Michelle nickte. »Erzählst du uns, falls du ... falls ihr etwas herausfindet? Wir beide ...« Sie holte tief Luft und sah ihre alte Freundin an. »Wir haben Dinah sehr gemocht. Mir fehlt sie – selbst heute noch.«

»Ja, mir auch«, sagte Jen.

»Mach ich«, versprach Sarah.

Sekunden später blickte sie den beiden nach, wie sie getrennt den Pub verließen.

Das war es dann wohl mit der wiedergewonnenen Freundschaft.

Vorerst jedenfalls ...

10. Eine tödliche Bedrohung

Als Jack den Sanitärhandel von Pete Bull betrat, saß der über einen Stapel Papiere gebeugt hinter dem Kassentresen.

Und Jack entging nicht, dass Pete aufblickte, ihn sah und nicht aufstand, um ihn freundlich zu begrüßen.

Pete war eigentlich ein netter Kerl, wie Jack fand, folglich konnte das nur eines bedeuten: *Ich scheine im Dorf einigen Leuten auf den Schlips zu treten.*

»Pete, hi, wie geht's?«

Pete sah wieder auf und rang sich ein kleines Lächeln ab.

»Danke, gut, Jack. Ähm, kann ich was für dich tun?«

Nur ein bisschen unterkühlt, aber durchaus spürbar.

Pete war im Ploughman gewesen, als der Mob Tim Bell bedrängt hatte. Zwar hatte er sich diesen Leuten nicht angeschlossen, trotzdem könnte er auf ihrer Seite sein.

»Ja, Pete, ich habe gehofft, dass ich mal mit Ollie Nash reden kann. Er arbeitet doch für dich, oder?«

Pete nickte. Beinahe widerwillig schob er seine Papiere beiseite und stand auf.

»Ollie ist gerade bei einem Kunden, müsste aber jeden Moment zurück sein.«

Jack nickte lächelnd. »Darf ich hier warten?«

Ein winziges Zögern.

»Klar, kein Problem.«

Es schien, als wollte Pete sich wieder hinsetzen und zu seinem Papierkram zurückkehren – der Fluch des kleinen Ladenbesitzers, der bei vielen Arbeiten keine Hilfe hatte.

Doch mitten in der Bewegung hielt er inne und drehte sich wieder zu Jack.

»Darf ich dir mal was sagen, Jack?«

»Sicher doch. Was immer du zu sagen hast, ich möchte es gerne hören.«

Nun lächelte der Klempner. »Diesmal vielleicht nicht. Es ist so, Jack. Was du da machst ... das mit Tim Bell, die Vergangenheit wieder aufwühlen ... Das kommt bei vielen Leuten hier nicht gut an.«

»Bei dir auch nicht?«

Pete Bull stockte. »Tja, ehrlich gesagt, Jack, ich kapier das nicht. Das Gericht hat Bell für schuldig befunden. Dieses arme Mädchen ist vor fünfundzwanzig Jahren verschwunden. Und jetzt ist es, als wenn ...«

»Als würde ich ihn entlasten wollen? Ihn vom Haken holen?«

Pete nickte. »Ja, so wirkt es.«

Jack holte tief Luft und überlegte, was er diesem Mann, den er als einen Freund betrachtete, antworten sollte.

»Lass mich mal versuchen, es dir zu erklären.«

»Nur zu.«

»Mein Leben lang ging es mir darum, die Schuldigen ins Gefängnis zu bringen. Und wenn auch nur die kleinste Möglichkeit bestand, dass ich vielleicht – einfach nur vielleicht – den Falschen hatte, habe ich weitergegraben.«

Jack lachte kurz, bevor er hinzufügte: »Meine Vorgesetzten waren darüber nicht immer froh.«

Wenigstens musste Pete grinsen.

»Und ab und zu ... ja, was soll ich sagen? Jeder dachte, wir hätten den Richtigen, und dann stellte sich heraus, dass er es nicht war.«

»Dann denkst du, dass Bell unschuldig ist?«

»Ganz ehrlich, Pete, ich weiß es nicht. Allerdings finde ich es sehr seltsam, dass er nach seiner Strafe hierher zurückkommt. Das würde normalerweise kein schuldiger Exknacki tun. Falls ich herausfinde, dass er schuldig ist, werde ich der Erste sein, der es allen erzählt. Aber was, wenn er es nicht ist?«

Pete Bull nickte. Jack nahm an, dass Pete noch mit einigen der Leute befreundet sein könnte, die Tim Bell von früher kannten.

»Weißt du, Jack, die Leute sind nicht glücklich über diese Sache. Und sie reden auch über Sarah. Wie eine alleinerziehende Mutter darauf kommt, Unruhe stiften zu wollen und einen Mörder zu beschützen.«

Sarah.

Das hatte Jack nicht bedacht. Sarahs Familie lebte seit Jahrzehnten in dem Dorf und war hier fest verwurzelt.

Sollte sie lieber aus dieser Sache rausgehalten werden?

Das versuch ihr beizubringen, dachte Jack sofort.

»Mir ist klar, dass die Leute sauer sind, Pete. Ich will doch nur der Wahrheit auf den Grund gehen. Und jeder sollte sich mal folgende Frage stellen: Was ist, wenn derjenige, der Dinah etwas getan hat, immer noch da draußen ist, immer noch in Cherringham?«

Pete erschrak.

Ja, das war die entscheidende Frage.

Falls Dinah wirklich ermordet wurde, falls es jemand anders war, falls genau das damals passierte … Was ist, wenn ihr Mörder so viele Jahre später immer noch hier lebt?

»Jedenfalls solltest du vorsichtig sein, Jack. Und pass auf Sarah auf. Ich fände es furchtbar, wenn einem von euch etwas zustößt. Und die Gemüter kochen ganz schön hoch.«

»Ich pass auf, Pete. Und danke für deine Sorge, ehrlich. Das bedeutet mir eine Menge.«

Jack spürte, dass Pete und er wieder versöhnt waren, und das fühlte sich gut an.

Im nächsten Augenblick bimmelte die altmodische Glocke über der Tür, und ein Mann kam herein, auf dessen Hemdtasche »Ollie« aufgestickt war.

Wie jeder andere auch, war Ollie wenig erpicht, mit Jack über die Vergangenheit zu reden.

Doch nachdem Jack wieder Frieden mit Pete geschlossen hatte, sagte der zu Ollie, er solle eine Pause machen und auf dem Hof hinterm Laden mit dem Ex-Cop sprechen. Dort gab es kleine Schuppen, in denen Rohre, Spülbecken und anderer Klempnerbedarf lagerten.

Ollie ging voraus in eine Ecke des Hofs, wo zwei umgedrehte Kisten als Sitzgelegenheiten dienten. Der Sandboden drum herum war von Zigarettenkippen übersät.

Ollie setzte sich auf die eine Kiste und Jack auf die andere.

Der Klempnergehilfe holte eine Zigarette hervor, zündete sie an und inhalierte tief.

»Ollie, ich möchte Ihnen nur ein paar Fragen stellen.«

Der Mann nickte. Wahrscheinlich hatte er längst gehört, was im Ploughman los gewesen war.

Jack grinste. »Ich weiß, dass ich mich derzeit nicht unbedingt beliebt im Dorf mache.«

Immer noch nichts von dem recht verstockt wirkenden Mann.

»Sie waren früher Dinahs Freund, stimmt's?«

Ollie nahm noch einen Zug von der Zigarette und sah auf.

»Früher, Mr Brennan? Sie meinen, vor fünfundzwanzig Jahren? Vor einer halben Ewigkeit?«

Jack nickte.

»Ich war ihr ›Ex‹, wenn Sie die Wahrheit wissen wollen. Wir hatten ungefähr eine Woche vorher Schluss gemacht.«

»Ja, das habe ich gehört. Können Sie mir erzählen, warum?«

»Klar, kann ich. Dinah Taylor fand, dass ich ihr nicht gut genug war. Ich hatte Pläne für meine Zukunft. Ich wollte eine Lehre machen« – er schwenkte die Hand über den Hof – »wie hier, Klempner oder Elektriker. Dann wollte ich Kinder kriegen, ein kleines Haus kaufen. Aber Dinah – sie …«

Er wandte das Gesicht ab.

Plötzlich holte ihn alles ein, vermutete Jack. Und was vor fünfundzwanzig Jahren gewesen war, kam ihm wie gestern vor.

»… sie wollte nichts davon wissen. Diese ganzen beknackten Preise in der Schule. ›Die Superstreberin‹ dachte, dass ich unter ihrer Würde bin.«

»Da haben Sie Schluss gemacht?«

Ollie sah ihn wieder an.

»Das habe ich nicht gesagt, oder? *Wir* haben Schluss gemacht. Jeder von uns wollte eben was völlig anderes, und was sollte das dann noch? Es war vorbei.«

Mit seiner nächsten Frage wartete Jack ein bisschen. Er rieb sich die Wange, als würde ihm gerade ein Gedanke kommen … dabei wusste er natürlich schon eine Weile, was er sagen wollte und welche Reaktionen er damit möglicherweise auslösen würde.

»Aber Sie hätten sicher nicht gewollt, dass Dinah Taylor irgendwas zustößt, oder?«

»Nee, verdammt!«

Ollie warf seine Kippe zu Boden und zertrat sie im Sand, als handelte es sich um ein widerliches Rieseninsekt.

»Wir wissen doch, wer Dinah was angetan hat, oder etwa nicht? Das war dieses zugedröhnte Schwein Tim Bell!«

Ollie hob einen Finger.

»Und unterstellen Sie mir ja nicht, dass ich Dinah was angetan hätte!«

Jack verneinte stumm. Neben dem drohenden Finger und Ollies scharfen Worten nahm er noch etwas anderes wahr.

Nach all den Jahren hatte Ollie immer noch Gefühle für seine damalige Freundin. Daher bezweifelte Jack auch, dass Ollie die Beziehung freiwillig beendet hatte.

Könnte er so sehr in Dinah verliebt gewesen sein, dass es zwischen ihm und ihr eskaliert war und Ollie im Affekt etwas Furchtbares getan hatte?

Es schien unwahrscheinlich, musste jedoch als Möglichkeit in Betracht bleiben.

Jack hatte nur noch eine Frage an den Hilfsklempner.

»Da ist noch eine Sache, die mir, nun ja, seltsam vorkommt«, sagte er.

Ollie hatte sich ein wenig beruhigt und nickte.

»Dinah hatte große Pläne, wie Sie sagen. Sie sah sich selbst nicht als die Ehefrau von jemandem in diesem kleinen Dorf.«

Wieder nickte Ollie.

»Warum also sollte sie dann mit Tim Bell ausgehen? Ich meine, er hatte ja wohl nicht vor, an die Universität zu gehen. Demnach scheint es widersinnig zu sein, dass sie sich mit ihm treffen wollte, nicht wahr?«

Ollie lächelte traurig.

»Ja, das verstehe ich. Ginge mir an Ihrer Stelle nicht anders, Mr Brennan. Aber Sie müssen wissen, dass Dinah zwar unbedingt wegwollte aus Cherringham, doch es gab jemanden, der sie total kontrollierte und sie noch dringender hierbehalten wollte als ich.«

Jack nickte bedächtig. »Lassen Sie mich raten. Ihr Vater?«

»Und ihre Mutter auch. Die beiden haben ihre ›Musterschülerin‹ wie die Geier bewacht. Wollen Sie wissen, warum sie mit Tim Bell ausgegangen ist? Wie sagt Ihr Amis noch immer? Rechnen Sie es sich selbst aus!«

»Um ihnen eins auszuwischen?«

»Genau das. So konnte Dinah auch sein. Die beiden wollten sie gängeln, und sie wollte ihnen zeigen, dass sie das nicht konnten. Nicht bei ihr.«

Ollies Worte rückten Vincent Taylor in ein neues Licht. Könnte all seine Wut, sein Hass auf Tim Bell auch der Tatsache geschuldet sein, dass er sich auf tragische Weise für die Geschehnisse damals verantwortlich fühlte?

Er wäre nicht der erste Vater, der seine Tochter dazu trieb, etwas Idiotisches, ja, Gefährliches zu machen.

Jack stand auf.

»Danke, dass Sie mit mir geredet haben, Ollie.«

»Das Schwein war es, Mr Brennan.«

»Kann sein«, sagte Jack. »Möglich wär's. Aber …«

In dem Augenblick hörte Jack das Heulen einer Sirene. Und im nächsten Moment vernahm er noch eine, jedoch aus einer anderen Richtung. Polizei? Feuerwehr? Krankenwagen? Alle drei.

Das kam in Cherringham selten vor, und Jacks Gefühl sagte ihm, dass er sich lieber ansehen sollte, was da los war.

»Ich muss mich sputen, Ollie.«

Das meinte Jack wörtlich und lief über den Hof, durch den Laden und an Pete Bull in der offenen Tür vorbei. Direkt vor ihm sauste mit jaulender Sirene ein Feuerwehrwagen die Straße entlang.

Jack rannte zu seinem Sprite und sprang in dem Moment hinein, in dem der Löschwagen abbog … exakt in die Richtung, die Jack bereits befürchtet hatte.

Zur Gibraltar Terrace.

Nach einem flüchtigen Blick in den Rückspiegel fuhr Jack los. Er hatte geahnt, dass etwas passieren würde – und jetzt war es passiert.

Als er scharf in die Straße einbog, die zu Tim Bells Haus führte, sah er, dass weiter vorn der Löschzug stand.

Feuerwehrmänner liefen herum, hatten schon den Schlauch ausgerollt.

Alan Rivers stand vor seinem Streifenwagen auf der anderen Straßenseite, das Blaulicht eingeschaltet, und machte sich bereit, Schaulustige zu vertreiben.

Doch das war das Seltsame:

Es brannte, aber weit und breit waren keine Schaulustigen.

Kein einziger.

Sicher wollte sich niemand dem Verdacht aussetzen, das Feuer gelegt zu haben, das nun in Bells Vorgarten aufloderte.

Jack hielt ein gutes Stück entfernt an, stieg aus und ging rasch auf das Haus zu.

Wie es aussah, hatte jemand den Briefkasten und den Pfosten, auf dem er befestigt war, mit Kerosin oder einem anderen Brandbeschleuniger begossen, denn aus den hohen leuchtend orangen Flammen stiegen schmierig-schwarze Rauchwolken auf.

Das war kein Feuer, um das gesamte Haus zu zerstören.

Aber definitiv eine Warnung.

Und die Leute in der Straße? Sicher beobachteten sie den Brand von ihren Fenstern aus.

Linsten durch die Vorhänge.

Als Jack vor dem Haus ankam, sah er Bell draußen stehen. Der Exhäftling schaute den Feuerwehrleuten zu, die Wasser in die Flammen spritzten. Sogar der Brandmeister Jim Barnes arbeitete vorn mit und half, den Löschstrahl zu dirigieren. Sie hatten einige Mühe, das Feuer unter Kontrolle zu bringen. Was immer es so schnell ausgelöst hatte, ließ sich anscheinend nicht ohne Weiteres eindämmen.

Jack sah Alan zu Tim Bell hinübergehen, der dastand und keine Miene verzog, als hätte auch er erwartet, dass so etwas passierte.

Dann drehte Jack sich um und sah einen anderen Wagen die Straße hinuntergebraust kommen.

Sarah.

Es überraschte sie nicht, Jack hier zu sehen. Sie stellte ihren Wagen hinter seinem Sprite ab und lief zu ihm. Neben den Feuerwehrleuten, Alan und Bell selbst waren Jack und sie die Einzigen, die sich am Ort der Brandstiftung aufhielten.

Jack wandte sich zu ihr, als das flackernde Feuer endlich erlosch.

»Sarah, ich dachte mir schon, dass so etwas geschehen würde«, sagte Jack.

»Ja, als ich die Sirenen hörte, hatte ich auch gleich so eine Ahnung, dass es mit Bell zu tun hat.«

»Verständlich. Konnten dir Dinahs Freundinnen irgendwas erzählen?«

Sarah berichtete ihm von ihrem Treffen mit Jen und Michelle – von dem Abend auf dem Jahrmarkt, wo die zwei ihre Freundin zum letzten Mal lebend gesehen hatten, und den enttäuschten Hoffnungen von Dinahs Musiklehrer, Rik Chase.

Jack hörte sich wie immer alles ruhig an.

»Und du? Was glaubst du, wer das hier war?«

»Ihr Vater? Oder ihr früherer Freund? Jeder von den beiden könnte es getan oder jemanden dazu angestiftet haben.«

Jack zeigte auf den verkohlten Briefkasten, von dem nur noch ein schwarzes Skelett übrig war.

»Und ich fürchte, dass diese Sache damit noch längst nicht vorbei ist«, sagte er.

Der Brandmeister ließ seine Männer den Schlauch wieder einrollen, während Alan immer noch neben Bell stand.

»Sehen wir mal, ob Alan uns kurz mit ihm reden lässt.«

Sarah nickte und ging mit Jack um die schwarzen Überreste des Feuers herum zur Haustür.

Sie sah, dass Bells Lippen geschürzt waren, und hörte Alan sagen: »Sie müssen zum Revier kommen, damit wir Ihre Anzeige aufnehmen können, Tim.«

Doch Bell schüttelte den Kopf.

»Nein, werd' ich nicht. Ich muss gar keine beknackte Anzeige machen, wenn ich nicht will.«

Alan sah zu Jack und Sarah – mit einem Blick, der auszudrücken schien: *Helft mir bitte, diesen Typen zur Vernunft zu bringen!*

Bell allerdings machte nicht gerade den Eindruck, als ob er auf gut gemeinte Ratschläge versessen wäre.

»Alan, Tim«, begrüßte Jack die beiden. »Scheußliche Sache.«

»Ich versuche gerade zu erklären, dass Tim unbedingt Anzeige erstatten muss, Jack. Dann können wir richtig ermitteln und vielleicht sogar die Spurensicherung anfordern.«

Sarah beobachtete Bell. Er blickte starr auf die Brandstelle. Falls das Feuer ihm Angst einjagen sollte: Das hatte offenbar nicht funktioniert.

»Tim«, fragte sie, »haben Sie einen Verdacht, wer das war?«

Bells Augen bewegten sich träge von den schwelenden Überresten des Briefkastens zu Sarah.

»Ich würde sagen, jeder in diesem Dorf könnte es gewesen sein, nicht? Außer Ihnen beiden.« Er rang sich ein Grinsen ab. »Sie sind ja wohl aus dem Schneider.«

Jack trat einen Schritt näher. »Es könnte uns helfen, wenn Sie Alan seinen Job machen lassen.«

Tim sah ihn kurz an und nickte dann kaum merklich.

»Und vielleicht …«, fügte Alan hinzu, »denken Sie mal drüber nach, das Dorf für eine Weile zu verlassen. Bis sich die Lage beruhigt hat. Nur solange wir uns die Sache ansehen.«

Hierauf schüttelte Bell wieder den Kopf.

»Abhauen? Na, ich war doch weg, oder etwa nicht? Fünfundzwanzig Jahre lang war ich weg. Aber ich verschwinde nicht wieder, ist das klar?«

Er sah alle drei der Reihe nach an.

»Wer das hier war, wollte garantiert genau das erreichen. Denn irgendwo hier in dem reizenden Cherringham sitzt jemand, der *weiß*, was mit Dinah passiert ist. Und ich will rauskriegen, wer das verdammt noch mal ist.«

Sarah sah Jack an. Sie mochte Bell nicht, aber seine Wut über dies hier sowie wegen der Ereignisse vor so langer Zeit bewirkte, dass sie ein bisschen weniger streng über ihn urteilte.

Er ist wahrlich kein netter Mensch.

Aber ein Mörder?

Das glaubte sie nicht.

»Was halten Sie davon, Tim?«, sagte Jack. »Sie geben uns Bescheid, wenn es andere Drohungen oder sonstige Zwischenfälle gibt, okay? Und wir forschen weiter nach. Aber zuerst erstatten Sie Anzeige bei Alan. Es könnte gut sein, dass die Kriminaltechniker in dem verkohlten Haufen in Ihrem Vorgarten Hinweise entdecken.«

Während Jack redete, hatte Tim die Arme vor seinem Oberkörper verschränkt, was signalisierte, dass er nicht offen für irgendetwas war, das er »tun sollte«.

Dann jedoch wirkte wieder einmal Jacks Taktik, und Tim nahm die Arme herunter.

»Na gut, dann mache ich eben eine Anzeige. Und Sie versprechen mir, dass Sie weiter mit den Leuten reden und Fragen stellen. Wenn schon nicht meinetwegen, dann für Dinah.«

Jack sah Sarah an, denn das mussten sie beide entscheiden, und sie bejahte stumm.

»Versprochen.«

Nachdem das geklärt war, folgte Tim dem Polizisten zum Streifenwagen.

Und Jack sagte: »Fahr du lieber nach Hause zu Chloe. Hattest du nicht erwähnt, dass sie heute aus London zurückkommt?«

»Mein Gott, ja, das hätte ich fast vergessen!«

»Wir reden später. Ich brauche einen langen Spaziergang mit Riley, um nachzudenken.«

»Super. Bis nachher!«

Sarah drehte sich um und ging durch die stille Straße. Die drückende Hitze an diesem Nachmittag war ähnlich gnadenlos und beklemmend wie das Feuer, das vor Bells Haus explosionsartig aufgeflammt war.

Eine Warnung. Eine Drohung.

Und es würde sicherlich noch mehr kommen, dachte Sarah.

11. Der Dirigent

Erst mittags am nächsten Tag fand Sarah endlich Zeit, Rik Chase zu besuchen.

Den Abend zuvor war sie lange mit Chloe aufgeblieben, die ihr viel über die Woche bei ihrem Vater zu erzählen hatte. Sie waren im Theater, im Kino, beim Ballett, auf einer »total irren« Premierenfeier im Royal Opera House gewesen und hatten im *The Ivy* zu Mittag gegessen – »Mum, du glaubst nie, wer am Tisch neben uns gesessen hat!«

Sarah musste sich zusammenreißen, ihren Ärger zu verbergen, weil ihr Exmann in Saus und Braus lebte, während sie mit Chloe und Daniel strengstens haushalten und sich jeden Urlaub verkneifen musste.

Chloe war fasziniert vom Londoner Leben – genauso wie Sarah damals, als sie Cherringham verlassen hatte, um ihr Glück zu machen. Es versetzte Sarah einen Stich, als ihr klar wurde, dass ihre Tochter auch in wenigen Jahren fortgehen würde – um die Uni zu besuchen, um zu arbeiten, um ihr eigenes Leben als Erwachsene zu führen …

Und so war sie spät ins Bett gegangen und morgens spät ins Büro gekommen. Dann drängten Abgabetermine, und es mussten Anrufe, hastige Besprechungen und schließlich ein wenig richtige Webdesignarbeit an ihrem Bildschirm erledigt werden.

Nun, nach einem rasch verdrückten Sandwich, war sie in der einzigen richtig »noblen« Straße von Cherringham – Bradwell Crescent – und sah sich nach dem Haus von Rik Chase um.

In der sichelförmig verlaufenden Straße standen nur ein Dutzend Häuser um eine gemeinsame Grünanlage herum. Sarah schritt die imposante Reihe großer georgianischer Häuser langsam ab und suchte die Nummer acht. So zu wohnen würde für Sarah ewig ein Traum bleiben.

Wäre Cherringham eine Pyramide, stellte das hier ihre Spitze dar.

Die Häuser waren alle identisch, und durch die Fenster konnte Sarah sehen, dass sie zwar unterschiedlich eingerichtet waren, jedoch einen gemeinsamen Nenner besaßen: Alles zeugte von Reichtum und Luxus.

Sie stieg die Eingangsstufen von Nummer acht hinauf und betätigte den Löwen-Klopfer an der Tür.

Sarah erschrak, als sofort geöffnet wurde. Ein großer, dunkelhaariger und braun gebrannter Mann stand vor ihr und grinste sie an.

»Hi – Sarah?«

»Mr Chase?«, fragte die leicht überrumpelte Sarah.

»Rik, bitte«, sagte er und ging mit einem breiten Lächeln beiseite. »Kommen Sie doch rein.«

Sie betrat das Haus und blieb in der Diele stehen, während er die Tür hinter ihr schloss. Als er dicht an ihr vorbeiging, nahm sie ein teures Aftershave wahr, das sie kannte.

An Geld fehlt es hier nicht, dachte sie. *Auch nicht an Stilempfinden.*

»Hier entlang«, sagte er und schritt zu einem Korridor, der in den hinteren Teil des Hauses führte. »Möchten Sie einen Kaffee? Ich wollte mir eben welchen machen.«

»Danke, gern«, antwortete sie und folgte ihm.

Rik war völlig anders, als sie ihn sich vorgestellt hatte.

Sie hatte einen verknöcherten, alten Musiklehrer erwartet.

Und jetzt traf sie auf einen Mann, der wie ein italienischer Filmstar wirkte – in einem maßgeschneiderten weißen Hemd, einer engen schwarzen Jeans und Slippers.

Der Korridor mündete in eine helle, moderne Küche, die sich über die gesamte Hausbreite erstreckte und einen großen Glasanbau besaß, durch den man auf die Terrasse und in einen ummauerten Garten gelangte.

Während Rik eine Espressomaschine bediente, blickte Sarah sich um.

Große, bunte Gemälde hingen an den Wänden; drei braune Ledersofas umrahmten einen gläsernen Couchtisch, und nahe den hinteren Fenstern standen ein Flügel und, in Gestellen, ein Dutzend teuer aussehende Konzertgitarren. Sie wirkten beinahe wie eine Instrumentalarmee, bereit zum Kampf.

»Was für ein wunderschöner Raum«, sagte sie.

»Sollte er wohl auch sein – bei dem Geld, das ich hier reingesteckt habe.« Er lachte. »Ich musste mir Handwerker aus London holen, weil die hier in Cherringham beim ersten kleinen Hindernis das Handtuch geworfen haben.«

An einer Wand waren mehrere Schwarz-Weiß-Fotos von Rik am Flügel mit unterschiedlichen, meist weiblichen jungen Musikern, von denen viele Auszeichnungen oder Preise in der Hand hielten.

»Unterrichten Sie hier?«, fragte Sarah.

»Nicht mehr so viel wie früher«, antwortete er und reichte ihr einen Kaffee. »Es sei denn, sie sind wirklich besonders talentiert.«

»Wie es aussieht, haben Sie ziemlich gute Arbeit geleistet.« Sie nickte in Richtung der Fotos.

Er bedeutete ihr, auf einem der Sofas Platz zu nehmen, und sie beobachtete, wie er seinen Kaffee hinstellte, sich setzte und die Hände hinter dem Kopf verschränkte.

»Wenn Jugendliche Talent haben und richtig hart arbeiten, schaffen sie es auch«, sagte er.

Sarah sah sich wieder um. »Und wie ...?«

Noch ein Lachen. »Wie ich mir dies hier leisten kann?«

Sarah lachte nun ebenfalls. »Ja. Mit harter Arbeit und Talent?«

»Ach nein, das gibt es leider nur im Märchen. Es war pures Glück, wenn ich ehrlich bin.« Erneut lachte er.

Auf jeden Fall findet er alles amüsant.

Er fuhr sich mit der Hand durch sein dichtes Haar und strich es sich aus der Stirn.

Wäre er noch an der Cherringham School gewesen, als ich meinen Abschluss machte, hätte ich garantiert Musik als Prüfungsfach genommen, dachte sie.

»Mitte der Neunziger habe ich das Unterrichten an den Nagel gehängt und mit dem Komponieren angefangen. Da gab es eine riesige Clubszene, und ich schrieb ein paar Sachen, die zu Hits wurden. In Estland bin ich übrigens immer noch groß im Geschäft. In Tallinn können Sie die Nacht zu meinen Stücken durchtanzen.«

»Wie peinlich, dass ich noch nichts von Ihnen gehört habe! Ich hatte keine Ahnung, dass Cherringham einen eigenen Rockstar hat.«

»Oh nein, nicht mehr«, sagte er. »Aber ich habe einen Haufen Geld verdient. Und dann fing ich an, richtig zu komponieren. Im Keller habe ich ein eigenes Studio.«

»Kenne ich vielleicht etwas von Ihnen?«

»Nur wenn Sie sich für zeitgenössische Klassik interessieren.«

»Äh, nein, ich höre eher Mumford and Sons, bedaure.«

»Daran ist nichts verwerflich. Ich reize nur gern ein wenig die Grenzen aus.«

Lächelnd nahm er seine Kaffeetasse vom Tisch, trank einen Schluck und stellte sie wieder hin.

»Also …«, sagte er und blickte sie direkt an. »Am Telefon haben Sie erwähnt, dass Sie mit mir über etwas reden wollen, was in der Zeit geschehen ist, als ich noch an der Schule unterrichtet habe?«

»Ja, tut mir leid; das wird jetzt ein ziemlich jäher Themenwechsel.«

»Nein, nein, kein Problem.«

Sarah erzählte ihm von Tim Bells Rückkehr nach Cherringham, den feindseligen Reaktionen und der Möglichkeit, dass Tim eventuell nicht Dinahs Mörder war.

Sie erklärte auch, warum Jack und sie beschlossen hatten, sich den Fall noch einmal anzusehen. Rik lauschte aufmerksam und nickte verständnisvoll.

»Hm. Denken Sie wirklich, dass er unschuldig ist?«

Sarah zuckte mit den Schultern. »Ich halte es für möglich, solange berechtigte Zweifel bestehen.«

»Ehrlich gesagt, mochte ich den Jungen damals nicht besonders.«

»Sie kannten ihn?«

»Ich habe zu der Zeit manchmal abends im Ploughman Gitarre gespielt. Und er war immer an vorderster Stelle, wenn es darum ging, den Abend zu torpedieren.«

»Ich glaube nicht, dass er sich seitdem allzu sehr verändert hat.«

Rik stand auf, trat ans Fenster und blickte hinaus.

»Im Grunde habe ich mit dem Dorfleben nicht mehr viel zu schaffen. Deshalb hatte ich keine Ahnung, was da vor sich geht. Wie furchtbar!«

»Hat Sie in letzter Zeit niemand darauf angesprochen?«

»Nein, Dinahs Namen höre ich heute zum ersten Mal wieder … seit über zwanzig Jahren.«

»Ein paar Freundinnen von ihr deuteten an, dass Dinah seinerzeit in Sie verknallt war.«

»Ach ja?« Er lachte kurz. »Das kam recht oft vor. Oh, Entschuldigung, das klingt arrogant, oder?«

»Überhaupt nicht«, sagte Sarah. »Wenn man Teenager unterrichtet, passiert das unweigerlich. Vor allem, wenn man ein junger Lehrer ist.«

»Cherringham war meine erste Lehrerstelle«, berichtete Rik. »Ich muss so … zweiundzwanzig gewesen sein. Eigentlich selbst noch ein Jugendlicher.«

»Also fiel Ihnen Dinah nicht sonderlich auf?«

Er kam wieder an den Tisch zurück und setzte sich. Verwundert stellte Sarah fest, dass seine dunklen Augen feucht glänzten.

»Oh doch, das tat sie!« Er schniefte.

Wie seltsam!

»Sie war eine fantastische Musikerin«, fuhr er fort. »Atemberaubend. Auf sie wartete schon ein Platz an der Royal Academy.«

»Mein Gott, da muss es Sie mitgenommen haben, als sie verschwand.«

»Ich war am Boden zerstört. Damals habe ich mit niemandem darüber geredet, aber im Nachhinein denke ich, ich fiel richtig in eine Depression – und das sogar für längere Zeit.«

»Haben Sie deshalb mit dem Unterrichten aufgehört?«

Sarah sah, wie er nickte und schluckte. Sie wartete auf seine Antwort, doch es blieb still.

Schließlich holte er tief Luft. »Ich blieb nur noch wenige Jahre an der Schule, bevor ich es endgültig aufgab. Ich konnte einfach nicht mehr … solches Engagement für die Schüler aufbringen. Wenn ich ehrlich bin, verlor ich auch ein wenig meine Liebe zur Musik.«

»Die Sie aber wiedergefunden haben. Hätten Sie das Unterrichten nicht aufgegeben …«

»Ah, Sie meinen den Silberstreif am Horizont, was?«

»Nein, Verzeihung, das meinte ich nicht«, sagte Sarah rasch.

»Ist schon gut. Übrigens habe ich Cherringham damals verlassen. Und als ich vor einigen Jahren wieder hierher zog, war es, als hätte Dinah Taylor nie existiert.«

Sarah sah ihm an, dass er in seine Erinnerungen abtauchte. Daher ließ sie ihm einen Moment, ehe sie fragte: »Hielten Sie Tim Bell damals für schuldig?«

»Weiß ich nicht genau. Aber es gab ja Beweise.«

»Und Sie haben nie jemand anderen verdächtigt?«

»Ich war doch bloß ein junger Lehrer – was wusste ich schon?«

Sarah nickte. Sie hatte das Gefühl, mit ihren Ermittlungen in einer Sackgasse zu stecken. Also stellte sie ihre Kaffeetasse hin und erklärte: »Ich gehe dann mal lieber. Tut mir leid, dass ich all diese Erinnerungen wieder hochgebracht habe, Rik.«

»Kein Problem. Manche Erinnerungen sind leider finsterer als andere. Ich bringe Sie zur Tür.«

Beim Hinausgehen kam sie an der Fotowand vorbei. Auf einigen Aufnahmen war Rik sehr jung, sicherlich noch in seinen Zwanzigern.

So viele Schüler – doch Dinah Taylor ist auf keinem der Bilder. Ist vielleicht einfach zu deprimierend für ihn, dachte sie.

Sie folgte ihm zurück durch den Korridor. Dabei bemerkte sie einen Flyer für das Konzert am Wochenende auf dem Dielentisch.

»Gehen Sie zu dem Konzert?«, fragte sie.

»Gehen? Ich dirigiere es.«

»Wow, das ist ja super!«

»Ja, nicht? Ich bin der diesjährige Gastdirigent. Ein Mann aus dem Ort macht sich wohl gut, schätze ich.«

»Haben Sie diese Stücke schon früher einmal dirigiert?«

»Oh ja, mehrmals, in den Staaten. Obwohl ich sagen muss, dass ich noch nie echte Kanonen bei der *1812* hatte. Das wird spannend.«

»Ich sollte wohl lieber Ohrstöpsel mitbringen.«

»Ähm, so schlecht bin ich nicht.«

»Himmel, nein, das meinte ich doch nicht! Ich dachte an die Kanonen! Heute tappe ich offenbar von einem Fettnäpfchen ins nächste.«

»Hey, war nur ein Scherz«, sagte er lächelnd.

Sarah lachte und reichte ihm die Hand. Rik nahm sie, beugte sich vor und küsste Sarah auf beide Wangen.

Wirklich charmant.

Und möglicherweise wird er bis heute von der Geschichte einer Schülerin verfolgt, die verschwand – oder umgebracht wurde …

Sie drehte sich um und ging die Stufen hinunter zur Straße. Da rief Rik hinter ihr: »Das habe ich ganz vergessen zu fragen: Soll ich Sie vielleicht fahren? Mit offenem Verdeck ist es sehr angenehm.«

Sie wandte sich zu ihm um, und er zeigte auf einen blauen Sportwagen, der direkt vor ihr parkte.

»Geht schon«, antwortete sie. »Ein anderes Mal vielleicht.«

»Dann sehe ich Sie bei dem Konzert.«

»Ja, sicher.« Und dann, als würde ihr spontan etwas einfallen, sagte sie: »Ach, eines noch, Rik. Das hatte ich völlig vergessen zu fragen …«

»Immer raus damit.«

»Wo waren Sie in jener Nacht, als Dinah Taylor verschwand?«

Sie sah, wie er stutzte.

Das ist das erste Mal, dass er um Worte verlegen ist, seit ich hergekommen bin.

»Ist das Ihr Ernst?«, entgegnete er schließlich.

»Ja, tut mir leid. Es fiel mir nur gerade ein«, meinte sie lächelnd. »Sie wissen ja, wie das ist.«

»Oh Mann, Sarah, wie soll ich mich daran noch erinnern? Das ist so lange her.«

»Aber die Polizei muss Sie doch gefragt haben.«

»Äh, ja, sicher, die haben jeden gefragt.«

Sarah wartete verständnisvoll lächelnd ab.

»Ähm, ich glaube, ich hatte etwas gegessen und bin dann zum Jahrmarkt gegangen. Alle waren da. Ja, jetzt bin ich mir sogar sicher.«

Sarah war es nicht ...

»Schön«, sagte sie. »Prima. Dann bis zum Konzert, Rik. Hat mich sehr gefreut.«

Damit ging sie weg. Sie musste sich nicht umdrehen, um zu wissen, dass er sie beobachtete.

Jacks Technik, »am Ende noch eine kleine Bombe platzen zu lassen«, hatte mal wieder funktioniert.

Was auch immer er an jenem Abend getan hat, er will nicht darüber reden, dachte sie.

Und sie lief zurück zu ihrem Büro, wo die Abgabetermine drängten.

12. Die Geisterbahn

Jack nahm seine Zuckerwatte und schlenderte über den Jahrmarkt. Es war Mittag, und die meisten Karusselle hatten noch nicht geöffnet. Bisher waren nur die Buden mit billigem Zuckerzeug, Hotdogs und den Spielen für kleine Kinder offen.

Diese Spiele!

Immer sahen sie ganz einfach aus, und dann hatten sie irgendeinen vertrackten Haken, der das Gewinnen unmöglich machte.

Die großen Karusselle mit der wummernden Musik und den wirbelnden Gondeln, in denen einem übel werden konnte, waren noch geschlossen. Sie machten erst abends auf, wenn die Teenager kamen.

Die Zuckerwatte erinnerte ihn an die Jahrmärkte daheim vor dreißig Jahren. Er entsann sich, wie er zugesehen hatte, als seine Tochter zum ersten Mal in eine solche »rosa Wolke« hineinbiss.

Er blickte sich um und versuchte sich die Szenerie vor fünfundzwanzig Jahren vorzustellen, als Dinah mit ihren beiden Freundinnen hier war. Blinkende Lichter, Popmusik, die aus den Lautsprechern der Karusselle plärrte, lachende und kreischende Jugendliche. Und irgendwo mittendrin …

… ein Mörder, der auf den richtigen Moment wartete.

Vielleicht Tim Bell.

Aber das bezweifelte Jack inzwischen sehr.

Er ging um den »Super Walzer« herum, und dort vor ihm, direkt in der Mitte des Jahrmarkts, war, was er suchte: die Geisterbahn.

Auch sie war noch nicht beleuchtet, aber das grelle Schild mit den riesigen bluttriefenden Buchstaben machte deutlich, worum es hier ging: »Geisterbahn – der einzige Weg aus Dodge City …«

Jede Geisterbahn hatte ein Motto, nahm Jack an, und bei dieser war es der Wilde Westen.

Jack betrachtete die Bilder auf der Fassade: Gewehrläufe staken aus den unechten Fenstern; ein Skelett in voller Cowboy-Montur stand vor einem Gefängnis; Saloon-Tänzerinnen mit langen Vampirzähnen reihten sich aneinander und warfen ihre Beine in die Höhe; und von Kugeln durchlöcherte Särge lehnten am Eingang.

Jack ging näher heran und entdeckte einen Typen, der mit einer Zigarette im Mundwinkel unter einem der Wagen lag und fluchend mit einem Hammer auf ein Rad einschlug.

»Hi«, grüßte Jack.

»Wir haben noch geschlossen«, entgegnete der Mann, ohne zu Jack hochzusehen.

»Ich bin auf der Suche nach Charlie Kite.«

»Dann ist heute dein Glückstag, Alter. Du hast ihn gefunden.«

Der Ticketverkäufer am Eingang hatte genau gewusst, wohin er Jack schicken musste.

»Hi, Charlie. Ich bin Jack Brennan, und mir wurde gesagt, dass Sie mir vielleicht helfen können.«

Der Mann hämmerte weiter.

»Es geht um Dinah Taylor.«

Der Hämmern verstummte.

Jack sah, wie der Mann sein Werkzeug weglegte, unter dem Wagen hervorkam und sich langsam aufsetzte.

Charlie war in den Mittvierzigern, hager, mit langem, strähnigem Haar und eingefallenen Wangenknochen. Seine Lederjacke und die Jeans schlackerten lose an seiner sehnigen Gestalt.

Solche ausgemergelten Erscheinungen hatte Jack schon oft gesehen, und meistens waren sie das Resultat lebenslangen Alkohol- oder Drogenmissbrauchs.

»Und was wollen Sie, Jack Brennan?«

»Nur ein bisschen reden.«

Der Mann sah sich nach den anderen Buden um, als wollte er sich vergewissern, dass keiner dieses Treffen beobachtete.

»Na gut«, sagte er. »Aber nicht hier.«

Er drehte sich um und öffnete eine kleine Tür im aufgemalten Gefängnis, über dem »*Dodge City Gaol*« stand – was witzig war, denn eigentlich wurde »Gefängnis« in Amerika früher schon *Jail* geschrieben. Jack duckte sich und folgte Charlie in die dunkle Geisterbahn.

Der Raum im Zentrum der Geisterbahn war düster und beengt.

Ein unheimlicher Ort für eine Befragung, so viel steht schon mal fest.

»Ein nettes kleines Versteck«, sagte Jack und lehnte sich an einen Stützbalken. Von hier aus sah er zu Charlie Kite hinunter, der mit verschränkten Armen an einem schmutzigen Tisch saß.

»Das ist das Büro.«

»Und Sie sind der Chef hier?«

»Von diesem gruseligen Karussell? Ja, alles meins.«

»Und Neunundachtzig waren Sie was? Der Schaustellergehilfe?«

»Da habe ich für meinen Dad gearbeitet.«

»Ah, ein Familienunternehmen.«

»So was in der Richtung.«

Jack schaute zu einem Spalt in der Bretterwand und nickte. »Und von hier haben Sie einen guten Blick auf die Kunden, nicht wahr, Charlie? Sie sehen sie kreischen, die Mädchen, die sich im Dunkeln an ihre Freunde klammern …«

Charlie schüttelte den Kopf. »Was jetzt? Wollten Sie nicht über Dinah Taylor reden?«

»Ich mache bloß ein bisschen Small Talk«, antwortete Jack.

»Und ich muss noch meine Wagen reparieren. Sagen Sie schon, was Sie zu sagen haben, damit ich wieder an die Arbeit kann.«

Jack lächelte.

»Klar doch. Wissen Sie, dass Tim Bell wieder hier im Ort ist?«

»Ja, und ich habe auch gehört, dass Sie beweisen wollen, dass er das Mädchen nicht umgebracht hat.«

»Denken Sie, dass er es war?«

Charlies Augen wurden größer.

»Ganz ehrlich? Nein.«

»Aha? Sie scheinen ziemlich sicher zu sein. Haben Sie das damals auch zur Polizei gesagt?«

»Ja, aber die haben mir nicht geglaubt, ne? Einer vom Rummel …«

»Und ein Dealer …«

Charlie tat es mit einem Achselzucken ab. »Von irgendwas musste ich ja leben.«

»Haben Sie Tim in jener Nacht etwas verkauft?«

»Kann gut sein.«

»Wissen Sie zufällig noch, was?«

»Koks, Gras … keinen Schimmer.«

»Und haben Sie gesehen, wie er mit Dinah weggefahren ist?«

»Ja.«

»Doch Sie haben sie nicht wiederkommen sehen?«

»Nein, nicht zusammen.«

Jack wurde hellhörig.

Den Zeitungen zufolge hatte kein einziger Zeuge ausgesagt, Tim oder Dinah später an dem Abend noch einmal gesehen zu haben.

»Wie meinen Sie das – nicht zusammen?«

»Das hab ich damals schon den Bullen erzählt. Als wir zusammenpackten, sah ich ein Mädchen am Eingang. Ich dachte, das wäre Dinah. Na ja, es war ja dunkel, und ich hatte ein paar, ähm ... Sie wissen schon ...«

»Waren zu der Zeit noch mehr Leute hier?«

»Ein paar. Die meisten waren besoffen. Oder zugedröhnt.«

»Davon haben Sie bei dem Prozess nichts erwähnt.«

»Weil die Bullen mir erklärt haben, dass ich mich verguckt haben muss, okay? Die hatten ja ›ihre Geschichte‹. Und ich hatte den ganzen Tag geraucht. ›Wie würde das wohl vor Gericht aussehen‹ ... haben die gesagt.«

»Mhm. Und sonst hat sie keiner gesehen?«

»Anscheinend nicht.«

Wäre nicht das erste Mal, dass ein unbequemer Beweis unter den Teppich gekehrt wird, dachte Jack.

»Dann waren die Cops nachsichtig mit Ihnen?«, fragte er.

»Sagen wir, die haben mich nicht hopsgenommen«, antwortete Charlie. »Aber wegen des Autos haben sie mir echt Stress gemacht.«

»Welches Auto?«

»Na, die haben doch nach Astras gesucht. Hatten sogar eine Liste mit jedem in der Gegend, der einen fährt. Und ich hatte einen alten Astra, der nicht mehr zugelassen war. Den haben sie auseinandergenommen.«

»Und nichts gefunden?«, hakte Jack nach.

»Nee, und am selben Tag zogen die ja das große Los in Tims Wagen. Danach haben sie mich in Ruhe gelassen.«

Jack nickte. Sicher war Charlie nicht der verlässlichste Zeuge – und weder die Verteidigung noch die Anklage würden ihn gerne im Zeugenstand sehen.

»War's das jetzt?«, fragte Charlie.

»Ich denke schon«, antwortete Jack. »Und vielen Dank, Charlie! Die Polizei hat Ihnen vielleicht nicht zugehört ...«

Er atmete einmal tief ein.

»Aber ich schon.«

Und Charlie stand auf und führte ihn aus dem »Büro«.

Draußen im strahlenden Sonnenschein kaufte Jack sich ein Eis am Stiel, was sie hier offenbar »Lolly« nannten. Danach setzte er sich auf die Stufen zum Autoscooter und zog Bilanz, während er sein Eis aß.

Falls Charlie recht hatte und Dinah an jenem Abend später noch einmal auf dem Jahrmarkt gewesen war, musste es andere Zeugen geben, die sie gesehen hatten.

Was jedoch keinen Sinn ergab, denn es hatte sich niemand gemeldet.

Vielleicht hatte Charlie es sich auch nur ausgedacht, um seinen Kumpel Tim aus der Schusslinie zu holen ... und es am Ende selbst geglaubt.

Ja, Jack hatte schon häufiger erlebt, wie falsche Erinnerungen zu vermeintlich echten wurden.

Dann wurde ihm bewusst, dass sein Eis am Stiel völlig anders schmeckte als die, die er aus New York kannte.

Und das brachte ihn auf den Gedanken, dass dieser Jahrmarkt vielleicht aussehen und riechen mochte wie die Jahrmärkte vor langer Zeit zu Hause, und die Sommersonne mochte hier genauso erbarmungslos auf ihn herunterbrennen – aber er war nun in einem anderen Land, und seine Kindheit lag schon sehr weit zurück.

Sein Telefon klingelte.

»Sarah!«

»Kannst du reden?«

»Ja, ich esse gerade ein Eis … Wie heißt das Ding noch? Twister.«

»Im Ernst? Ich hätte dich eher für den Schokoeis-Typ gehalten.«

»Tja, andere Länder, andere … du weißt schon.«

»Okay, iss weiter, und ich bringe dich auf den neuesten Stand.«

Sie erzählte ihm von Rik, dem Musiklehrer, der ins Stolpern geriet, als sie ihm eine direkte Frage stellte.

»Gut gemacht«, lobte er sie.

»Ja, dachte ich auch.« Sie lachte. »Aber jetzt wird es spannend. Tony hat endlich geantwortet! Du hattest doch gesagt, ich soll ihn mal fragen, ob er irgendwelche Insider-Informationen hat, nicht?«

»Ja, natürlich. Ich dachte mir, dass Tony sicher jemanden kennt, der mit diesem Fall zu tun hatte.«

»Stimmt. Tims Anwalt ist ein Freund von ihm. Inzwischen ist er in den Achtzigern, aber Tony hat ihn gestern mal in Oxford zum Tee eingeladen. Und im Gegenzug durfte er einen Blick in seine alten Fallakten werfen. Tony hat sich die einst von der Polizei erstellte Liste der Autos kopiert, die zu Tims Beschreibung passten.«

»So, wie du dich anhörst, wird es jetzt richtig interessant.«

»Und ob! In der Akte sind alle damaligen Vauxhall-Besitzer aus der Gegend aufgeführt, was ein paar Hundert waren. Aber Tim dachte immer, dass der Wagen, den er gesehen hatte, eine Art Limousine war, also kein Kombi, Van oder Geländewagen, weshalb die schon mal alle gestrichen wurden. Es blieben ungefähr fünfzig Vauxhall-Limousinen übrig. Und rate mal, wessen Name auf der Liste auftaucht?«

»Sag du es mir.«

»Der von einem Kerl namens Henry Trask! Dem Mann, den Mary Taylor zwei Jahre nach dem Verschwinden ihrer Tochter geheiratet hat!«

»Aha. Und?« Jack aß den letzten Happen seines Twisters und warf den Holzstiel in einen Abfalleimer. »Das ist kein Zufall?«

»Trask wohnte gleich hinter den Taylors, im Haus seiner alten Mutter. Ich habe online nachgeguckt: Die beiden Häuser stießen hinten praktisch zusammen.«

»Der Nachbar tröstet die kummergepeinigte Frau, deren Ehe gerade zerbricht ... Eine der ältesten Geschichten der Welt.«

»Ja schon«, sagte Sarah. »Aber das ist nicht alles. Als die Polizei ihn nach seinem Wagen fragte, behauptete er, dass er ihn an dem Tag nach Dinahs Verschwinden bei einer Gebrauchtwagen-Versteigerung verkauft hätte. Und jetzt kommt der Knaller! Bei dem Gebrauchtwagenhändler gab es keine Aufzeichnungen dazu. Die Polizei machte einen Vermerk in der Akte, dass dem nachgegangen werden müsste. Aber dann fanden sie das Blut in Tims Wagen und haben diese Spur nicht mehr verfolgt.«

Jack merkte sofort auf.

Das könnte wirklich eine gute Spur sein.

Falls Tims Geschichte stimmte, war Dinah an dem Abend in den Wagen gestiegen, der vorbeikam. Und sie musste den Fahrer gekannt haben.

Könnte es der Nachbar gewesen sein? Mums Freund? Jemand, dem sie vertraute?

»Okay, mit ›Gebrauchtwagen- Versteigerung‹ hattest du mich schon geködert«, sagte er und machte sich auf den Weg zu seinem Sprite. »Was ist aus Mr Trask geworden? Ist er weggezogen?«

»Nein. Er hat ein Cottage oben am Kingfisher Lake gekauft und führt da ein Anglergeschäft.«

»Kingfisher Lake? Das klingt ja wie aus einem Märchen.«

»Der See liegt ungefähr zehn Meilen nördlich von hier. Ich schicke dir die Adresse aufs Handy. Früher war das eine stillgelegte Kiesgrube und ein eher finsterer Ort. Aber sie konnten ein paar Subventionen abgreifen und die ganze Grubenlandschaft dort in sogenannte ›Freizeitseen‹ verwandeln.«

»Henry Trask also, hm?«, sagte Jack, der nun in seinen Sportwagen stieg. »Vielleicht sollte ich mal bei ihm vorbeifahren. Ist ja ein schöner Tag für einen Angelausflug.«

»›Trask Trout‹ – du kannst es gar nicht verpassen.«

»Jahrmarkt, Angelausflug – dieser Tag entwickelt sich zur Glückseligkeitsvorstellung eines jeden Zwölfjährigen …«

»Tja, und während du da draußen bist, darfst du gerne mal an die arme arbeitende Bevölkerung denken, die bei dieser Hitze vorm Computer schwitzt.«

»Werde ich«, versprach Jack. »Übrigens, was hältst du davon, wenn du heute Abend mit den Kindern zur *Goose* kommst? Ich grille uns etwas, und ihr könnt alle eine Runde schwimmen.«

»Prima Idee!«

»Dann bis später, Sarah.«

Er steckte sein Telefon ein und ließ den Motor an.

Ein Angelnachmittag – wer hätte das gedacht?

Er fuhr von der Wiese neben dem Jahrmarkt und dann hinauf zur Hauptstraße, die nach Norden führte.

13. Kingfisher Lake

Jack bog an dem Schild mit der Aufschrift »Trask Trout« von der Schnellstraße ab und fuhr einen gewundenen Weg hinunter zu einem Gewässer im Tal, bei dem es sich um den Kingfisher Lake handeln musste.

Die Fahrt hatte ungefähr zwanzig Minuten gedauert: zunächst die Hügel nordwestlich von Cherringham hinauf, anschließend auf der anderen Seite hinunter ins flache Ackerland, von dem Jack wusste, dass es sich bis zur walisischen Grenze erstreckte, und am Ende noch mal hügelan.

Hier war er noch nie gewesen. Überhaupt gab es so viel mehr in der Region rund um Cherringham, das er noch erkunden sollte – doch irgendwie fand er nie die Zeit dazu.

So viel zum entspannten Ruhestand …

Er lenkte nun seinen kleinen Healey Sprite um eine weitere Biegung.

Der See musste etwa eine Meile lang sein und war von Feldern und Wald umgeben. An einem Ende schwappte er gegen eine steile Felswand – dem Vermächtnis des früheren Tagebaus, vermutete Jack. Am anderen Ende sah er eine kleine Hütte und ein paar Cottages.

Als er näher an das flache, dunkle Wasser kam, entdeckte er einige einsame Gestalten mit Angelruten, die im Schatten der Bäume am Ufer standen.

Der Weg schwenkte vom Wasser weg.

Die wollen sicher nicht, dass der Verkehr die Fische verscheucht, dachte Jack.

Er parkte schließlich vor der Hütte und ging hinein.

Drinnen wirkte alles verlassen: Hinten war eine kleine Bar mit Plastikstühlen, daneben ein Laden mit dem üblichen Angelzubehör – Angelruten, Köder, Anglerkleidung. Und gleich vorn neben der Tür war eine unbesetzte Rezeption.

Jack schlug auf die Glocke und wartete.

Die Tür hinter ihm ging auf, und ein großer, finster dreinblickender Mann mit Brille kam herein. Seine Schultern waren gebeugt, als wollte er sich schon mal entschuldigen, bevor er überhaupt hereingekommen war.

»Tut mir leid«, begann er auch tatsächlich. »Personalprobleme. Diese Jugendlichen! Die kreuzen einfach nicht auf. Ist kein Verlass auf die.«

Jack lächelte. »An einem Tag wie heute? Wer kann ihnen da verdenken, dass sie nicht arbeiten wollen?«

»Hm? Hä?«, machte der Mann, nahm seine Brille ab, putzte sie und setzte sie wieder auf. Dann blinzelte er Jack an. »Amerikaner, was?«

»Richtig. Mein Name ist Jack Brennan. Ich kam oben zufällig vorbei, sah Ihr Schild und dachte mir, ich könnte vielleicht mal hier vorbeischauen und mir ein paar Ratschläge geben lassen. Mr Trask?«

»Ja, Henry Trask«, sagte der Mann und reichte ihm ein Faltblatt über den Tresen. »Welche Art von ›Ratschlägen‹?«

Jack sah auf die Liste angebotener Dienstleistungen und war verblüfft. »Ein paar Tipps zum Auswerfen wären hilfreich«, meinte er schließlich.

Als er wieder zu Trask aufblickte, guckte der ihn an, als wäre Jack ein ahnungsloses Kind.

»Also zum Anpirschen«, sagte Trask.

»Ich wollte eigentlich eine Forelle fangen – und keinen Hirsch jagen«, erwiderte Jack.

»Ts-ts. Dreißig Pfund die Stunde, und am Ende haben Sie eine fette Forelle, Ehrenwort.«

»Und auch beim Angeln spricht man vom Anpirschen?«, fragte Jack.

»Ja, sicher. Sie haben einen Angelschein, nehme ich an?«

»Habe ich«, antwortete Jack. »Allerdings habe ich meine Ausrüstung nicht dabei.«

Jack beobachtete, wie Trask nach hinten ging und eine Rute und einen Kescher aussuchte. Damit kam er zurück, bückte sich hinter dem Tresen und holte eine Wathose hervor.

»Die Sachen hier können Sie leihen.«

»Keine Angeltasche?«

»Brauchen Sie nicht. Wie gesagt, Sie pirschen sich an.«

»Und da spart man an Gepäck, was?«

»Diesmal berechne ich Ihnen auch nichts. Vielleicht werden Sie ja Stammkunde.«

Trasks Tonfall nach zu schließen wünschte er sich eher, dass Jack niemals zum Stammkunden würde.

Liegt womöglich daran, dass ich Amerikaner bin. Oder er hat generell etwas gegen Kundschaft.

Er folgte Trask zur Tür und nach draußen in den grellen Sonnenschein.

Zwanzig Minuten später brutzelte Jack in der prallen Sonne.

Trask hatte ihn langsam um den See geführt und ihm die Stellen gezeigt, wo sich die Forellen gerne aufhielten: in den seichten, kleinen Tümpeln hinter umgestürzten Bäumen.

Und hier traf der Ausdruck »Anpirschen« dann doch zu.

Jack hatte sich bemüht, ein wenig Small Talk zu machen, was sich jedoch als recht beschwerlich erwies. Als er Cherringham erwähnte, stellte sich heraus, dass Trask nur selten ins Dorf fuhr.

Allerdings wollte er zu dem Konzert am Wochenende.

Eine gute Gelegenheit, für ein weiteres »zufälliges« Gespräch mit ihm, dachte Jack.

Er beobachtete Trask aufmerksam. Der Mann ging beinahe lautlos und achtete stets darauf, sich im Verborgenen zu bewegen; immer wieder nutzte er den Schatten der Bäume, damit die Beute nicht bemerkte, wie er sich anschlich.

Und als sie eine große Forelle auftauchen sahen, schien Trask genau zu wissen, wohin der Fisch schwimmen würde und wo der Köder ausgeworfen werden müsste …

Einmal warteten sie stumm, bis ein riesiger Fisch aus einem Wurzelgewirr unter Wasser erschien. Kurz darauf verschwand der gesprenkelte Umriss wieder im tiefen Wasser.

Jack wusste gerade genug übers Fliegenfischen, dass er die richtigen Fragen stellen konnte.

Doch er war nicht hier, um etwas übers Angeln zu lernen. Er musste Dinah Taylors Mörder finden.

»Sie kennen das Gewässer hier sehr gut, was, Henry?«

»Wäre schlimm, wenn nicht. Immerhin bin ich seit zwanzig Jahren hier.«

Jack fiel auf, dass Henry ihn beim Sprechen nie direkt ansah, sondern den Blick abgewandt hielt.

Angewohnheit? Ein nervöser Tick? Oder ein Zeichen von … Scham? Schuld?

»Ihnen gehört das hier, nicht wahr?«

»Ja, stimmt.«

Trask blieb abrupt stehen und bedeutete Jack, still zu sein. Jack wartete eine Minute, dann gingen sie weiter.

»Wohnen Sie hier unten am See?«

»Ja.«

»Ich habe die Cottages gesehen. Vermieten Sie die?«

»Nein, dann müsste ich die ja dauernd putzen, Betten beziehen und so. So was kann mir gestohlen bleiben.«

»Ist es hier draußen nicht ziemlich einsam?«

»Mir gefällt's.«

Jack blickte über den schwarzen See. Auf der anderen Seite, ein paar Hundert Meter entfernt, hatte jemand einen Fisch an der Angel und holte die Schnur sehr vorsichtig ein.

»Bei einigen anderen Seen, an denen ich vorbeigekommen bin, habe ich auch kleine Jollen, Kajaks und so gesehen. Haben Sie nie überlegt, das Geschäft auszuweiten?«

»Das hier ist ein *Anglersee*«, erwiderte Trask und blieb neben einer Weide stehen, die halb übers Wasser hing.

Jack hielt ebenfalls an.

»Wie ich höre, lässt sich da gutes Geld …«

Plötzlich drehte Trask sich um und trat einen Schritt auf Jack zu, der automatisch zurückwich.

»Sie sind kein Angler, oder? Und was sollen die ganzen Fragen? Was wollen Sie? Und wer zur Hölle sind Sie?«

Trasks Augen bohrten sich geradezu in Jack hinein, und es war nicht zu übersehen, dass der Mann zornig war – ein Wutanfall, der reichlich schnell kam.

»Holla, Mr Trask, lassen Sie mich erklären -«

»Ein verdammter Reporter sind Sie, stimmt's? Ich habe nichts zu sagen. Das ist mein See, und ich kann hier tun und lassen, was ich will!«

Jack machte noch einen Schritt rückwärts. Trasks Stimmung war auffallend schnell umgeschlagen.

»Ich bin kein Reporter, Mr Trask.«

»Okay, und was sind Sie dann, verflucht?«

Jack verriet es ihm.

Sie saßen zusammen an einem Picknicktisch am Ende des Sees.

Jack berichtete Trask von Tim Bells Rückkehr nach Cherringham und den Zweifeln an seiner Verurteilung.

Trask hatte sich beruhigt, trotzdem behielt Jack ihn scharf im Auge, während er ihm erzählte, was Sarah und er taten. Der Mann nickte nur und starrte in die Ferne.

»Entschuldigen Sie, dass ich nicht gleich gesagt habe, warum ich hier bin, Mr Trask«, sagte Jack lächelnd. »Alte Berufsgewohnheit, schätze ich.«

»Hmpf.«

»Und natürlich ist es immer heikel, Dinge aus der Vergangenheit anzusprechen, die alle lieber vergessen wollen.«

»Ich kannte das Mädchen kaum, wie Sie ja wohl wissen.«

»Sie haben allerdings ganz in der Nähe gewohnt. Und Sie und Dinahs Mutter -«

»Gott, das war doch Jahre später!«

»Haben Sie nie mit Dinah gesprochen?«

»Weiß ich nicht. Kann sein.«

»Vielleicht waren Sie mal bei ihr zu Hause, sind ihr mal dort begegnet?«

»Nein, ich war nie bei denen. Ihre Mutter habe ich erst hinterher kennengelernt, als sie ausgezogen war.«

»Verstehe.«

»Warten Sie mal. Was wollen Sie mit alldem andeuten? Dass ich sie umgebracht habe? Solche Sachen können Sie nicht einfach behaupten, schon gar nicht auf meinem Grund und Boden!«

»Ich habe nichts dergleichen behauptet, Mr Trask. Ich versuche lediglich, in Erfahrung zu bringen, wen Dinah kannte.«

»Na, mich hat sie jedenfalls nicht gekannt.«

»Was ist mit dem Abend, an dem sie verschwand?«

»Sie lassen nicht locker, wie? Was meinen Sie überhaupt? Was ist das für eine Frage?«

»Nun ja, wo waren Sie an dem Abend? Waren Sie auf dem Jahrmarkt?«

»Nein! Sind Sie bekloppt? Ich besuche doch nicht den Jahrmarkt! Morgen gehe ich zu dem Konzert, aber den Jahrmarkt meide ich wie die Pest. Habe ich immer schon …«

»Okay. Doch Sie wissen sicher, dass die Polizei Ihren Wagen auf ihrer Liste der zu überprüfenden Fahrzeuge hatte …«

»Moment mal! Wie? Nein! Davon wusste ich nichts. Und woher haben Sie das?«

Trask sprang auf. Seinem Gesichtsausdruck nach zu urteilen, war dieses Gespräch beendet. Jack stand auf.

»Hey, tut mir leid, wenn ich Sie verärgert habe, Mr Trask. Aber ich musste mit Ihnen reden. Was schulde ich Ihnen für die Stunde?«

»Sie haben wirklich Nerven! Behalten Sie Ihr Geld, und verschwinden Sie von hier. Und seien Sie froh, dass ich nicht die Polizei rufe.«

Jack ließ die Angelrute, den Kescher und die Wathose auf dem Tisch liegen und ging zu seinem Wagen.

Auf halbem Weg blickte er zurück zum See. Trask saß wieder an dem Tisch, den Kopf in die Hände gestützt.

Auf der Fahrt zurück nach Cherringham machte Jack einen Zwischenstopp auf dem Parkplatz, wo Tim Bell und Dinah den Zeitungsberichten zufolge an jenem verhängnisvollen Abend gewesen waren.

Er stieg aus und wanderte den ginsterbedeckten Hügel gleich hinter dem Parkplatz hinauf.

Oben auf der Kuppel schaute er sich um.

Er sah undeutlich, wie meilenweit entfernt im Norden auf der Luftwaffenbasis Belford ein Flugzeug abhob. Gen Osten, im Tal, lagen Cherringham und gleich dahinter die Themse, die sich silbern im Sommersonnenschein nach Oxford, London und weiter ins Meer schlängelte.

Nach Westen führte ein schmaler Pfad vom Hügel zu einer Nebenstraße, die an einer Biegung weiter vorn auf die Hauptstraße nach Cherringham mündete. Weit dahinter konnte Jack einen Teil des flachen Landes und sogar die dunklen Oberflächen der Seen erkennen, die einst Kiesgruben gewesen waren.

Und nun fiel Jack etwas ein ...

Diese Seen waren stellenweise tief – sehr tief.

Er dachte zurück an seine Zeit als Detective in New York: daran, dass man ihn mindestens einmal im Jahr frühmorgens zum East River gerufen hatte.

Wenn dort eine Leiche in der Hoffnung versenkt worden war, sie würde nie wieder auftauchen ...

Aber die schnelle Strömung des East River hatte diese Geheimnisse nie lange gehütet, und eines Tages war eine Leiche dann doch auf den Wellen umhergetrieben.

Doch die Seen in den einstigen Kiesgruben hier waren etwas völlig anderes.

Diese stehenden dunklen Gewässer könnten durchaus eine Leiche schlucken und sie nie wieder ausspucken.

Wollte ich in dieser Gegend eine Leiche loswerden, würde ich es dort versuchen.

Jack drehte sich um und ging den Hügel hinunter, zurück zu seinem Wagen.

Ihm blieb eben noch genug Zeit, um beim Metzger vorbeizufahren und Steaks zum Grillen zu besorgen.

Er hatte Sarah eine Menge zu erzählen.

Doch das konnte bis nach dem Schwimmen und Essen warten.

Das jedenfalls nahm er sich fest vor, und es klang perfekt.

14. Der See und seine Geheimnisse

Sarah sah zu, wie Daniel am Bug von Jacks Boot Anlauf nahm und in den Fluss sprang.

Jack lachte.

»Das Wasser muss kalt sein«, sagte er.

»Nach dieser Woche dürfte sich selbst die kühle Themse aufgewärmt haben. Auf jeden Fall scheint es ihm Spaß zu machen.«

Sarah blickte zu ihrer Tochter. Nach der Woche in London bei ihrem Vater schien Chloe noch nicht wieder richtig hier angekommen zu sein.

Sie hatte ihre Kopfhörer eingestöpselt und eine Sonnenbrille aufgesetzt.

Den Bikini trug sie offenbar zu rein dekorativen Zwecken.

»Will Chloe nicht mit ihrem Bruder schwimmen?«, fragte Jack.

»Sieht nicht so aus.«

Sie spürte Jacks Blick, und wahrscheinlich merkte er, dass sie besorgt war.

Es war nicht einfach für sie, ihre Tochter weitestgehend alleine großzuziehen. Und Sarah sorgte sich wegen der Auswirkungen des glanzvollen Londoner Lebens, das ihr Exmann Chloe geboten hatte und das so völlig anders war als der Alltag im verschlafenen Cherringham.

Jack hielt Sarah den Shaker mit den Eiswürfeln hin. »Bist du bereit für den Rest von deinem Martini?«

»Jetzt ja, glaube ich. Solch einen Drink stürzt man ja nicht auf ex hinunter.«

Jack lachte. »Der Schriftsteller James Thurber sagte mal: ›Ein Martini ist in Ordnung, zwei sind zu viel, und drei sind nicht genug.‹«

»Ah, jetzt zitieren wir Schriftsteller?«

»Wenn es um mein Lieblingsgetränk geht, warum nicht? Und für mich tut es ebenfalls einer, eiskalt und langsam genippt. Soll ich die Steaks aufs Feuer werfen?«

Sarah blickte zu Daniel, der die Leiter heraufkam, die Jack seitlich ans Boot gehängt hatte.

»Vielleicht warten wir noch ein bisschen. Lassen wir Daniel noch ein paar Sprünge machen, und eventuell braucht Chloe noch ein wenig Zeit, um hungrig zu werden.«

»Das dürfte der Duft von brutzelnden Steaks erledigen.«

»Hey – Mum, Jack, guckt mal!«

Daniel brüllte so laut, dass sogar Chloe, die an der hinteren Kabinenwand lehnte, sich umdrehte und hinsah.

Und dann flitzte Daniel los, sprang und zog die Beine an.

Bei seiner Landung im Fluss spritzte Wasser in alle Richtungen auf.

»Die Kanonenkugel!«, rief Jack. »Die haben wir früher immer im Farragut Pool gemacht.« Er neigte sich näher zu Sarah. »Das Ziel war, so viele Leute wie möglich nass zu spritzen, die am Beckenrand standen.«

Sarah grinste und sah über Jacks Schulter hinweg Chloes Kopfschütteln. Wahrscheinlich fand sie es albern, unreif oder ...

Wer weiß!

Seit dem ersten Abend nach ihrer Rückkehr hatte Chloe nicht viel gesprochen. Sie hatte lediglich einmal gesagt, wie sehr sie London mochte, sowie »Dads irre Wohnung« und die »coolen Restaurants« erwähnt ...

Das prickelnde Großstadtleben.

Sarah kannte dessen Anziehungskraft allzu gut.

Daniel kam wieder die Leiter herauf.

»Habt ihr das gesehen?«

»Und ob«, antwortete Jack. »Mich wundert, dass noch Wasser im Fluss übrig ist.«

Daniel grinste.

Jack hat solch eine unkomplizierte Art mit ihm, dachte Sarah.

Sie schaute zu Jack, als Daniel erneut Anlauf nahm. Diesmal jedoch sah Jack ihrem Sohn nicht zu, sondern wandte sich ab.

Diesen in die Ferne gerichteten Blick kannte Sarah. Er bedeutete, dass Jack auf einmal nicht mehr nur die Sprungvorführung und den Martini genoss.

Und als er sich wieder zu ihr drehte, erkannte sie, dass sie recht gehabt hatte.

»Ich habe mit Alan telefoniert, ihn nur mal gefragt, ob wir irgendwas über Henry Trask wissen sollten.«

»Aha? Und gab es etwas Interessantes?«

Jack sah wieder in die Ferne. »Nicht viel. Aber er sagte, dass es vor Jahrzehnten mal eine Anzeige wegen ›Belästigung‹ gegen Trask gab, weil er vor den Häusern anderer Leute herumschlich. Das passierte mehrmals, und dann hörte es auf.«

»Vielleicht schätzte es seine neue Frau, Dinahs Mutter, nicht so sehr.«

Jack neigte den Kopf zur Seite. »Ja, könnte sein. Aber das Herumschleichen? Wer so was macht, der würde auch anhalten und jemanden im Auto mitnehmen.«

»Jack, jetzt machst du mir Angst.«

»Noch eines, Sarah. Den Vauxhall, den er damals besaß, hat er direkt nach Dinahs Verschwinden veräußert …«

Sarah hörte gebannt zu. Wie immer war sie fasziniert, wenn die Dinge für Jack ein Bild zu ergeben begannen.

Und außerdem hielt sie inzwischen diesen Fall – abgesehen davon, dass die Geschehnisse zeitlich am weitesten zurücklagen – für den unheimlichsten von allen.

Schon aus dem Grund wollte Sarah dringend herausfinden, ob Tim Bell schuldig war oder nicht.

Daniel nahm ein weiteres Mal Anlauf, zog wieder im Flug die Beine an; und jetzt sah Jack ihm zu.

»Falls in jener Nacht etwas in Trasks Auto mit Dinah geschah – wie würdest du das vertuschen?«

Daniels Sprung ließ einen Geysir über den Bug der *Goose* sprühen.

Und Sarah wusste plötzlich, worauf Jack hinauswollte.

»Das Auto und alles darin im Wasser verschwinden lassen?«

»Genau.« Jack ergänzte ein weiteres Puzzleteil und sagte: »In dem See, der Trask gehört.«

»Mein Gott, warte mal! Da ist etwas, das du eventuell noch nicht weißt.«

»Ach ja?«

»Ich habe darüber vor ein paar Monaten für den Cherringham Newsletter geschrieben. Es gab Pläne für eine Weiterentwicklung jener ›Freizeitseen‹, auch für den von Trask; und der gehörte zu den vehementen Gegnern – kein Bootfahren, kein Surfen, kein Schwimmen.«

»Und kein Tauchen, möchte ich wetten.«

»Genau.«

»Früher hatte ich immer NYPD-Taucherteams auf Abruf, um alles und jeden aus dem Hudson oder East River zu fischen. Ich selbst habe zwar nie das Tauchen gelernt, doch wenn ich es könnte, wüsste ich, wo ich jetzt gerne mal in die Tiefe schwimmen würde.«

»Du kannst nicht tauchen?«

»Nein.«

Sarah wandte den Blick ab. Es machte ihr Spaß, wenn sie Jack überraschen konnte.

»Tja, das ist lustig, denn ich *kann* tauchen.«

Und Jacks Grinsen verriet, dass er eine nette Überraschung ebenso sehr genoss wie sie.

»Mein Ex bestand darauf. Wir haben die Grundkurse bei der PADI in London gemacht, und dann -«

»PADI?«

»*Professional Association of Dive Instructors* – der Verband der Tauchlehrer. Danach haben wir unseren Tauchschein für offene Gewässer auf den Kaimaninseln gemacht – herrlich klares Wasser. Sicht mehr als dreißig Meter Tiefe. Und da konnte man die Hammerhaie nahe dem Kaimangraben kreisen sehen. Das ist eine Tiefseerinne, wo es auf einen Schlag Hunderte Meter nach unten geht. An den tiefsten Stellen ist sie knapp achttausend Meter tief.«

»Also, das finde ich unheimlich. Aber wie lange ist es her?«

»Eine Weile. Doch ich bin viel getaucht, auch nachdem die Kinder da waren … im Roten Meer, auf den Malediven.«

Sie holte tief Luft.

»Ich könnte das, Jack.«

Er schüttelte den Kopf. »Ich weiß nicht, Sarah.«

»Ich habe noch die gesamte Ausrüstung. Na ja, bis auf die Sauerstoffflaschen. Aber ich kenne einen Sportartikelladen in Oxford, wo man sie bekommt. Alles andere habe ich.«

Sie bemerkte, dass er Daniel zusah, der immer wieder ins Wasser sprang, hinausstieg und wieder hineinhüpfte.

Er will nicht, dass ich mich in Gefahr bringe.

Aber sie wusste, dass ein Tauchgang in dem stillen See mit ihrer Erfahrung ungefährlich wäre.

Und falls Trask dort etwas versteckt hatte … in seinem Wagen vielleicht …

Der Gedanke war ihr allerdings unheimlich.

Wenn ich dort Dinah finde.

Sie verdrängte ihn gleich wieder.

»Wir können das machen, Jack.«

»*Du* kannst es.«

»Und du hast gesagt, dass Trask zu dem Konzert will. Wir warten, bis er weg ist, und dann gehe ich in den See.«

»Um die Zeit setzt die Dämmerung ein. Es wäre zu dunkel.«

»Da unten ist es sowieso dunkel. Deshalb tragen Taucher diese Lampen am Kopf. Und zufällig besitze ich eine sehr gute.«

Jack nickte verhalten.

Ihm gefiel die Idee nicht.

Kein bisschen.

Aber Sarah fand, dass sie ihn überzeugen musste. Und auch wenn ihr vor dem grauste, was sie eventuell finden würde, war die Vorstellung doch ziemlich aufregend.

»Ich denke …«, begann Jack.

Sie wartete gespannt darauf, was er nun zu dem Plan sagte.

»… ich sollte lieber die Steaks grillen. Ich habe Hunger.«

Sein Ablenkungsmanöver brachte Sarah zum Lachen.

15. In die Tiefe

Sarah parkte ihren Wagen ein gutes Stück weg von der Felskante, von der aus man den See und Trasks Cottage überblickte. Jack und sie stiegen aus und gingen zu Fuß zum Felsvorsprung, wo sie sich hinter Sträuchern versteckt hielten.

Jack duckte sich und stellte sein Fernglas auf das Cottage und Trasks aktuellen Vauxhall davor ein.

»Ist schon etwas zu sehen? Tut sich was?«

»Nein. Vielleicht hat er es sich anders überlegt. Das Konzert fängt in einer halben Stunde an, also müsste er gleich losfahren.«

Sarah nickte. Jetzt, wo sie hier war und ihre alte Tauchausrüstung – mitsamt zwei neuen Sauerstoffflaschen sowie einer dritten für den Notfall – im Laderaum ihres RAV4 bereitlag, spürte sie, dass sie nicht zu sehr enttäuscht wäre, sollte sie doch nicht tauchen können.

»Warte mal«, sagte Jack.

»Was?«

»Okay, er kommt raus. Sieht sich um.«

»Geht er nicht zu seinem Wagen?«

»Nicht direkt. Doch, jetzt. Er geht zum Wagen, steigt ein.«

»Ich kriege, offen gesagt, schon Herzrasen, Jack.«

»Klar. Hier, sieh mal selbst. Er fährt weg.«

Sarah nahm das leistungsstarke Fernglas und sah, wie der Wagen neben dem Cottage zurücksetzte, wendete und dann den Weg hinunter verschwand.

Sie legte das Fernglas ab.

»Tja, anscheinend ist er unterwegs zum Konzert.«

»Anzunehmen.«

»Und es sieht nicht so aus, als wären da noch irgendwelche Angler.«

»Wir haben unser Zeitfenster. Bist du bereit?«

Sie setzte eine tapfere Miene auf. Je näher der Moment rückte, umso weniger »bereit« fühlte sie sich. Dennoch fragte sie: »Sollen wir nach unten?«

»Geben wir ihm noch ein paar Minuten, ehe wir an die Stelle fahren, wo er mich angeln ließ. Da fällt der See steil ab, ungefähr sieben Meter tief, wie er sagte.«

Sarah atmete durch. »Gut.«

Sie wartete noch einige qualvolle Minuten, während Jacks Blick auf das Cottage und den Weg fixiert war.

Und als alles ruhig blieb, standen sie auf und gingen zurück zum versteckten RAV4.

Jack betrachtete Sarah, die sich auf eine beinahe komische Weise verwandelt hatte.

Wie eine Art Abenteuerheldin, dachte er.

Sie trug einen Neoprenanzug, Bleigurt sowie eine Auftriebsweste und hatte sich eine einzelne Sauerstoffflasche auf den Rücken geschnallt. Die Tauchermaske war oben auf dem Kopf und konnte jederzeit einfach nach unten gezogen werden, und an der Seite befand sich der Schnorchel.

Nun musste sie nur noch in ihre Tauchflossen schlüpfen und die Stirnlampe überziehen.

»Wow, du siehst wie eine völlig andere Sarah aus!«

Sie lächelte – ein wenig nervös, wie er fand.

»So eng, wie dieser Anzug sitzt, komme ich mir auch wie eine andere vor.«

Jack lachte. »Hast du alles noch einmal überprüft? Ist ja schon eine Weile her seit dem letzten Mal.«

Sie nickte und hielt ihr Tiefen- und Luftdruckmessgerät in die Höhe.

»Alles bestens. Der Luftdruck ist gut. Ich habe ihn immer nach jedem Tauchgang messen lassen.«

Jack nahm die Stirnlampe von der Ladefläche und knipste sie an.

»Neue Batterien?«

»Heute gekauft.«

Er blickte zum Himmel: Wolken waren aufgezogen. Obwohl es bis zum Sonnenuntergang noch über eine Stunde dauern würde, war es hier unten, im Schatten des Felsabhangs, schon recht dämmrig, ja sogar dunkel.

»Dann …«, sagte er gedehnt, »sind wir wohl so weit.«

Sie nickte. »Packen wir's an. Ich möchte ja immer noch einen Teil vom Konzert mitbekommen.«

»Hör mal, Sarah, es kann gut sein, dass du da unten gar nichts findest.«

Wieder nickte sie.

»Oder du findest tatsächlich etwas. Falls ja, schießt du direkt wieder hoch, und dann soll die Polizei ihren Job machen.«

Sarah lachte über diese Äußerung. »Hochschießen werde ich wohl kaum, Jack. Damit fängt man sich die berühmte Taucherkrankheit ein. Man kommt nicht schneller wieder nach oben als die eigenen Luftbläschen.«

»Da sieht man mal wieder, wie viel ich vom Tauchen verstehe, was?«

»Ja. Wie dem auch sei, ich bin so weit.«

Sie setzte sich hinten auf die Ladefläche ihres Wagens und zog die Taucherflossen an. Dann schob sie ihre Maske nach unten und nahm den Atemregler in den Mund.

Jack reichte ihr die Stirnlampe.

Sie stülpte sie über ihren Kopf und zurrte das Gummiband fest.

»Sei vorsichtig, Sarah!«

Ein letztes Nicken, dann drehte sie sich um und ging mit einem flappenden Schritt nach dem anderen auf die

Wasserkante zu. Sie wirkte wie ein Wesen aus einem Science-Fiction-Film, als sie in das schlammige Wasser watete.

Sobald sie tief genug war, glitt sie elegant nach unten und schwamm ein Stück weit. Dann hielt sie inne und drehte sich zum Ufer um.

Und völlig überraschend machte sie für Jack mit der rechten Hand das »Okay«-Zeichen.

Grinsend schüttelte er den Kopf und erwiderte es.

Gleich darauf war seine Partnerin und Freundin, mit der er so gerne Kriminalfälle löste, unter Wasser verschwunden.

Sarah war noch an der Wasseroberfläche – sie wurde von ihrer Auftriebsweste oben gehalten –, atmete jedoch schon durch den Schnorchel, als ihr für einen Moment mulmig wurde.

Es war so viel Zeit vergangen, seit sie zuletzt getaucht hatte.

Und trotz all ihrer Schulungen fragte sie sich, ob dieser Solo-Tauchgang wirklich eine gute Idee war.

Jack war nicht darauf zu sprechen gekommen – vielleicht wusste er es ja auch nicht –, dass Taucher normalerweise immer zu zweit nach unten gingen.

Das sogenannte »Buddy-System« …

Falls etwas schiefging, konnte der andere helfen, seinen Sauerstoff mit einem teilen oder einen nach oben bringen, sollte man das Bewusstsein verlieren.

Sarah hingegen war hier ganz allein.

Aber es war keine Zeit mehr für Bedenken. Also steckte sie sich das Mundstück zwischen die Lippen und griff nach dem Ventil an ihrer linken Schulter, um die Luft aus der Weste zu lassen.

Und dann sorgten die Gewichte an ihrem Gurt dafür, dass sie wie in einem unsichtbaren Fahrstuhl nach unten sank.

Schnell schwand das Licht von oben, bis sie nur noch gut einen Meter weit sehen konnte.

Sarah trat mit ihren Flossen, um den Abstieg zu verlangsamen.

Anschließend presste sie mit den Fingern ihre Nasenflügel zusammen und blies, um den Druck in ihren Ohren auszugleichen. Dabei wedelte sie mit den Taucherflossen gerade stark genug, um auf der Stelle zu bleiben.

Nachdem sie den Druck ausgeglichen hatte, setzte sie den Abstieg mit kleinen Tritten fort.

Etwas weiter unten stellte sie die Stirnlampe an, weil praktisch nichts mehr zu sehen war.

Die Lampe, die oben so grell wie ein Autoscheinwerfer gewirkt hatte, schaffte es hier im Trüben kaum, die direkte Umgebung zu erhellen.

Sarah sah Partikel von Erde, Pflanzen und Sonstigem durchs Wasser schweben. Sie sanken ganz langsam, wie schmutziger Schnee, nach unten – bis sie schließlich den Grund des Sees erreichen würden.

Dann drehte Sarah sich nach links und rechts, doch die Sicht blieb schlecht.

Sie prüfte ihre Atmung und bemerkte, dass sie beinahe keuchte, anstatt ruhig und langsam ein- und auszuatmen.

Aber nur so konnte man seinen Sauerstoffverbrauch regulieren …

Und auch die Ruhe bewahren.

Also konzentrierte sie sich zunächst auf ihre Atmung, bis sie einen annehmbaren Rhythmus gefunden hatte.

Als Nächstes sah sie auf ihr Messgerät.

Sie war bereits zwölf Meter unter der Wasseroberfläche.

Wie tief der See war, wusste sie nicht, doch bei dreißig Metern müsste sie Schluss machen, denn das war die Grenze für Hobbytaucher.

Außerdem würde sie, da sie jahrelang nicht getaucht hatte, ab dreißig Metern wohl zu viel Luft verbrauchen.

Dreizehn Meter. Fünfzehn Meter.

Sie blickte nach unten.

Und jetzt glaubte sie, etwas zu sehen.

Sie machte ein paar Tritte, um ihren Abstieg zu bremsen.

Falls sie jetzt gleich auf den Grund stieß, würde sie eine Wolke von Schmutz aufwirbeln und gar nichts mehr sehen.

Also brachte sie sich mit ein paar Flossenbewegungen in die Horizontale und neigte das Gesicht zum Grund.

16. Auf dem Seegrund

Nun sah Sarah den Grund, der flach und konturenlos war wie ein glatter Sandstrand. Keine Pflanzen, keine Steine.

Eine Unterwassereinöde.

Dann kam Sarah ein Gedanke.

Sie konnte nicht den ganzen See absuchen; das würde Tage dauern und mindestens ein Dutzend Tauchgänge erfordern.

Da das ausgeschlossen war, musste sie sich auf die Stelle beschränken, von der Jack meinte, dass dort die Straße dicht genug an den See ging, um ein Auto relativ einfach in ihm zu versenken.

Mit langsamen Flossenschlägen bewegte sie sich vorwärts und drehte regelmäßig den Kopf nach rechts und links – ein menschlicher Leuchtturm.

Und dann entdeckte sie etwas. Es sah wie das Gestell eines alten Regenschirmes aus, von dem der Stoff verschwunden war.

Danach erblickte sie einen einzelnen Reifen.

Komisch. Ein Reifen, aber kein Auto.

Als sie sich vom Reifen wegdrehte, kam etwas direkt auf ihr Gesicht zu.

Ein Fisch!

Das gepunktete Tier war genauso erschrocken wie Sarah, als es fast mit ihrer Taucherbrille kollidierte.

Sarah keuchte auf und verschluckte ihren nächsten Luftschwall, während der Fisch verschwand.

Und vor Schreck hatte sie aufgehört, sich vorwärtszubewegen.

Die Fischbegegnung hatte sie aus dem Konzept gebracht.

Allerdings müsste sie an der richtigen Stelle oder zumindest nahe dran sein. Dennoch – außer dem Regenschirm, dem Reifen und dem neugierigen Fisch war hier nichts.

Sarah begann, in Kreisen zu schwimmen, die nach und nach größer wurden.

Nach einer Weile prüfte sie ihre Luft.

Die Hälfte war bereits aufgebraucht! Wahrscheinlich atmete sie vor Anspannung und Nervosität viel zu schnell.

Ruhig bleiben, ermahnte sie sich.

Noch ein Kreis.

Nichts. Nicht einmal weiterer Müll.

Beinahe wünschte sie sich, der Fisch würde zurückkommen und ihr Gesellschaft leisten.

Jacks Idee war eigentlich gut gewesen. Aber nicht alle guten Ideen gingen auf.

Noch eine Schleife. Bald musste sie wieder auftauchen, und da sie sich inzwischen in achtzehn Metern Tiefe befand, sollte sie lieber bei etwa drei Metern unterhalb der Oberfläche einen Sicherheitsstopp einlegen und ein paar Minuten warten. Das wäre klug, um möglichen Stickstoff abzubauen, der sich beim Atmen in dieser Tiefe gebildet haben könnte.

Solche Stopps beim Auftauchen waren eine Standardmaßnahme und sollten nicht ausgelassen werden.

Eine Runde schaffe ich noch.

Es war schwer einzuschätzen, ob sie den Kreis tatsächlich vergrößert hatte.

Drehte sie womöglich immer dieselbe Runde, was komplett unsinnig wäre?

Sie wandte den Kopf nach links und rechts, doch nichts erschien im Lampenschein.

Bis sie wieder einmal nach rechts blickte und plötzlich … einen Umriss sah.

Sie war schon fast daran vorbei.

Nun hielt Sarah inne. Sie bemerkte, dass sie schneller atmete, vermochte aber nichts dagegen zu tun.

Sie nahm den Gegenstand nur verschwommen wahr, so als würde sie ihn durch ein regenverschmiertes Fenster sehen.

Doch sie konnte hinüberschwimmen.

Zu dem Auto.

Ja, hier ist ein Auto.

Als sie näher kam, stellte sie fest, dass sie auf die Motorhaube des Wagens zuglitt. Es war ein Oldtimer, sicher schon jahrzehntealt.

Sarahs Herz schlug schneller.

Sie musste so nahe heran, dass sie den Wagen richtig erkennen konnte, sollte es jedoch vermeiden, in die Windschutzscheibe zu schwimmen.

Als sie die Motorhaube erreicht hatte, bemerkte sie eines sofort.

Es war kein Vauxhall.

Sie erkannte dies, denn ihre Eltern hatten in früheren Zeiten nacheinander mehrere Modelle dieser Automarke gehabt.

Jetzt war sie fast an der Windschutzscheibe und sah hinein. Das Licht ihrer Stirnlampe wurde weitestgehend vom extrem trüben Inneren des Wagens verschluckt. Die Seitenfenster waren ganz nach oben gedreht, hatten aber nicht verhindert, dass Wasser nach innen drang.

Schlick oder Algen, die ins Auto eingedrungen waren, ließen das Wasser im Innern ölig schwarz erscheinen.

Sarah tastete sich mit den Händen zur Fahrerseite und bewegte sanft ihre Taucherflossen, um möglichst auf einer Höhe zu bleiben.

Jetzt bereute sie, keine Taucherhandschuhe zu tragen.

Und das nicht wegen der Temperaturen, denn nach diesem Sommer war selbst der normalerweise kalte See lauwarm.

Nein, Sarah behagte es einfach nicht, dieses Auto anzufassen.

Schließlich erreichte sie das hintere rechte Fenster und beugte den Kopf so nahe ans Glas, wie sie konnte.

Und dann sah sie in der Dunkelheit des Wageninneren etwas, das sich bewegte.

Vielleicht wurde dies durch die kleinen Verwirbelungen hervorgerufen, die Sarah im Wasser verursachte.

Es war ein Stück Stoff – extrem löchrig und zerfasert –, das sich träge aufbauschte.

Sarah konnte nicht wegsehen, denn auch wenn beinahe nichts mehr von dem Material übrig war, stand zweifelsfrei fest, worum es sich handelte.

Ein Stück von einem Kleid.

Sarah krampfte sich der Magen zusammen.

Sie hatte gedacht – ja, fast mit Sicherheit angenommen –, dass sie nichts finden würde.

Und jetzt das.

Sarah wich zurück und versuchte, ruhig zu bleiben.

Falls irgendwas auf der Rückbank war … oder im Kofferraum, wollte sie es gar nicht sehen.

Eines musste sie allerdings noch tun, und das würde ein heikles Manöver sein.

Sie verließ das hintere Fenster und arbeitete sich mit nun eisigen Fingern zum Heck des Wagens. Dort neigte sie sich vor und den Kopf weit nach unten.

Dicht über dem Grund drehte sie sich um.

Sie wollte das Nummernschild sehen, das von einer dicken Schicht aus Erde und Algen bedeckt war.

Als sie mit der Hand darüber wischte, stob eine Wolke auf, die Sarah jede Sicht nahm.

Sie hielt die Luft an, ermahnte sich aber gleich wieder weiterzuatmen. Langsam, gleichmäßig, ruhig ...

Seit einer Weile hatte sie nicht mehr ihren Sauerstoff überprüft.

Das war gar nicht gut.

Sekunden vergingen, während sich die von ihr erzeugte Wolke auflöste.

Und endlich konnte sie das Autokennzeichen sehen.

Mehrmals wiederholte sie in Gedanken die Buchstaben- und Ziffernfolge, bis sie sie genauso sicher im Kopf hatte wie die Geburtstage ihrer Kinder.

Dann sah sie nach oben und begann, ganz langsam, nicht schneller als die Luftblasen um sie herum, zur Oberfläche hochzusteigen.

Jack sah Sarah auftauchen. Er war verrückt vor Sorge gewesen und hatte immer wieder auf die Uhr gesehen.

Sarah hatte ihm gesagt, dass sie zwanzig, fünfundzwanzig Minuten tauchen könnte.

Doch es waren bereits dreißig Minuten vergangen, als sie drüben bei dem Felsvorsprung an die Oberfläche kam – an ihrem Zielpunkt.

Sie begann zum Ufer zu schwimmen, wobei Jack bemerkte, dass sie ihren Schnorchel im Mund hatte.

War ihr die Luft ausgegangen?

Ihre Schwimmbewegungen sahen mühsam aus, doch sie hielt eisern durch. Und Jack fühlte sich völlig hilflos, weil er nur dastand und wartete.

Die Sonne war noch nicht untergegangen, doch die aufziehenden Wolken machten das Zwielicht sehr dunkel.

Wenige Meter vor dem Ufer stand Sarah auf. Das Gewicht ihrer Ausrüstung schien schwer auf ihr zu lasten.

Sarah stakste auf ihn zu, spuckte ihren Schnorchel aus und schob ihre Taucherbrille nach oben zu der Stirnlampe.

Sie lächelte nicht, als sie auf Jack zugestolpert kam.

»Ich habe den Wagen gefunden«, sagte sie.

»Trasks?«

Sie schüttelte den Kopf. »Nein.«

Jack reichte ihr ein Handtuch und wartete, dass sie mehr sagte.

»Kein Vauxhall.«

»Könnte es ein Mietwagen sein?«, fragte Jack.

»Das glaube ich nicht.«

Sie wischte sich das Gesicht mit dem Handtuch ab. »Ich habe das Autokennzeichen. Wir müssen Tony fragen, ob er den Besitzer ausfindig machen kann.«

Jack holte sein Telefon hervor.

»Und, Jack, in dem Wagen …«

Er sah sie an. Sie hatten vorher nicht darüber gesprochen, was sie möglicherweise da unten sehen würde.

Sie ist eine Mutter. Und wir hatten keine Ahnung, was sie da unten finden könnte …

»Hast du …?«

»Nein«, beantwortete sie die unausgesprochene Frage.

Hast du eine Leiche gesehen?

»Aber ich habe … Gott … ich habe …«

Sie hatte sich zusammengerissen.

Bis jetzt.

Doch nun hielt nichts die Tränen auf, die ihr in die Augen stiegen.

»Da war ein Stück von einem Kleid«, sagte sie.

Und als müsste sie es dringend wiederholen: »Ein Stück von einem Kleid!«

Jack legte den Arm um sie und führte sie zu ihrem Wagen, damit sie sich die Tauchausrüstung ausziehen konnte. Danach würden sie Tony anrufen und schnellstens von diesem öden See verschwinden.

Als Sarah trocken und umgezogen war, klingelte Jacks Telefon.

Und danach wussten sie, wo sie den Besitzer des Wagens finden würden.

17. Feuerwerk

Als sie das Open-Air-Konzert erreichten, war das Cherringham Symphony Orchestra schon mitten im Finale von Tschaikowskys *Ouvertüre »1812«*.

Jack schaute immer wieder zu Sarah, um zu sehen, ob sie sich von dem Tauchen und dem, was sie gesehen hatte, erholte.

Sie lächelte ihm zu.

Und Jack konnte nur hoffen, dass ein Stoffstück alles gewesen war, was sie gesehen hatte.

Soll die Polizei den Rest finden.

Sarah hatte Alan angerufen, und der diensthabende Officer im Revier hatte gesagt, dass sein Kollege bereits »vor Ort« sei und sie dort treffen würde.

Jack schaute sich in der improvisierten Freilichtarena um. Das Publikum – teils auf Gartenstühlen, teils stehend – wartete auf das große Finale und blickte zur hell erleuchteten Bühne mit dem Orchester.

Und seitlich davon, außerhalb der Scheinwerfer, entdeckte er die drei Kanonen, bei denen Männer in den roten Jacken der Revolutionszeit standen.

Rotröcke.

Wir sind doch nicht in Valley Forge, dachte er und erinnerte sich kurz an seinen Besuch dieser historischen Stätte, an der einst George Washington mit seiner Armee gelagert hatte.

Und während Jack und Sarah sich ihren Weg nach vorn bahnten, entdeckte er einige bekannte Gesichter.

Da waren Terry Hamblyn und seine Kumpel, die sich wahrscheinlich nur wegen der Kanonenschüsse hier eingefunden hatten. Dinahs Vater stand mit verschränkten Armen etwas seitlich.

Hielt er nach Tim Bell Ausschau?

Zum Glück war Bell nirgends zu sehen. Vielleicht hatte er Alans Rat befolgt und sich aus Cherringham zurückgezogen.

Am Ende einer der hinteren Reihen hockte Henry Trask. Der Angler saß nach vorn gebeugt regungslos auf seinem Stuhl, anscheinend in die Musik vertieft.

Als Jack und Sarah näher kamen, war es, als würde das Orchester ihren langsamen, steten Marsch nach vorn begleiten.

Jack blickte zur Bühne auf: Der Dirigent im schwarzen Frack hatte ihnen den Rücken zugekehrt, war halb über seine Partitur geneigt und schwang die Arme voller Leidenschaft.

Das ist also Rik Chase, dachte Jack.

Der Taktstock sauste durch die Luft, und mit der linken Hand forderte Chase das Orchester auf, mehr zu geben …

Die Hörner spielten die siegesgewisse Melodie, die das Nahen des Kanonendonners ankündigte.

Jack sah wieder zu Sarah, die ihre Kinder entdeckt hatte. »Ah … da sind Daniel und Chloe.«

»Sarah, ich kann das alleine machen«, sagte Jack. »Du hast schon eine Menge getan.«

Einige Leute warfen ihnen missbilligende Blicke zu, weil sie diesen wunderbaren, wenn auch lauten Moment störten.

Jack beugte sich zu Sarah. »Ich meine, geh ruhig zu deinen Kindern.«

Doch sie schüttelte den Kopf.

»Die haben sowieso nur Augen und Ohren hierfür. Sie werden mich nicht vermissen.«

Sie holte tief Luft, und Jack ging durch den Kopf, für wie selbstverständlich fast jeder das Atmen nahm.

Das würde einem Taucher nicht passieren.

Es wurde schwierig, noch weiter nach vorn zu kommen, als sie die Reihen mit den weißen Klappstühlen für die VIP-Gäste erreichten. Diese Leute hatten für das Privileg bezahlt, hier sitzen zu dürfen, und Picknickkörbe und Sekt dabei. Jack zeigte nach rechts.

Dorthin, wo die Kanonen standen.

»Am besten gehen wir da rüber.«

Sarah drehte sich grinsend zu ihm und sprach laut, um das Dröhnen der martialischen Musik zu übertönen.

»Zu den Kanonen?«

Jack erwiderte ihr Grinsen.

Es tut gut, sie wieder lächeln zu sehen, nach dem, was sie im See erlebt hat.

»Wir halten uns die Ohren zu. Ich weiß, wann die Schüsse kommen.«

»Dann sag mir bitte rechtzeitig Bescheid, ja?«

Und dann begaben sie sich nach links.

Auf King Georges Rotröcke zu.

Jetzt wird es spannend.

Sarah bemerkte, wie die drei Kanoniere zu ihnen sahen, als sie über das Band stiegen, das den Publikumsbereich von dem Standplatz der Kanonen trennte.

Ein Soldat mit einem Dreispitz, der General der Gruppe, wirkte, als wollte er etwas sagen.

Doch Jack hob einen Finger und wies zu dem Bereich hinter den Kanonen, und als hätte der General diese Geste verstanden, nickte er.

Sogar Sarah erkannte, dass der entscheidende Moment bevorstand.

Als sie an ihnen vorbeigingen, wechselten die Soldaten ihre Position. Einer von ihnen hielt Ketten, die von den Kanonen wegführten, der andere einen langen Stab mit einem birnenförmigen Ende.

Dann hörte sie den General über das Finale hinweg sagen: »Kanoniere, auf die Plätze!«

»Jawohl, Sir.«

»Auf mein Zeichen.«

Sarah war so gebannt, dass sie kaum weitergehen konnte, und starrte fasziniert die Kanonen an.

Dann hörte sie das Trillern der Trompeten, gefolgt von Violinen. Die Musik schwoll an und fiel wieder ab.

»Bereit?«, fragte Jack.

Er steckte sich die Finger in die Ohren, und Sarah tat es ihm gleich.

Das Donnern einer Kanone. Dann folgte die zweite. Anschließend eine Welle von Geigen, als fielen sie aus der Welt, fort vom Planeten.

Auf der Bühne konnte Sarah Riks Silhouette vor den Scheinwerfern sehen. Seine Arme flogen.

Die Soldaten luden eilig nach und stopften mit dem Stock neues Schießpulver in die Geschützrohre.

»Kanoniere!«, rief der General.

Jetzt standen die Hörner auf.

Irgendwo läuteten Kirchenglocken.

Mein Gott, dachte Sarah, *das ist überwältigend!*

Der Klang war gigantisch, eine Flut von Lärm.

Die Kanoniere standen bereit für das Finale, und alle Kanonen waren geladen.

Jack hatte seine Hände wieder heruntergenommen, und Sarah tat es ebenfalls.

Er grinste über das ganze Gesicht.

Wieder rührten sich die Soldaten, und Jack hielt sich erneut die Ohren zu.

Dann setzte Trommelwirbel ein, der beständig lauter wurde.

Unglaublich. Sarah war versucht, die Arme zu heben und das große Finale »mitzudirigieren«.

Stattdessen steckte sie sich abermals die Finger in die Ohren, als plötzlich über ihr das Feuerwerk losging, dessen Explosionen sich in das Ende der *Ouvertüre* mischten.

Und die Wiese, auf der ganz Cherringham versammelt war, wurde von Farben erleuchtet. Es war ein magisches und beängstigendes Schauspiel.

Schließlich krachten die letzten Raketen und stießen zu einem farbenprächtigen Sternengewirr über dem Dorf zusammen. Alle auf der Wiese standen auf und jubelten.

Der Applaus schien ewig weiterzugehen, so als wollte niemand, dass er endete.

Schließlich verklang er dann doch, und der Dirigent verneigte sich ein letztes Mal.

Elegant bedeutete er dem Orchester, sich zu erheben und zu verbeugen, und bat um einen besonderen Applaus für die Hörner. Dann klatschte er in Richtung der Soldaten, die neben den Kanonen salutierten.

Als der Dirigent schließlich nach links von der Bühne abging, blickte Jack zu Sarah.

»Los geht's.«

Chase tupfte sich die Stirn ab und nahm die Gratulationen der Orchestermitglieder sowie einiger VIPs entgegen, die hinter die Bühne gekommen waren.

Sarah stand mit Jack abseits von dem Geschehen und sah, dass Chase sie beide bemerkte.

Er strahlte weiter und schüttelte Hände.

Aber Rik Chase hatte sie gesehen.

Und nach einigem weiteren Händeschütteln und mehreren Klopfern auf die Schulter ging Chase langsam auf Sarah zu.

»Bist du bereit?«, fragte Jack.

Sarahs Aufregung – wegen der Musik, der Kanonen und des Feuerwerks – hatte sich gelegt.

Nun kam es auf die nächsten Momente an.

Chase lächelte. »Sarah, wie schön, Sie hier zu sehen! Haben Sie das Konzert genossen?«

Eine Sekunde lang sagte sie nichts.

Sie fühlte, dass Jack sie ansah, als verstünde er nicht recht, was vor sich ging.

Dann endlich erwiderte sie: »Ich habe den Wagen gefunden.«

Chase lächelte immer noch.

»W-was meinen Sie?«

Wieder wartete Sarah, als wollte sie ihm Zeit geben, zu verstehen, was sie sagte.

»Ich habe Ihren Wagen im See gefunden. Auf dem Grund des Sees, wo Sie dachten, dass ihn nie jemand finden würde.«

Nun schwand das Lächeln. Chase schwitzte, doch ob es an der Hitze lag oder an Sarahs Worten, ließ sich nicht sagen.

»Ich weiß nicht, was -«, begann er.

»Ihren Wagen!«, unterbrach sie ihn mit einem so schneidenden Tonfall, dass es sie selbst überraschte. Sie war doch sehr erschüttert von dem, was sie in dem See gesehen hatte.

»Und auf der Rückbank des Autos …«, fuhr sie fort.

Hier wandte Chase sich ab, als wollte er sich dieses Gespräch – und was es bedeutete – ersparen.

Aber als er sich umdrehte, fand er sich Alan Rivers gegenüber, der von der anderen Bühnenseite gekommen war.

Einige Orchestermitglieder unterbrachen ihr Geplauder und blickten zu ihnen. Selbst einige Gruppen draußen auf der Wiese verstummten und sahen hinauf.

Sarah wusste, dass Chase begriff, was sie sagte.

Wenn die Polizei erst Taucher in den See geschickt und den Wagen herausgeholt hatte, würden sie die Beweise für das Verbrechen haben, das Chase vor fünfundzwanzig Jahren begangen hatte.

Alan nickte Jack und ihr zu. Jetzt war es sein Job.

»Richard Chase, ich verhafte Sie wegen Mordes an Dinah Taylor. Sie müssen nichts sagen, aber es könnte Ihrer Verteidigung schaden, sollten Sie bei der Befragung etwas verschweigen, auf das Sie sich später vor Gericht berufen wollen. Alles, was Sie sagen, kann als Beweismittel bei Gericht verwendet werden …«

Chase sah ein letztes Mal zu Sarah.

Sie drehte sich weg, nickte Jack zu, und die beiden verließen den Bühnenbereich.

18. Wiedergutmachung

Jack klopfte an Tim Bells Tür, auf der immer noch in großen, gesprühten Buchstaben »Mörder« stand. Auch die Reste vom Feuer waren noch da.

Er sah Sarah an und dann den Mann, der ein Stück hinter ihnen stand.

Wieder klopfte er, lauter diesmal. »Tim, hier ist Jack Brennan.«

Drinnen waren Schritte zu hören. War Tim anfangs mutig im Dorf herumgelaufen, als würde ihn nichts bekümmern, hatte er sich nun anscheinend darauf verlegt, sich in seinem Haus zu verstecken.

Angesichts der Beweise, die in Kürze aus dem See gefischt würden, hatte Chase ein volles Geständnis abgelegt, wie Alan erzählt hatte.

Chase war es damals so vorgekommen, als wollte Dinah Taylor alles wegwerfen und sich mit dämlichen Jungen abgeben.

Wo sie doch so viel Talent hatte – Talent, das *er* fördern konnte.

Das er lieben konnte.

An jenem Abend war sie aufgelöst und weinend auf dem Jahrmarkt erschienen. Dieser Mistkerl Tim Bell hatte sie bedrängt, und dann hatte sie irgendein anderer zwielichtiger Typ zurückgebracht und beim Jahrmarkt abgesetzt – ganz allein und so spät!

Sie hatte sich an Chase' Schulter ausgeweint und ihn umarmt.

Doch als er ihr seine Träume verriet, hatte sie sich über ihn lustig gemacht.

Es war *ihr* Leben – und was er denn glaubte, wer er war? Er sei ja genauso schlimm wie ihr Vater!

Und als Chase ihr seine Liebe gestand, sie zu küssen versuchte, hatte sie ihn erst recht veralbert.

Was er sich eigentlich einbildete!

Da war etwas in ihm übergekocht.

Sein Traum löste sich auf.

Und er wollte sie nicht gehen lassen. Er musste diese Worte stoppen, die aus ihrem Mund kamen, diese Vorwürfe, die so verächtlich und schmerzlich waren.

Sie musste unbedingt sofort aufhören!

Und als es vorbei war, hatte er nur noch einen Gedanken: ihre Leiche und das Auto loswerden.

Er war panisch, hilflos und verängstigt gewesen.

Alan hatte Jack erzählt: »Er sagte sogar: ›Verstehen Sie nicht, dass ich in der Patsche saß?‹«

Als wäre das Opfer schuld an allem.

»Bell ist vielleicht zu Hause«, sagte Jack nun. »Aber er macht nicht auf.« Wieder klopfte er. »Tim? … Ich schätze, wir …«

Da ging die Tür auf.

Bell stand im Schatten.

»Was wollen Sie … Was zur Hölle …«

Sarah trat direkt neben Jack.

»Wir haben den Mörder gefunden, Tim. Wir haben den Menschen gefunden, der Dinah wirklich umgebracht hat.«

Jack konnte es nicht genau erkennen, doch er hatte den Eindruck, dass Tim Bell zitterte. Nach all den Jahren – all den vergeudeten Jahren im Gefängnis …

Jetzt zu hören: *Wir wissen, dass Sie unschuldig sind.*

Sie haben es nicht getan.

Bell schniefte.

»Und noch etwas, Tim. Hier ist jemand, der Sie sprechen möchte.«

Damit trat Jack beiseite, und Dinah Taylors Vater machte einen Schritt nach vorn, sodass Bell ihn sehen konnte.

»Sie?«, rief Bell. »Was zum Teufel wollen Sie?«

Es war ein beklemmender Moment, als Vincent Taylor seine Hand ausstreckte.

»Ich hatte unrecht, Tim Bell. Sie waren unschuldig. Sie haben meiner Dinah nie etwas getan. Ich habe mich so … geirrt.«

Seine Hand hing in der Luft.

Bell sagte nichts.

Und Taylor fuhr fort: »Ich möchte Ihnen sagen, dass es mir leidtut.«

»Leidtut?«, fauchte Bell.

Langsam ließ Dinahs Vater seine Hand sinken.

Er blickte von Jack zu Sarah.

Das muss unsagbar hart für ihn sein, dachte Jack.

»Ich nehme es Ihnen nicht übel, Tim … ehrlich nicht. Aber kann ich bitte etwas für Sie tun? Ich habe jeden gefragt, den ich kenne, sich nach Arbeit für Sie umzuhören. Ich möchte Ihnen helfen, einen Job zu finden.« Dann, als fiele es ihm erst jetzt ein … »Hier in Cherringham.«

»Aha«, sagte Bell.

Es klang gleichgültig.

»Das werde ich auch«, ergänzte Sarah. »Ich erfahre es ja immer, wenn irgendwo ein Laden oder eine Firma aufmacht.«

Schließlich hatte Jack das Gefühl, auch etwas sagen zu müssen.

»Ich kenne das Dorf nicht besonders gut, Tim. Doch ich schätze, jeder hier weiß, dass die Leute Ihnen etwas schuldig sind. Wegen dem, was passiert ist. Ich denke, Cherringham wird von jetzt an Ihr Dorf sein … solange Sie wollen.«

»Aha?«, sagte Bell wieder. »Na dann … gut.«

Jack wunderte sich, dass Bell nicht fragte, wer es war. Andererseits – nach so langer Zeit war es wohl für ihn auch nicht mehr wichtig. Seine Unschuld war entscheidend.

»Sie werden alles darüber lesen, morgen in der Zeitung«, sagte Sarah.

»Und wir gehen jetzt lieber«, schlug Jack vor.

Doch als er sich wegdrehte, legte Bell eine Hand auf Jacks Schulter und eine auf Sarahs.

»Ich danke Ihnen. Ihnen beiden. Für das, was Sie getan haben.«

Sarah drehte sich erneut zu ihm.

Und sie erwiderte vollkommen aufrichtig: »Wirklich gern geschehen, Tim.«

Jetzt war sie wahrlich bereit für einen Schlummertrunk mit Jack … irgendwo.

Im nächsten Sammelband

Folge 13: Morden will gelernt sein

Aufgeschlitzte Autoreifen, vergiftetes Essen und tote Ratten im Schwimmunterricht – in Cherringham Hall, einem renommierten Mädcheninternat, gehen eigenartige Dinge vor sich, die langsam aber sicher Angst und Schrecken verbreiten. Als sich dann auch noch die Lehrkraft das Leben nimmt, die Cherringhams Eliteschülerinnen die beliebteste Mentorin ist, bleibt der Internatsleitung nichts anderes übrig, als die beängstigenden Geschehnisse so diskret wie möglich aufklären zu lassen. Denn dem exklusiven Ruf des Instituts darf unter keinen Umständen Schaden zugefügt werden. Jack und Sarah übernehmen den Fall und müssen feststellen, dass manche Menschen für großen Erfolg über Leichen gehen …

Folge 14: Die Legende von Combe Castle

Die mittellosen FitzHenrys, Eigentümer des als Kulturerbe ernannten, aber ziemlich heruntergekommenen Anwesens Combe Castle, werden zu Opfern einer fiesen Hetzkampagne. Jemand möchte sie aus dem Heim ihrer Vorfahren vertreiben. Jack und Sarah werden engagiert, um den Schuldigen hinter der Kampagne aufzuspüren.

Doch die Ermittlungen gestalten sich schwierig, denn nichts auf dieser Burg ist wie es scheint: bizarre und unheimliche Wachsfiguren aus dem Gruselkabinett geben sich ein Stelldichein mit Verwandten und Nachbarn, die es nicht erwarten können, das adelige Paar endlich verschwinden zu sehen…

Folge 15: Ein fataler Fall

Dylan McCabe, ein irischer Bauarbeiter mit einer großen

Klappe, beschwert sich lauthals über die mangelnden Sicherheitsvorkehrungen bei einem eilig durchgeführten Bauprojekt. Als er nach einem Sturz auf der Baustelle tot aufgefunden wird, scheint es, als wären Dylans Warnungen allzu begründet gewesen. Allerdings nur bis Jack und Sarah sich einschalten und der vermeintliche Unfall auf einmal verdächtig nach einem eiskalten Mord aussieht. Wenige Tage vor Weihnachten machen Jack und Sarah sich auf die Suche nach dem Schuldigen. Sehr bald geraten sie dabei jedoch selbst in Gefahr ...

Cherringham – Landluft kann tödlich sein
Sammelband V: Folge 13 – 15
von Matthew Costello und Neil Richards

Ein Verbrechen, das vor vielen Jahren geschah - kein Problem für Jack und Sarah!

Matthew Costello / Neil
Richards
EINE ALTE SCHULD
Ein Cherringham Krimi
Aus dem Englischen
von Sabine Schilasky
ISBN 978-3-7325-4219-2

Alle Einwohner Cherringhams fiebern dem bevorstehenden Jahrmarkt entgegen. Na gut, fast alle, denn Jack und Sarah interessieren sich viel mehr für die menschlichen Überreste, die bei einer archäologischen Ausgrabung in der Nähe entdeckt wurden. Denn es handelt sich nicht um einen römischen Soldaten, sondern um einen jungen Mann, der erst vor ein paar Jahrzehnten Opfer eines kaltblütigen Mordes geworden sein muss. Das Ermittlerduo hat alle Hände voll zu tun: Gibt es einen Zusammenhang zu Jacks verschwundenem Versicherungsagenten? Und welches dunkle Geheimnis soll im beschaulichen Cherringham mit allen Mitteln verheimlicht werden?

be THRILLED